AF397959

Jana Engels wurde 1978 in Berlin geboren. Seit 2002 lebt sie in der Nord-Eifel. Mittlerweile blickt sie auf die Veröffentlichung einiger Romane zurück, in denen es um Liebe, Familie und Verwicklungen geht. Neben Spannung und fesselnden Emotionen findet sich auch immer eine Prise feinen Humors in ihren Geschichten.

JANA ENGELS
Verschneit
und
verliebt
EIN WEIHNACHTSWUNDER
IN DEN BERGEN

Überarbeitete Neuausgabe November 2024

Copyright © 2024 dp Verlag, ein Imprint der
dp DIGITAL PUBLISHERS GmbH
Made in Stuttgart with ♥
Alle Rechte vorbehalten

Verschneit und Verliebt

ISBN 978-3-98998-356-4
E-Book-ISBN 978-3-98998-361-8
Hörbuch-ISBN 978-3-98998-366-3

Copyright © 2021, dp Verlag, ein Imprint der
dp DIGITAL PUBLISHERS GmbH Dies ist eine überarbeitete Neuausgabe des bereits 2021 bei dp Verlag, ein Imprint der dp DIGITAL PUBLISHERS GmbH erschienenen Titels
Winterwunder mit Happy End (ISBN: 978-3-96817-854-7).

Covergestaltung: Anne Gebhardt
Umschlaggestaltung: ARTC.ore Design
Unter Verwendung von Abbildungen von
stock.adobe.com: © Lana Marcy
elements.envato.com: © BrandPacks, © Sensvector, © kit8
Lektorat: Astrid Rahlfs
Satz: dp DIGITAL PUBLISHERS GmbH
Druck und Bindung: Books on Demand GmbH, Norderstedt

Vorwort

Manchmal verbergen sich die größten Wunder in der stillen Kälte des Winters. Doch wer von Schmerz geblendet ist, kann sie nicht sehen. Ein gebrochenes Herz macht uns blind für die Liebe, selbst wenn sie zum Greifen nah ist, nur einen Atemzug entfernt. Was, wenn wir in den Momenten des tiefsten Schmerzes unsere einzige Chance verpassen? Wie oft wird uns die Liebe begegnen, und wie viele Chancen haben wir, sie zu erkennen?

1. Perle und der 5er

Ich lasse die beschlagenen Seitenscheiben herunter. Sofort höre ich Marlon tönen.

„Perle, nein! Nicht den BMW …! Perle!", brüllt er inbrünstig vom Balkon. Unsere Beziehung endet unromantisch und armselig. Dabei hätte ich es kommen sehen müssen. Jetzt, da sich die Realität auch mir offenbart hat, ist es, als lüfte sich gerade ein dichter Schleier. Zumindest gedanklich sehe ich klarer. Marlon und mich eint weit weniger, als ich mir in den letzten Monaten vorgemacht habe. Vor allem, was Treue und Ehrlichkeit angeht.

Meine Tränen aus Wut, Verzweiflung und Enttäuschung lassen alles um mich herum verschwimmen. Immer wieder wische ich mir hastig über die Augen. Ich habe nur einen Gedanken. Flucht! Weit weg von hier, ab nach Wien! Dort bin ich sicher. Ich will diesen Kerl nie wiedersehen. Enttäuschung und Scham sitzen tief. Ausgerechnet mir muss so etwas passieren, schon wieder. Dabei habe ich doch alles für diese Beziehung getan.

Neben eisigem Wind und riesigen Schneeflocken findet Marlons durchdringendes Gezeter weiterhin seinen Weg durch das offene Fenster ins Wageninnere.

„Perle, bitte! Perle! Versteh doch, Mensch. Perle!" Panisch wiederholt er sich, aber er wird mich nicht kleinkriegen.

„Nichts da, von wegen Perle!" Ich presse meine Worte durch die zusammengebissenen Zähne, während ich mit der mir unbekannten Automatik seines Autos kämpfe. Dort, wo ich die Kupplung erwarte, tritt mein Fuß ins Leere. Das verunsichert mich, ich keuche. Hektisch und unbedacht trete ich nun mit dem rechten Fuß aufs Pedal. Der Motor heult auf, gleich im Anschluss heult Marlon.

„Um Gottes willen, was tust du denn? Steig sofort aus meinem Auto!"

Ich denke gar nicht daran, auszusteigen – im Gegenteil. Entschlossen blicke ich in den Rückspiegel. Mein Haar ist durcheinander, aus meinem Zopf haben sich einige dunkle Strähnen gelöst, die mir nun ins Gesicht hängen. Die Wangen sind rot, die Stirn blass. Ich sehe aus wie die verheulte Version von Schneewittchen. Vom kreischenden Marlon, der sich aus dem Fenster im zweiten Stock der Skihütte lehnt, lasse ich mich jedoch nicht mehr beeindrucken. Hier mit ihm gemeinsam das Weihnachtsfest zu verbringen, romantisch den Jahreswechsel zu feiern, steht nicht mehr zur Debatte. Ich, Inga Perlinger, werde mich so wahr ich hier sitze, auf schnellstem Wege zu meinen Eltern begeben und das Fest der Liebe mit ihnen verbringen. So, wie es ursprünglich geplant war und wie es das einzig Richtige ist. Verzweifelt drücke ich nochmals auf alle verfügbaren Tasten. Dieses Auto muss sich doch endlich in Bewegung setzen lassen.

„Verdammt!" Unter normalen Umständen bin ich eine gute Autofahrerin, es fehlt mir nur an der Erfahrung mit diesem speziellen Gefährt. Kein Wunder, Marlons Baby darf außer ihm niemand fahren. Gewöhnlich bin ich mit einem eigenen Auto unterwegs, einem Fiesta mit bescheidener Ausstattung und Schaltgetriebe. Ich wäre gern mit meinem kleinen Auto hierher in unseren Winterurlaub gefahren. Es ist wendiger, verbraucht weniger Benzin und passt auch in kleine Parklücken, aber Marlon hatte sich geweigert, in das „Auto für Arme" zu steigen. Was selbstredend eine erbärmliche Einstellung ist, aber er bekommt sowieso immer, was er will. Wenn er selbst nicht ausreichend Überzeugungsarbeit leisten kann, instrumentalisiert er seine Freunde. Da wir Gepäck für drei Wochen mitnehmen mussten, überzeugte mich schließlich die Zweckmäßigkeit. Der Kofferraum des BMW ist nun mal größer.

Tja, Marlons Pech, denn jetzt werde ich mich mit seinem „Auto für Erwachsene" auf den Weg machen und dieses Kapitel meines Lebens beenden.

Vor meinem inneren Auge tauchen wieder Giulietta und er in unserem Zimmer auf. Eng umschlungen und mit viel zu wenig Stoff zwischen ihren Körpern schiebt er ihr seine Zunge in den Hals. Ich schüttele mich und verziehe angewidert das Gesicht. Mir ist speiübel. Das Schlimmste daran ist, dass ich es bereits geahnt habe. Ich komme mir so dumm vor. Oft genug haben wir gestritten. Zuerst nur darüber, wie Marlon andere Frauen angesehen, ach was, abgecheckt und mit ihnen geflirtet hat.

„Hey, Babe! Ansehen wird doch wohl noch erlaubt sein. Keine Sorge, du kommst schon auf deine Kosten." Solche und ähnliche Selbstgefälligkeiten hat er dann von sich gegeben und mir eingeredet, dass ich übertreibe.

Als die Kontaktbeschränkungen strenger wurden, hing Giulietta verdächtig oft bei ihm rum, auch wenn sonst niemand da war.

„Hey, sie ist eine gute Freundin. Willst du sie über Wochen allein lassen? Wir haben doch nur uns. Perle, wir hängen nur ab. Was denkst du von mir? Dass ich meine Flamme und meinen besten Freund verarsche?"

Natürlich konnte ich nicht dagegen argumentieren. Diese Zeit war für uns alle schrecklich. Darum habe ich ihm vertraut und darum sind wir vier, Giulietta, Benedikt, Marlon und ich, auch noch gemeinsam in die Steiermark gefahren.

Wie herrlich bequem für ihn! Seit der Ankunft hingen Marlon und Giulietta aufeinander, haben blöde gekichert, sich Anzüglichkeiten an den Kopf geworfen und ständig die Nähe des anderen gesucht. Benedikt, Marlons bester Kumpel und Giuliettas Freund, stand genauso oft im Abseits wie ich. Ihn schien diese Situation allerdings weniger aufzuregen als mich. Erst letzte Nacht habe ich Marlon erneut darauf angesprochen, dass er sich zu gut mit Giulietta versteht. Aber er hat wieder alles abgestritten und mich schließlich eine hysterische Ziege genannt. Anschließend habe ich mich in meine Decke gekuschelt und so getan, als würde ich tief und fest schlafen, habe jedoch kein Auge zugemacht und den Fehler bei mir gesucht. Nachdem meine vorherige Beziehung auch nicht lange gehalten hatte und ich ebenfalls belogen wurde, nagten die Zweifel an mir. Das hatte ich Marlon bis dahin aber nicht erzählt.

Nach dem Frühstück wollte ich in unserem Zimmer mit ihm darüber reden und mich sogar entschuldigen, aber dieser Mistkerl hatte keine Entschuldigung verdient. Die ganze Zeit über hatte ich recht. Wie versteinert habe ich die beiden angesehen. Sie waren so sehr damit beschäftigt, sich gegenseitig abzulecken, dass sie mich erst bemerkt haben, als ich meinen Koffer wütend aufs Bett geknallt habe, um meine Sachen zu packen.

Wieder beiße ich die Zähne aufeinander. Mein Kiefer schmerzt und ich schüttele den Kopf, um dieses Bild aus meinen Gedanken zu verjagen. Es gelingt leidlich und ich wische mir erneut fahrig die Tränen aus dem Gesicht. Es ist sinnlos, darüber nachzudenken. Ich sollte mich lieber darauf konzentrieren, endlich loszufahren.

Marlons 5er BMW ist sein Heiligtum, ich entehre es gerade, aber es ist mir gleich. Das ist schließlich das Mindeste, was der Mistkerl verdient hat. Ich atme durch und sammle mich – irgendwie muss ich diese Karre endlich in Bewegung setzen.

„Perle, jetzt lass den Scheiß endlich! Verdammt, das kannst du nicht machen, der gehört mir! Du fährst viel zu schlecht …" Marlons Stimme überschlägt sich und durch das Seitenfenster erblicke ich seine wild gestikulierende Silhouette. Er steht mittlerweile auf dem Balkon und setzt an, über die verzierte Brüstung aus Holz zu steigen. Will er etwa von da oben hinunterspringen? In den aufgetürmten Schnee vor dem Haus? Na von mir aus … Sein wildes Gehabe beeindruckt mich nicht im Geringsten. Nicht mehr – glücklicherweise.

Noch einmal drücke ich einige Tasten und endlich, die elektronische Handbremse löst sich. Ich bewege den Automatikhebel mit mehr Kraft als nötig und im Display des ausladenden Armaturenbrettes erscheint ein großes D.

„Huch!" Mit einem euphorischen Jauchzer verleihe ich meiner freudigen Überraschung Ausdruck. Geschafft!

Augenblicklich setzt sich der 5er in Bewegung. Erleichtert lache ich auf und unter die Tränen mischen sich Schneeflocken, die mein erhitztes Gesicht kühlen. Laut knirschend gibt der Schnee unter den breiten Reifen nach. Noch immer sind die Seitenscheiben hinuntergelassen, der Wind treibt mit jeder Sekunde federgroße Flocken zu mir hinein und dann durchbricht ein plötzliches, wolfsähnliches Heulen meinen Triumph. Leiderfüllt und voller Schmerz durchdringt es die Luft und erschüttert mich bis ins Mark.

„Neeeeeein!!!" Marlons Stimme ist verzerrt, nicht wiederzuerkennen. Ich fühle einen nochmaligen Adrenalinschub und blicke in den Rückspiegel. Er ist wahrhaftig gesprungen. In seinem roten Weihnachtspullover steckt er mit beiden Beinen im Schneehaufen unterhalb des Balkons fest. Die Arme reckt er in die Höhe und ich wähne die Flasche Bier noch immer in seinen Händen. Mit festem Griff umklammere ich das Lenkrad. An ein Zurück ist nicht zu denken.

Der Wagen rollt. Schon nach wenigen Metern sind Marlons martialische Schreie und Flüche nicht mehr zu hören. Zwei Kurven geht es die schmale, von aufgetürmtem Schnee gesäumte Straße hinab. An der nächsten Ecke muss ich anhalten und mich für eine Richtung entscheiden.

Kein Auto weit und breit, ich tippe Wien ins Navigationsgerät. Nach wenigen Sekunden steht die Route fest, eine Fahrtzeit von knapp drei Stunden ist berechnet. Wunderbar, wenn nichts dazwischenkommt, bin ich noch vor Einbruch der Dunkelheit am Ziel. Ich betätige den Knopf für die elektrischen Fensterheber. Sobald die Scheiben geschlossen sind, wird es wärmer im Auto.

Während das Radio spielt, verlasse ich mich kurz darauf nur noch auf die Technik. Es schneit so heftig, dass ich sowieso kein Straßenschild erkennen kann. Hochkonzentriert und mit beiden Händen umklammere ich das Lenkrad. Es ist schwer, das Auto in der Fahrspur oder dem, was ich noch davon erahnen kann, zu halten und gleichzeitig auf die Anweisungen des Navis zu achten.

Allmählich bemüht sich mein Kreislauf wieder in den Normalbetrieb. Meine Atmung verläuft ruhiger, ich habe aufgehört zu weinen, nur das Zittern in den Händen und Knien hält sich hartnäckig. Viel Rücksicht kann ich darauf im Moment jedoch nicht nehmen, denn das Fahren verlangt nach all meinen Sinnen. Die Straßen sind schmal und verschneit, links und rechts türmt sich die weiße Masse zu gewaltigen Bergen auf. Ich glaube, das Dorf bereits hinter mir gelassen zu haben, denn nun tauchen neben mir gewaltige Felswände auf, dann wieder erahne ich tiefe Abgründe hinter den Leitplanken und bin diesbezüglich froh, dass der

Schnee die Sicht beeinträchtigt. Als ich nur einen Moment durchatme, passiert es …

Wie aus dem Nichts taucht ein schwarzes Auto im Gegenverkehr auf. Viel zu spät sehe ich es. Mit schreckgeweiteten Augen halte ich auf das Gefährt zu, die Sekunden werden unendlich lang. Ich gerate in Panik, schließe die Augen und ziehe in ahnungsloser Verzweiflung das Lenkrad nach rechts, um einen frontalen Zusammenstoß zu vermeiden. Es rumpelt unter dem Auto, mir stockt der Atem. Der Wagen neigt sich zur Seite. Alles passiert schnell und doch habe ich Zeit, die Bewegung des Autos zu studieren und mache mir schreckliche Gedanken über den zu erwartenden Absturz. Ich habe nur eins im Kopf: Ich will noch nicht sterben. Das soll nicht alles in meinem Leben gewesen sein. Vor meinem inneren Auge sehe ich mich bereits im freien Fall auf direktem Weg zum Boden einer Schlucht. Doch dann stoppt der Wagen abrupt. Mit einer ungeahnten Heftigkeit werde ich nach vorn geworfen. Der Sicherheitsgurt hält mich mit Gewalt zurück. Er verhindert zwar, dass ich einen Satz nach vorn mache, verursacht aber einen reißenden Schmerz an meinem Schlüsselbein, sehr nah am Hals. Nichts rührt sich. Der Motor ist aus, aber das Radio spielt leise und ich öffne vorsichtig die Augen. Ich bin am Leben.

„Heiliges Kanonenrohr!", entfährt es mir. Der vordere Teil des BMWs steckt in einem riesigen Haufen Schnee. Dahinter zeichnet sich trotz des dichten Schneegestöbers eine gewaltige und angsteinflößende Felswand ab.

Ich brauche einige Sekunden, um mich zu sammeln. Glücklicherweise ist mir die Bekanntschaft mit dem massiven Gestein erspart geblieben. Ich seufze halbwegs erleichtert über mein Glück im Unglück. Noch immer dudelt das Radio, dann lässt ein plötzlicher, ohrenbetäubender Knall mir beinahe das Herz in der Brust zerspringen. Mit nicht unwesentlicher Verzögerung löst der Beifahrer-Airbag aus und mir stockt der Atem, als plötzlich eine riesige weiße Blase neben mir auftaucht. Es raucht und staubt im Innenraum. Das weiße Pulver gerät mir in Mund und Nase, kratzt mich im Hals. Im Innenraum riecht es verbrannt. Kerzengerade, vor Schreck gelähmt, starre ich von meinem Sitz auf das so spontan erschienene weiße Luftkissen. Ich keuche und begreife in diesem Moment, dass ich nicht nach Wien weiterfahren kann. Mit einem inbrünstigen Schrei, der Marlons Gejammer auf die billigen Plätze verweist, mache ich meiner Verzweiflung Luft. Ich löse mich aus der Starre, winde meinen Arm unter dem immer noch blockierten Gurt hervor und schlage mit beiden Händen auf das erschlaffende Kissen ein. Es folgt ein lauter Schluchzer, dann flüstere ich nur noch: „Scheiße.“

Mit einem Ruck wird die Tür zu meiner Linken aufgerissen. Frische, kalte Luft strömt herein. Eine besorgte Männerstimme ruft außer Atem: „Ist alles in Ordnung bei Ihnen? Sind Sie okay?“

Natürlich nicht! Sieht es etwa so aus, will ich antworten und aus dem Auto steigen, aber mein Körper versagt mir in jeglicher Hinsicht den Dienst. Stattdessen sacke ich kraftlos zusammen und breche in Tränen aus. Ich heule wie ein Schlosshund.

„Haben Sie Schmerzen, sind Sie verletzt?“, will der Fremde besorgt wissen. Ich schüttle kaum merklich den Kopf und bringe ein wimmerndes Nein zustande. Dieser Tag ist mit Abstand der schlimmste in meinem Leben. Ich will nach Hause, in mein Bett, mir die Decke über den Kopf ziehen und nicht vor Ostern wieder vor die Tür gehen.

„Sie müssen aussteigen", höre ich seine unruhige, sorgenvolle Stimme und nicke vorsichtig, aber ich rühre mich nicht weiter.

„Warten Sie einen Augenblick, ich löse den Gurt und dann halten Sie sich an mir fest. Gemeinsam schaffen wir das." Plötzlich ist der Oberkörper des Fremden im Auto und dicht vor mir. Sein angenehm herbes Aftershave steigt mir in die Nase und ich schließe die Augen. Schon lässt der Druck des Sicherheitsgurtes nach. Mit sicherem, nicht zu festem Griff hilft er mir dabei, aus dem Auto zu steigen und kurz darauf habe ich wieder festen Boden unter meinen Puddingbeinen. Der Mann ist fast einen Kopf größer als ich und hält mich noch immer fest. Langsam führt er mich einige Schritte vom Auto weg, dorthin, wo sich die Straße erahnen lässt. Erst als wir stehen bleiben, wende ich mich ihm zu und sehe ihm zum ersten Mal ins Gesicht. Doch viel kann ich davon nicht erkennen. Der Wind treibt mir dicke weiße Flocken in die Augen und mein Retter trägt einen Kragen bis über die Nase, sodass ich nur seine Augenpartie erkennen kann. Er wirkt sportlich und ich vermute, dass er nicht viel älter ist als ich. Seine Brauen sind dunkel, die grünen Augen darunter, umrahmt von dunklen Wimpern, blicken mich forschend an. Sofort bin ich geflasht von dieser Farbe, kann nicht wegsehen. Ich starre ihn wie blöde an und kann nichts dagegen tun. Vielleicht ist das alles nicht echt, ich bin im Delirium und mein Gehirn spielt mir einen bösen Streich?

Reiß dich zusammen und höre vor allem erst einmal auf zu weinen, höre ich meine innere Stimme. Ich gebe mein Bestes, aber es gelingt mir nicht. Ein weiterer leidvoller Schluchzer bahnt sich seinen Weg, während ich wie hypnotisiert vor mich hinstarre.

„Wissen Sie, was passiert ist?", fragt der Mann mich. Seine Stimme ist warm und einfühlsam. Der Wind weht seinen Duft zu mir herüber. Dieser angenehme Geruch versetzt mein Blut in eine seltsame, angenehme Aufregung, bringt mich ins Taumeln. Ich schließe meine Lider und nehme den Duft in mich auf. Dort wo mich seine Hände auf den Armen berühren, spüre ich wohlige Wärme. Erst als er mich sanft rüttelt, fokussiere ich mich wieder. Ich fühle ein leichtes Brennen über der Schulter, der Rest scheint unversehrt.

„Verstehen Sie mich?" Mein Gegenüber versucht es erneut, spricht aber etwas lauter. „Wissen Sie, was passiert ist?" Augenblicklich bin ich wieder bei mir. „Na klar, irgendein Idiot im schwarzen Wagen ist mir vors Auto gefahren und ich bin von der Straße abgekommen."

Ich klinge wie ein trotziges Kind und sehe zum ersten Mal nach Marlons Auto. Bei dessen Anblick erschaudere ich und gerate wieder ins Wanken. Der Fremde lässt mich noch immer nicht los. Glücklicherweise.

„Na ja", beginnt er sanft, „dieser Idiot bin zunächst einmal ich und leider muss ich zugeben, dass ich nicht mit Gegenverkehr gerechnet habe. Diese Straße darf aktuell nämlich nur in eine Richtung befahren werden und das ist nicht die, in der Sie unterwegs waren."

Ich fixiere den Reißverschluss am Kragen seiner dunkelblauen Daunenjacke und gebe meinem Gehirn Zeit, die Informationen zu verarbeiten. Langsam hebe ich erneut den Blick, schaue über seine Schulter an ihm vorbei und erblicke ein schwarzes Auto mit eingeschalteter Warnblinkanlage. DAS schwarze Auto. Ein pompöser Audi mit deutschem Kennzeichen. Noch so ein Marlon-Verschnitt – das hat mir gerade noch gefehlt. Mir scheint, ich ziehe derlei Typen magisch an. Erschrocken löse ich mich von ihm und trete einen Schritt zurück. Weiteren Blickkontakt vermeidend beginne ich, mich zu rechtfertigen.

„Ich kann doch nichts dafür. Das Navi hat mich hier durchgeleitet." Mein Ton ist mindestens genauso kalt wie der Wind, der die Schneeflocken zwischen uns herumwirbelt, aber das scheint den Fremden wenig zu beeindrucken. Er bleibt ruhig und freundlich. „Das kann gut sein, aber Sie hätten hier trotzdem nicht langfahren dürfen."

„Auf Gegenverkehr muss man immer gefasst sein." Ich schnaufe entrüstet, werfe ihm meine Worte trotzig vor die Füße und trete einen weiteren Schritt zurück. Eine dumme Idee, denn hinter mir türmt sich der Schnee. Ich strauchele und lande auf meinem Hintern. Ohne Frage, der schlimmste Tag ever.

„Stimmt. Darauf und auf Wildwechsel." Er ignoriert meinen Tonfall oder bemerkt ihn nicht, reicht mir stattdessen seine Hand, die ich widerwillig ergreife, und hilft mir wieder auf.

Die Gedanken rasen in meinem Kopf und verarbeiten seine Worte. War ich tatsächlich falsch in die Straße abgebogen? Vielleicht denkt sich der Typ das auch nur aus, weil er Angst hat, den Schaden bezahlen zu müssen. Dass er mir keine Vorwürfe macht, irritiert mich und überhaupt bin ich unschlüssig, wie ich in meiner misslichen Lage reagieren soll.

„Ich muss dringend nach Wien", gebe ich in meiner Ratlosigkeit bekannt und hoffe auf ein Wunder.

„Aber nicht mit diesem Auto", setzt er nüchtern hinzu.

„Aber ich muss!", insistiere ich und meine Stimme beginnt zu beben. „Ich muss unbedingt nach Wien, wo soll ich denn sonst hin?"

Nirgendwo will ich jetzt lieber sein, als bei meiner Familie und mich auf die gemeinsamen Feiertage freuen. Weihnachten mit meinen Eltern, unter dem Baum sitzend und Punsch trinkend, Gesellschaftsspiele spielen. Zurückzukehren in die Ferienhütte ist nicht einmal ansatzweise eine Option. Dorthin bekommen mich keine zehn Pferde, eher erfriere ich hier draußen.

Der Fremde sieht mich einen Augenblick schweigend an, dann stapft er durch den Schnee zurück zum 5er. Er schließt die Fahrertür, die noch immer offen steht und sieht sich den vorderen Teil des Autos an. Zumindest das, was noch zu sehen ist. Bis zu den Vorderreifen steckt die Schnauze von Marlons Baby im Schnee fest. Ich beobachte, wie er das verunglückte Schmuckstück beäugt und beschließe, meinen frischgebackenen Ex vorerst nicht zu über den Zustand des Autos zu informieren. Seine unvermeidliche Hysterie kann und will ich jetzt nicht auch noch ertragen.

„Können Sie jemanden anrufen, der Sie abholt? Den Wagen sichern wir und dann lassen Sie ihn später abschleppen." Es ist, als hätte der Fremde meine Gedanken gelesen. Vorsichtig stakst er durch den Schnee zurück zu mir. Ich versinke erneut fasziniert in seinen Augen und schüttele den Kopf.

„Nein. Das geht nicht", setze ich entschlossen nach.

Er fragt nicht weiter, ich habe mich wohl klar und deutlich ausgedrückt. „Na ja, ich kann Sie erst mal nach Rottenmann mitnehmen, wenn Sie möchten." Er macht eine unschlüssige Pause, dann setzt er erklärend hinzu: „Ich will Sie ungern hier draußen alleinlassen und vielleicht wollen Sie sich auch bei einem Arzt vorstellen."

„Nein! Vielen Dank, aber nein. Ich will nicht wieder zurück." Ich klinge schon wieder trotzig, obwohl es nun gar nicht meine Absicht war und es tut mir gleich darauf leid. Immerhin habe ich den Unfall verursacht. Nachdem ich keine Verletzungen aufweise, hätte er sich auch auf den Weg machen können, ohne einen Gedanken an mich zu verschwenden.

„Sorry, war nicht so gemeint", gebe ich klein bei. „Ich komme nur gerade aus Rottenmann und habe mich dort furchtbar geärgert. Keinesfalls fahre ich dorthin zurück."

Er sieht mich skeptisch an. Mein Herzschlag beschleunigt sich, denn augenblicklich schiebt sich das Bild von Marlon und Giulietta in mein Gehirn. Am liebsten würde ich schreien, aber ich begnüge mich mit einem unwirschen Knurren und stoße die Spitze meines Stiefels in den Schnee.

„Ich bin auf dem Weg zur Pension Gruber. Die ist nicht weit von hier, gehört zwar noch zum Stadtgebiet, liegt aber außerhalb. Dort könnten Sie sich aufwärmen, bis die Weiterreise geklärt ist. Entweder nehmen

Sie sich einen Leihwagen oder Sie warten auf den nächsten Zug oder es findet sich doch noch jemand, der Sie abholen kommt."

So viele Möglichkeiten. Ich blinzele ihn zögerlich an.

„Kommen Sie, ich gebe Ihnen einen heißen Tee aus", setzt er nach und ich gebe mich geschlagen. Sein Angebot klingt vernünftig und da das Schneetreiben mit jeder Minute heftiger wird, sollte ich überlegt handeln. Hier draußen kann ich gerade nichts ausrichten, also nicke ich.

„Das Auto kann dort stehen bleiben. Schalten Sie die Warnleuchten ein und geben Sie mir Ihre Taschen."

Als ich wenige Minuten später in seinem warmen Auto sitze und die Schneeflocken in meinen Haaren tauen, presse ich ein demütiges Danke hervor.

„Schon gut." Er fährt vorsichtig und konzentriert, während ich sein Aftershave genüsslich einatme. Es tut gut, neben ihm zu sitzen, aber das Schweigen zwischen uns ist mir aus unerfindlichem Grund unangenehm.

„Ich bin Inga", stelle ich mich vor und versuche, die Fahrt mit Smalltalk zu überbrücken.

Er lässt mich warten, bis er antwortet. „Ich bin Julius."

Ein schöner Name. Julius mit den grünen Augen. Ich lächle über meine Gedanken.

Er biegt nun von der Straße ab und fährt auf einen großen Bauernhof zu, soweit ich das im Schneegestöber erkennen kann. *Pension Gruber* lese ich auf dem überdachten Schild, das wir bei der Einfahrt passieren. Auf den ersten Blick sieht es hier sehr nett aus. Käme ich aus anderen Gründen her, fände ich es gewiss gemütlich. Julius steuert den Wagen zu dem Teil des Innenhofs, der als Parkplatz dient. Autos von anderen

Gästen, ebenfalls aus Deutschland, stehen dort. Julius parkt daneben. Wir steigen aus und ich sehe zu, wie er erst mein, dann sein Gepäck aus dem Kofferraum hebt und auf den schneebedeckten Boden stellt. In dem Moment, als er die Kofferraumklappe wieder schließt, ertönt hinter mir ein schriller Schrei.

„Aaah, ich habe es doch gewusst! Da bist du endlich! Anton, komm schnell, unser Junge ist da und er hat auch noch eine unglaubliche Weihnachtsüberraschung mitgebracht. Ist das nicht fantastisch?"

Neben mir erscheint, wie aus dem Nichts, eine Frau mittleren Alters. Wie es aussieht, Julius' Mutter, denn sie umschlingt den um einen ganzen Kopf größeren Mann herzlich und nennt ihn „mein Junge". Dann dreht sie sich zu mir und noch ehe ich recht begreife, was gerade vor sich geht, finde ich mich ebenfalls in ihren herzlich knuddelnden Armen wieder.

„Ich habe es die ganze Zeit gewusst, dass der Junge uns was verheimlicht." Die Worte quellen nur so aus ihr heraus, während sie mich noch immer umarmt. Sie riecht nach Plätzchen oder Kuchen.

„Na, die Überraschung ist ihm aber gelungen. Und hübsch bist du, Mädchen, lass dich doch mal anschauen. Es wurde auch endlich Zeit." Die Frau mit Wangen so rot wie Weihnachtsäpfel lässt mich wieder los und tritt einen Schritt zurück, um mich anerkennend von oben bis unten zu mustern. Sie scheint zufrieden mit mir und blickt schließlich in mein vollkommen verdattertes Gesicht. „Wie heißt du denn Mädchen?"

„Inga." Meine Antwort kommt mechanisch und noch bevor ich hinzufügen kann, dass es sich um ein Missverständnis handelt, ruft sie dem Mann, der einige Meter hinter ihr angelaufen kommt, zu: „Anton, bist du endlich da? Schau doch, der Junge hat uns die ganze Zeit an der Nase herumgeführt. So eine schöne Überraschung, der Julius hat eine Freundin." Sie rudert auffordernd mit den Armen, als könne besagter Anton dadurch schneller zu uns gelangen, während ich mich im falschen Film wähne.

„Nun komm doch mal näher, um sie zu begrüßen, Anton. Inga heißt sie, so eine Liebe und Hübsche …" Sie faltet die Hände wie zu einem Gebet vor der Brust und wirft einen dankbaren Blick Richtung Himmel. Sofort legen sich ein paar Schneeflocken auf ihre roten Wangen.

„Aber …", versuche ich mich in zwecklosem Widerstand und schaue Hilfe suchend zu Julius. Seinen Gesichtsausdruck kann ich nicht deuten. Irgendetwas zwischen Belustigung und Peinlichkeit. Ein eigentümliches Zucken umspielt seine Lippen.

„Servus, Mädchen! Willkommen auf dem Gruberhof", brummt der Mann beinahe ergriffen, begrüßt mich mit einem festen Handschlag und wendet sich dann Julius zu. „Schön, dass du da bist. Gib mir mal einen Koffer ab und dann gehen wir drinnen einen Tee zum Aufwärmen trinken. Ihr müsst erst einmal ankommen. Deine Mutter kann euch auch dann noch Löcher in den Bauch fragen."

Anton hat gesprochen und so stapfen wir allesamt ins Haus, wobei ich Julius einen um Aufklärung bittenden

Blick zuwerfe. Doch er zieht nur ergeben die Schultern nach oben und macht ein entschuldigendes Gesicht.

Durch eine schwere Eingangstür geht es ins Wohngebäude, vorbei an einer rustikalen dunkelbraunen Rezeption aus Holz. Auf dem Tresen steht ein hölzernes Eichhörnchen mit einer Glocke und einem Schild auf dem *Bitte läuten* zu lesen ist. Es winkt und grinst mich verschmitzt an.

Ich empfinde großes Unbehagen darüber, dass dieses mir vollkommen fremde Paar mich für seine angehende Schwiegertochter hält und dieser Julius, den ich ebenfalls nicht kenne, nicht die geringsten Anstalten macht, diesen Irrtum aufzuklären.

Wir passieren einige im Durchgang aufgestellte Ski und gelangen in einen kleinen Speise- oder Aufenthaltsraum – heimelig und rustikal eingerichtet, alles aus dunklem Holz.

„So, ihr beiden Hübschen“, beginnt Julius’ Mutter, wobei sie sich tatkräftig die Hände reibt. „Nun setzt euch erst mal und ruht euch aus. Die lange Fahrt hängt euch bestimmt in den Knochen. Ich koche uns jetzt einen ordentlichen, kräftigen Tee und dann wird es schön gemütlich.“

„Entschuldigen Sie bitte …“, versuche ich mich nun selbst um die Aufklärung des Missverständnisses zu kümmern, aber da ist die gute Frau bereits aus dem Raum gehuscht.

„Du musst uns doch nicht siezen, Mädchen.“ Anton, dessen Name mir von der vorausgegangenen lebhaften Begrüßung in Erinnerung geblieben ist, streicht mir väterlich über die rechte Schulter.

Ich suche Julius' Blick und versuche ihm mit eindringlicher Mimik klarzumachen, dass ich umgehende Aufklärung erwarte, doch er bedeutet mir nur mit der Hand, Ruhe zu bewahren. Ich verliere mich für einen Moment in seinen Augen und frage mich, welchen Grund es geben könnte, nicht zügig für Richtigstellung zu sorgen. Ist einer der beiden eventuell herzkrank und kann keine Aufregung vertragen? Ich verdrehe ungeduldig die Augen, beschließe aber, mich nach Julius zu richten und noch etwas abzuwarten. Immerhin mangelt es mir an Alternativen und ich bin Julius dankbar, dass er mich nicht in der Kälte zurückgelassen hat. Hier ist es warm und trocken. Gleich kann ich mich um meine Weiterreise kümmern und muss nicht befürchten, draußen als lebendiger Schneemann zu enden.

„So, da bin ich wieder." Julius' Mutter stellt das Tablett mit den großen Teetassen zwischen uns auf den Tisch. „Ich bin vollkommen aus dem Häuschen, ich glaube, ich habe uns noch nicht einmal vorgestellt: Ich bin Franziska und das ist Anton. Der Julius hat vielleicht schon das ein oder andere von uns erzählt und in den nächsten Tagen lernen wir uns schon richtig kennen. Schön, dass du hier bist. Das wird das beste Weihnachtsfest seit langem."

Ich nicke zurückhaltend, werfe Julius einen erneuten eindringlichen Blick zu, während Franziska die vollen Tassen verteilt. Ich fühle mich fehl am Platz, wie eine Betrügerin. Diese Herzlichkeit steht mir nicht zu. Ich frage mich zum einen, was dieser Julius mit seinem Theater bezweckt und zum anderen denke ich an das Zusammensein mit Marlons Eltern. Ich habe sie nicht so oft getroffen, aber es liegen Welten zwischen ihnen und diesen beiden hier. Plötzlich tun mir Franziska und Anton sogar leid. Die zwei sind so liebenswürdig, offen und glücklich, aber ihre Freude wird nicht lange anhalten. Ob sie um jede Freundin ihres Sohnes so viel Aufhebens gemacht haben? Was käme noch, wenn dies hier tatsächlich der Auftakt wäre? Erneut sehe ich zu Julius und atme irritiert aus.

„Aber nun erklärt uns in Gottes Namen einmal, warum ihr nicht vorher Bescheid gesagt habt. Wir hätten doch etwas vorbereitet, wenn wir gewusst hätten, dass du deine Freundin mitbringst, Julius." Die Worte „deine Freundin" quietscht Franziska geradezu vergnügt.

„Als ob das so wichtig ist. Sie sind jetzt hier, der Rest findet sich", bringt sich Anton ins Gespräch ein. „Viel interessanter ist doch, wo ihr euch kennengelernt habt und wie lange ihr schon ein Paar seid. Verliebt bis über beide Ohren seht ihr jedenfalls aus."

Ich verschlucke mich an meinem Tee und unterdrücke mit aller Macht mein dringendes Bedürfnis, laut zu husten. Jetzt wird Julius ihnen wohl endlich reinen Wein einschenken. Ich halte den Atem an und blicke erwartungsvoll zu ihm. Im Augenwinkel sehe ich, wie Franziska mir die Keksschale hinüberschiebt. Julius räuspert sich. Er sieht bedeutungsschwanger in die Runde. Meine Wangen kribbeln angenehm, als er mich ansieht ...

2. Eingeschneit

„Mama, Papa, ich muss euch etwas gestehen.“

Erleichtert atme ich auf, nun wird diese schräge Verwechslungskomödie gleich ein Ende finden. Doch Julius lässt sich Zeit. Entweder scheint es ihm schwerzufallen, die richtigen Worte zu finden, was ich mir nach unserer ersten Begegnung aber kaum vorstellen kann, oder aber es macht ihm Spaß, mich zu quälen. Das wäre seinen Eltern gegenüber, und mir natürlich, ausgesprochen unfair. Wir alle drei blicken ihn ernst und erwartungsvoll an, während er mit dem Zeigefinger auf den Tisch trommelt.

Herrgott, er strapaziert meine Geduld. So schwer kann es doch nicht sein, mit der Wahrheit herauszurücken. Was ist denn schon dabei? Ich bin drauf und dran, selbst das Wort zu ergreifen und für Aufklärung zu sorgen.

„Das mit Inga und mir ist nicht so einfach zu erklären. Ich habe sie mehr oder weniger von der Straße gerettet. Sie war mutterseelenallein und hatte niemanden, der sich um sie kümmerte. Da habe ich ihr angeboten, mit zu mir zu kommen und das arme Ding hat gleich Ja gesagt. Seitdem sind wir keine Minute getrennt gewesen.

Aber wir haben noch nicht viel miteinander gesprochen und uns noch nicht richtig kennengelernt."

Mit Entsetzen höre ich seine Worte, mein Unterkiefer senkt sich langsam. Mir bricht der kalte Schweiß aus. Was soll das nun schon wieder? Ich gebe es auf, gegen das noch immer vorherrschende fiese Kratzen in meiner Luftröhre anzukämpfen und huste, bis mir die Tränen kommen. Während ich mit dem Ärmel meine Augen trockne, blicken Anton und Franziska drein, als hätten sie einen Geist gesehen. Sie wissen nicht, wie sie mit dieser unsinnigen Geschichte umgehen sollen, haben wohl aber Angst, meine Gefühle zu verletzen.

„Von der Straße gerettet?" Franziska wirft mir einen bestürzten Blick zu, fängt sich aber schnell wieder.

„Umso schöner ist es doch, dass du sie hierher zu uns eingeladen hast. Über die Feiertage werdet ihr genug Zeit haben, euch richtig kennenzulernen." Dann zwinkert sie mir wissend zu.

Peinlicher könnte die Situation kaum sein und ich habe effektiv keine Lust mehr, mich von Julius vorführen zu lassen. Retter hin oder her, ich bin nicht sein Spielzeug.

„Das ist doch alles Unsinn!", echauffiere ich mich und wenn meine Augen Pfeile schießen könnten, dürfte sich Julius jetzt bereits vor Schmerzen winden. „Ich bleibe doch gar nicht und zusammen sind wir auch nicht. Ich weiß nicht, warum er diese erfundene Geschichte erzählt. Wir haben uns vorhin erst kennengelernt."

Meine Stimme klingt dünn und ich habe das Gefühl, mich bei seinen Eltern entschuldigen zu müssen. So ein

Blödmann! Warum zieht er mich in solch ein Kindertheater hinein?

„Das verstehe ich nicht", brummt Anton. Ich blicke in ein liebenswertes, aber vollkommen ratloses Gesicht und mir geht es genauso. Bevor ich jedoch mit meinem Erklärungsversuch fortfahren kann, schaltet sich der ungehobelte Sohn wieder dazwischen.

„Von wegen erfunden. Ich sagte doch gerade, dass wir uns kaum kennen." Er lehnt sich zurück und grinst schelmisch in die Runde, ohne sich um weitere Aufklärung zu bemühen.

„Also Julius, jetzt lass doch mal diesen Unfug. Wie ist es denn nun richtig?" Franziska stöhnt. Sie mustert mich erneut mit einem mitfühlenden Blick und ich greife ihre Frage sofort auf. Julius hat bereits genug geredet.

„Ich hatte vorhin einen Unfall mit dem Auto und bin von der Straße abgekommen. Der Wagen hat was abgekriegt, sodass ich damit nicht mehr weiterfahren kann. Julius war da, als es passierte und hat mir angeboten, mich mitzunehmen, damit ich meine Weiterreise von hier aus organisieren kann."

„Ach herrjeh, Julius, warum erzählst du das nicht gleich und führst so eine Komödie auf? Vielleicht ist Inga verletzt und muss zu einem Arzt. Wann zeigst du endlich, dass du Verantwortung tragen kannst und benimmst dich wie ein Erwachsener? Stattdessen lässt du uns im Glauben, wir hätten endlich eine Schwiegertochter in spe bekommen." Franziska wirft ihrem Sohn einen vorwurfsvollen Blick zu, den Julius mit einem kurzen Hochziehen seiner Augenbrauen quittiert.

Noch immer hält er die Hände verschränkt vor der Brust.

„An mir hat es nicht gelegen." Seine Worte klingen kühl, aber als unsere Blicke sich treffen, meine ich, tiefe Verletzung in seinen Augen zu lesen. Egal worum es hier geht, um mich definitiv nicht, hat sich wohl soeben ein wunder Punkt aufgetan. Sowohl Julius' Körperhaltung als auch seine Mimik signalisieren, dass er aus dieser Unterhaltung raus ist.

„Mädchen, hast du dir was getan? Manchmal merkt man das erst später. Tut dir der Kopf oder der Nacken weh?" Anton ignoriert den Wortwechsel und sieht mich forschend an.

„Nein, ich bin in Ordnung. Der Gurt hat mich gehalten, die Stelle spüre ich zwar, aber es ist nicht so dramatisch." Ich zeige auf die Stelle zwischen Hals und Schulter und gebe mich tapfer. Anton streicht mir über den Arm und nickt, er sieht jedoch keineswegs beruhigt aus.

„Also, Julius", wendet sich Franziska nochmals in versöhnlichem Ton an ihren Sohn, „immer dieses Theater. Das hättest du doch gleich sagen können. Wie stehen wir denn jetzt da?"

„Entschuldigung. Ich kam doch nicht dazu", verteidigt Julius sich und hebt die Arme, als wisse er nicht, wovon die Rede sei. Aber niemand springt darauf an und schließlich gibt er klein bei. Als er sich locker zurücklehnt und wir uns prüfend ansehen, sorgt das für ein angenehmes Kribbeln in meiner Magengegend.

„Und was ist mit deinem Auto? Wo ist denn der Unfall passiert?" Franziska fragt nun gezielt bei mir nach und in wenigen knappen Sätzen umreiße ich den Hergang des Unfalls, auch, dass mich niemand abholen kann.

„Julius hat mir angeboten, von hier die Weiterreise zu organisieren." Unsicher fahre ich mit dem Zeigefinger den glatten Rand der Teetasse entlang. Er hat es mir zwar angeboten, aber ich habe Angst, dass ich mich in diesem Augenblick aufdränge.

„Wo musst du denn hin, vielleicht fährt dich Julius schnell hinüber?" Sie wirft ihm einen mütterlich bestimmenden Blick zu, den er mit einem müden Lächeln quittiert.

Mein Puls beschleunigt sich. Eine heftige Woge der Hoffnung erfasst mich. „Ich muss nach Wien."

„Du lieber Himmel! Jetzt noch, bei dem Schnee?" Franziska schaut mich ungläubig an.

„Zu meinen Eltern", setze ich bekräftigend hinzu, doch ich fühle mich bereits wieder ernüchtert.

„Na, da hast du dir ... Entschuldigung ... da haben *Sie* sich aber etwas vorgenommen."

Ich schlucke durch diesen plötzlichen Wechsel ins Förmliche unangenehm berührt. „Wir können ruhig beim Du bleiben." Es kommt mir seltsam vor, wenn Julius' Mutter nach der stürmischen Begrüßung plötzlich so distanziert mit mir spricht.

„Dann nehme ich dich jetzt mal mit mir ins Büro und wir schauen, ob und was noch zu retten ist. Für eine Fahrt nach Wien hast du dir den denkbar schlechtesten Zeitpunkt ausgesucht. Seit Tagen reden sie über den aufkommenden Schneesturm in den Nachrichten. Wenn es nach mir gegangen wäre, dann wäre auch Julius schon früher hergereist. Nun bin ich heilfroh, dass er wohlbehalten hier angekommen ist."

„Es ging leider nicht anders." Die Kritik ist mir unangenehm. Warum auch immer, ich möchte nicht, dass mich Franziska für verantwortungslos und leichtsinnig hält. „Die Reise hat sich erst vor wenigen Stunden entschieden", erkläre ich mich kleinlaut und folge ihr.

„Das klingt ernst. Eine Familienangelegenheit?"

„So in der Art." Ich flüstere, denn sofort läuft das Kopfkino wieder an und ich sehe Marlon und Giulietta. Mein Magen verkrampft sich vor Wut und Enttäuschung. Wie konnte ich ihm über all die Wochen hinweg nur glauben? Macht Liebe tatsächlich so blind und naiv? Jetzt, da die Tatsachen offenliegen, schäme ich mich, dass ich so dumm war.

Vor einem der Schränke im Büro liegt ein stattlicher Berner Sennenhund. Er erhebt sich schwerfällig und kommt auf mich zu, um mich in Augenschein zu nehmen. Ich mag Hunde und den Umgang mit ihnen. Also halte ich ihm ruhig meine Hand hin, damit er Zeit hat, mich kennenzulernen. Wie es scheint, ist er zufrieden, denn er lässt sich über seinen großen schwarz-braunen Kopf streicheln. Sein Fell ist warm und weich. Ich vergrabe sanft meine Finger darin. Augenblicklich fühle ich mich sicherer.

„Leg dich, Bru", fordert Franziska fürsorglich. Sofort dreht der Große ab und nimmt wieder seinen Platz vor dem Schrank ein. Die Luft ist nun kühl an meinen Fingern und ich stecke sie unschlüssig in die Hosentasche.

„Das ist Bruno, er ist schon acht Jahre alt. Das Alter hängt ihm in den Knochen, aber er ist neugierig wie am ersten Tag." Der Hund legt sich wieder auf seinen Platz und ich unterdrücke das Bedürfnis, mich zu ihm zu setzen und ihm weiter das Fell zu kraulen.

„Wollen wir mal sehen, wie wir dich jetzt nach Wien bekommen. Schon irgendwelche Vorstellungen?“ Sie entsperrt den Computer und öffnet den Browser.

„Ehrlich gesagt nicht. Wenn es keine andere Möglichkeit gibt, fahre ich mit einem Taxi“, gebe ich arglos Auskunft.

Franziska zieht die Stirn kraus und wirft mir einen prüfenden Blick zu. „Mit dem Taxi ... bis Wien. Hast du eine Ahnung, wie weit das ist und wie viel Geld dich das kostet?“ Franziska sieht mich an, als sei ich von einem anderen Stern und ich nicke verzweifelt.

„Zwei bis drei Stunden Fahrt? So hatte es zumindest mein Navi ausgerechnet.“ Obwohl ich mich bemühe, die Haltung zu wahren, gelingt es mir nicht. Meine Stimme zittert und mein Blick wandert unruhig im Raum umher. „Dass mich diese Variante ein Vermögen kosten würde, ist mir klar, aber es ist wenigstens eine Option. Vielleicht die letzte.“

„Ja, aber doch nicht bei diesem Wetter. Rechne mit vier oder fünf Stunden, wenn überhaupt noch an ein Durchkommen zu denken ist.“ Sie richtet sich auf und rückt sich auf ihrem Drehstuhl zurecht. Dann greift sie zum Telefon und tippt schnell eine Nummer ein. „Ich glaube ehrlich gesagt nicht daran, aber ich frage trotzdem mal nach. Das kostet schließlich noch nichts.“

Während sie darauf wartet, dass das Gespräch entgegengenommen wird, zieht sie einen Klapphocker unter dem Tisch hervor und bedeutet mir, mich zu setzen. Geraume Zeit warten wir ab. Ich lausche hoffnungsvoll, doch ich habe kein Glück. Franziska legt enttäuscht auf und ich schicke in Gedanken ein Stoßgebet gen Himmel.

„Lass uns schauen, was die Bahn zu bieten hat. Die ist unter diesen Bedingungen wohl die bessere Wahl. Bei *Taxi Alois* rufe ich gleich noch mal an."

Sie wendet sich wieder ihrem Bildschirm zu. Gleich darauf fliegen ihre Finger nur so über die Tastatur. Leider ist das Ergebnis ihrer Suche nicht zufriedenstellend. Der letzte Zug aus Wien hat bereits über zwei Stunden Verspätung, der nächste nach Wien entfällt. Für den Abend steht noch einer im Regelfahrplan, aber Franziskas Gesichtsausdruck nach zu urteilen, gehen auch hier meine Chancen gegen Null.

Hilflos sitze ich auf dem Hocker, weiß weder vor noch zurück. Nur über eines bin ich mir im Klaren: Ich will nicht wieder zurück zu Marlon.

„Da wäre es besser gewesen, du wärst doch die neue Schwiegertochter", murmelt Franziska und holt mich aus meinen Gedanken. Ungläubig sehe ich sie an, denn ich bin mir nicht sicher, ob ich mich verhört habe.

„Ich will damit nur sagen ... ach, schon gut."

Obwohl ich von ganzem Herzen wünsche, meine Flucht nach Wien möge auf wundersame Weise doch noch ihr gutes Ende finden, lasse ich für den Hauch eines Augenblicks den absurden Gedanken an Julius und mich zu. Zu meiner Überraschung ist er nicht unangenehm. Sofort erinnere ich mich an seinen angenehmen, herben Duft. Mir ist plötzlich warm und ich muss den Kragen meines Pullovers lüften. Nervös stehe ich auf und blicke aus dem Fenster. Es tobt ein Schneesturm, wie ich ihn noch nie gesehen habe und mir wird allmählich bewusst, dass meine Chancen mit jeder Minute und jeder Schneeflocke schwinden. Mir wird schlecht und ich setze mich wieder. In fieberhafter Verzweiflung beobachte ich Franziska.

„Von wo bist du losgefahren?" Sie fragt beiläufig, aber jeder einzelne meiner Muskeln verkrampft sich.

„Rottenmann. Aber dorthin kann ich nicht zurück." Meine Fingerspitzen krallen sich in meine Oberschenkel, mir bricht der kalte Schweiß aus. Es muss ein furchtbares Bild des Jammers sein, das ich abgebe, denn Franziska greift erneut zum Telefon und wählt. Dieses Mal wird das Gespräch sofort entgegengenommen.

„Servus, Xaver, hier ist die Franzi. Sag mal, kannst du mir sagen, wie es am Bahnhof aussieht? Fährt da heute noch was?" Die Hoffnung flammt wieder auf. Diese Gefühlsachterbahn kostet mich die letzten Nerven. Mit bebenden Lippen beobachte ich gespannt, wie Franziska den Erläuterungen am anderen Ende der Leitung lauscht und hin und wieder nickt. Schließlich jedoch legt sie resigniert auf. Mir ist sofort klar, was das bedeutet und ich habe das Gefühl, den Boden unter den Füßen zu verlieren.

„Der Bahnhof ist dicht. Der Xaver sagt, dort versinkt alles unter den Schneemassen. Er hat sein letztes Zimmer für ein gestrandetes Pärchen hergegeben." Unter Brunos aufmerksamem Blick steht sie auf, geht hinüber ans Fenster und blickt hinaus. „Das sieht überhaupt nicht gut aus. Du solltest in Rottenmann bleiben. Julius oder Anton könnten dich mit dem Traktor zurückbringen. Dann kannst du für morgen von dort aus deine Reise nach Wien planen."

„Nein, das geht definitiv nicht. Lieber schlafe ich im Auto.“ Ich weiß, dass ich wie ein trotziges kleines Mädchen klinge und balle vor Ärger über mich selbst die Fäuste. Julius’ Mutter macht nicht den Eindruck, als sei sie mit meiner Antwort zufrieden, aber das Telefonklingeln erlöst mich.

„Ja, Franzi hier, grüß dich Alois.“ Sie setzt sich wieder auf ihren Stuhl und nickt mir aufmunternd zu. „Du sag mal, bei uns ist eine junge Frau, die muss heute unbedingt noch nach Wien. Kannst du dir vorstellen ...“ Sie wird unterbrochen, nickt und gibt ihrem Gesprächspartner immer wieder recht, dann legt sie auf und sieht mich betreten an. Verloren lausche ich ihren Worten, ich weiß, was sie mir sagen will.

„Nichts zu machen, der Alois sagt, dass es zu gefährlich sei und ihr womöglich auf halber Strecke liegenbleibt. So leid es mir für dich tut, ich fürchte er hat recht.“ Wieder tippt Franziska auf der Tastatur herum und befindet sich gleich darauf auf der Webseite des Wetterdienstes. „Da haben wir den Salat. Es wird noch schlimmer als angekündigt. Dich jetzt irgendwohin fahren zu lassen, wäre grob fahrlässig.“

Plötzlich hebt Bruno den Kopf. Vor dem Büro ertönt Stimmengewirr. Anton steht in dicker Wintermontur vor dem Eingang zum Büro.

„Alle Straßen sind dicht. Zu viel Schnee. Die Schreibers sind gerade zurückgekommen und sagen, dass kein Durchkommen ist. Sie fragen, ob sie die alten Zimmer noch länger buchen können.“

Mir wird flau im Magen. Auf diese simple Idee hätte ich auch kommen können. Ob es noch ein Zimmer für mich gibt?

„Natürlich. Sei so nett und gib Schlüssel und Bettwäsche raus. Ich bin noch nicht dazu gekommen, sie wieder herzurichten.“

Anton wirft seiner Frau einen Blick zu, der mir das Herz erwärmt. Er klopft bestätigend mit der Hand gegen den Türrahmen und kümmert sich dann um die unfreiwilligen Rückkehrer.

„Du hast es gehört und ... schau hier.“ Sie zeigt auf den Monitor. „Die Unwetterwarnung erstreckt sich bis morgen. Ich fürchte, die Schreibers sind nicht die Einzigen, die festsitzen.“

Franziskas mitfühlender Blick gibt mir den Rest. Hilflos knete ich meine Hände, in meinem Hals wird es immer enger.

„Willst du deine Eltern anrufen und sagen, dass du hier in Sicherheit bist? Sie machen sich gewiss Sorgen.“

„Nein, ist schon gut. Sie wissen nicht, dass ich auf dem Weg zu ihnen war“, gebe ich zu und winke ab. Schon beim Gedanken daran, zu berichten, was passiert ist, könnte ich erneut heulen.

Franziska hebt skeptisch eine Augenbraue und mustert mich. „Wenn ich sie anrufe, rege ich sie nur unnötig auf. So ist es besser.“ Ich fühle mich verpflichtet, sie von der Richtigkeit meiner Entscheidung zu überzeugen.

„Gut, das musst du selbstverständlich allein entscheiden. Aber als Mutter sage ich dir, dass ich angerufen werden wollen würde.“

Na toll, nun habe ich ein schlechtes Gewissen.

„Komm erst mal mit, wir finden schon eine Lösung.“

Dankbar folge ich ihr an die Rezeption.

„Sind alle anderen Pensionsgäste im Haus?", erkundigt sie sich bei Anton, der gerade die Treppe hinunterkommt, und zeigt sich erleichtert, als er nickt. „Für dich gibt es auch ein Bett."

Obwohl es dieser Tag in sich gehabt hat, fühle ich in diesem Moment eine unheimliche Erleichterung. Meine Knie werden weich und das Wasser steigt mir verdächtig in die Augen. Hoffentlich bemerken die beiden es nicht.

„Am einfachsten ist es, wenn du bei Julius schläfst …" Sie zwinkert mir zu und ich reiße erschrocken die Augen auf.

„Nur die Ruhe, das war nur Spaß." Sie grinst und sortiert einige Unterlagen.

„Für heute bist du unser Gast. Du kriegst die Sieben. Wir gehen gleich mal hoch und dann richtest du dich ein."

Überrascht nicke ich. Der Groll und die Verzweiflung, die mich am heutigen Tage heimgesucht haben, weichen einer tiefen Dankbarkeit. Es ist bestimmt ein großes Glück, wenn man Mitglied der Familie Gruber ist.

Franziska und ich bringen die Sachen in die erste Etage. Anton trägt meinen großen Koffer.

„Herzlichen Dank für die ganze Mühe, die du dir für mich gemacht hast und dass ich hier übernachten darf. Ich weiß nicht, was ich jetzt ohne euch tun würde und wie ich das je wieder gutmachen kann."

Franziska winkt bescheiden ab, doch ich setze nach: „Ich möchte euch ungern auf der Tasche liegen und bezahle das Zimmer natürlich."

„Papperlapapp, das Zimmer ist sowieso frei. Mach dir mal keine Gedanken. Wenn du dich erkenntlich zeigen willst, kannst du uns gleich ein bisschen zur Hand gehen." Sie wirft einen Blick auf ihre Armbanduhr. „Schon fünf. Höchste Zeit, das Nachtmahl vorzubereiten. Komm einfach runter, wenn du dich frisch gemacht hast."

Eilig verlässt sie das Zimmer und ich bin allein. Unschlüssig sehe ich mich um. Neben einem massiven Bett aus Holz mit bordeauxfarbiger Bettwäsche finden sich hier ein passender Schrank, ein Tisch und ein Stuhl. Der Fußboden ist aus dunklem Laminat, darauf liegt ein Schaffell-Imitat, an der Seite steht ein Spiegel. Genauso stelle ich mir ein Zimmer für Urlaub in den Bergen vor. Rustikal und doch ist alles vorhanden, was ich brauche.

Mein Spiegelbild sieht erschöpft aus, eine bleierne Müdigkeit überkommt mich und ich entscheide mich dafür, nicht großartig auszupacken. Für eine Nacht kann ich wohl aus dem Koffer leben. Ich krame das Nötigste hervor und es dauert nicht lange, bis Marlon uneingeladen durch meine Gedanken geistert. Marlon, wie er meine Zweifel zerredet, wie er mich dazu überredet, in den Skiurlaub zu fahren, obwohl der Besuch bei meinen Eltern schon so lange geplant war. Marlon und Giulietta Arm in Arm und Marlon, wie er schreiend im Schnee steckt. Bei Letzterem presse ich die Lippen aufeinander und arbeite gegen ein schadenfrohes Zucken um meine Mundwinkel an.

Ein kräftiges Klopfen an die Tür erschreckt mich und holt mich zurück in die Gegenwart. Eilig öffne ich und stehe direkt vor Julius.

„Ja?"

„Gibst du mir den Schlüssel für deinen Wagen? Mein Vater besteht darauf, ihn herzuholen, bevor er ganz im Schnee verschwindet." Seine Stimme ist angenehm warm und irgendetwas in seinem Blick macht mich nervös.

„Wie denn?" Ich halte mich an der Türklinke fest.

„Wir nehmen den Traktor und schleppen ihn her."

„Aber er wird Kratzer bekommen!"

Sofort ärgere ich mich über meinen blödsinnigen Einwand. Was dieses Auto angeht, hat Marlon mich offensichtlich einwandfrei konditioniert.

„Keinen mehr, als er sowieso schon hat. Versprochen." Er hält die Hand auf und wartet, während ich in diesen Augen versinken möchte. Er räuspert sich.

„Ja … natürlich." Peinlich berührt löse ich mich aus der Starre. Eilig durchsuche ich meine Sachen und spüre dabei seinen Blick in meinem Rücken. Als wir uns wieder gegenüberstehen und ich ihm den Schlüssel überreiche, berühren sich unsere Finger. Kurz nur, aber ein seltsames Kribbeln durchfährt mich. In seinen Augen entdecke ich ein sonderbares Funkeln.

„Danke." Ich flüstere nur.

Plötzlich jedoch wandelt sich sein Auftreten. Seine Augen werden schmal, er zieht die Brauen zusammen und sieht mich kühl, geradezu abweisend an. „Das kannst du meinem Vater sagen." Dann dreht er sich um und lässt mich stehen.

Ungläubig stoße ich die Luft aus und blicke ihm nach. Was war das denn bitte? Ich fühle mich wie kalt geduscht. Habe ich ihm einen Grund gegeben, böse auf mich zu sein? Zugegeben, ich habe den Unfall verursacht und bin somit nicht unschuldig daran, dass er jetzt noch einmal einen Ausflug in den Schnee machen muss, aber ein bisschen Freundlichkeit tut doch nicht weh. Vor allem, nachdem er mich bei seinen Eltern so vorgeführt hat. Grübelnd schließe ich die Tür.

Von draußen dröhnt lautes Motorengeräusch ins Zimmer und lockt mich zum Fenster. Mittlerweile ist es fast dunkel geworden. Anton sitzt auf einem Traktor und steuert ihn langsam durch das dichte Schneetreiben über den Hof.

Mein Handy klingelt. Marlon. Laut Anzeige auf dem Display ist es bereits der achte Anruf. Angewidert werfe ich das Telefon aufs Bett. Keinesfalls werde ich das Gespräch entgegennehmen. Mit geschlossenen Augen stehe ich am Fenster und warte, bis das Klingeln verstummt. Es folgt ein Vibrieren, das den Eingang einer Textnachricht mitteilt. Ich gebe nach und öffne den Chat. Mit wachsender Empörung durchscrolle ich die Nachrichten. Alles dreht sich nur um sein dämliches Auto.

Keine Sorge, dem Auto geht es bestens, du bekommst es in ein paar Tagen wieder! Weitere Nachrichten werden vorerst nicht beantwortet.

Ich lüge nicht, um ihn zu schonen, sondern um mir weitere Kommunikation vom Leib zu halten. Was ich jetzt brauche, sind Abstand und Ruhe. Die Unfall-Misere ist morgen noch genauso schlimm für ihn wie heute, aber vielleicht sehe ich dann wenigstens etwas klarer und kann souveräner mit der Situation umgehen.

Auch Benedikt hat angerufen, zweimal. Vielleicht sogar in Marlons Auftrag, ich traue es ihm zu. Sein Umgang mit der Situation hat mich schockiert, tut es noch. Statt ebenfalls seine Koffer zu packen und mit mir abzureisen, hatte er nur stumm dagestanden, die Hände tief in den Hosentaschen. Verloren wie ein kleiner Junge hat er ausgesehen. Ob Benedikt nun klarer sieht? Vielleicht wollte er mich erreichen und doch noch mitkommen.

Hin- und hergerissen zwischen Wut und Mitleid antworte ich kurz und verspreche einen Rückruf am nächsten Tag. Im Augenblick schaffe ich es nicht. Ich muss stattdessen mit jemandem sprechen, der nichts mit Marlon zu tun hat.

Das ist jedoch leichter gesagt als getan. Das vergangene Jahr war so von Einschränkungen geprägt, dass ich kaum den Kontakt mit anderen gepflegt habe. Ich hatte doch Marlon, Giulietta und Benedikt. Von den Mädels, die mir spontan einfallen, gibt es keine, der ich einfach so mitteilen würde: *Du, mein Liebesleben ist gerade ein Scherbenhaufen.*

In meinem Brustkorb verkrampft es sich. Ich bin allein und fühle mich auch noch schuldig an diesem Elend. Im neuen Jahr muss ich mich darum kümmern, die Freundschaften wieder aufzupolieren und zu pflegen.

Ich grübele, wem ich mein Herz ausschütten würde, wer mich kennt, mich versteht und wem ich noch vertraue. Meinen Eltern natürlich, aber nachdem ich unser gemeinsames Weihnachtsfest für Marlons Ski-Urlaub abgesagt habe, schäme ich mich. Ich weiß, dass sie nicht böse auf mich sind. Im Gegenteil, sie werden voller Verständnis sein, aber ich spreche lieber morgen mit ihnen, von Angesicht zu Angesicht.

Mein Bruder Michael ist für solche Fälle auch immer eine gute Wahl gewesen. Abgesehen von ein paar Aussetzern während seiner Pubertät hat er mir immer Beistand und Trost spenden können und gut auf mich – seine kleine Schwester – aufgepasst. Aber er hat gerade seine eigenen Sorgen. Wesentlich harmlosere als ich, aber trotzdem ... Auch er hat meinen Eltern das Weihnachtsfest abgesagt und ist mit seiner zukünftigen Gattin bei seinen Schwiegereltern in spe. Da Lia und er sich heimlich verlobt haben, noch bevor er ihre Eltern kennengelernt hat, war er schon seit Wochen ein Nervenbündel. Er hatte Angst, dass sie ihm die Heimlichtuerei übelnehmen und er der familiären Begutachtung nicht würde standhalten können. Ich weiß nicht, welche Vorstellungen er von Lias Familie hat, aber so schlimm, wie er tut, ist sie bestimmt nicht.

Mit Sicherheit ist die gesamte Familie hellauf begeistert von ihm und der Verlobung. Sie haben ihn in ihre Mitte aufgenommen und alles ist längst in Butter. Es ist einen Versuch wert, ihn anzurufen ...

Auf dem Bett sitzend streichle ich über meine schmerzende Schulter und sehe mich im Zimmer um. Ich brauche Zuspruch, also wähle ich Michas Nummer und warte.

Es klingelt. Dreimal, viermal, dann werde ich weggedrückt, wie das kurz aufeinanderfolgende Tuten beweist. Gleich darauf empfange ich eine Textnachricht von Michael.

Kann nicht reden.

Oh je, sofort tut es mir leid, dass ich seine Ängste nicht ernst genommen habe. Wenn er mich wegdrückt, läuft es wohl für ihn gerade auch nicht so gut. Ich lege das Telefon weg und gehe hinunter in die Küche, um mich dort nützlich zu machen und Zerstreuung zu finden.

Die Holzstufen knarren, als ich die Treppe hinuntersteige. Unten, vor der ersten Stufe, hat sich Bruno ausgebreitet. Sein langer Rücken schließt mit der Stufe ab, die Beine hat er von sich gestreckt. Als er mich sieht, hebt er zwar den Kopf, macht aber keine Anstalten, aufzustehen und mich durchzulassen. Also steige ich langsam und vorsichtig über ihn hinüber, was nicht so einfach ist, denn meinen linken Arm kann ich nicht belasten.

Durch den Aufenthaltsraum gelange ich zum Kücheneingang. Jemand klappert dort mit Geschirr.

„Hallo?" Ohne eine Antwort abzuwarten, trete ich ein.

„Wunderbar, meine Küchenhilfe ist da."

Ein alter, weißhaariger Mann mit schwarzer Küchenschürze und Schiffchen auf dem Kopf kommt flink auf mich zu und reicht mir die Hand zur Begrüßung. Sein Händedruck ist unerwartet kräftig.

„Servus, ich bin der Joseph. Franzi sagte schon, dass du helfen möchtest."

Ich nicke.

„Dann einmal Händewaschen! Haarnetz und Schürze liegen dort drüben für dich. Du kannst gleich damit beginnen, Wurst- und Käseplatten zu belegen." Er zeigt auf eine Arbeitsfläche aus Edelstahl, dann widmet er sich wieder seiner großen Pfanne und wendet die Bratkartoffeln.

Während ich die Schürze anziehe, steigt mir der köstliche Duft in die Nase und mein Magen kommentiert dies umgehend mit einem heftigen Knurren. Ich lege beruhigend die Hand auf meinen Bauch, denn von meinem Frühstück ist längst nichts mehr zu spüren. Ich schiebe Kohldampf. Trotzdem konzentriere ich mich auf das Belegen der Platten und lausche der Musik aus dem Küchenradio, um mich abzulenken. Als der Moderator dann eine Verschlechterung der Wetterlage verkündet, halte ich aufmerksam inne.

„Servus, liebe Leute da draußen! Die halbe Steiermark ist bereits im Schneechaos versunken und viele Zufahrtsstrecken sind nicht mehr passierbar. Auch der Zugverkehr ist bis auf weiteres eingestellt. Drei Tage vor Weihnachten, dem Fest der Liebe, kommt dies für viele Menschen einer Katastrophe gleich. Ich hoffe, allen, die noch unterwegs sind, geht es gut. Die Witterungs- und Straßenverhältnisse werden sich in den nächsten Stunden noch verschlimmern. Es ist bereits zu vielen Unfällen gekommen. Bisher ist glücklicherweise nur von Sachschaden die Rede. Aber solch einen Wintersturm gab es hier schon viele Jahre nicht mehr. Gendarmerie und Rettungskräfte bitten darum, von Reisen abzusehen. Also, wer kann, bleibt wo er ist, trinkt Tee und wartet ab. Ich bleibe für euch im Studio und kriege raus, wie diese Schneefront heißt, die uns hier gerade so richtig einheizt." Er lacht über sein Wortspiel und ich verdrehe die Augen. Hoffentlich ist morgen früh alles vorbei.

Die Musik spielt und mir hallen seine Worte im Kopf nach. Schneesturm ... drei Tage vor Weihnachten. Bleiben, wo wir sind? Ich schicke ein Stoßgebet gen Himmel, bitte darum, mir am nächsten Tag eine Zugfahrt bei blauem Himmel und glitzernd weißer Schneelandschaft zu bescheren. Viel mehr kann ich wohl nicht tun. Trotzdem oder gerade deswegen arbeite ich konzentriert weiter: richte die Scheiben ansprechend an und dekoriere mit Salat, Petersilie und Paprika, bis ich zufrieden bin.

„Nicht schlecht." Joseph wirft mir im Vorbeigehen einen anerkennenden Blick zu. „Nun bitte noch die Backwaren." Er zeigt auf einen großen Korb und legt mir Tüten mit verschiedenen Brotsorten und Brötchen auf die Arbeitsfläche. „Butter und Margarine nicht vergessen. Die findest du dort drüben im Kühlschrank."

Meine Augen folgen seinem Fingerzeig. „Ja, ist gut."

Ich bin froh, dass ich so unkompliziert mitarbeiten darf, wische mir die Finger ordentlich an meiner Schürze ab und mache mich auf den Weg zum Kühlschrank. „Das mach ich schon." Franziskas Stimme ertönt hinter mir und ich mache auf dem Absatz kehrt. Sie ist sichtlich erfreut und diese Freude überträgt sich sogleich auf mich.

„Wunderbar, ihr seid gut vorangekommen. Sobald Onkel Joseph grünes Licht gibt, können wir alles hinaustragen, unsere Gäste stehen schon hungrig in den Startlöchern."

Nicht nur die, ich auch ...

Als alle Speisen aufgetragen sind, legt Franziska mir die Hand auf meine Schulter. „Nun setz dich auch endlich hin, Mädchen. Du siehst entsetzlich hungrig und müde aus, ich bringe dir etwas."

Bevor ich protestieren kann, weil es mir unangenehm ist, bedient zu werden, hat sie mir schon einen Stuhl untergeschoben. Wenig später steht ein großer Teller mit dampfenden Bratkartoffeln und appetitlich duftendem Rostbraten vor meiner Nase.

„Lang ordentlich zu, es ist noch genug da, falls es nicht reicht."

Ihr mütterliches Lächeln, bevor sie aufsteht und sich um die anderen Pensionsgäste kümmert, rührt mich und ich atme gegen die Beklemmung in meiner Brust an.

Mit mir essen elf weitere Personen zu Abend. Zwei Herren, von denen einer der Vater des anderen sein könnte, ein Paar mittleren Alters, das niederländisch miteinander spricht, zwei andere Pärchen, Rentner sicherlich, die entweder schon zusammen angereist sind oder sich hier kennengelernt haben. Jedenfalls verstehen sie sich ausgesprochen gut miteinander. Dann ist da noch die Familie Schreiber. Mutter, Vater und ihre Teenager-Tochter, die schon abgereist waren und wieder umkehren mussten. Es stört mich nicht, dass ich allein an meinem kleinen Tisch sitze – im Gegenteil. Ich genieße das Essen und bin froh, dass mich niemand auf meine Misere anspricht.

Das Essen ist köstlich und eine Wohltat, der Tee tut sein Übriges und schon bald befällt mich eine bleierne

Müdigkeit. Ich könnte im Sitzen einschlafen. Ein angenehmer Zustand – wenn ich nicht noch die Treppe hinauf müsste ...

Artig bedanke ich mich nochmals bei Franziska, bringe mein Geschirr zurück und schleppe mich in mein Zimmer. Todmüde falle ich aufs Bett, schließe die Augen und bleibe eine Weile reglos liegen, bis mein Telefon summt. Drei verpasste Anrufe und eine Textnachricht von Michael zeigt das Display an.

Was gibt es denn?

Ich lese seine Nachricht, bin aber zu müde, um zu antworten. Während mich der Schlaf übermannt, beschließe ich, meinen Bruder gleich morgen früh anzurufen.

3. Quid pro quo

Ich vernehme ein Klopfen. Mein Körper ist schwer und wehrt sich beharrlich gegen diese Störung. Es dauert, bis ich mich von meinem Kissen erhebe.

„Inga? Alles in Ordnung?"

Mein Puls beschleunigt sich. Unverkennbar Julius' Stimme. Warum reagiere ich auf diesen Mann nur so sensibel? Nach dem gestrigen Desaster mit Marlon sollten mich Männer grundsätzlich für eine Weile kaltlassen.

„Ja, klar! Einen Moment!" Ich klinge verschlafen.

Etwas unbeholfen klettere ich aus dem Bett und ziehe mir die Decke wie einen Umhang über die Schultern. Der dumpfe Schmerz, der dabei in meine Schulter fährt, lässt mich aufstöhnen. Ich blinzele durch die zusammengekniffenen Augen, denn draußen ist es schon hell, und öffne wenig später die Zimmertür.

„Guten Morgen", krächze ich, streiche mir eine Haarsträhne aus dem Gesicht und reibe mir müde die Augen.

Julius sieht aus, als hätte er nicht geschlafen. Unter seinen bezaubernd grünen Augen zeichnen sich dunkle Ringe ab. Wow, diese Verletzlichkeit, die er ausstrahlt, macht ihn noch attraktiver. Bewusst atme ich tief ein und will etwas von seinem angenehmen Duft aufnehmen, doch bevor ich mich weiter für ihn erwärmen kann, verändern sich seine Gesichtszüge und sein Körper spannt sich an. Mit zusammengekniffenen Augen und schmalen Lippen mustert er mich für meine Begriffe etwas zu lange und ich ziehe die Decke fester um meine Schultern. Distanziert und kühl ist er nun – wie ausgewechselt.

„Meine Mutter will wissen, ob alles in Ordnung ist und ob du noch etwas zum Frühstück essen möchtest."

Augenblicklich wird mir flau im Magen. Welche Laus ist ihm denn über die Leber gelaufen? Ist er etwa sauer auf mich? Habe ich irgendetwas verbrochen?

„Natürlich, sehr gern. Ich ziehe mich nur schnell an." Ich beschließe, höflich zu bleiben und nicht weiter darauf einzugehen.

„Wie lange brauchst du schätzungsweise?"

„Schon gut, wenn ich mich beeile, kann ich in fünfzehn Minuten fertig sein."

Er zieht skeptisch die Augenbrauen hoch. „Na dann beeil dich mal. Wir treffen uns um elf in der Scheune. Lagebesprechung zu deinem Auto."

„Um elf? Klar, Sergeant. Das schaffe ich dicke." Ich ziehe die Decke erneut vorsichtig zurecht. Bevor ich die Tür schließen kann, grinst er mich süffisant an.

„Was ist?"

„Du hast keine Ahnung, wie spät es ist, oder?"

Damit hat er recht, aber so schlimm kann es nicht sein, ich schlafe selten lange.

„Und wenn schon." Ich gebe mich so gelassen wie möglich und zucke mit den Schultern, was ich auf der Stelle bereue. Autsch.

„Zwanzig nach zehn", gibt er selbstgefällig Auskunft. „Du gehörst wohl nicht zu den frühen Vögeln."

Jetzt reicht's. Ich öffne den Mund, um ihm eine passende Antwort zu liefern, aber mir fällt partout nichts Sinnvolles ein. Also lässt er mich stehen und ich ärgere mich. Über mich, über ihn, über den Schnee und darüber, dass der Tag schon so beschissen anfängt. Da habe ich mal so richtig verpennt und das ausgerechnet, nachdem mich hier alle so gut aufgenommen haben. Jetzt stehe ich da wie eine Faulenzerin. Wie peinlich! Ich schließe die Tür lauter als beabsichtigt und suche mein Handy. Akku leer. Shit!

In Windeseile ziehe ich das Ladekabel und ein paar Klamotten aus der Reisetasche, dann verschwinde ich im kleinen Badezimmer.

Kurz darauf nehme ich die Treppe im Rekordtempo. Vor der letzten Stufe liegt schon wieder Bruno und rührt sich nicht. Ich bremse ab, um vorsichtig über den Hund zu steigen, verliere aber das Gleichgewicht. Das rechte Bein in die Höhe gestreckt, hilflos mit dem rechten Arm in der Luft rudernd, greife ich Halt suchend mit der linken Hand nach dem unteren Treppenpfosten. Durch die lädierte Schulter kann ich jedoch nicht die notwendige Kraft aufbringen, um mich zu halten. Ich springe ab, drehe mich halb in der Luft und lande mit einem lauten Poltern auf dem Boden. Bruno lässt sich zu einer dezenten Reaktion hinreißen. Er hebt seinen großen Kopf und sieht mich an.

„Sorry", flüstere ich und reibe mir die Fußgelenke. Sie schmerzen durch die unsanfte Landung, scheinen aber keinen Schaden genommen zu haben. Vorsichtig durchquere ich den Flur und betrete den Gastraum.

Hier ist von Frühstück längst keine Rede mehr. Die Rentnerpärchen spielen Karten miteinander. Franziska kommt gerade aus der Küche.

„Ach, Inga! Ausgeschlafen?“ Sie lacht, stellt ein paar Teller ab und kommt zu mir, um mich mit einer herzlichen Umarmung zu begrüßen. Gleich darauf bietet sie mir Kaffee und etwas zu essen an.

Ihre Fürsorge ist mir unangenehm. Ich bin mir sicher, dass ich ihren Tagesablauf anständig durcheinanderbringe.

„Entschuldige bitte. Es tut mir leid, dass ich so spät dran bin. Mach dir bitte für mich keine Umstände.“

„Quatsch mit Soße. Setz dich schon hin.“ Sie zieht einen Stuhl vom erstbesten Tisch und bietet mir einen Platz an.

„Ich kann eine Pause vertragen und freue mich über Abwechslung und deine Gesellschaft.“ Sie zwinkert mir vielsagend zu und verschwindet wieder in der Küche. Verunsichert lege ich die Hände in den Schoß und warte ab.

Ich beobachte die Kartenspielenden und als sich eines der beiden Pärchen küsst, schnürt es mir die Kehle zu. Marlon und ich haben es nicht mal bis zum ersten Jahrestag geschafft, dabei habe ich mir solche Mühe gegeben. Mein Bauchgefühl hatte die ganze Zeit recht. Ich hätte darauf hören und die Beziehung schon vor Wochen beenden sollen. Aber ich hatte immer gehofft, dass wir doch zusammengehören und miteinander alt werden können. So oft hat er mir seine Liebe geschworen und meine Zweifel zerredet. All meine Hoffnung habe ich in diesen blöden Weihnachtsurlaub in der Skihütte gesetzt und zum Dank sitze ich als die Gehörnte in einer Pension bei fremden Leuten fest. Super Weihnachten ...

Wir haben vom Schnee gehört. Ist alles okay bei euch?

Eine Textnachricht von meiner Mutter erreicht mich. Der Akku meines Handys hat in der kurzen Zeit immerhin zwölf Prozent geladen. Ich schreibe zurück.

Ja, alles in Ordnung, aber Handy gleich leer. Hab euch lieb.

Hinhaltetaktik, aber mir ist noch nicht danach, mit ihr zu telefonieren. Ich seufze und muss mir eingestehen, dass ich doch Glück im Unglück gehabt habe. Wenn mir Julius nicht begegnet wäre und ich Marlons BMW nicht geschrottet hätte, säße ich sehr wahrscheinlich irgendwo zwischen hier und Wien im Schnee fest, um mir den Arsch abzufrieren, wenn nicht sogar Schlimmeres. Mir schaudert bei dem Gedanken daran, wie schlimm es hätte ausgehen können.

Rücken gerade, Krone richten, höre ich meine innere Stimme, nehme Haltung an und sehe mich um. Der Gastraum ist sehr hübsch hergerichtet. Weihnachtssterne auf den Fensterbänken, in einer Ecke stehen Wichtel aus Holz. Die gegenüberliegende Wand dagegen sieht kahl aus. Irgendetwas fehlt.

Ein guter Platz für einen Weihnachtsbaum, denke ich, als Julius' Mutter mit einem Tablett zurückkommt. Darauf befinden sich Brötchen, Marmelade, Butter und ein gekochtes Ei. Außerdem Teller, Besteck und zwei Tassen.

„Kaffee kommt sofort." Sie bringt noch eine bauchige rote Thermoskanne und setzt sich dann zu mir an den Tisch. „Und? Wie hast du geschlafen?" Sie sieht mich nicht an, sondern gießt beide Tassen voll.

„Ausgesprochen gut und viel zu lange. Nochmals, es tut mir wirklich leid. Normalerweise liege ich nicht so lange im Bett."

„Du hattest gestern einen anstrengenden Tag. Der Körper nimmt sich, was er braucht. Sei froh und genieße jetzt entspannt dein Frühstück."

„Um elf will Julius sich schon wegen des Autos mit mir in der Scheune treffen und danach werde ich mich sofort um meine Abreise kümmern. Versprochen."

„Nur keine Eile. Julius kann auch mal fünf Minuten warten, bis du aufgegessen hast." Sie blickt mich über den Rand ihrer Kaffeetasse ernst an. „Außerdem fährst du heute sehr wahrscheinlich nirgendwohin."

Unbehagen befällt mich. Noch bevor ich fragen kann, spricht Franziska weiter. „Ich nehme an, dass du noch keine Nachrichten gehört oder gelesen hast. Schau mal aus dem Fenster. Es schneit immer noch heftig. Die Zufahrtsstraßen sind allesamt dicht. Das Gleiche gilt für den Zugverkehr in der halben Steiermark. Wir sind eingeschneit."

„Nein!" Mir fahren Schreck und Ratlosigkeit in alle Glieder und ich versuche zu begreifen, was Franziska mir mitteilt.

„Aber das geht nicht! Ich muss nach Wien zu meinen Eltern! Ich habe sie fast ein Jahr nicht mehr gesehen und in zwei Tagen ist Weihnachten", insistiere ich vollkommen zwecklos. „Ich kann doch nicht einfach hierbleiben."

„Du wirst es müssen, Liebes, ob du willst oder nicht“, versucht mich Franziska in eigentümlicher Abgeklärtheit zu trösten. Sie stellt die Kaffeetasse ab und legt ihre Hand auf meine. „Oder gefällt es dir bei uns nicht?“

Jetzt erst merke ich, dass ich zittere. „Doch. Ihr seid so lieb zu mir, aber ...“

„Keine Sorge, wir bekommen dich schon versorgt.“ Sie versucht mich zu beruhigen, hat aber nur mäßig Erfolg. „Du kannst in dem Zimmer wohnen, Essen gibt es auch. Sobald der Schnee nachlässt, kannst du weiterreisen. Morgen oder übermorgen. Vielleicht sogar mit dem Auto. Der Julius hat nämlich ein goldenes Händchen für so etwas.“

„Ein goldenes Händchen?“

„Ja, der kennt sich super mit Autos aus. Ist der Beste auf dem Gebiet und kriegt alles wieder hin.“

Ob Julius mir wirklich helfen will, wage ich zu bezweifeln, aber ich möchte nicht unhöflich sein. Im Gegensatz zu ihm ist seine Mutter nämlich ausgesprochen liebenswürdig zu mir.

„Das ist sehr großzügig von euch. Ich weiß gar nicht, wie ich das jemals wiedergutmachen soll.“

„Ach weißt du, der Gedanke, dich als Schwiegertochter zu haben, hat mir gestern sehr gefallen.“ Schwärmerisch blickt sie an die Decke und ich spüre, wie mir meine Gesichtszüge entgleisen. Was versucht mir Franziska denn damit zu sagen? Will sie mich etwa mit ihrem Sohn verkuppeln? Plötzlich fängt sie an zu lachen.

„Dein Gesicht solltest du sehen!“ Sie kichert weiter und muss die Tasse abstellen, um den Kaffee darin nicht zu verschütten. „Revanchiere dich einfach, wenn du das nächste Mal auf jemanden in Not triffst.“

„Natürlich" versichere ich umgehend und senke peinlich berührt den Blick auf den Tisch.

Mit einigen Minuten Verspätung mache ich mich schließlich auf den Weg zur Scheune. Im dichten Schneetreiben überquere ich den Hof. Dass hier kürzlich großräumig freigeschaufelt worden ist, ist nur noch zu erahnen. Unerbittlich fallen die dicken weißen Flocken vom Himmel und der kräftige, kalte Wind trägt sie fürsorglich bis in die hintersten Ecken. Ich sinke tief ein. Etwas Schnee landet in meinen Stiefeln und es knirscht unter den Sohlen. Schon nach wenigen Schritten macht sich die Kälte nicht nur an meinen Füßen bemerkbar, sondern sticht mir auch wie feine Nadeln ins Gesicht.

Das ausladende grüne Schiebetor der Scheune ist nur noch wenige Meter entfernt. Es steht ein Stück offen und ich kämpfe mich in den geschützten Unterschlupf. Als der fürchterliche Wind von mir ablässt, atme ich befreit auf. Julius begrüßt mich mit einem wissenden Blick. „War klar, dass du es nicht pünktlich schaffst." Er säubert seine Finger mit einem Putzlappen.

„Auch schön, dich zu sehen. Tut mir leid wegen der Verspätung. Ich habe mein Bestes gegeben", entschuldige ich mich trotz seines blöden Spruchs. Ich habe keineswegs vor, mich ihm gegenüber zickig zu verhalten, aber er provoziert mich – bewusst oder unbewusst – und es nervt mich.

„Na ist schon gut, hätte mich auch sehr gewundert", winkt er ab.

Mein Puls erhöht sich, es kribbelt unter meiner Haut. Woher nimmt er sich das Recht zu solchen Äußerungen? Er kennt mich doch gar nicht! Außerdem habe ich genug mit mir selbst zu tun. Ich brauche im Augenblick niemanden, der mir das Leben zusätzlich schwermacht.

„Ich habe mir dein Auto mal angeschaut. Das Schätzchen hat verdammtes Glück gehabt. Es ist gar nicht so viel passiert. Es gibt zwar ein paar unschöne Kratzer und eine kleine Delle am vorderen rechten Kotflügel und wie du mitbekommen hast, ist der Beifahrerairbag ausgelöst worden. Im Großen und Ganzen bist du aber glimpflich davongekommen. Wenn du jetzt noch gut versichert bist, hast du dir selbst ein Weihnachtsgeschenk gemacht.“

„Eine Delle und Kratzer“, wiederhole ich matt und trete dichter an Marlons Baby heran, während ich versuche, die Informationen einzuordnen. Abgesehen davon, dass ich überrascht von Julius’ unerwarteter Einschätzung bin, sitzen mir gerade Engelchen und Teufelchen auf den Schultern. Teufelchen ruft munter: *Los, hol deinen Schlüssel raus und verpasse seiner Karre den Rest, noch eine ordentliche Schramme. Eine richtige, die von vorn bis hinten über die ganze Seite des Wagens geht. Dieser Mistkerl hat dich belogen und kein Mitleid verdient. Hat er sich alles selbst zuzuschreiben.*

Engelchen hält sanft dagegen: *Durchatmen, Inga. Reicht nicht, was schon alles passiert ist? Sei doch froh, dass du nicht verletzt bist und mit dem Schrecken davongekommen bist. Vergiss nicht, du musst den Schaden sowieso aus eigener Tasche zahlen. Wenn du das Auto noch mehr demolierst, schadest du dir am Ende nur selbst.*

Ich versuche die beiden zu ignorieren und beantworte stattdessen nüchtern Julius' Frage. „Nein, ich bin überhaupt nicht versichert. Das ist nämlich nicht mein Auto."

„Und wem gehört das gute Stück dann? Hast du den Halter schon informiert? Weißt du, wie er versichert ist?"

Ich sehe Julius gequält an und stopfe trotzig meine Hände in die Jackentaschen. Seine Fragestellung kommt einem Verhör gleich und nebenbei bemerkt geht es ihn auch nichts an.

„Das blöde Auto ist bestens versichert, aber das wird mir nichts nützen", gebe ich unwirsch zu und weil Julius nicht aufhört, mich anzustarren, setze ich nach. „Ich hatte nicht die Erlaubnis, ihn zu fahren. Genau genommen war es mir sogar verboten worden." Den letzten Satz raune ich fast unverständlich in meinen Kragen.

„Hast du ihn etwa geklaut?" Er stößt einen anerkennenden Pfiff aus. „Hätte ich dir gar nicht zugetraut. Du siehst viel zu brav aus."

Ich neige den Kopf und werfe ihm einen Blick aus schmalen Augen zu. „Weißt du doch gar nicht."

„Stimmt. Raus damit. Was hast du angestellt?"

„Überhaupt nichts! Es hat sich aus der Not heraus ergeben." Ich verteidige mich entrüstet und schüttele den Kopf, dann gehe ich langsam um das Corpus Delicti herum.

„Nun lass dir doch nicht alles aus der Nase ziehen. Muss ich damit rechnen, dass die Bullen irgendwann hier auftauchen und nach dir fragen?"

„Was? Nein, so ein Schwachsinn!“ Noch während ich antworte, kommen mir Zweifel und mir bricht der kalte Schweiß aus. Würde Marlon wegen seines blöden Autos so weit gehen, mich bei der Polizei anzuschwärzen?

„Der gehört meinem Fr… also meinem Ex und ich habe ihn mir gegen seinen Willen geliehen. In ein paar Tagen, wenn ich bei meinen Eltern war, bekommt er ihn wieder. Im Moment braucht er sowieso kein Auto. Können wir das Thema jetzt beenden? Ich frage dir doch auch keine Löcher in den Bauch.“

„Ich habe ja auch kein Auto geklaut.“ Julius sieht mich seltsam an, nickt und stellt sich neben mich auf die Beifahrerseite.

Ein angenehmes Gefühl befällt mich, als er so nah neben mir steht. Es macht mich ein wenig nervös und ich grabe meine Hände tiefer in die Jackentaschen.

„Wenn du willst, mache ich das Auto fahrtüchtig, sodass du nach Wien kommst. Dazu muss ich nur den Airbag vernünftig ausbauen. Um die richtige Reparatur kannst du dich dann später mit deinem Freund kümmern.“

„Ex!“, zische ich.

„Na von mir aus, du und dein Ex.“

„Ist das denn erlaubt? Darf ich ohne Airbag fahren?“

„Klar, es gibt doch noch jede Menge Autos, die keinen Airbag haben. Stell dir vor, die müssten alle aus dem Verkehr gezogen werden. Die Straßenverkehrsordnung wird weniger ein Problem damit haben als dein Freund.“

„Ex!" Ich rolle genervt mit den Augen. „Woher weißt du denn, wie man das ordentlich macht? Welche fachliche Qualifikation hast du denn? Vielleicht hat die Straßenverkehrsordnung ein Problem damit, wenn ein Laie an dem Auto rumschraubt."

Obwohl ich Franziskas Worte in den Ohren habe und obwohl ich mich beherrschen wollte, zicke ich nun doch. Seine Nähe ist angenehm und das bringt mich durcheinander.

„Ach ja? Bitteschön." Er reicht mir ein Werkzeug, das er in der Hand hält, hin und reflexartig greife ich zu.

„Mehr als einen Meistertitel kann ich leider nicht vorweisen. Versuch dich gern und überrasch mich. Vielleicht tut sich die Möglichkeit auf, dass ich noch etwas von dir lernen kann." Julius wirft mir einen gleichgültigen Blick zu, wendet sich ab und ich ärgere mich über meine vorlaute Klappe.

„Ist schon gut, es tut mir leid."

„Was genau?" Er bleibt stehen und sieht mich über die Schulter an.

„Es tut mir leid, dass ich deine Fähigkeiten infrage gestellt habe. Ich weiß deine Hilfe zu schätzen. Das Auto steckte wohl immer noch im Schnee fest, wenn ihr es nicht abgeschleppt hättet." Ich atme schwer.

„Mit Sicherheit." Julius bestätigt meine Vermutung, rührt sich aber nicht.

„Würdest du mir bitte dabei helfen, den Airbag auszubauen?" Ich gebe mir große Mühe, meine Frage höflich zu stellen. „Ich habe keine Ahnung davon."

„Und wer hat Ahnung?", fragt er mich allen Ernstes und ich umklammere sein blödes Werkzeug, als wollte ich es erwürgen. „Echt jetzt?"

„Ja." Mit hochgezogenen Augenbrauen sieht er mich wartend an.

„Du hast offenbar Ahnung davon", gebe ich schließlich nach. Je eher ich diesen Kindergarten beende, desto eher sitze ich in Wien unter dem Weihnachtsbaum.

„Stimmt." Nun grinst er selbstgefällig, kommt zurück und nimmt mir das komische Werkzeug wieder ab. „Ich werde das allein machen, aber ich erwarte eine Gegenleistung, eine Gefälligkeit."

Gegenleistung? Mir fällt Franziskas Bemerkung ein, dass sie sich über mich als Schwiegertochter gefreut hätte. Sie hat offensichtlich nur gescherzt, oder nicht? Was denkt sich dieser Typ bloß? Ich starre ihn entgeistert an, aber er macht sich schon am BMW zu schaffen.

„Gegenleistung?" Unsicher wiederhole ich dieses Wort.

„Klar. Quid pro quo, wie Hannibal Lecter immer zu sagen pflegte."

„Wer ist Hannibal Lecter?" Ich habe diesen Namen noch nie gehört.

„Oh, Mann! Kannst du googeln", speist er mich ab und klemmt sich ein Werkzeug zwischen die Zähne.

„Ja, vielleicht. Und welche Gefälligkeit schwebt dir vor?" Ich kann nicht glauben, dass ich diese Frage stelle.

„Dort neben dem Scheunentor stehen ein paar Schneeschieber. Such dir einen aus, der dir gefällt und schaufele den Weg von der Scheune zum Haus wieder frei."

Ich blicke Julius ungläubig an.

„Na, einer muss es ja machen und wenn ich an deinem Auto schraube, kannst du auch für mich den Schnee wegschippen.“

Ein schlüssiges Argument, also gebe ich nach und suche mir eine passende Schneeschaufel aus.

„Ich muss noch meine Handschuhe holen.“

„Warte! Du kannst meine nehmen.“ Er reicht mir seine, die etwas zu groß sind und eine wohlige Wärme umschließt meine Hände, nachdem ich hineingeschlüpft bin. Dann kämpfe ich mich hinaus in den Schnee.

Bereits nach wenigen Minuten wird mir von der ungewohnten Tätigkeit warm und ich gerate ins Schnaufen. Außerdem schmerzt die Schulter, wenn ich mich unvorsichtig bewege. Ich kann mich nicht daran erinnern, jemals eine solche Arbeit verrichtet zu haben. Im Rheinland, wo ich wohne, hat Schnee Seltenheitswert. Es gibt sogar Witze darüber, wie eine einzelne Schneeflocke bei uns in Köln und Umgebung für Chaos sorgen kann.

Die Handschuhe leisten mir sehr gute Dienste, aber ich habe das Gefühl, gegen Windmühlen zu kämpfen. Der Schnee ist unerwartet schwer und mit jeder Bewegung lässt die Kraft in meinen Armen nach.

Erschöpft richte ich mich nach einer gefühlten Ewigkeit auf und mache eine Pause. Ich recke meinen schmerzenden Rücken und begutachte meine bisherige Leistung. Es sind keine vier Meter, stelle ich niedergeschlagen fest. Liebend gern hätte ich mich auf eine andere Weise nützlich gemacht oder besser noch, am besten wäre ich gar nicht erst in diese Situation geraten. Dann könnte Julius seinen Hof schön allein von der weißen Pracht befreien und ich stattdessen Glühwein trinkend mit meinen Eltern Karten spiele.

Augenblicklich formt sich die Wut auf Marlon in meinem Bauch und steigt in mir auf. Dazu gesellt sich die Wut auf mich selbst, dass ich es so weit habe kommen lassen und der Beziehung nicht rechtzeitig ein Ende gesetzt habe. Giulietta und er tauchen erneut vor meinem inneren Auge auf. Ich sehe Marlons Hände auf ihrem halbnackten Körper. Was hatten die beiden sich eigentlich dabei gedacht? Ohne Rücksicht auf Benedikt und mich sind sie wie ausgehungert übereinander hergefallen. Warum haben sie nicht mit offenen Karten gespielt?

Eine Trennung tut weh, aber sie ist ein sauberer Schnitt. Nicht immer schön, aber in unserem Fall offensichtlich das Beste und jeder von uns hätte ein Weihnachtsfest nach Wunsch bekommen. Ich, indem ich wie geplant zu meinen Eltern gefahren wäre und die beiden Turteltäubchen in der Skihütte am Großen Bösenstein. Ich stoße verächtlich die Luft aus. Die Skihütte macht ihrem Namen alle Ehre. Bis jetzt ist hier alles schiefgelaufen, was nur schieflaufen konnte. Großer Bösenstein. Schönen Dank auch.

Wütend setze ich meine Arbeit fort. All meine Kraftreserven bringe ich auf, um den Schnee beiseite und Marlon endlich aus meinem Kopf zu bekommen. Als ich mir die zweite Verschnaufpause gönne, bin ich wenigstens zu erschöpft, um weiteren Groll gegen ihn zu hegen. Zufrieden stelle ich fest, dass ich bereits zwei Drittel des Weges geschafft habe. Dass ein Teil meiner Arbeit bereits unter neuem Schnee verborgen ist, nehme ich demütig zur Kenntnis.

„Vom Rumstehen erledigt sich die Arbeit nicht! Glaubst du, der Schnee räumt sich von selbst?" Julius' Stimme ertönt unmittelbar hinter mir, der Schreck fährt mir in die Glieder. Warum benimmt er sich wie ein Idiot?

Ich drehe mich um und will ihm passend antworten. Doch als wir uns gegenüberstehen, überlege ich es mir anders. Seine Wangen sind von der Kälte gerötet, die dunklen Haare schauen unter der Mütze hervor und die Schneeflocken setzen sich darauf. Abgesehen von seinen beeindruckenden Augen macht er auch sonst eine gute Figur. Aber was hilft es, wenn er sich wie ein Kotzbrocken verhält? Ich bin zu erschöpft, um mich mit ihm zu streiten. Ich halte mich am Stiel der Schaufel fest. Mir wird schwindelig.

„Ich, ich … also … ich glaube, ich brauche eine Pause", stottere ich ermattet. „Kann ich später weitermachen? Der Schnee wird schon nicht schmelzen und ich habe das Gefühl, dass ich gleich umfalle." Er neigt den Kopf etwas und sieht mich mit zusammengezogenen Augen an. Traut er mir zu, dass ich mich nur vor der Arbeit drücken will?

„Schon gut, den Rest schaffe ich allein."

„Danke." Ich reiche ihm die Schneeschaufel und stapfe mit gemischten Gefühlen ins Hauptgebäude.

Das Mittagessen wird serviert, aber ich will nur noch auf mein Zimmer, die dicken Klamotten ausziehen und mich ausruhen.

Dort angekommen, bemerke ich, dass ich noch Julius' Handschuhe trage. Ein spontanes Lächeln umspielt meine Lippen, als ich sie ausziehe. Er ist zwar kein Gentleman, aber er hat sich bereit erklärt, das

Auto wieder fahrbereit zu machen. Das ist eine sehr nette Geste, wie überhaupt alles nach dem Unfall. Vielleicht ist er manchmal ungehobelt, aber er hat ein gutes Herz. Ich nehme mir vor, weniger auf seine Kommentare einzugehen und nicht alles persönlich zu nehmen.

Ein plötzliches Dröhnen, das vom Hof her in mein Zimmer dringt, reißt mich aus den Gedanken. Neugierig tapse ich zum Fenster hinüber und traue meinen Augen nicht: Julius sitzt auf einer Schneefräse und ist dabei, den Hof großräumig vom Schnee zu befreien. Der Weg, den ich in mühsamer Handarbeit vom Schnee befreit habe, wandelt sich in kurzer Zeit in eine Freifläche. Mir stockt augenblicklich der Atem.

Wut steigt in mir auf. Ich fahre mir mit der Hand über die schmerzende Stelle am Schlüsselbein. Meine Arbeit war vollkommen unnötig! Er hat mich vorgeführt und ich mich in ihm getäuscht. Wie soll ich das nicht persönlich nehmen?

Verärgert werfe ich die Handschuhe auf den Tisch. „So ein Idiot!“, zische ich.

Vielleicht lässt der Schnee doch schneller nach. Wenn die Bahnen wieder fahren oder die Straßen geräumt sind, reise ich ab. Soll Julius am BMW schrauben, bis ihm der Arm abfällt. Ich bin nicht auf ihn angewiesen. Im Ernstfall rufe ich mir ein Taxi.

4. Weisheitszähne und ein Haufen Scherben

Mein Handy klingelt und unterbricht meine Gedanken. Es ist Benedikt. Sofort zieht sich alles in mir zusammen und ich habe nicht vor, dranzugehen. Doch plötzlich befällt mich die Angst, Marlon könnte mir tatsächlich die Polizei auf den Hals hetzen. Benedikt könnte mir darüber Auskunft geben.

„Ja?“

„Oh Mann, endlich erreiche ich dich, Inga! Geht's dir gut?“ Die Sorge in seiner Stimme klingt echt.

„Geht so. Den Umständen entsprechend. Und dir?“ Ich gebe mich kühl und distanziert. Auf keinen Fall will ich mehr preisgeben als nötig. Immerhin bin ich von uns beiden diejenige, die Konsequenzen gezogen hat.

„Wo bist du denn?“

„Wer möchte das wissen? Du oder Marlon?“ Mein Ton ist scharf.

„Ich natürlich. Inga, wir sind doch Freunde.“

Unruhe befällt mich, ich stehe auf und gehe langsam im Zimmer auf und ab.

„Inga?“

„Ja.“

„Wo bist du?“

„Das möchte ich dir nicht sagen.“

„Der Schneesturm ist übel. Bist du in Sicherheit?“

„Ja, bin ich. Es geht mir gut. Du musst dir um mich keine Sorgen machen. Wie geht es dir?“ Mein Ton wird milder. Ich habe Mitleid mit Bene.

„Ganz okay, wir hängen in der Hütte fest und vertreiben uns die Zeit mit Trinkspielen. Größtenteils jedenfalls. Ein paarmal ist der Strom ausgefallen.“

„Wie kannst du denn jetzt mit DENEN spielen?“ Ich bin fassungslos. Dass er nicht mit mir zusammen das Feld geräumt hat, ist eine Sache. Jetzt sitzt er fest, das verstehe ich auch. Aber das ist doch längst kein Grund, auf Friede, Freude, Eierkuchen zu machen. Die beiden haben uns belogen, betrogen, hintergangen. Mir fallen gar nicht ausreichend Worte dafür ein. Meine Atmung beschleunigt sich und ich umfasse mein Telefon fester als nötig.

„Angesichts der Umstände habe ich keine große Wahl und der Alkohol macht es erträglich.“ Er klingt traurig.

„Benedikt, das kann doch unmöglich dein Ernst sein! Wahrscheinlich sitzt du auch noch daneben, während sie rummachen.“ Ich schließe die Augen und versuche meine Atmung zu kontrollieren. Benedikt ist still.

„Warum quälst du dich selbst so? Das hast du nicht verdient“, gebe ich mich versöhnlich.

„Aber Giuli ist die Frau, die ich liebe und ich weiß, dass es vorübergehen wird. Glaube mir, wenn sie erst zur Vernunft kommt, bin ich wieder ihre Nummer eins. Marlon und du, das wird auch wieder. Wir müssen nur etwas Geduld und Verständnis aufbringen.“ Ich höre,

wie er einen Schluck trinkt und habe das Gefühl, dass
er die letzten Worte gelallt hat. Nun ahne ich, warum
der diesen Unsinn von sich gibt.

„Was trinkst du gerade?“

„Cola Beam.“ Jetzt kichert er.

„Glaubst du, dass es die richtige Tageszeit dafür ist?“
Noch während ich ihn frage, ärgere ich mich über
meine Worte. Benedikt ist erwachsen, er muss selbst
wissen, was er tut.

„In meiner Situation ist dafür immer die richtige Tageszeit“, erwidert er trotzig.

„Schon gut. Ich wollte dir keine Vorhaltungen machen. Hat Marlon denn noch lange getobt, nachdem ich
weggefahren bin?“

„Ging so, er spricht nicht darüber. Noch hat er ein anderes Spielzeug.“ Benedikt rülpst in den Hörer.

Angewidert nehme ich das Handy vom Ohr. Ich
möchte das Gespräch schnell beenden, zuvor aber noch
wissen, ob mir Ärger mit der Polizei wegen des Autos
blüht.

„Und weißt du, ob er mich anzeigen will, weil ich sein
Baby geklaut habe?“

„Marlon? Dich? Nein, ganz bestimmt nicht, wir sind
doch alle Freunde. Das mit uns kommt wieder in Ordnung. Ich sagte doch, das geht vorbei. Lass die beiden
mal machen, bis sie genug haben. Er liebt dich doch.“

Ich denke, ich höre nicht richtig. Ich kann förmlich
fühlen, wie sich meine Nackenhaare aufstellen.

„Hat Marlon das etwa gesagt?“

„Na ja, nicht so direkt. Das sind meine Worte, so, wie
ich es verstanden habe.“

„Aha und was genau waren seine Worte?" Ich setze mich und fasse mir erschöpft an die Stirn.

„Er sagte, du kämst sowieso bei der nächsten Gelegenheit wieder angekrochen, weil er das Beste ist, was du jemals kriegen kannst."

Ich ringe nach Atem. Das kann doch alles nicht wahr sein!

„Seine Worte?" Warum frage ich überhaupt nach? Es klingt haargenau nach Marlon.

„Jep."

„Benedikt, bitte höre mir zu: Egal, was aus Marlon, Giulietta und dir wird – ich komme niemals zurück und angekrochen schon mal gar nicht. Und ob du es wahrhaben willst oder nicht, du hast eine bessere Frau als Giulietta verdient. Glaube mir. Du findest eine andere, die dir guttut, treu ist und die dich nicht mit deinem besten Freund hintergeht."

Eine Weile ist es still und mir wird bewusst, dass wir bereits viel zu lange über dieses leidige Thema sprechen. So wird das nichts mit einem Schlussstrich.

Benedikt startet einen neuen Anlauf. „Inga, ich verstehe dich. Du bist noch sehr aufgebracht und das mit Recht. Aber warte mal ab, in ein paar Tagen, wenn der Rauch verflogen ist und du dich erst einmal daran gewöhnt hast, siehst du die Situation genauso wie ich. Das läuft mal mehr, mal weniger zwischen den beiden und am Ende wird alles gut ausgehen."

Was faselt Benedikt da? Hat er es etwa vor mir gewusst und es verheimlicht?

„Wie lange?" Meine Stimme ist tonlos, am liebsten würde ich ihn anschreien.

„August oder September."

Mir wird kotzübel und schwindelig. Jede weitere Aufregung ist zu viel. Ich muss mich selbst schützen.

„Lass uns auflegen. Du weißt jetzt, dass es mir gutgeht und du kannst Marlon sagen, dass er sein Auto nach Silvester wiederbekommt."

„Okay, mach ich." Er seufzt und ich komme mir schäbig vor, denn ich spüre, dass er gern weiter telefonieren würde. Ich weiß aber auch nicht, was ich ihm sagen soll, deshalb seufze ich ebenfalls.

„Inga?" Seine Stimme klingt nun sehr leise.

„Ja?"

„Sind wir noch Freunde?"

Ich weiß es nicht. Kann ich Benedikt für das Fehlverhalten unseres Freundes bestrafen? Nein. Dafür, wie er mit dieser vertrackten Situation umgeht? Vielleicht. Ich gebe mich diplomatisch.

„Klar sind wir noch Freunde, wird nur alles anders in Zukunft. Wir werden uns wohl nicht mehr so oft sehen."

„Aber telefonieren und schreiben?" Benedikt scheint gerade zu einem verängstigten Vierjährigen zu mutieren.

„Ja, telefonieren und schreiben auf jeden Fall. Ich bin doch nicht aus der Welt", versichere ich sanft.

„Pass gut auf dich auf, Inga". Es folgt ein herzhaftes Gähnen in den Hörer.

„Du auch, vielleicht machst du einfach ein kleines Mittagsschläfchen."

Ich lege auf und schüttle fassungslos den Kopf. Marlon ist mir schon wieder viel zu nah. Ohne Zeit und Abstand werde ich es schwer haben, diese Enttäuschung zu verarbeiten. Erschöpft und müde, aber viel zu aufgewühlt, um zu schlafen, suche ich in den Kontakten nach meinem Bruder. Noch während ich scrolle, erhalte ich eine Textnachricht von ihm. Das nenne ich geschwisterliche Verbundenheit.

Was gibt es denn? Ist was passiert oder wolltest du nur so quatschen?

Hast du Zeit für mich? Mit Marlon ist Schluss. Er hat Scheiße gebaut und ich brauche Trost.

Ich tippe mit zitternden Fingern und halte die Tränen nur mühsam zurück. Ob Trost das richtige Wort ist, frage ich mich, während ich aufs Display starre und seinen Anruf erwarte. Im Grunde hatte ich gestern bereits vor, meinen gebündelten Unmut bei Micha abzuladen. Nachträglich betrachtet kann er froh sein, dass er mich nicht am Ohr hatte.

Was für ein Arschloch. Du, ich kann nicht mit dir telefonieren. Ich kann nicht sprechen. Schreiben geht aber.

Ich bin irritiert. Das klingt nicht nach meinem Bruder.

Warum nicht? Ist bei dir alles in Ordnung?

Sorge um ihn befällt mich.

Schwer zu erklären. Hab auch Scheiße gebaut.

Oh nein!! Ist mit Lia Schluss? Hast du sie etwa betrogen???!!!

Ich tippe mehrere Satzzeichen, um meiner Entrüstung den notwendigen Nachdruck zu verleihen.

Quatsch! So etwas würde ich niemals tun. Ich liebe sie. Hat Marlon dich etwa betrogen?

Ich schniefe und in meinen Hals bildet sich ein dicker, schmerzhafter Kloß. Marlon hat mir auch immer versichert, dass er mich liebt. Vielleicht war es auch einmal so. Ich erinnere mich daran, wie er mich umgarnt hat, bevor wir zusammengekommen sind und wie gut es sich in den ersten Monaten angefühlt hat, nachdem ich mich endlich auf ihn eingelassen hatte.

Ja, mit Giulietta.

Ich tippe langsam, denn es kostet mich Überwindung, die furchtbare Realität in Worte zu fassen. Nun endlich ist mir bewusst, dass mein Herz gebrochen ist. Es kauert verängstigt in meiner Brust. Nach einer Phase des freien Falls schlage ich nun hart auf dem Boden der Realität auf.

Ich habe die beiden im Ferienhaus überrascht. Aber Bene sagt, das läuft schon länger. Er hat es gewusst und nichts gesagt.

Gleich mehrfach summt mein Handy. Mein Bruder feuert gleich fünf Nachrichten hintereinander ab.

So ein Arsch!!

Bene auch, alle!!

Was denken die sich eigentlich?!

Wie kann ich dir helfen?

Wo bist du jetzt?

Habe sein Auto genommen und bin abgehauen.

Gute Schwester! Etwa schon wieder zu Hause?

Nein. Ich wollte, aber hier ist Schneechaos und ich hatte einen Unfall. Jetzt sitze ich hier in Rottenmann in einer Pension fest.

OMG!! Bist du verletzt?

Nein. Glücklicherweise nicht. Aber der BMW ist kaputt.

Die Blessur an meiner Schulter unterschlage ich ihm lieber.

Gott sei Dank! Brauchst du Geld? Kannst du mit der Bahn weiterfahren?

Mein Bruder liest wohl keine Nachrichten.

Rottenmann ist von der Außenwelt abgeschnitten. Der Schnee blockiert Bahngleise und Straßen. Im Moment komme ich hier nicht weg.

Es dauert eine Weile, bis Micha antwortet.

Ach du Scheiße! Ich lese es gerade. Das hatte ich gar nicht mitbekommen. Gut, dass du sicher untergekommen bist.

Ja. Ich habe Glück gehabt und kann bleiben, bis die Straßen frei sind. Ich hoffe, dass es schnell geht und ich zu Weihnachten bei Mama und Papa bin.

Ich drücke dir die Daumen. Und wenn du Geld brauchst, melde dich. Was sagt Marlon zu dem Unfall? Der hat bestimmt anständig geheult.

Der hat noch keine Ahnung.

Michaels Antwort kommt ohne Worte aus. Er schickt sieben oder acht tränenlachende Emojis.

Sehr witzig. Deine Gehässigkeit in allen Ehren. Aber ich werde für die Reparatur aufkommen müssen. Vielleicht muss ich dich wirklich anpumpen.

Du kannst auf mich zählen.

Danke. Das ist sehr lieb von dir. Und was hast du ausgefressen?

Nachdem mein Schlamassel so halbwegs erklärt ist, kommt mein Brüderchen nicht so einfach davon. Natürlich will ich auch wissen, was er angestellt hat.

Das ist so blöde, das kann ich gar nicht schreiben.

Wirst du wohl müssen oder kannst du jetzt doch sprechen?

In der Anzeige sehe ich, dass Michael seine Antwort eingibt. Es wird offenbar ein längerer Text oder er hat wahrhaftig Schwierigkeiten, die richtigen Worte für seinen Bockmist zu finden. Ich warte geduldig und sehe durchs Fenster in den bedeckten Himmel. Es schneit immer noch, aber es ist draußen ruhig geworden. Julius hat seine Räumarbeiten beendet. Ich will aufstehen und aus dem Fenster sehen, aber gebe es sofort auf. Mir tut alles weh. Dafür werde ich mich bei Julius revanchieren. Mein Handy summt. Michas Nachricht ist da.

Ich hatte Angst vor Lias Eltern, wegen der geheimen Verlobung und weil sie mich nicht kennen. Lia bestand darauf, dass ich mitkomme und vor lauter Angst habe ich mir eine kleine List ausgedacht. Jetzt ist sie allein nach Griechenland geflogen und ich bin zu Hause und habe ein schlechtes Gewissen. Keine Ahnung, wie es weitergeht. Irgendwie muss ich mich bei Lia entschuldigen, weiß aber nicht wie. Ich habe Angst, dass sie mir nicht verzeiht.

Meine Eltern und ich wissen schon seit Wochen von der Verlobung. Sie waren zuerst ein bisschen enttäuscht, dass sie es hinterher erfahren haben, aber das ging schnell vorüber. Sie lieben Lia und haben verstanden, dass dieser Moment für die beiden von großer Bedeutung war. Aber die Verlobung ist so lange geheime Familiensache, bis auch Lias Verwandtschaft Bescheid weiß. Warum mein Bruder solche Angst vor ihren Eltern hat, weiß ich nicht. Sie sind Griechen, vielleicht etwas temperamentvoller als wir, aber den Kopf wird ihm niemand deswegen abreißen. Lia ist auch temperamentvoll. An ihr liebt er das.

Raus damit, was hast du gemacht? Freiwillig für den Feiertagsdienst eingetragen?

Nein, schlimmer.

Ich bin gespannt. Mein Bruder gehört zu den Guten. Wahrscheinlich ist die Sache nur halb so schlimm, wie er tut.

Ich habe mir gestern die Weisheitszähne rausnehmen lassen und habe Lia deshalb belogen. Ich habe gesagt, dass es nur an diesem einen Termin geht und medizinisch notwendig ist. Ich habe sogar eine Bestätigung vom Arzt für sie gefälscht.

Das ist nicht dein Ernst!! Lias Eltern sind doch nicht bei der Mafia.

Ich schicke ihm jede Menge tränenlachende und staunende Emojis zurück.

Er antwortet mit einem traurigen.

Micha, ruf sie an und flieg hinterher. Noch ist nichts zu spät. Dir sind eben die Nerven durchgegangen. Wenn du ihr das erklärst, wird sie dir bestimmt verzeihen.

Geht nicht, ich kann und darf nicht Auto fahren. Ich habe höllische Schmerzen und mein Gesicht ist furchtbar entstellt.

Einen schönen Menschen entstellt nichts!

Eine Phrase, ich weiß, aber ich bin überzeugt davon, denn mein Bruder ist wirklich ein ausgesprochen hübsches Exemplar der Spezies Mann. Behaupte ich zumindest, soweit ich das als Schwester beurteilen kann.

Einen Moment später erhalte ich ein Bild und bin dermaßen perplex, dass ich kaum atmen kann. Dann zuckt es rhythmisch in meiner Brust und ein ungläubiges Quietschen entrinnt meiner Kehle. Erschrocken, als könne er mich sehen, schlage ich die Hand vor den Mund und halte mein entsetztes Grinsen fest. Micha hat ein Selfie geschickt.

Neben furchtbar traurigen und blau unterlaufenen Augen fallen mir vor allem seine überdimensionalen, dick aufgedunsenen Hamsterbacken auf. Er sieht aus, als hätte er links und rechts ein Paar Socken in der Wange deponiert. Ich bin so amüsiert und schockiert zugleich, dass ich gar nicht wegsehen kann.

Sprachlos?

Die Push-up-Nachricht schiebt sich über das Foto.

Wie konntest du nur?

Ich kann es nicht fassen, bin hin- und hergerissen zwischen Mitleid, Entsetzen und Schadenfreude.

Habe ich doch geschrieben. Ich hatte Schiss.

In meinen Augen ist das nicht ansatzweise eine Rechtfertigung.

Aber das, was du dir angetan hast, ist doch tausendmal schlimmer!

So eine Unvernunft habe ich meinem Bruder gar nicht zugetraut.

Was machst du, wenn es Komplikationen nach der OP gibt?

Ich habe die Notrufnummer und Eric, unser Nachbar, weiß auch Bescheid. Er hat einen Schlüssel von mir bekommen.

Ich starre fassungslos auf den Chat.

Ich muss jetzt auch Pause machen. Tabletten nehmen und etwas schlafen. Sollen wir morgen weiterschreiben? Vielleicht geht es mir dann besser. Zuhören geht auf jeden Fall.

Natürlich. Ich hoffe, dass es dir schnell besser geht. Sobald die Straßen frei sind, fahre ich zu Mama und Papa. Vielleicht bin ich dann schon bei ihnen. Die ahnen noch nichts von ihrem Glück.

Von der OP wissen sie auch nichts. Behalte es bitte für dich.

Okay. Gute Besserung und bis morgen.

Ich lasse das Handy neben mir aufs Bett fallen und werde augenblicklich von einer bleiernen Müdigkeit übermannt. Meine Gedanken kreisen um Micha und mich, unsere Kindheit und die Beziehung zu unseren Eltern. Wahrscheinlich ist es gut, dass sie nicht wissen, was gerade bei uns abgeht. Sie würden sich nur unnötig sorgen und helfen könnten sie doch nicht. Aber ihr seelischer Beistand ist auch nicht zu verachten. Ob ich sie anrufe?

Als ich erwache, ist es dunkel um mich herum. Ich habe fest geschlafen, nun höre ich im Nachbarzimmer ein Mädchen schimpfen.

„Ihr seid gemein. Ihr habt keine Ahnung, wie es mir geht. Wenn ihr mich nicht gezwungen hättet, zu diesem Scheiß-Urlaub mitzukommen, könnte ich jetzt auf diese Party gehen!"

Ich mutmaße, dass die Schreibers das Zimmer neben mir bewohnen und dass ihre Teenagertochter gerade einen Lagerkoller oder so etwas bekommt. In diesem Alter mit den Eltern im Schnee festzusitzen und eine Party zu versäumen, ist keine Kleinigkeit. Ich kann sie verstehen. Da ich nicht lauschen mag, gehe ich ins Bad, die Klamotten des Tages loswerden.

Frisch geduscht und im Pyjama, einem dicken Flanell-Zweiteiler, den ich mir extra für den Weihnachtsurlaub in den Bergen gekauft hatte, stehe ich später im Zimmer und bin hellwach. Eine halbe Stunde vor Mitternacht quält mich plötzlicher Hunger. Die Küche ist dicht, doch etwas zu trinken kann ich mir bestimmt holen. Ich erinnere mich daran, im Gastraum ein Wägelchen mit Thermoskannen für heißes Wasser, Tassen und Tee gesehen zu haben. Also schleiche ich auf dicken Socken aus dem Zimmer, vorbei an der Tür von Familie Schreiber, hinter welcher plötzliche Ruhe eingekehrt ist, zur Treppe. Mit der Taschenlampe meines Telefons beleuchte ich die Stufen. Ich gehe vorsichtig – wie eine Katze auf Samtpfoten. Es fehlt mir noch, dass ich abrutsche und hinunterstürze, vielleicht sogar auf den großen Hund.

Auf dem unteren Drittel der Treppe angekommen, sehe ich meine Ahnung bestätigt. Bruno liegt quer vor der ersten Stufe. Er hebt träge den Kopf und blickt mich an, als wollte er sagen: *Mach was du willst, solange ich nicht aufstehen muss.* Vorsichtig steige ich über ihn hinüber. Die Holztreppe gibt ein lautes, knarzendes Geräusch von sich, das mir in Mark und Bein fährt. Das Adrenalin breitet sich wie Ameisen unter meiner Haut aus. Leise ächzend knie ich mich vor Bruno und spüre die Folgen meines heutigen übermäßigen und völlig sinnlosen Arbeitseinsatzes. Sofort denke ich an Julius, will mich über ihn ärgern, aber es gelingt mir nicht. Aber heimzahlen werde ich es ihm definitiv.

Genüsslich lässt sich Bruno den Kopf kraulen. „Du bist ein Braver. Es gibt nämlich keinen Grund, gemein zu sein. Stimmt's?"

Natürlich antwortet er nicht. Er gähnt nur und schließt die Augen.

„Gute Nacht", wünsche ich ihm leise, stehe unter Schmerzen wieder auf und schleiche weiter in den Gastraum.

Das kleine Wägelchen steht tatsächlich direkt an der gegenüberliegenden Seite. Durch das Fenster fällt helles Mondlicht auf den Boden. Draußen reflektiert zusätzlich der Schnee und erleuchtet die Nacht, sodass ich Tassen, Kannen und Teebeutel gut erkennen kann, ohne mit meinem Telefon leuchten zu müssen. Gut. So habe ich wenigstens beide Hände frei. In aller Ruhe gieße ich Wasser in eine Tasse. Es ist noch heiß. Ich gebe Zucker und irgendeinen Teebeutel dazu, Sekunden später steigt mir schon der weihnachtliche Duft in die Nase. Diese Sorte kenne ich nicht. Sie riecht lecker und erinnert mich daran, dass die Feiertage unmittelbar bevorstehen.

Eine Welle der Traurigkeit erfasst mich. Als Kind war ich spätestens ab dem ersten Dezember die Ungeduld in Person. Ich habe die Vorfreude in vollen Zügen genossen. Wann habe ich dieses Gefühl verloren? In diesem Jahr ist mir noch weniger weihnachtlich zumute als in den Jahren zuvor.

Wir hatten besprochen, innerhalb der Familie auf Geschenke zu verzichten. Marlon und ich wollten uns mit dem Urlaub bescheren. Dank des Lockdowns habe ich nicht einmal Plätzchen für meine Arbeitskollegen gebacken. Die Weihnachtsfeier fiel aus, Christkindlmärkte auch. Allein zu Hause Weihnachtsmusik zu hören, hätte mich nur traurig gemacht.

Während ich darauf warte, dass der Tee zieht, blicke ich aus dem Fenster und stelle fest, dass es aufgehört hat zu schneien. Erleichterung überkommt mich und meine Lippen formen sich zu einem Lächeln.

Der Tee ist fertig. Ich drehe mich um und im nächsten Augenblick stockt mir der Atem. Es sitzt jemand in der dunklen Ecke des Gastraums.

„Kannst du auch nicht schlafen?"

Ich schrecke zusammen, stoße einen spitzen Schrei aus und im nächsten Augenblick segelt die Tasse mit dem heißen Tee von der Untertasse, die ich mit festem Griff halte. Es klirrt laut, der heiße Tee spritzt mir auf die Socken. Vor dem Gastraum lässt Bruno ein kurzes, heiseres Bellen verlauten. Starr vor Schreck blicke ich auf die dunkle Gestalt, die nun aufgesprungen ist und rasch zu mir kommt. Es ist Julius. Ich erkenne ihn erst, als er eine Teepfütze entfernt vor mir steht.

„Hast du sie noch alle? Wie kannst du mich nur so erschrecken? Sieh nur, was du angerichtet hast!" Ich zische meinen Ärger wie eine alte Dampflock hinaus.

„Entschuldige, das war nicht meine Absicht", raunt er versöhnlich.

Auf dem Boden liegen die hellen Scherben meiner Tasse in einer Lache aus Tee und bilden ein verträumtes Stillleben im Mondlicht.

„Bringst du mir wenigstens Lappen und Kehrschaufel, damit ich wieder saubermachen kann? Ich habe schon begriffen, dass du mich nicht leiden kannst, aber dass du mir nicht einmal einen Tee gönnst …", werfe ich meinen Vorwurf in den Raum.

Er hält den Kopf etwas geneigt und es scheint so, als ob er etwas erwidern will. Er murmelt schließlich aber nur etwas Unverständliches und geht zur Küche.

Vorsichtig trete ich einen Schritt zurück und sehe ihm nach. Im Haus ist es still. Bis auf den alten Bruno scheint hier niemand gestört worden zu sein.

Als Julius aus der Küche zurückkommt, schaltet er das Licht im Gastraum ein. Wie gemein. Er hätte mich ruhig vorwarnen können. Stattdessen presse ich nun die Lider zusammen. Die plötzliche Helligkeit ist unangenehm und treibt mir die Tränen in die Augen. Mit einer Hand schirme ich sie schützend ab. Julius kniet mittlerweile sehr nah zu meinen Füßen, wischt den Tee auf und sammelt die Scherben ein.

Um etwas Raum zwischen uns zu schaffen, trete ich erneut nach hinten und nehme dabei mein Spiegelbild im Fenster wahr. Beinahe hätte ich zum zweiten Mal vor Schreck gequiekt. Eine mürrische, zerzauste Inga im karierten Pyjama blickt mir entgegen und hält eine Untertasse fest. Ich sehe aus, als sei ich einem Gruselfilm entsprungen.

„Ich wollte doch nur einen Tee", stöhne ich genervt und stelle den kleinen Teller auf dem Teewägelchen ab.

Julius schweigt.

„Morgen reise ich ab und dann hast du deine Ruhe. Versprochen."

Er geht auch auf diese Bemerkung nicht ein. Das verärgert mich. Er könnte wenigstens zu seinen Gefühlen stehen.

„So, alles halb so schlimm. Nichts mehr zu sehen“, erklärt er stattdessen zufrieden und geht.

„Ja, gut gemacht.“ Mein Sarkasmus ist nicht zu überhören. Ich hoffe, das aufgeregte Pochen meines Herzens höre nur ich.

Dennoch wende ich mich frustriert ab, um mich ohne Tee wieder in meinem Zimmer zu verkriechen und beschließe, Julius bis zu meiner Abreise einfach aus dem Weg zu gehen. Dass er nicht der sympathische Mann ist, den ich gern in ihm sehen würde, betrübt mich.

„Warte, Inga. Bleib doch noch. Wenn du magst, koche ich dir einen neuen Tee.“

Habe ich richtig gehört? Woher kommen denn diese sanften Töne so plötzlich? Skeptisch wende ich mich ihm zu und mustere ihn eindringlich.

„Bitte. Bleib noch etwas“, setzt er nach.

Wir sehen uns lange in die Augen. Dieses Grün fasziniert mich, zieht mich in seinen Bann und mein unruhiges Herz drängt darauf, nachzugeben.

„Von mir aus.“ Ich gebe mich großzügig, er soll sich bloß nichts darauf einbilden. „Ein neuer Tee ist das Mindeste, was du für mich tun kannst.“ Ich zicke ihn bewusst an. „Pflaume und Zimt, bitte“, ordere ich dann kühl. „Ich setze mich derweil, mir tut nämlich alles weh – vom Schneeräumen. Einer enorm anstrengenden Arbeit, die vollkommen unnötig war, wie sich hinterher herausgestellt hat. Hättest du mir auch sagen können, dass du eine Schneefräse hast, mit der die Arbeit wesentlich schneller und leichter erledigt ist.“ Mit einer vielleicht etwas zu theatralischen Bewegung wende ich mich ab und setze mich in die Bauernecke neben dem Teewägelchen. Mir ist warm vor Aufregung. Ob es eine gute Idee war, alles rauszulassen, weiß ich noch nicht. Julius jedenfalls scheint sich wenig darum zu scheren.

„Kommt sofort." Er spricht leise und seine Stimme berührt mich so angenehm, dass es mir kurzzeitig Angst macht.

„Licht bitte noch ausmachen", zische ich hinterher, in der Annahme, er würde mich schon nicht mehr hören. Einen Moment später aber greift seine Hand aus der Küche heraus um die Wand und betätigt den Schalter.

Nun ist es wieder dunkel um mich herum. Nur zwischen Rahmen und Küchentür zwängt sich noch ein schmaler Kegel elektrischen Lichts in den Gastraum. Ich lausche Julius' Treiben in der Küche. Wie er Wasser in einen Topf füllt und den Gasherd anstellt. Er klappert und klirrt, als sei ihm egal, ob er das ganze Haus aufweckt.

Ich ziehe die Beine an und mache es mir im Schneidersitz auf der Bank bequem. Die Fußspitzen meiner Socken sind noch nass. Ich zupfe unschlüssig daran herum. Dann findet mein Blick seinen Weg erneut aus dem Fenster, gleitet über den silbern glänzenden Schnee und ich träume von Wien. Ich kenne nur das Wien aus meiner Vorstellung, denn ich war noch nie da. Es war eine große Überraschung, als meine Eltern umgezogen sind. Nicht nur das – eine enorme Herausforderung, denn durch die Pandemie, den damit einhergehenden Kontakteinschränkungen und besonderen Vorgaben waren wir alle irgendwann einmal an dem Punkt der Überforderung. Wir haben viel telefoniert und Pläne geschmiedet, was wir alles gemeinsam unternehmen wollen. Ach, wäre ich doch einfach schon da …

Die Kälte der Nacht jagt mir eine Gänsehaut über den gesamten Körper. Es ist recht frisch hier unten. Ich fröstele, reibe mir die Oberarme und denke, dass ich mir wenigstens einen Pullover oder meine Strickjacke hätte überziehen können. Hoffentlich rächt sich mein Körper nicht mit einer fiesen Erkältung, die ich dann unter dem Weihnachtsbaum und über Silvester auskurieren muss.

Das Licht in der Küche erlischt. Die Tür wird langsam aufgeschoben und Julius kommt mit einem Tablett herein. Ich beobachte ihn, wie er vorsichtig alles zu meinem Tisch balanciert und es abstellt. Zwei Tassen und ein Teller mit belegten Broten befinden sich darauf. Er beugt sich in meine Richtung über die Lehne der Bank und dreht die Heizung auf, die sofort kräftig zu rauschen beginnt. Ich stelle zum wiederholten Male fest, dass er unglaublich gut riecht.

„Darf ich mich zu dir setzen?“ Seine Stimme klingt warm und ich bin erstaunt, dass er mich überhaupt um Erlaubnis bittet.

„Klar.“ Ich rutsche zur Seite, während er mir eine der Teetassen und den Teller vor die Nase stellt.

„Käse und Schinken. Ich gehe mal davon aus, dass du Hunger hast, da du nichts zum Abendessen hattest.“ Behutsam setzt er sich neben mich.

„Stimmt, aber woher weißt du das denn? Spionierst du mir etwa nach?“ Dieser Wechsel der Gefühle bringt mich durcheinander.

„Ja … nein … zumindest nicht richtig.“

„Was soll das denn bedeuten?“

„Ich habe hier zum Abendessen auf dich gewartet, aber du bist nicht gekommen.“

„Warum?“ Ich gebe mir keine Mühe, ihm in diesem Gespräch entgegenzukommen. Mit Recht. Er soll ruhig wissen, dass ich immer noch verärgert bin.

„Ja, warum?“, wiederholt er und macht eine Pause. Er scheint nach Worten zu suchen. „Die Aktion heute … dass ich dir das Schneeräumen aufgebrummt habe … das war eine ziemlich miese Nummer. Es ist das Mindeste, dass ich mich dafür bei dir entschuldige.“

Er spricht mit Bedacht. Er wirkt, als ärgere er sich wirklich über sein Verhalten und als tue es ihm aufrichtig leid.

„Ja, war es. Eine miese Aktion“, bestätige ich unterkühlt und greife nach dem Käsebrot. Dass ich verärgert bin, ändert leider nichts an der Tatsache, dass ich einen Bärenhunger habe und mir das Wasser beim Anblick des Snacks buchstäblich im Mund zusammenläuft.

5. Mitternachtstee

Julius sitzt schweigend neben mir. Eine angenehme Ruhe geht von ihm aus. Es fällt mir schwer, meinen Ärger über ihn aufrechtzuerhalten. Es ist nett, nicht allein zu essen, aber dass er nicht spricht, wirkt seltsam auf mich. Insgesamt gibt mir dieser Mann ein Rätsel nach dem anderen auf. Seine Handlungen sind widersprüchlich, sodass ich mir nicht im Klaren bin, ob ich ihn mögen möchte oder nicht. Gleich zweimal hat er sich auf meine Kosten amüsiert, aber er hat mich auch aus dem Schnee gerettet und für diese Hilfe bin ich dankbar. Selbstverständlich werde ich mich erkenntlich zeigen – nicht nur ihm gegenüber, sondern auch bei seinen Eltern Anton und Franziska. Dass die beiden mich kurz und schmerzlos hier einquartiert haben, mich verpflegen und die beiden Männer im schlimmsten Wetter auch noch Marlons blödes Auto hergeschleppt haben, geht weit über eine Nettigkeit und vorweihnachtliche Nächstenliebe hinaus. Auch dass Julius sich bereiterklärt hat, das Auto, mir, einer vollkommen Fremden, wieder fahrtüchtig zu machen, ist eine großzügige Geste. Eine Geste, die ihm jedoch nicht erlaubt, mir fiese Streiche zu spielen und mir das Gefühl zu geben, dass er mich nicht leiden kann.

Beim Gedanken, dass er mich nicht mögen könnte, gebe ich ein missbilligendes Knurren von mir. Bietet er mir seine Hilfe an, um mich schnell wieder loszuwerden? Ein gehässiger Gedanke – und jetzt, da er so friedlich im Dunkeln neben mir sitzt, will ich selbst nicht daran glauben.

„Schmeckt es nicht?"

„Doch, doch. Ich habe mich nur verschluckt. Alles in Ordnung. Danke."

Ich kaue genüsslich und denke weiterhin angestrengt darüber nach, wie ich mich im richtigen Rahmen dankbar und erkenntlich zeigen kann. Ihnen Geld zu geben, wäre eine Möglichkeit, jedoch recht simpel und unpersönlich, vor allem, da sie es zuvor bereits abgelehnt hatten. Diese Option könnte ich mir aber offenlassen, falls Julius sich nochmals idiotisch verhält. Zuzutrauen ist es ihm. Dann würde ich keine Schulden machen, rechnerisch wären wir bei Null. Wir alle sehen uns nach dem Schneesturm mit hoher Wahrscheinlichkeit nicht wieder.

Ein Blumenstrauß oder ein Tankgutschein sind ebenso nüchterne und einfallslose Varianten wie eine Dankeskarte. Natürlich kann ich weiter bei der Bewirtschaftung helfen und meine Schulden abarbeiten, aber als befriedigend empfinde ich diese Idee auch nicht. Dann werde ich Micha mal nach seiner Meinung fragen, beschließe ich, und lagere damit die Lösung meines Problems vorerst an meinen Bruder aus.

Während ich auf dem letzten Bissen meines Brotes kaue, ertappe ich mich dabei, wie ich Julius betrachte. Das Mondlicht hebt seine Silhouette sacht aus der Dun-

kelheit hervor. Unter anderen Umständen, und als gut-
gelaunter Single, könnte ich ihm glatt verfallen. Ob er
mit jemandem zusammen ist?

„Das Brot ist das Beste, was ich seit langem gegessen
habe. Möchtest du das andere?" Ich bin froh, als er ab-
lehnt. Ich fühle mich noch immer ausgehungert.

„Nein, greif ruhig zu. Ich habe sie extra für dich gemacht. Für mich gab es vorhin schon Nudeltaschen. Ich
habe viel zu viele davon gegessen, daran hat mein Magen noch zu arbeiten." Jemand, der mich nicht leiden
kann, würde mir um Mitternacht gewiss keine belegten Brote schmieren. Ich beschließe, über meinen
Schatten zu springen und das Gespräch voranzutrei-
ben.

„Sitzt du etwa schon seit dem Abendessen hier, um
auf mich zu warten?"

Vorstellen kann ich es mir kaum. Wenn es ihm so
wichtig gewesen wäre, mit mir zu sprechen, hätte er es
leichter haben können. Einfach mal an die Zimmertür
klopfen, zum Beispiel, oder hat er das womöglich und
ich habe ihn nicht gehört?

„Zu Beginn ja, aber dann hatte ich einfach keine Lust,
zu gehen, obwohl es mir unwahrscheinlich erschien,
dass du noch auftauchst. Ich hatte nicht das Gefühl,
dass ich schlafen kann."

Da hat der Herr wohl ein Gewissen, das ihn wachge-
halten hat.

„Wenn ich das Gleiche getan hätte wie du, könnte ich
auch nicht schlafen. Du scheinst tief in deinem Inneren
doch noch zu wissen, was richtig und falsch ist." Ich
beiße erneut ab.

„Ja, du liegst richtig. Ich weiß sehr wohl, was richtig und was falsch ist. Heute bin ich wohl etwas übers Ziel hinausgeschossen und das tut mir, wie ich schon sagte, leid. Ich kann dir beim besten Willen nicht erklären, was da in mich gefahren ist." Ich sehe, wie er kurz ratlos die Schultern nach oben zieht.

„Ja, das wüsste ich auch gern. Passiert dir so etwas öfter?" Ich spreche mit vollem Mund. In der Dunkelheit verliere ich scheinbar meine Manieren.

„Nein, normalerweise nicht. Ich weiß nicht, was da heute mit mir los war."

„Du bist ein sehr komischer Kauz, Julius Gruber. Dann nehme ich deine Entschuldigung an und hoffe, dass sich das nicht wiederholt. Wenn du nett bist, kann man dich bestimmt gernhaben."

Julius stößt hörbar die Luft aus, antwortet aber nicht und ich stelle fest, dass man, wenn man wollte, in meinen Satz sehr viel mehr hineininterpretieren könnte, als ich beabsichtigt hatte. Also setze ich nach. „Also nicht so, wie du jetzt vielleicht denkst ... normales Gernhaben eben – freundschaftlich."

Ich räuspere mich verlegen und spüre die Wärme in meinen Wangen. Er kann es in der Dunkelheit zwar nicht sehen, aber ich spüre es genau. Ich werde rot. Das fehlt mir gerade noch. Bevor ich wieder an einen Mann denken will, muss ich erst einmal das Marlon-Desaster verkraften. Doch so leicht lässt mich Julius nicht davonkommen.

„Klar, was dachtest du denn, was ich vielleicht gedacht habe?" Ich spüre seinen Blick in der Dunkelheit auf mir ruhen. So ein Blödmann! Hat er meine Verlegenheit etwa bemerkt oder stellt er sich einfach nur doof?

Ich räuspere mich erneut. „Na anders eben, beziehungsmäßig. Ich wollte sichergehen, dass du mich nicht missverstehst und womöglich noch glaubst, ich würde dich anbaggern. Das tue ich nämlich definitiv nicht!"

„Keine Sorge. Denke ich nicht. Ich habe nicht den geringsten Bedarf an einer Beziehung. Weder mit dir noch mit sonst irgendwem."

Diese Antwort verpasst mir einen flauen Magen und ich werde nervös. Was soll das denn nun bedeuten? Ich habe auch meine Reize.

„Ist bei mir das Gleiche. Ich wollte nur sichergehen. Immerhin hast du uns gestern schon eine Beziehung angedichtet."

Damit dürften die Fronten wohl geklärt sein. Ich lehne mich zurück.

„Wirklich, schon gut. Ich habe das nicht so verstanden und angedichtet haben uns die Beziehung meine Eltern. Aber auch die haben mittlerweile verstanden, dass du in Sachen Beziehung bei mir an der falschen Adresse bist."

Seine Formulierung gefällt mir nicht, aber ich will auch nicht weiter mit ihm über dieses Thema diskutieren. Also trinken wir schweigend unseren Tee. Wieder Pflaume-Zimt. Ob es Zufall ist oder ob er bewusst die gleiche Sorte gewählt hat?

Lange kann ich mich aber nicht zurücknehmen. Ich setze noch einmal an, unser Thema zu relativieren. „Ich habe beziehungstechnisch gerade mehr als genug Ärger hinter mir."

„Marlon?"

Ich halte erschrocken die Luft an, als Julius überraschend den Namen meines Ex-Freundes ausspricht. Ich habe ihn kein einziges Mal erwähnt, kein Wort darüber verloren, was am Tag zuvor passiert ist! Sofort spannt sich alles in mir an. Mein Körper geht in Alarmbereitschaft. Ich richte meinen Rücken auf und blicke in Julius' Richtung, obwohl ich seine Gesichtszüge nicht erkennen kann.

„Woher weißt du von ihm? War er etwa hier? Hat er nach mir gefragt?"

Mein Ton ist scharf, ich rutsche auf der Bank hin und her. Mein Kopf beginnt zu rattern. Hatte ich Benedikt in meinem Müdigkeitsdusel etwa gesagt, wo ich bin? Oder hat Marlon durch Zufall den Weg hierher gefunden? Hat er etwa sein Auto erkannt? Aber nein, der BMW steht in der Scheune, den kann er gar nicht gesehen haben und außerdem sind die anderen doch genauso eingeschneit wie wir, oder etwa nicht? Ich werde hibbelig und atme erleichtert aus, als Julius mir seine Erklärung liefert.

„Nein, hier war niemand. Ich habe nur den Fahrzeugschein im Auto gefunden und war neugierig. Dann habe ich ins Blaue geraten. Siehe da: Treffer – versenkt."

„Meine Güte, sag das doch gleich!", mosere ich rum und gebe mir keine Mühe, meine große Erleichterung zu verbergen. „Aber das ist kein Spiel. Der hätte mir hier gerade noch gefehlt. Als ob er nicht schon genug angerichtet hätte."

„Ist dein Freund gefährlich?"

Ich stöhne auf. Das macht Julius doch extra, da bin ich mir sicher.

„EX-FREUND! Nein, gefährlich ist er nicht. Aber niederträchtig bis ins Mark und ziemlich bescheuert."

„Das behaupten viele über ihre ehemaligen Partner, es sagt aber nichts aus. Oftmals glätten sich die Wogen sogar schnell wieder und dann ist heile Welt angesagt."

„Machst du jetzt auf Beziehungsberater? Mich kannst du in hundert Jahren noch mal fragen und ich werde nichts anderes behaupten. Nach der Sache bin ich beziehungsmäßig geheilt. Danke, kein Bedarf." Ich nehme einen Schluck und wechsle plump das Thema. „Lecker, Tee kochen kannst du ziemlich gut."

„Ja, finde ich auch", pflichtet er mir bei und trinkt ebenfalls.

So ein Angeber, schießt es mir durch den Kopf. War klar, dass er darauf anspringt. Besser, ich hätte nichts gesagt.

„Kannst du dich nicht einfach über ein Lob freuen und es dabei belassen? Diese Selbstbeweihräucherung steht dir nicht sonderlich. Er ist zwar lecker, aber es ist trotzdem nur Tee", weise ich ihn leise zurecht.

„Das meinte ich doch gar nicht. Ich wollte damit zum Ausdruck bringen, dass auch ich von Beziehungen geheilt bin."

„Und warum hast du dann bei deinen Eltern dieses Theater abgezogen, ich sei deine Freundin?"

„Habe ich ja gar nicht. Ich sagte doch, das haben meine Eltern behauptet."

„Ja, nun reite nicht auf den Details herum. Warum hast du es nicht gleich richtiggestellt?"

Ich will mich nicht so ohne weiteres abspeisen lassen. Immerhin weiß Julius schon von Marlon und ich weiß so gut wie nichts über ihn. Ein paar Informationen kann er mir ruhig zukommen lassen. Quid pro quo ist schlussendlich auf seinem Mist gewachsen.

„Tja, wenn ich ehrlich bin, weiß ich das auch nicht." Er stellt die Tasse ab und lehnt sich zurück. Es wirkt, als gebe er sich geschlagen.

„Du weißt eine Menge nicht", stelle ich lächelnd fest und spüre, wie der anfängliche Ärger über ihn im Laufe unserer Unterhaltung beinahe vollständig verflogen ist. Vielleicht liegt es an der Dunkelheit, die uns schützend einhüllt. Wenn Julius sich von seiner netten Seite zeigt, ist es richtig angenehm, mit ihm zu reden.

„Möglicherweise werde ich alt und senil oder ich bin einfach nur zu müde. Wie sieht es aus, bist du satt oder soll ich dir noch was machen?" Nun verbreitet er abrupt Aufbruchsstimmung.

„Ja, ich bin satt, vielen Dank. Und möglicherweise bist du nicht alt und senil, sondern hast nur keine Lust, mit mir über dieses Thema zu reden."

„Möglicherweise."

Ich bin überrascht, dass er so einfach klein beigibt. „Aber so leicht kommst du mir nicht davon." Ich lege meine flache Hand auf den Tisch. Das Geräusch, das dabei entsteht, ist nicht laut, reicht aber aus, um meine Aussage zu unterstreichen. „Quid pro quo!"

„Hast du etwa recherchiert?" Ich höre die Überraschung in seiner Stimme.

„Nein, aber ich hatte Latein in der Schule und weiß, was es bedeutet. Also, du kennst den Namen meines Ex, jetzt will ich im Gegenzug den Namen deiner Ex wissen und dann können wir schlafen gehen."

Julius atmet angestrengt. „Vielleicht sind die Straßen morgen wieder frei. Dann kannst du nach Wien fahren und die Menschen dort nerven. Seit wir hier sitzen, habe ich nicht eine Schneeflocke vom Himmel fallen sehen und dein Auto ist fahrbereit."

Eine Woge der Hoffnung erfasst mich. Es wäre großartig, wenn ich schon morgen bei meiner Familie sein könnte. Dennoch lasse ich nicht locker. „Quid pro quo", wiederhole ich ernst.

„Du bist furchtbar." Er stöhnt. Offensichtlich habe ich einen wunden Punkt getroffen.

„Du hast angefangen. Ich sorge nur für ausgleichende Gerechtigkeit."

„Lorena." Er spricht den Namen leise aus, gerade so, als ob es ihm Schmerzen bereitet.

Wir schweigen und plötzlich tut es mir leid, dass ich Julius bedrängt habe.

„Wir sollten schlafen gehen, es ist höchste Zeit." Er klingt plötzlich sehr müde.

„Du hast recht, es wird das Beste sein. Außerdem will ich früh aufstehen und deinen Eltern zum Dank noch einmal helfen. Dich frage ich lieber nicht. Du gibst mir womöglich wieder unnötige Aufgaben und von Schnee habe ich vorerst genug."

„Ich denke, es ist auch ohne mein Dazutun genug Arbeit für dich da. Wir fangen übrigens schon um halb sechs an. Das ist …", er sieht auf sein Handy, „… in knapp viereinhalb Stunden. Das schaffst du nie."

„Wenn wir weiter hier herumsitzen wahrscheinlich nicht. Also los!"

„Auch wenn du sofort einschläfst, kommst du sicher nicht pünktlich raus."

Fordert er mich etwa heraus? Ich stelle die Tassen und den Teller zurück aufs Tablett und greife danach, um alles in die Küche zu räumen.

„Lass nur, ich mach das. Geh du ruhig schlafen und versuche morgen fit zu sein. Lust auf eine kleine Wette?"

„Klar, du gibst sonst doch keine Ruhe."

„Wenn du verschläfst, servierst du mir morgen den Kaffee, wenn du pünktlich hier unten bist, bekommst du deinen Kaffee von mir. Abgemacht?" Er hält mir seine Hand hin, um die Abmachung wie einen Pakt zu besiegeln.

„Abgemacht." Ich ergreife sie zurückhaltend. Sie ist angenehm warm und wir verharren einen Augenblick länger als nötig.

„Entschuldige für eben", flüstere ich noch, doch Julius geht nicht weiter darauf ein.

„Gute Nacht, Inga", wünscht er mir, greift nach dem Tablett und rundet seinen sanften Rauswurf damit ab.

„Gute Nacht, Julius. Und damit du es morgen früh richtig machst: Ich trinke meinen Kaffee mit Milch und Zucker".

Ein wenig beflügelt finde ich meinen Weg durch die Dunkelheit aus dem Gastraum bis zur Treppe. Bruno hat sich mittlerweile einen anderen Schlafplatz gesucht. Leise steige ich die Stufen hinauf und begebe mich in mein Zimmer.

Obwohl ich erschöpft und gesättigt bin, also in einer sehr komfortablen Situation, um schnell einzuschla-

fen, liege ich noch lange wach, spüre seinen Händedruck nach und lasse das Gespräch in Teilen Revue passieren. Als wir da so im Dunkeln gesessen haben, hatte
sich nach und nach eine angenehme Vertrautheit zwischen uns ausgebreitet.

6. Schon wieder verladen

Den morgendlichen Kaffeeservice will ich um keinen Preis verpassen. Während ich den Wecker meines Smartphones auf die unchristliche Aufstehzeit einstelle, erhalte ich eine Nachricht von Benedikt.

Hallo, Inga, bist du noch wach?

Ich überlege kurz, ihn zu ignorieren, aber bringe es nicht übers Herz. Immerhin wurde seines auch gebrochen und der Ärmste ist zu schwach, das Weite zu suchen. Vielleicht gibt es aber auch Neuigkeiten.

Ja, ich bin wach. Was gibt es denn?

Kann ich dich anrufen?

Klar.

Sekunden später nehme ich das Gespräch an.
„Hi Bene, was ist los?"

„Ich wollte mal nachfragen, ob du dich beruhigt hast und wann du wieder zurückkommst."

Ich traue meinen Ohren nicht. Augenblicklich beschleunigt sich mein Puls und mein Blutdruck schnellt in die Höhe. Sofort sind alle Eindrücke und Emotionen wieder präsent.

„Wie bist du denn drauf? Bist du etwa wieder betrunken?" Ich weiß gar nicht, wie mir geschieht.

„Waaaaas? Ich doch nicht." Die Art und Weise, wie er spricht, lässt auf das Gegenteil schließen. Er hatte nach unserem letzten Gespräch wahrscheinlich gar nicht aufgehört zu trinken.

„Nein, Ehrenwort. Betrunken würde ich das nicht nennen. Nur ein paar Bierchen und ein oder zwei Schnäpse. Aber ich habe mit Giulietta geredet und sie hat mir gesagt, dass sie mich liebt und dass die Sache mit Marlon nichts Ernstes ist. Sie will mich nicht verlieren, aber sie braucht ein bisschen Zeit."

Herr, schmeiß Hirn vom Himmel, denke ich und kralle mich mit der freien Hand in der Bettdecke fest. Worüber soll ich mich zuerst aufregen? Über den Käse, den Giulietta von sich gegeben hat oder über Benedikt, weil er ihr diesen Blödsinn glaubt?

„Benedikt, hör auf zu trinken! Schlaf dich aus und sobald die Straßen es zulassen, machst du dich auf den Weg und suchst das Weite. Du machst dich nur selbst kaputt, wenn du bleibst. Glaube mir."

„Das wird wieder. Und du musst bedenken, dass das in den besten Familien vorkommt. So etwas passiert seit Menschengedenken."

Mir wird schwindelig und ich beginne, an Benedikts Verstand zu zweifeln.

„Hast du denn keine Selbstachtung? Ich bin wütend, traurig, verletzt und enttäuscht – und ja, ich war in Marlon verliebt. Aber das, was er getan hat, ist unverzeihlich. Mach, was du willst, ich komme nicht zurück", stelle ich klar.

„Du liebst ihn immer noch." Benedikt gibt nicht auf. Am liebsten würde ich ihn schütteln, bis er wieder klar denken kann.

„Ich denke, es ist besser, wenn wir das Gespräch jetzt beenden. Ich bin sehr müde und muss dringend schlafen."

„Denkst du bitte noch einmal darüber nach?" In seiner Stimme schwingt noch immer die Hoffnung mit.

„Nein. Gute Nacht, Benedikt", erwidere ich kurz angebunden.

„Schlaf gut, Inga".

Ich krieche ins Bett, ziehe die Decke bis unters Kinn und weine leise in mein Kissen. Dieses emotionale Auf und Ab, die Lügen und die Enttäuschung kosten mich mehr Kraft, als ich mir bisher eingestehen wollte. Dass ausgerechnet Benedikt, der doch genauso betroffen ist, sich als eine Art Windmühle entpuppt, gegen die jeder Kampf sinnlos ist, hätte ich nicht gedacht. Er sitzt in seiner Traumwelt fest und ich verstehe es nicht. Kann, muss ich ihm helfen? Wenn ja, wie soll ich das anstellen? Noch ein paar wenige Gedanken finden ihren Weg in mein Bewusstsein, dann gibt mein Körper endlich auf und fällt in den so dringend benötigten Schlaf.

Fünf Uhr dreißig. Ich suche nach dem Schalter für die kleine Nachttischlampe und frage mich, ob ich nicht ganz bei Trost bin. Ich will weiterschlafen. In meinem derzeitigen Zustand kann ich niemandem eine Hilfe sein. Müde und erschöpft bin ich meinem inneren Schweinehund ausgeliefert. *Bleib ruhig liegen, Inga. Anton und Franziska wissen doch gar nicht, dass du ihnen helfen willst. Wo kein Kläger, da kein Richter. Niemand wird dir Vorhaltungen machen. Der Tag ist noch lang genug, du kannst auch später noch helfen.* Aber Julius weiß es und hat vorausgesagt, dass ich nicht aus den Federn kommen würde, halte ich dagegen. Nein diese Genugtuung gönne ich ihm nicht. Ich werde ihn eines Besseren belehren und ich will, dass er mir meinen Kaffee serviert. Ich kann sehr wohl früh aufstehen und helfen. Mit aller Kraft kämpfe ich mich aus dem Bett. Auf dem Weg ins Badezimmer recke ich müde jubelnd die Fäuste in die Luft. Yeah! Ich bin die Aufsteh-Siegerin und diesen Kaffee habe ich sowas von verdient!

Knapp zwanzig Minuten später verlasse ich das Zimmer und mache mich leise auf den Weg nach unten. Noch ist hier alles dunkel, auch von Bruno keine Spur. Ich schalte das Licht im Flur und der Rezeption ein und auch im Gastraum. Ich rechne damit, dass Onkel Joseph jeden Moment durch die Tür kommt. Voller Tatendrang gehe ich zwischen den Tischen entlang, richte unnötigerweise die Tischdecken und Stühle.

Nach einer Weile setze ich mich auf die Eckbank, eben dorthin, wo Julius und ich nur wenige Stunden zuvor gesessen haben und warte. Niemand kommt. Ich fühle mich nutzlos und traurig. Hat Julius mich erneut vorgeführt? Bin ich so naiv oder ist er so dreist? Es ist mittlerweile sechs, aber im Haus ist es still. In Gedanken versuche ich das nächtliche Gespräch zu rekonstruieren. Habe ich mich vertan? Nein, dann wäre doch unsere Wette hinfällig. Ich gähne, reibe mir zum Umfallen müde die Augen. Wenn ich nicht gleich irgendetwas tue, fürchte ich, an Ort und Stelle einzuschlafen. Unschlüssig spaziere ich zum Fenster, starre durch mein Spiegelbild hindurch raus in die Winterlandschaft und stelle enttäuscht fest, dass es wieder schneit. Nicht nur ein bisschen, sondern genauso stark wie an den vorherigen Tagen. Ich zücke mein Handy, öffne die Nachrichten- und die Wetter-App, scrolle mich durch eine Vielzahl von Meldungen, aber alle sagen im Kern das Gleiche aus: glücklicherweise bisher keine Verletzten, aber die Steiermark ist dicht. Es gibt auch heute keine Aussicht auf freie Straßen und Gleise rund um das Gebiet am Großen Bösenstein. Die Sehnsucht nach meiner Familie wächst und schmerzt in meiner Brust. Zwei Tage vor Weihnachten und ich sitze noch immer hier fest und habe keine Ahnung, wie es weitergeht. Und Julius macht meine Situation keinen Deut besser.

Mittlerweile ist es Viertel nach sechs. Ich habe genug Trübsal geblasen und beschließe, einfach schon mal anzufangen.

Ich begebe mich in die Küche, ziehe die Schürze an und schalte das Radio ein. Sogleich erhellt sich meine Laune.

Ich setze Wasser auf und kümmere mich um die Thermoskannen auf dem Teewägelchen. Das alte Wasser schütte ich in den Ausguss, fülle heißes auf und sortiere die Tassen. Dann bereite ich mir einen Tee zu. Pflaume-Zimt habe ich zu meiner neuen Lieblingssorte erkoren, ganz ohne Julius, aber nun denke ich an ihn. Hat er mich absichtlich viel zu früh herbestellt? Aber nein, warum sollte er das tun? Wir haben uns doch gut unterhalten, oder nicht? Verstehe ich die Männer nicht mehr? Marlon, Benedikt, Julius … was mache ich falsch?

Schon wieder in meinen wirren Gedanken gefangen, setze ich mich auf die Eckbank und schlage die Beine übereinander. Meine Zehenspitze wippt nervös auf und ab. Ich sehe zu, wie der Tee zieht, fühle mich fehl am Platz und einsam. Ich sehne mich nach einer Schulter zum Ausweinen.

Ob es meinem Bruder schon besser geht? Ich zücke das Handy und frage ihn. Er antwortet sofort.

Furchtbar. Hatte noch nie in meinem Leben solche Schmerzen.

Das tut mir so leid. Kann ich irgendetwas für dich tun?

Auch wenn Micha die volle Verantwortung für sein Handeln trägt, fühle ich mit ihm.

Ich fürchte, da muss ich jetzt durch. Aber falls du jemals auf so eine dumme Idee kommen solltest: Lass es!

Das muss er mir nicht extra sagen, aber er sorgt für ein zurückhaltendes Grinsen in meinem Gesicht.

Keine Sorge. Für solche dummen Aktionen bist du in unserer Familie zuständig.

Haha! Ich würde ja lachen, wenn ich könnte.

Ist dein Gesicht noch geschwollen?

Ja. Ich kann meinen Kiefer nicht bewegen und dabei habe ich so schrecklichen Hunger.

Du Ärmster. Du hättest so ein schönes Weihnachtsfest haben können mit Gans, Klößen und Rotkohl. Ich verstehe nicht, warum du dir ausgerechnet die Weisheitszähne rausnehmen lassen musstest. Ein plötzlicher übler Magen-Darm-Virus hätte es doch auch getan.

Hinterher ist man immer schlauer. Es sollte authentisch sein und mir ist in meiner Not nichts Besseres eingefallen. Außerdem gibt es bei Lias Familie gefüllten Truthahn.

Glaubwürdig - na ja – absurd und vollkommen übertrieben trifft es wohl eher. Jetzt bekommst du weder Gans noch Truthahn.

Lia ist die beste Frau, die mein Bruder finden konnte. Warum macht er sich nur solche Sorgen? Er hat keinen Grund, Angst zu haben. Seine künftige Familie wird ihn mit Sicherheit lieben. Nur weil er mit den Eltern einer früheren Freundin einmal Pech gehabt hat, muss er doch nicht gleich alle über einen Kamm scheren.

Ich fühle mich schon wie Haut und Knochen. Wieso bist du eigentlich schon wach?

Weil ich mich vom blöden Julius hab aufs Kreuz legen lassen – schon wieder. Ich presse die Lippen zusammen und schnaufe. Damit behellige ich Micha aber nicht. Der hat seine eigene Baustelle.

Ich wollte mich erkenntlich zeigen und in der Pension bei der Arbeit aushelfen. Aber noch ist keiner wach, obwohl es hieß, dass sie früh aufstehen wollten.

Dann geh doch einfach wieder ins Bett. Ich liege auch nur rum und netflixe vor mich hin.

Das kann ich mir gut vorstellen und lache. Micha mit Eisbeuteln auf seinem dicken Gesicht vor dem Fernseher liegend, ist eine amüsante Vorstellung. Wenn ihm diese Aktion keine Lehre ist, dann weiß ich auch nicht.

Nein. Hier gibt es bestimmt gleich einiges zu tun. Schon du dich mal. Wie lange wird es dauern, bis du wieder fit bist?

Ich hatte an eine Woche gedacht, aber da habe ich mich wohl verschätzt.

Kannst du dann nicht zu uns nach Wien kommen?

Wenn er sich schon vor Weihachten in Griechenland bei Lias Familie drückt, könnte er wenigstens mit seiner eigenen feiern.

Im Moment fahr ich nirgendwohin, nicht einmal mit dem Fahrstuhl.

Ich drücke die Daumen, dass es dir schnell wieder besser geht. Ruh dich aus.

Danke! Dir viel Glück mit dem Wetter. Sag Bescheid, wenn du unterwegs bist und lass dich ja nicht einwickeln.

Ich freue mich ehrlich über die Anteilnahme meines Bruders.

Hab dich lieb!,

schreibe ich und stecke das Handy in meine Jeans.

Die Teetasse habe ich mittlerweile leergetrunken. Ich drehe eine zweite Runde durch den Gastraum, dann durch den Eingangsbereich. An der Rezeption entdecke ich ein paar Töpfe mit Weihnachtssternen. Ich befühle mit dem Zeigefinger die Erde im Topf. Sie ist staubtrocken und die kleine Gießkanne daneben ist auch leer.

Als ich mit der aufgefüllten Wasserkanne zurückkehre, stehen Onkel Joseph und Bruno vor der Rezeption – beide mit Schnee bedeckt. Bruno deutet ein Schütteln an. Er ist wohl auch noch müde.

„Guten Morgen!" Ich lächle Onkel Joseph an und streichle Bruno mit den Fingerspitzen sanft über sein nasses Fell.

„Moang! Was treibst du denn schon hier? Bist wohl aus dem Bett gefallen oder stimmt etwas nicht?" Onkel Joseph sieht mich überrascht an.

„Nein, nein. Alles ist in Ordnung. Ich wollte nur früh aufstehen und wieder bei der Arbeit helfen. Wenn ich schon umsonst hier wohnen und essen darf, möchte ich gern etwas zurückgeben."

„Freilich, das ist eine gute Idee." Onkel Joseph nickt anerkennend, zieht hinter der Rezeption ein Handtuch hervor und reibt Brunos Fell in kreisenden Bewegungen trocken. „Aber ob Blumen gießen um halb sieben in der Früh die richtige Arbeit ist?"

„Ich warte ja nur, bis jemand kommt. Julius hat gesagt, dass ihr um halb sechs loslegt." Ich will keineswegs petzen, wir sind nicht im Kindergarten, aber wenigstens eruieren, ob Julius die Wahrheit gesagt hat.

„Julius hat das gesagt? So so. Na passt schon Schatzerl. Komm mit, wir finden schon eine Aufgabe für dich – und für ihn auch."

Die Art und Weise, wie er die letzten Worte gebrummelt hat, bestätigen, was ich bereits ahne. Julius hat sich einen Spaß daraus gemacht, mich zu solch früher Stunde aufstehen zu lassen. Nach unserem nächtlichen Gespräch und seiner Entschuldigung ist eine weitere Gemeinheit für mich nicht ansatzweise nachvollziehbar. Will er mich testen? Weiß er nicht, was wer will? Von mir aus gern, ich werde es ihm schon irgendwie heimzahlen.

Schnell gieße ich die Blumen und folge Joseph in die Küche. „Ich freue mich über Hilfe, die kann ich immer gebrauchen. Außerdem ist es viel schöner zu zweit als allein in der Küche."

Er reicht mir ein paar Handschuhe, dann legen wir los. Onkel Joseph versprüht gute Laune. Zu jedem Liedchen, das aus dem Küchenradio tönt, pfeift er seine ganz eigene Melodie. Es macht Spaß, mit ihm zu arbeiten, wir harmonieren gut. Er gibt mir klare Anweisungen und ich erledige alles, während er unzählige Eier in eine große Schüssel schlägt.

„Mit einem guten Frühstück ist der Tag gerettet. Dann sind schlechte Nachrichten viel besser zu ertragen."

Onkel Joseph hat sich die Edelstahlschüssel nun unter den Arm geklemmt und lässt den Schneebesen durch die rohen Eier tanzen, während er zu mir herüberkommt.

„Schlechte Nachrichten? Was meinst du?"

„So wie es aussieht, lässt der Schnee nicht nach. Die Straßen sind noch immer dicht. Wir alle sitzen noch eine Weile fest."

Das Dilemma hatte ich für wenige Minuten vergessen. Nun stütze mich traurig auf der Arbeitsplatte ab.

„Vielleicht gibt es doch noch ein Weihnachtswunder."

„Na, Spatzerl, die Hoffnung stirbt zuletzt. Lass den Kopf nicht hängen. Ändern kannst du es sowieso nicht. Wir stellen uns einfach drauf ein, dass wir alle hier gemeinsam Weihnachten feiern. Ich mag große Feste und mit deiner Hilfe kriegen wir das locker hin. Sei froh, dass wir alle wohlauf sind."

„Ja. Du hast recht, wir sind alle gesund. Trotzdem würde ich lieber in Wien bei meinen Eltern feiern. Die habe ich so lange nicht gesehen."

In meinen vierundzwanzig Lebensjahren ist das scheidende Jahr das mit Abstand schlimmste. Ich sollte keine Hoffnungen mehr an die letzten Tage verschwenden.

„Wir machen das Beste draus. Wirst schon sehen. Die Weihnachtsgans vom Gruberhof ist berühmt", tröstet

Joseph mich und begibt sich wieder an seinen Arbeits-
platz. Während er zu Last Christmas pfeift, kümmere
ich mich ergeben um die Marmeladenauswahl. Mit
hängenden Schultern fülle ich seufzend rote und gelbe
Marmelade in die Schälchen.

7. Eine neue Aufgabe

„Guten Morgen, hier herrscht ja schon Hochbetrieb!"
Franziska betritt die Küche und ist sichtlich überrascht. Im Vorbeigehen streichelt sie Joseph die Schulter, dann kommt sie zu mir. „Lass dich mal drücken, Inga!" Ihre Umarmung ist schön und fühlt sich so ehrlich an. Sofort durchströmt mich ein wohliges Gefühl. Ich erwidere sie fest und mag gar nicht loslassen.

„Du bist wirklich ein Engel", schmeichelt sie mir, was mir etwas peinlich ist, denn ohne Familie Grubers Rettung wäre ich gar nicht hier. Franziska lässt mich los und klatscht zufrieden in die Hände.

„Prima, prima! Vielleicht erwärmst du dich doch noch für unseren Sohn. Du wärst zweifellos eine großartige Schwiegertochter." Sofort beschleunigt sich mein Puls unangenehm. Ich ziehe die Stirn kraus und gehe in Abwehrhaltung.

„Habt ihr etwa noch einen anderen, netteren Sohn?"

„Nein, nur den einen. Aber der kann auch nett, wenn er will." Sie lächelt versöhnlich.

„Die Straßen sind immer noch blockiert. Aller Wahrscheinlichkeit nach kommst du auch heute nicht weg."

Ich bin dankbar für den Themenwechsel, auch wenn es keine gute Nachricht ist.

„Ja, habe ich schon gehört. Ist es denn auch wirklich okay, dass ich hierbleibe? Damit, dass es so lange dauert, habt ihr doch auch nicht gerechnet."

„Mach dir bloß keine Sorgen. Du kannst bleiben, solange es nötig ist und eine Beschäftigung für dich finden wir auch. Hast du denn schon deine Eltern informiert? Wissen die, wo du bist und ob es dir gutgeht?"

„Nein, aber das werde ich gleich machen. Ich wollte erst einmal bei den Vorbereitungen in der Küche helfen."

„Der liebe Julius könnte sich mal ein Beispiel an dir nehmen. Der schläft nämlich noch. Auch wenn ihr das anders seht, ich glaube, ihr würdet ein tolles Paar abgeben. Du hättest gewiss einen guten Einfluss auf ihn."

„Das finde ich auch", pflichte ich Franziska bei und als sie mich hoffnungsvoll angrinst, füge ich hinzu. „Dass die Schlafmütze sich ein Beispiel an mir nehmen und früher aufstehen kann."

„Ach so! Na, ihr zwei werdet das schon klären. Da du noch ein Weilchen hier bist, kannst du die Zeit nutzen. Lernt euch noch ein bisschen kennen." Franziska sieht mich verschwörerisch an.

Ich weiß nicht, ob ich amüsiert oder empört sein soll. In dieser Familie schießen wohl alle hin und wieder übers Ziel hinaus. Während ich mich weiter ums Frühstück kümmere, kreisen meine Gedanken um Julius. Er ist ein sehr attraktiver Single, will keine Beziehung, weil er die letzte mit dieser Lorena noch nicht überwunden hat und spielt mir dauernd blöde Streiche. Wenn er ihr auch ständig Streiche gespielt hat, ist ihr vielleicht der Kragen geplatzt und sie hat aus genau diesem Grund mit ihm Schluss gemacht?

„Hey, Inga! Was ist los? Träumst du?“

Ich war wohl so in Gedanken, dass ich kurz meine Umgebung vergessen habe. Vor mir steht eine Tasse mit frischem Kaffee. Franziska wedelt mit einem Notizblock und einem Stift vor meiner Nase.

„Komm, Onkel Joseph schafft den Rest allein. Ich würde gern etwas mit dir in meinem Büro besprechen. Hast du Lust?“

„Klar, wenn ich nicht gleich heiraten muss.“

Erschrocken über meine Bemerkung lege ich mir die Hand auf den Mund und schiele zu Franziska hinüber. Hoffentlich nimmt sie mir das nicht übel. Aber sie bricht nur in Gelächter aus.

„Klasse!“, freut sie sich, als sie sich einigermaßen beruhigt hat. „Nein, keine Sorge. Vergiss deinen Kaffee nicht.“ Sie geht kichernd voran und bedeutet mir mit der Hand, dass ich ihr folgen soll.

Wir sitzen genau so wie am Tag meiner Ankunft im Büro und in der nächsten halben Stunde erklärt sie mir ihren Masterplan. Schließlich müssen nicht nur die Schneemassen bewältigt, die Vorräte eingeteilt und das spontane Weihnachtsfest in großer Runde organisiert werden. Die größte Herausforderung ist, die Gäste bei Laune zu halten. Wandern und Skifahren fallen aus. Über kurz oder lang ist zu erwarten, dass einem nach dem anderen die Decke auf den Kopf fällt. Das leuchtet mir ein.

„Hast du Lust, dich etwas als Animateurin einzubringen?“ Überrascht und erfreut, dass sie mir das zutraut, richte ich meinen Rücken etwas weiter auf und nicke begeistert. „Wunderbar, dann fangen wir gleich nach dem Frühstück mit der Planung an. Kommst du mit zu uns rüber oder ist es dir lieber, später mit den anderen Gästen zu essen?"

„Ich würde gern jetzt frühstücken", erkläre ich und werfe einen Blick auf die Uhr. Es ist halb acht. Mein Magen hat sich bereits mehrfach gemeldet.

Franziska nickt mir aufmunternd zu, ihre roten Wangen strahlen wie gemalt. Sie versprüht eine ansteckende Lebensfreude.

Gemeinsam gehen wir durch das Büro hindurch und gelangen in den Teil des Hauses, den die Familie privat bewohnt. Nicht nur das Büro ist ein Durchgangsraum, wie ich feststelle, sondern auch die Küche. Wir stehen nun in einem gemütlichen Esszimmer, von dem aus man sowohl das Büro als auch die Küche betreten kann. Der Tisch ist gedeckt, es stehen Brot und Brötchen, Marmelade, Wurst und Käse auf dem Tisch. Anton stellt gerade für jeden ein Frühstücksei dazu.

„Wir brauchen einen Teller mehr", verkündet Franziska und deutet mit dem Finger auf mich.

„Guten Morgen, Mädchen. Aus dem Bett gefallen?", begrüßt er mich.

„So ähnlich", erwidere ich und setze mich auf den Stuhl, den Onkel Joseph mir heranschiebt.

Julius poltert gerade die Holztreppe hinunter. Zuerst sehe ich eine Jeans, seinen Pullover, dann seinen Kopf. Als sich unsere Blicke treffen, wirkt er überrascht, mich zu sehen.

„Guten Morgen, Faulpelz!", rufe ich vor der gesamten Familie über den Tisch. Jetzt wird zurückgeschossen, nehme ich mir vor. Er hat es nicht anders gewollt.

Julius kneift irritiert die Augen zusammen, geht aber nicht weiter auf die vorlaute Begrüßung ein. Stattdessen nimmt er auf dem Stuhl mir gegenüber Platz.

Verstohlen blicke ich ihn über den Tisch hinweg an. Dann hebe ich meine Untertasse samt leerer Kaffeetasse hoch und halte sie Julius quer über den Tisch hin.

„Mit Milch und Zucker", erkläre ich und warte geduldig mit ausgestrecktem Arm, dass er mir die Tasse abnimmt.

Am Tisch ist es augenblicklich still, bis auf Onkel Joseph, der hustet oder lacht. So genau kann ich das aus dem Augenwinkel nicht unterscheiden. Julius scheint für einen Moment nach Fassung zu ringen, hat sich aber sofort wieder im Griff.

„Natürlich", erwidert er und nimmt mir die Tasse mit einer ruhigen Bewegung ab. Endlich, denn viel länger hätte ich sie nicht halten können. Mit einem unangenehmen Ziehen hat sich Muskelkater im Arm gemeldet.

Julius gießt Kaffee und Milch ein. Lässt behutsam ein Stück Zucker in die Tasse gleiten und rührt vorsichtig um. Dann steht er auf und trägt die Tasse unter den neugierigen und überraschten Blicken aller Familienmitglieder an meinen Platz.

„Wohl bekomms!" Er geht, als sei nichts gewesen und nimmt erneut mir gegenüber Platz, um zu essen.

Onkel Joseph kichert in sich hinein und schiebt seine Tasse nun ebenfalls zu Julius hinüber.

„Schwarz."

Dieser verzieht keine Miene. Er gießt ihm ein und sofort halten auch seine Eltern die Tassen auffordernd über den Tisch. Julius füllt auch diese, als sei es nichts

Besonderes und ich beobachte die skurrile Situation mit einem breiten Grinsen im Gesicht. Nun herrscht Leben am Tisch.

„Hast du dir schon einen Plan für heute zurechtgelegt?", will Anton von seiner Frau wissen und atmet beruhigt aus, als sie bejaht. Dann wendet er sich mir zu: „Gott sei Dank. Die halbe Nacht hat sie wach gelegen und sich Notizen gemacht, aus lauter Angst davor, dass unsere Gäste sich entweder im Stress oder aus Langeweile an die Gurgel gehen. Unglaublich, oder? Dabei sind doch alle so zahm."

Ich nicke wissend, denn bis auf die Mini-Fehde, die Julius angezettelt hat, stimme ich mit ihm überein.

„Noch, Anton. Noch." Franziska blickt nicht auf, als sie sich mit schnellen Handgriffen zwei Brötchenhälften zurechtmacht und zügig in ihrem Kaffee rührt.

„Deine Frau hat recht. Gerade in Extremsituationen, und die haben unsere Gäste hier gerade, müssen wir uns besonders behutsam und sensibel verhalten. Der eine Teil sitzt fest und der andere kann seinen Urlaub nicht wie gewohnt verbringen. Die Stimmung kann schneller kippen, als du denkst. Vorbeugen ist in jedem Fall besser. Wir können von Glück reden, dass Strom und Telefonverbindungen noch intakt sind. Es gab hier auch schon schlimmere Winter."

Onkel Joseph schlägt sich auf Franziskas Seite. „Solange nicht, wie im letzten Jahr, ein Baum in die Stromleitungen kracht, sind wir doch alle gut bedient. Danach haben wir uns zwar ein Notstromaggregat zugelegt, aber das ist eben nur für den Notfall."

„Das ist ja eine schreckliche Vorstellung", bringe ich mich ein. Dann halte ich Julius wie nebenbei nochmals meine Tasse vor die Nase und hoffe, er bemerkt das nervöse Zittern nicht. Die Aktion bereitet mir eine diebische Freude, auch wenn oder gerade, weil sein Blick sagt: *Übertreib es bloß nicht.* Ich antworte mit einem zuckersüßen Lächeln.

„Die Menschen neigen in Extremsituationen zu unüberlegten Handlungen. Die Gemüter lassen sich leichter erhitzen und aus einer Mücke wird schnell mal ein Elefant. Dann ist es nur gut, wenn man einen Plan hat und alle von vornherein gut beschäftigt. Das kriegen wir schon hin. Inga wird uns unterstützen. Gleich nach dem Frühstück arbeiten wir unseren Schlachtplan aus." Franziska blickt nach ihrer Rede voller Tatendrang in die Runde. Ich kann mir kaum vorstellen, diese Frau einmal mit schlechter Laune zu sehen.

„Inga, ich finde super, dass du uns hilfst. Ich räume gleich den Hof frei und kümmere mich dann um den Baum. Das hätte ich so oder so machen müssen, ich habe mir schon eine hübsche Tanne ausgesucht, gar nicht weit von hier." Anton stellt sein Geschirr übereinander und blickt, auf die Ellenbogen gestützt, in die Runde.

„Gut, dann kann ich die Gäste gleich informieren. Vielleicht hat sogar jemand Lust, dir mit dem Baum zu helfen. Julius, machst du Küchendienst? Dann kann ich mit Inga schon die weitere Event-Planung übernehmen."

Nun herrscht Aufbruchsstimmung. Alle bis auf Julius nehmen ihr Geschirr und räumen es auf ein kleines Wägelchen neben dem Eingang zur Küche.

„Ich bin doch noch gar nicht fertig!“, protestiert er und greift sich noch ein Brötchen, bevor Onkel Joseph das Körbchen abräumt.

„Dass du nach deiner Mitternachtsjause überhaupt was isst, wundert mich.“ Augenblicklich werde ich nervös, als hätte ich etwas angestellt.

„Ich bin eben noch im Wachstum!“ Julius lacht und wirft mir einen fast zärtlichen Blick über den Tisch zu, der mich irritiert und mitten ins Herz trifft. Warum treibt er dieses Spielchen mit mir? Das bilde ich mir doch nicht ein. Mein Körper gerät in Aufruhr, mir wird warm und ich vergesse für einige Sekunden zu atmen. Mit zitternden Fingern greife ich meinen Teller, dann reiße ich mich mit aller Kraft von seinen Augen los und stehe auf. Den letzten Schluck Kaffee trinke ich im Gehen aus und dann folge ich Franziska, ohne mich noch einmal umzusehen. Atmen, sage ich mir immer wieder und befürchte, dass ich die Erste bin, die in dieser Extremsituation den Verstand verlieren könnte.

Im Büro erstellen wir zunächst eine Liste aller Anwesenden. Das ist schnell erledigt. Franziska tippt die Namen in ihren Computer ein. Insgesamt sind vierzehn Personen im Haus. Ein ansehnliches Grüppchen, das eingeschneit vor den Feiertagen festsitzt und das sich zumindest partiell in den nächsten Stunden mit den ersten Auswirkungen von Langeweile und Stress auseinandersetzen könnte.

„Vorbeugen ist besser, als das Nachsehen zu haben. Wir müssen alle beschäftigen. Ich kann mir gut vorstellen, dass du eine begabte Animateurin bist und dir diese Aufgabe Freude bereitet.“

Ich blicke Franziska mit großen, ungläubigen Augen an. So genau verstanden habe ich noch nicht, worauf sie hinauswill. Wir sind schließlich nicht in den Sommerferien auf Ibiza, wo wir am Strand tanzen oder Wasserspielchen machen könnten.

„Also, ich habe mir Folgendes gedacht", wendet sie sich mir zu und ich bin bemüht, ihr meine volle Aufmerksamkeit zu widmen. Sie scheint generell von quietschvergnügtem Wesen zu sein. Ich betrachte fasziniert ihr frisches, natürliches Gesicht. Die schmale Brille mit dem goldenen Gestell verleiht ihrem Lächeln einen besonders klugen Ausdruck und ihre braunen Augen sprühen nur so vor Lebensfreude.

„Aus uns vierzehn Persönchen kannst du prima zwei Gruppen bilden. Wie du die Zusammensetzung gestaltest, obliegt ganz dir. Du machst das schon. Hier drinnen bewahre ich einige Spiele auf." Sie zeigt auf den Schrank, vor dem der liebe Bruno sich wieder in Schlafposition gebracht hat. „Suche dir ein paar schöne heraus und dann kannst du einen Spieleabend für uns alle vorbereiten." Sie geht hinüber, öffnet die Schranktüren und präsentiert ihren stattlichen Fundus an Gesellschaftsspielen jeglicher Art.

„Preise wird es auch geben, damit wir einen Anreiz zum Mitspielen bieten. Wir haben Most und Wein im Keller, davon werde ich einige Flaschen bereitstellen. Ich werde nach dem Frühstück, wenn alle zusammen sind, verkünden, was wir im Laufe des Tages und heute Abend vorhaben."

„Und was ist, wenn jemand nicht mitmachen möchte?" Ich selbst finde Spieleabende großartig, aber ich weiß auch, dass sie nicht jedermanns Sache sind.

„Das wird wohl vorkommen und selbstverständlich ist das in Ordnung. Wir machen hier lediglich ein Angebot. Wer seine Ruhe haben möchte, ein Buch lesen oder sich wie auch immer beschäftigen mag, soll das tun. Aber angesichts mangelnder Alternativen glaube ich schon, dass sich alle irgendwie einbringen werden.“

„Soll ich jetzt gleich mit den Vorbereitungen anfangen?“

„Einen Augenblick noch.“ Franziska zieht einen weißen Zettel aus der Gesäßtasche ihrer Jeans und faltet ihn auseinander. „Ich habe mir heute Nacht einige Arbeiten notiert, die erledigt werden können und wie wir unsere Gäste einbeziehen können. Ich werde gleich fragen, ob jemand Lust hat, mit anzupacken.“ Sie zückt einen Kugelschreiber und beginnt die Punkte auf ihrer Liste vorzulesen. „Baum schlagen, aufstellen und schmücken – das sind ja gleich drei Arbeiten. Dann haben wir Plätzchen backen und Deko basteln, damit wir Wichteln können. Das Weihnachtsessen muss auch vorbereitet werden. Ich habe mir überlegt, dass wir Grüppchen zusammenstellen und die Aufgaben beim Frühstück verteilen.“

„Wenn ich einen Vorschlag machen darf ...“, beginne ich vorsichtig. „Wir könnten alles auf eine große Liste schreiben, die wir an der Rezeption aushängen oder auslegen. Du erklärst in Ruhe, was du dir vorgestellt hast und nachher kann sich jeder selbst eintragen, wie und wo er helfen möchte. Manchmal brauchen die Leute etwas Zeit, um sich zu entscheiden.“

„Grandiose Idee, dann sind wir zwei noch schneller fertig und alle haben einen Überblick über die Dinge, die getan werden müssen." Franziska freut sich und beginnt sofort damit, eine Tabelle am Computer zu erstellen, wobei wir Tätigkeiten zum Bespaßen und anfallende Arbeiten auf dem Hof gemeinsam auflisten, denn die Gäste dürfen auch bei der Hofarbeit helfen.

Zwanzig Minuten später spuckt der Drucker die Liste aus und wir legen sie hochmotiviert mit zwei Kugelschreibern neben das Eichhörnchen am Empfang. In diesem Moment ereilt mich eine sehr witzige Idee, wie ich finde.

„Was ist das für ein Stall, der gereinigt werden muss?" Ich blicke mit unschuldigen Augen drein.

„Ein Hühnerstall."

Mit einem herrlichen Grinsen nehme ich einen Stift und trage meinen Namen in die Zeile für den Spieleabend ein und Julius' Namen für die Aufgabe, den Stall zu säubern.

„Ich nehme an, das geht in Ordnung?"

„Aber klar, warum denn nicht? Ich finde es gut, dass mein Sohn mit gutem Beispiel vorangeht." In ihren Augen blitzt der Schalk.

„Plauderstündchen?", vernehme ich plötzlich Julius' warme Stimme sehr nah hinter mir. Sofort ist der besondere Moment vom Frühstück wieder präsent. Nervös drehe ich mich zu ihm um, pruste dann aber aus vollem Halse los. Er trägt rosafarbene Gummihandschuhe, ein Haarnetz und eine blau-weiß karierte kleine Schürze. Auf Kopf, Schultern und Gesicht zieren ihn weiße Spülschaumflocken.

„Nein, Team-Meeting", erwidere ich, als ich mich halbwegs beruhigt habe.

„Und du? Schon fertig?" Mein spöttischer Blick scheint ihn nicht zu stören.

„Ich wollte etwas fragen, aber jetzt habe ich es glatt vergessen." Er mustert mich seltsam eindringlich, auf eine besondere Weise, die mein Herz schneller schlagen lässt und ein nervöses Ziehen in meinem Bauch verursacht.

„Ich habe mich gerade darüber gefreut, dass du dich heute sehr engagiert in unsere Tagesplanung einbringst", ergreift Franziska das Wort.

Beinahe erlöst atme ich aus. Julius schaut fragend zwischen uns beiden hin und her.

„Na, hier", seine Mutter tippt auf die Liste, „du hast dich vor einer Minute freiwillig für die Reinigung des Stalls gemeldet. Finde ich super. Der Anfang ist gemacht."

„Aha", Julius sieht seine Mutter an, als verstehe er einen Scherz nicht. Dann sieht er auf die Liste und zieht die Augenbrauen hoch. „Ist nicht euer Ernst."

Er zieht sich den Handschuh aus und greift nach dem Stift, dann besinnt er sich jedoch und legt ihn wieder zurück. Ob es daran liegt, dass ein durchgestrichener Name merkwürdig aussieht oder ob ihm klargeworden ist, dass die Arbeiten sowieso gemacht werden müssen?

„Ja, mache ich. Aber das geht nur, weil Inga sich nahezu aufdrängt, den restlichen Spüldienst in der Küche zu übernehmen." Er sieht mich triumphierend an. Hofft er etwa, ich nehme die Stallarbeit zurück? Pustekuchen!

„Sehr gern. Quid pro quo. Eine Hand wäscht die andere."

Wir sehen uns herausfordernd an, dann überreicht er mir die Spülhandschuhe und wendet sich an seine Mutter.

„Was ich eigentlich sagen wollte, war, dass Papa noch mit dem Traktor zum alten Hubert fährt. Dem drückt der Schnee aufs Dach. Er sagt, in ein bis zwei Stunden ist er wieder hier." Dann zieht er die Schürze aus, drückt sie mir ebenfalls in die Hand und geht.

„Ich denke, der Schnee blockiert die Straßen. Kann man jetzt doch fahren?", frage ich, während ich mir die Schürze umbinde.

„Mit dem Traktor wird Anton schon durchkommen. Das ist nur bis zum Nachbarhof. Alles andere ist weiterhin nicht möglich und viel zu gefährlich."

Zurück im Büro räumt Franziska mir eine kleine Fläche frei, damit ich mich später an die Vorbereitungen machen kann. Der Schrank ist noch offen. Bruno liegt davor, er scheint noch müder als sonst. Über die Streicheleinheiten, die ich ihm zukommen lasse, freut er sich mit minimalistischer Schwanzbewegung. Franziska hockt sich zu uns und nimmt seinen großen Kopf in die Hände. Behutsam spricht sie auf ihn ein. „Du machst mir doch keine Sorgen über die Feiertage, Bru? Vielleicht sollte Anton den alten Hubert gleich mitbringen." An mich gewandt spricht sie weiter. „Das ist unser Tierarzt. Bruno bekommt von ihm schon eine Weile Aufbaupräparate, weil ihm das Alter zu schaffen macht. Ich weiß, dass man die Zeit nicht anhalten kann, aber nach den Spritzen ging es Bruno immer besser." Sie streicht über die Ohren und Nase des Hundes.

„Warm und trocken, fiebrig. Ich rufe Anton an, vielleicht haben wir Glück und Hubert kommt tatsächlich schnell mal mit rüber.“

Franziska füllt den Wassernapf auf und stellt ihn dicht neben Brunos Kopf. Etwas Wasser nimmt sie in die hohle Hand und hält es ihm hin, bis er es abschleckt.

„Gut gemacht, mein Großer.“ Besorgt streichle ich ihn weiter, während Franziska telefoniert.

Der Spüldienst bei Onkel Joseph ist ein anderer als zu Hause. Hier in der Küche geht es gewerbsmäßig zu. Nach einer kurzen Einführung in die Bedienung des professionellen Spülautomaten, der aus einem großen Metallwürfel besteht, der sich wiederum an einer Schiene hoch- und wieder hinunterschieben lässt, lege ich los. Zu meiner rechten Seite steht ein leeres Gitter, auf das ich das Geschirr sortiere und mit einem Schlauch vorher abspüle. Dann schiebe ich das beladene Gitter unter den Würfel, ziehe ihn hinunter und sofort beginnt der Spülprozess. Während ich warte, drängt sich Julius in meinen Kopf. Er ist vielleicht doch ganz nett. In meinem Bauch kribbelt es und ich muss mich zur Ordnung rufen. Schließlich bin ich frisch getrennt und muss den Schock über den Ausgang meiner Beziehung noch bewältigen.

Der Würfel trocknet das Geschirr sogar anständig. Ich muss nur einige restliche Tropfen wegwischen. Das ganze Prozedere erinnert mich sehr daran, wie es ist, wenn ich mein Auto in der Waschanlage reinigen lasse. Vorspülen, Schaum, Trocknen. Auch der große Spülwürfel bietet, je nach Verschmutzungsgrad, unterschiedlich Programme an. Ich bin begeistert. Mein

Spüldienst ist nicht halb so anstrengend, wie ich befürchtet habe.

Zurück im Büro sitzt Franziska vor dem Bildschirm. Ich geselle mich wieder zu Bruno und streichle ihn. „Der Tierarzt kommt gleich."

Sie lächelt mich an, aber ich sehe die Sorge in ihren Augen.

Während ich in der Küche war, hat sie die Gäste informiert und studiert nun diverse Backrezepte auf dem Monitor. Der Drucker rattert leise im Hintergrund.

„Wir backen Zimtsterne und Vanillekipferl, alle wollen mitmachen", verkündet sie stolz. „Hier", sie zeigt auf einen Stapel Folie, „wenn du Lust hast, lege die Blätter mit den Rezepten schon mal dazwischen. Wir laminieren das gleich." Gesagt getan – eine Viertelstunde später sind die Rezepte wasserdicht und sicher verschlossen. Die unbehandelten Papierbögen hätten wahrscheinlich nicht lange durchgehalten. Ich sehe, dass mit Franziska ein echter Profi am Werk ist.

„Servus!" Ein weißbärtiger, stämmiger Mann mit Gamsbarthut und Kniebund-Trachtenhose betritt den Raum. Er nickt Franziska und mir zu, dann geht er ruhig zu Bruno hinüber, der müde den Kopf hebt. „Da ist er ja."

Ich will nicht stören und ziehe mich mit den Rezepten in den Gastraum zurück, wo ich sie auf den Tischen auslege.

Die vier Rentner, zwei Ehepaare, wie ich bereits weiß, spielen gerade Rommé. Sie laden mich ein, mitzuspielen.

„Gut, aber nur eine Runde. Ich muss mich noch um die Organisation des Spieleabends kümmern. Werden Sie alle dabei sein?"

„Auf jeden Fall! Sind auch Kartenspiele dabei?"

„Das weiß ich noch nicht."

„Ab vierzig kannst du auslegen", instruiert mich eine der Damen und schiebt mir einen verdeckten Stapel hin.

„Ich muss die Liste erst noch ausarbeiten. Aber ich werde die Idee aufgreifen. Da findet sich gewiss etwas."

„Ich bin Paul und das ist meine Frau Elke", stellt sich der Herr neben mir vor. „Solln wa nich einfach Du sagen?"

Ich nicke. „Sehr gern. Ich bin Inga."

Dann sind die anderen beiden sicherlich Theo und Irmgard. Schön, nun auch die Gesichter zu kennen.

„Irmi und Theo", bestätigt Paul meine Annahme gleich darauf.

„Freut mich."

Ich lächle in die Runde und ziehe eine Karte, als ich an der Reihe bin. Joker. Mein Blatt war schon vorher sehr gut. Jetzt kann ich gewinnen. Eine Karte nach der anderen lege ich auf den Tisch. Drei anständige Reihen. Die letzte Karte, eine Herz Sieben, werfe ich weg. Die Runde ist schnell beendet.

„Da habe ich wohl Glück gehabt." Ich hebe entschuldigend die Hände.

„Glück im Spiel, Pech in der Liebe", erwidern alle vier im Chor.

Mir scheint, sie verwenden die Phrase öfter. Aber sie wissen nicht, wie recht sie damit gerade haben. Ich schlage die nächste Runde aus und gehe zurück ins Büro.

Der Tierarzt packt gerade seine Tasche zusammen. Auf dem Schreibtisch liegen drei kleine braune Ampullen. Er verabschiedet sich herzlich, wünscht uns frohe Weihnachten und Bruno gute Besserung. Dann fährt Anton ihn mit dem Traktor wieder nach Hause.

„Was hat er denn?" will ich von Franziska wissen.

„Er ist alt und seine Nieren sind nicht mehr so leistungsfähig. Er hat Medizin bekommen, von denen dort sollen wir ihm alle sechs Stunden eine geben. Wir müssen darauf achten, dass er weiterhin trinkt. Das ist das Wichtigste. Hoffen wir, dass Bru wieder auf die Beine kommt. Könntest du hin und wieder auf ihn schauen, wenn du hier im Büro bist? Er freut sich sicher über deine Gesellschaft, wenn ich im Haus unterwegs bin." Sie lächelt zuversichtlich und lässt mich mit Bruno allein.

Ich widme mich der Vorbereitung für den Spieleabend, aber es fällt mir nicht leicht, mich zu konzentrieren. Immer wieder sehe ich besorgt zu Bruno. Er blickt aus seinen bernsteinfarbigen Augen traurig zurück.

Beim Festlegen der Spielgruppen entscheide ich, dass ich die Zusammensetzung bis auf eine Ausnahme dem Zufall überlassen werde. Die Ausnahme bildet Julius. Er wird im Team *Schneemann* spielen, ich im Team *Weihnachtsstern*. Es ist wohl besser, wenn wir nicht in einem Boot sitzen.

Es klingelt an der Rezeption. Neugierig blicke ich aus der Bürotür und entdecke Anton, der die Glocke neben dem Eichhörnchen schwungvoll zum Läuten bringt. Er ist schon wieder da und wartet auf seine Helfer.

Gleich darauf ertönt Getrappel auf der Treppe. Die beiden Männer, die entgegen meiner ersten Vermutung nicht Vater und Sohn sind, kommen winterlich warm angezogen die Treppe hinunter. Sie haben sich gemeldet, um Anton beim Schlagen des Weihnachtsbaums zu helfen. Norbert und Marius, so heißen die beiden, freuen sich wie kleine Jungs auf ein Abenteuer.

Ich durchforste weiter vorsichtig den Inhalt des Schranks und verschaffe mir einen Überblick, auf welche Spiele und Utensilien ich zurückgreifen kann. Während ich sortiere, notiere, bereitstelle und im Internet nach Spielvarianten recherchiere, höre ich, wie die Liste mit Franziskas Beschäftigungsangebot an der Rezeption freudig diskutiert wird.

Allmählich ist für meine Spielvorbereitung ein Ende in Sicht. Unter Brunos nun wachsamen Augen sortiere und kopiere ich die letzten Zettel. Ich habe Teams gebildet und eine bunte Mischung aus Quiz und Aktion zusammengebaut. Stolz betrachte ich mein Werk und hoffe, dass es den anderen nur ansatzweise so viel Vergnügen beim Spielen bereiten wird, wie mir beim Organisieren.

Dann hocke ich mich wieder zu Bruno, fülle Wasser in meine Hand, wie ich es bei Franziska gesehen habe, lasse ihn trinken und spreche ihm gut zu.

Nachdem es an der Rezeption ruhig geworden ist, studiere ich die Liste und stelle erfreut fest, dass jeder der vierzehn Namen mindestens einmal vorhanden ist.

8. Großer Bösenstein

Mein Blick schweift durch die Regale an der Wand und ich finde diverse Bücher. Ein hübsch eingebundenes, dickes Buch steht separat. Das Cover verspricht umfassende Informationen über Rottenmann, die Bergstadt im Bundesland Steiermark, die zugleich eine der ältesten Städte Österreichs ist.

Ob ich mehr wissen will, frage ich mich skeptisch, habe es aber schon in den Händen.

Ich setze mich zu Bruno, blättere darin und beginne querzulesen. Während der Urlaubsplanung, die Marlon und Giulietta vorgenommen haben, ich stoße verächtlich die Luft aus, habe ich mich nur stiefmütterlich mit unserem Ziel befasst. Obwohl ich weiß, dass ich diesem Ort mit meiner Abreise für immer den Rücken kehren werde, weckt das Buch mein Interesse.

Die kleine Stadt wird auch die tausendjährige Stadt genannt. Neben vielen Sehenswürdigkeiten wird der Fernbahnhof angepriesen, der zu meinem Leidwesen gerade genauso außer Betrieb ist wie die Zufahrtsstraßen, über die schon die alten Römer fuhren, um Handel zu betreiben. Aus ebendieser Zeit gibt es auch eine Burg und all dies seien den Touristen wärmstens empfohlene Ausflugsziele. Bedauerlich, dass alles unter dem

Schnee begraben ist und wir kaum einen Schritt vor die Tür gehen können. Lust auf ein wenig Kultur habe ich schon.

Für die anderen waren nur Skifahren und selbstredend Après-Ski wichtig. Allein der Name des höchsten Bergs in der Gebirgskette Rottenmanner Tauern war ein- oder zweimal Bestandteil alberner Gespräche gewesen. Der Berg trägt den vielsagenden Namen Großer Bösenstein.

„Hoffentlich gibt es keine böse Überraschung und es verletzt sich jemand, wenn wir dort unterwegs sind. Der Berg heißt vermutlich nicht ohne Grund so“, hatte Marlon gewitzelt.

Wie verlogen, denke ich, klappe energisch das Buch zu und lege es neben mich. Dass er selbst für die böse Überraschung sorgen würde, konnte ich damals doch nicht ahnen.

Die Knie angezogen, sitze ich auf dem Boden. Mit zusammengebissenen Zähnen denke ich darüber nach, warum ich immer an die Falschen gerate. Marlon ist zwar ein ziemliches Großmaul und tritt sehr bestimmt auf, um seine Interessen durchzusetzen, aber er hatte immer wieder beteuert, wie sehr er mich liebe und dass ich die einzige Frau in seinem Leben sei. Ich habe ihm geglaubt und wollte unsere gemeinsame Zeit nicht wegwerfen. Unser Einjähriges stand bevor. Wir hatten sogar darüber gesprochen, uns eine gemeinsame Wohnung zu nehmen. Gut, dass wir diesen Schritt noch nicht gegangen sind. Das hätte mir gerade noch gefehlt, dass ich nicht in meine eigenen vier Wände hätte zurückkehren können. Schniefend blicke ich auf Bruno.

„Nun ist es vorbei und es ist besser so. Aber weh tut es trotzdem.“

Er neigt den Kopf, als wisse er genau, wovon ich spreche, blickt mich mit mitleidigem Hundeblick an und legt seine Pfote auf meinen Fuß.

„Wenigstens einer, der mich versteht.“ Unwillkürlich lächele ich und streichle ihn zärtlich weiter.

„Wenn ich wie geplant nach Wien gefahren wäre und die zwei allein in ihren Vögel-Urlaub, hätten wir beide uns gar nicht kennengelernt, hm?“

Und Julius auch nicht, setze ich in Gedanken nach. Ein tiefer Seufzer entfährt mir. Warum hat Marlon nicht schon viel früher mit mir Schluss gemacht?

Ich erinnere mich an Benes Worte, als wir telefoniert haben. Vielleicht glaubt Marlon wirklich, dass ich wieder zurückkomme und hatte nie vor, die Beziehung zu beenden …

Ich mag diesen Gedanken keine Sekunde weiterspinnen, sofort spannt sich mein Körper an. Ich strecke die Füße von mir, verschränke die Arme und schließe die Augen. Tief ein- und ausatmen, immer mit der Ruhe.

Ein Gutes hat die Sache doch. Ich habe mich schnell und konsequent getrennt. Es gab keine Ausreden, die Sache war klar. Dass ich ihm sein Auto geschrottet habe, tut mir nicht leid, wohl aber, dass ich die Kosten für die Reparatur aufbringen muss.

Ich taste nach Bruno und kraule ihn zärtlich, während ich mit geschlossenen Augen bewusst weiteratme.

„Und, wie geht es unserem Patienten?“

Erschrocken reiße ich die Augen wieder auf. Julius steht im Türrahmen. Seine Stimme klingt besorgt und weich, sein Gesicht ist gerötet. Er sieht aus, als habe er schwer gearbeitet.

„Ich weiß nicht so recht. Ich glaube, zumindest nicht schlechter."

Er kommt zu uns, setzt sich auf die andere Seite neben den Hund und streichelt ihn liebevoll. Eine Weile sitzen wir schweigend zusammen, bis unsere Blicke sich treffen. Wieder hat er diesen seltsamen Blick, der mich tief berührt. Ich kann ihn nicht deuten und es fällt mir schwer, meine Augen abzuwenden. So ruhig und empfindsam, wie Julius sich jetzt gibt, kann ich ihm kaum böse sein.

„Hast du noch irgendwelche Aufgaben für mich auf die Liste gemogelt?"

„Ich habe nicht gemogelt. Die Arbeit stand auf der Liste und ich dachte mir, dass sich die Hühner bestimmt über deine Anwesenheit freuen würden." Meine Hand wandert von Brunos Nacken weiter zu seinem Rücken.

„Das haben sie, in der Tat."

Plötzlich berühren sich unsere Finger zufällig in Brunos Fell. Wie vom Blitz getroffen, ziehe ich meine Hand zurück, ohne meinen Blick abzuwenden. Julius betrachtet mich nachdenklich. „Sorry", raunt er dann und krault den großen Hund weiter.

„Was machst du damit?" Er wechselt das Thema und zeigt mit der freien Hand auf das Buch der tausendjährigen Stadt.

„Lesen."

„Das dachte ich mir. Planst du deinen nächsten Aufenthalt hier?"

„Was? Nein!" Entrüstet schiebe ich das Buch von mir. „Von eurer Gegend habe ich genug. Mich beschleicht nur das Gefühl, dass euer Berg seinen Namen nicht zu Unrecht hat. Wahrscheinlich färbt die Aura des Großen Bösensteins auf einige Menschen ab."

„Du glaubst, der Bösenstein macht böse Menschen? Gewagte Theorie, kannst du die denn untermauern?" Julius zieht die rechte Augenbraue etwas hoch und sieht mich herausfordernd an.

„Sachlich vielleicht nicht, aber gefühlt. Mein Ex und meine Freunde haben den Vogel abgeschossen und du Prachtexemplar driftest auch in diese Richtung. Weitere Recherche betrachte ich nicht als notwendig. Mein Bedarf ist gedeckt."

Ich kraule konzentriert Brunos Hals. Der reckt den Kopf und ich reiche ihm wieder eine Handvoll Wasser. Es stört mich nicht, dass mir die Hälfte dabei auf die Hose tropft.

„Ach komm, bist du etwa noch sauer wegen der Schnee-Aktion? Ich habe mich doch in aller Form entschuldigt. Bist du immer so nachtragend?"

Langsam, um Bruno nicht zu stören, hebe ich den Kopf und werfe Julius einen scharfen Blick zu. „Sag mal, leidest du an Alzheimer? Heute Morgen schon vergessen?"

Statt einer Antwort ernte ich ein Grinsen.

„Ich weiß nicht, was daran so lustig ist. Vielleicht liegt es nicht an diesem dusseligen Berg, aber böse bist du trotzdem."

Julius Anwesenheit macht mich nervös, der Moment, als sich unsere Finger berührten, hat mir gefallen und das gefällt mir wiederum gar nicht. Ich will nicht, dass er mir gefällt und dass er mit mir spielt. Ich senke den Blick und schenke meine Aufmerksamkeit lieber dem Hund, der nun seinen großen Kopf auf meinen Schoß gelegt hat.

„Inga, warum denn so kompliziert? Das war ein Versehen."

„Ach, das kannst du deiner Großmutter erzählen!" Ich glaube ihm kein Wort.

„Entschuldige. Ich habe nicht eine Sekunde damit gerechnet, dass du tatsächlich so früh aufstehen würdest. Du warst so müde und fertig. Ich dachte, du verschläfst und dass ich dich damit später ein wenig aufziehen kann. Ich habe mir nur einen Spaß erlaubt und mich darauf gefreut, Kaffee serviert zu bekommen."

Meine Augen formen sich zu Schlitzen. „Hörst du dir selbst zu? Was ist denn daran spaßig?"

„Ich konnte doch nicht ahnen, dass du wirklich aufstehst, so fertig wie du warst." Er sieht mich beinahe demütig an. „Ehrlich, Inga, das war ein Versehen."

Ich bemühe mich, verärgert die Luft auszustoßen, meine Gedanken wandern jedoch wieder zu unserer Berührung. „Schönes Versehen. Ich weiß noch nicht, ob ich dir glaube. Aber merke dir eins, ich stehe immer zu dem, was ich sage. Wenn ich sage, dass ich aufstehe, stehe ich auch auf. Bist du nicht schon ein bisschen zu alt für solche Fisimatenten?"

„Fisi was?"

„Fisimatenten. Quatsch. Kennt ihr Ösis wohl nicht, den Ausdruck." Ich streichle Brunos Fell langsam mit dem Strich über den Rücken.

Julius hält die Arme nun verschränkt, viel zu weit weg für eine nochmalige zufällige Berührung.

„Also erstens bin ich mit fünfundzwanzig nicht alt und zweitens ist Quatsch machen eine Tugend. Das ist gesund und drittens bin ich kein Ösi. So, wie du das sagst, klingt das außerdem ziemlich abwertend. Mach dich mal locker!"

„Du bist ein schrecklicher Mensch. Immer, wenn ich die vage Hoffnung hege, dass man auch vernünftig mit dir sprechen kann, beweist du mir das Gegenteil."

„Aus dir werde ich auch nicht schlau. Vorhin hast du mich noch als Prachtexemplar betitelt." Er rollt die Augen, als sei mit mir kein Auskommen, steht auf und reibt sich arbeitseifrig die Hände. „Falls mich jemand sucht: Ich bin auf dem Dachboden und hole den Baumschmuck."

Enttäuscht blicke ich ihm nach und erwische mich dabei, wie ich ihm auf den Hintern starre. Er macht eine knackige Figur in seiner Jeans. Beinahe stößt er mit Onkel Joseph zusammen, als er durch die Tür geht.

„Na, Spatzerl, wie geht es dir?"

Unsicher, ob Joseph mich oder den Hund meint, informiere ich ihn über Bruno. „Er hält tapfer durch und trinkt auch. Ich habe das Gefühl, dass es ihm schon etwas besser geht."

„Und du, Spatzerl?" Jetzt sieht er mich direkt an.

„Fertig, denke ich. Brauchst du mich wieder in der Küche?" Meine anfängliche Verwunderung, ja fast Befangenheit darüber, dass er mich stets Spatzerl oder Schatzerl nennt, hat sich gelegt. So nennt er offensichtlich alle Frauen um sich herum, auch Franziska oder die anderen weiblichen Gäste. Ich bin also keine Ausnahme.

„Ja, du könntest die Bleche mit den Plätzchen einsammeln und in den Ofen schieben. Es sind bereits einige

Ladungen fertig, die gebacken werden können. Ich bereite schon das Mittagessen vor und möchte die Herrschaften nicht an den Ofen lassen. Du könntest das Backen im Auge behalten." Er grinst und schüttet sich ein imaginäres Schnapsglas in den Mund.

Unter den Gästen wird also gebechert. Ich nicke verstehend. „Kein Problem. In fünf Minuten bin ich da."

Noch einmal versorge ich Bruno mit Wasser, dann räume ich das restliche Papier und die Spiele zusammen.

Im Gastraum begegnet mir ein heiteres Stimmengewirr. Es wird gegluckst und gekichert. Die beiden Rentnerpärchen haben die Karten gegen Nudelholz und Ausstechförmchen eingetauscht. An ihrem Tisch produzieren sie nun fleißig Sterne, Tannenbäume und Herzen aus Teig. Alle vier Gesichter haben eine gesunde rote Farbe und ich vermute, dass es nicht an der Raumtemperatur liegt. Ich gehe hinüber und bewundere ihre Arbeit.

„Na, ooch een?" Paul zückt mit verschmitztem Grinsen eine Eierlikörflasche und hält sie mir unter dem Tisch, vor den Blicken der anderen geschützt, hin. Als ob die vier noch verheimlichen könnten, dass sie bereits gepichelt haben.

„Nein danke, jetzt nicht, aber vielleicht komme ich später darauf zurück. Jetzt muss ich die wunderbaren Plätzchen abholen und in den Ofen schieben. Ihr wisst ja, dass man schwere Maschinen nicht alkoholisiert bedienen darf."

„Sehr richtig, kluget Kind", pflichtet er mir ernst bei. „An der Jugend von heute könn' wa uns echt ma'n Beispiel nehmen. Wir war'n damals nich so vanünftich, wa Elke?" Er stupst seine Frau verwegen mit dem Ellenbogen an.

„Weeste noch, wie wa damals mit'n LPJeh Traktor durchs Oderbruch jemacht sind?" Seine Stimme wird augenblicklich weich und wehmütig. „Wenn wa damals keen Eierlikör jetrunken hätten, säßen wa heute bestimmt nich hier."

Elke macht eine abwiegelnde Handbewegung und grinst verschämt.

„Dann macht es euch also nichts aus, dass ihr hier festsitzt? Wie lange wolltet ihr denn ursprünglich bleiben?"

„Wir sitzen im Grunde noch gar nicht richtig fest. Wir haben bis morgen gebucht und da sieht die Welt vielleicht ganz anders aus."

Nun wendet sich die andere Frau, Irmi, an mich. „Damals in der DDR haben wir anders festgesessen und der Lockdown erst, als wir uns nicht treffen konnten und Theo auch noch im Krankenhaus lag, war noch viel schlimmer. Den Schnee hier sitzen wir locker aus. Wir haben keinen Grund zu klagen und hatten sowieso vor, gemeinsam Karten zu spielen. Aufs tägliche Spazierengehen müssen wir zwar verzichten. Der Rest ist egal. Skifahren kommt sowieso nicht infrage. Bei unseren alten Knochen tut man sich das nicht mehr an." Sie küsst Theo zärtlich auf die Wange, der sofort von einem Ohr zum anderen grinst. Ein schöner Augenblick.

Gerührt beginne ich, die mit Plätzchen belegten Bleche vorsichtig übereinanderzustapeln, um sie in die Küche tragen zu können.

„Ich bringe sie in den Ofen, damit sich die Arbeit auch gelohnt hat. Sie sehen jetzt schon köstlich aus. Ich kann es kaum erwarten, nachher einen zu probieren."

Doch so leicht komme ich nicht davon.

„Sag mal, Inga, gehörst du auch zu den Gästen oder zur Familie?" Im Vorbeigehen stellt mir Elke die Frage und macht ein harmloses Gesicht.

Überrascht stelle ich die Bleche wieder ab. „Wie kommt ihr denn ausgerechnet darauf?"

„Nur so. Es hat sich im Gespräch ergeben. Wir vier beobachten und tratschen gern. Irmi sagt, du gehörst zum jungen Gruber, Theo und Paul meinen, du seist angestellt und ich habe gesehen, dass du in der Sieben wohnst. Vielleicht bist du doch Pensionsgast, wie wir."

Vier neugierige Augenpaare starren mich an. Ihre ehrliche und direkte Art gefällt mir. Aber was soll ich antworten?

„Weder noch, das ist gar nicht so einfach zu erklären. Aber zur Familie gehöre ich definitiv nicht ...", hebe ich an zu erklären.

„Sie ist ein Streuner, ist uns quasi zugelaufen." Julius taucht plötzlich auf der Bildfläche auf und beendet ungebeten meine Ausführungen.

Ich drehe mich um und will ihm meinen Ärger über die Unterbrechung zeigen. Hinter mir wird gekichert.

„Du hast mich doch ..."

Er lächelt mich an und nimmt mir den Wind aus den Segeln. Was auch immer sich zwischen Julius und mir abspielt, ist verwirrend schön und anstrengend zugleich.

„Onkel Joseph wartet immer noch auf die Backbleche, soll ich dir sagen. Wir können wohl froh sein, dass du nicht bei uns angestellt bist."

„Warum kümmerst du dich nicht einfach um deinen eigenen Kram? Wolltest du nicht den Baumschmuck holen?" Ich bin genervt und das hört man meiner Stimme an.

„Habe ich doch." Julius zeigt wie ein Streber auf die Kisten an der Längswand des Raums.

„Plätzchen ... Küche ... vergessen?", erinnert er mich unnötigerweise. Ich bin mir sicher, dass er das mit voller Absicht tut.

„Ja. Das mach ich jetzt auch", zicke ich verärgert über sein blödes Benehmen und meine körperliche Reaktion auf seine Gegenwart. Selbst wenn er mir gefällt – ein bisschen jedenfalls – ist es sowieso unbedeutend, denn ich habe erst einmal genug von Beziehungen. Ich schnappe mir die Bleche und trage sie hocherhobenen Hauptes davon.

„Familie". Ich höre, wie sich die vier hinter mir einig sind und stoße einen verzweifelten Seufzer aus. Hoffentlich sind die Straßen bald wieder frei.

Was Onkel Joseph angeht, hatte Julius jedoch recht. Er erwartet mich bereits ungeduldig und öffnet den Backofen, der alle drei Bleche gleichzeitig fassen kann. Vorsichtig schiebe ich eins nach dem anderen in die Hitze. Er schließt die Tür und zeigt mir, wie ich den Timer einstelle. Ich habe exakt zwölf Minuten, um den Nachschub zu organisieren.

Als ich zurück in den Gastraum komme, um mir die vollen Backbleche von Familie Schreiber abzuholen, sehe ich die Heimkehrer Norbert, Marius und Anton.

Sie haben einen stattlichen Tannenbaum auf den Schultern, das kann man erkennen, obwohl er anständig verschnürt ist. Sie legen ihn vor der Rezeption ab und entledigen sich ihrer verschneiten Kleidung. Norbert und Marius sind ganz aus dem Häuschen, sie sprudeln beinahe über vor Glück.

„Leute, es war unfassbar! Das war das erste Mal in unserem Leben, dass wir einen Baum gefällt haben. Ihr könnt euch das nicht vorstellen. Es war so kalt und überall Schnee. Der Traktor kam plötzlich nicht weiter und wir mussten ihn freischaufeln. Das ist ein richtiger Abenteuerurlaub. Die Tanne ist phänomenal. Nichts, was ihr euch sonst so in die Wohnzimmer stellt. Wartet ab, wenn er steht. So einen schönen Baum habt ihr noch nicht gesehen.“

„Das machen wir aber später, wenn die Weihnachtsbäckerei geschlossen ist“, erklärt Anton mit seiner ruhigen, tiefen Stimme. „Ihr habt mir gut geholfen, an euch sind zwei fähige Waldarbeiter verlorengegangen. Vielen Dank!“

Antons Lob rührt die beiden sichtlich. Spontan fangen die Rentner an zu applaudieren, alle anderen fallen mit ein. Die Stimmung ist ausgelassen, Norbert und Marius fallen sich vor Freude um den Hals und küssen sich. Ach ja, noch ein glückliches Pärchen.

Ergriffen begebe ich mich zu Familie Schreiber, um auch hier die Plätzchen abzuholen. Allerdings ist die Stimmung hier eher verhalten, wie es scheint.

„Hallo, wir haben uns noch gar nicht richtig begrüßt“, beginne ich vorsichtig. „Ich bin Inga.“ Mein vorsichtiges Lächeln verliert sich im Nirgendwo.

„Henning.“

„Birgit.“

„Alicia.“

Die drei antworten nacheinander, ohne aufzublicken oder ihre Arbeit zu unterbrechen. Na also, wo Licht ist, ist auch Schatten.

„Das sieht schon richtig gut aus“, lobe ich und hoffe den Einstieg ins Gespräch noch irgendwie zu retten. „Backt ihr zu Hause auch Weihnachtsplätzchen?“

„Ja, früher, da konnte Alicia nicht genug mit uns backen.“ Mutter Birgit rollt fester als nötig über die Teigplatte, richtet sich auf und überlässt Vater Henning und Tochter Alicia das Feld zum Ausstechen der Sterne.

Der piepende Ofen erlöst mich für den Moment. Ich eile in die Küche, um die heißen Bleche herauszuholen. Onkel Joseph zeigt mir den Platz, wo ich sie zum Auskühlen abstellen kann. Sie sehen sehr lecker aus und duften zum Anbeißen, aber Zeit zum Probieren bleibt mir nicht.

„Hier, für die Kipferl.“ Er drückt mir vier kalte, in Folie gewickelte Teigrollen in die Hand. „In Scheiben schneiden und Halbmonde daraus formen.“

„Alles klar.“ Ich bringe die Rollen in den Gastraum. Zwei für die Rentner, zwei für die Schreibers.

Franziska hat sich auch wieder eingefunden und ist mit dem bisherigen Ergebnis sehr zufrieden. Sie findet nur lobende Worte, auch für mich, als ich die vollen Bleche mit den Schreiber'schen Zimtsternen an ihr vorbei wieder mit in die Küche nehme.

„Hier! Pause. Hast du dir verdient.“ Onkel Joseph drückt mir eine Flasche Wasser in die Hand und hält mich davon ab, gleich wieder loszustürmen. Dieser Vormittag ist tatsächlich wie im Flug vergangen.

Hastig leere ich die Flasche. Im Radio ertönt gerade das Weihnachtslied *Noel, Noel*, es duftet nach Gebäck und fröhliches Lachen dröhnt in die Küche.

In diesem Augenblick ergreift die Sehnsucht mein Herz. Mir wird stärker als zuvor klar, dass meine Chancen auf ein Weihnachtsfest mit meiner Familie stetig sinken. Mögen sich alle hier noch so große Mühe geben, eine festliche Alternative zu gestalten. Es ist nicht dasselbe und schließlich werde ich allein sein.

Für den Nachmittag nehme ich mir vor, endlich meine Eltern anzurufen, von den Ereignissen der letzten Tage zu berichten und meine Anreise, je nach Wetterlage, für die nächsten Tage anzukündigen. Auch mit meinem Bruder will ich nochmals schreiben. Ein unbefriedigender Kompromiss, denn viel lieber höre ich seine Stimme. Er gehört zu den wenigen Menschen, die mir zu jeder Zeit das Gefühl geben können, dass alles gut wird.

Die letzten weihnachtlichen Töne verklingen und die mir bereits bekannte Stimme des Radiomoderators ist zu hören. „Kommen wir nochmals zum Schnee in den Rottenmanner Tauern. Die Stadt Rottenmann ist noch immer abgeschnitten. Allerdings sind alle Bewohner wohlauf. Dank Internet und Telefon sind wir immer auf dem Laufenden und haben später sogar noch ein Interview mit jemandem aus dem Rathaus für euch. Wir senden Grüße und drücken die Daumen, dass es bald wieder ein Durchkommen gibt. Das Wetter lässt uns hoffen. Laut Wetterradar lässt der Niederschlag nach. Baut doch ein paar Schneemänner und schickt uns die Bilder für unseren Instagram Account."

Ich lausche der einsetzenden Musik. *Das Wetter lässt uns hoffen. Laut Wetterradar lässt der Niederschlag nach.* Die Worte des Moderators hallen in meinen Gedanken nach und ich gebe mich der Hoffnung hin, doch noch bis zum Vierundzwanzigsten nach Wien zu kommen. Das wäre mein persönliches Weihnachtswunder.

Energisch piepsend holt mich der Backofen zurück in die Gegenwart.

9. Weihnachtliche Aussichten

Wir backen die restlichen Plätzchen und beseitigen das Chaos. Die meisten von uns plagt der Mittagshunger. Onkel Joseph hat mal so nebenbei eine kräftige Gulaschsuppe für alle gekocht. Den ganzen Vormittag hat er in der Küche gestanden und gewirtschaftet. Ich bin voll aufrichtiger Bewunderung für diesen Mann, der trotz seines hohen Alters unermüdlich schafft. Nun steht er hinter seinem großen Topf, als sei nichts gewesen und freut sich über die zahlreichen Komplimente zu seiner Suppe.

Bevor ich mich setze, möchte ich noch schnell nach Bruno sehen. Die Tür ist angelehnt. Als ich sie vorsichtig aufschiebe, erblicke ich auch Julius. Bruno steht und trinkt aus seinem Wassernapf. Julius hockt mit dem Rücken zu mir, krault ihm das Fell und redet beruhigend auf den Hund ein. Beide scheinen mich nicht zu bemerken. Unschlüssig stehe ich im Türrahmen. Soll ich mich dazugesellen oder einfach wieder gehen?

Bruno ist bei ihm sichtlich in guten Händen. Ich dagegen würde mir wahrscheinlich nur wieder einen blöden Spruch einfangen.

Ich beobachte Julius, mustere seinen Körper, das kurzgeschnittene dunkle Haar in seinem Nacken. Unter dem Sweatshirt zeichnen sich breite Schultern ab. Mir wird warm beim Gedanken daran, wie er mich nach meinem Unfall gehalten hat. Ich lecke mir unbewusst über die Lippen und stelle mir vor, wie es wäre, ihn zu küssen.

Plötzlich dreht er den Kopf über die Schulter. „Kannst ruhig rüberkommen, Inga."

Ein heftiges Prickeln breitet sich unter meiner Haut aus. Mein Puls beschleunigt sich, als ich das Büro durchquere und versuche, mir nichts anmerken zu lassen. Gott sei Dank, Julius sieht mich nicht an, als ich mich neben ihn und den Hund hocke. Bruno begrüßt mich mit einem vorsichtigen Schnüffeln und sofort sind meine Gedanken ganz bei ihm.

„Es geht ihm wieder besser!" Ich freue mich und streichle gerührt sein Fell, bis Bruno sich wieder hinlegt. Unschlüssig hocke ich weiter neben Julius. Mein Körper reagiert auf seine Gegenwart mit angespannter Erregung. Er riecht frisch geduscht und nach dem gleichen Aftershave wie am Tag unserer ersten Begegnung. Ich bin hin- und hergerissen, wie ich zu ihm stehe. Wenn sich unsere Wege nicht gekreuzt hätten, wäre ich höchstwahrscheinlich auf halber Strecke liegengeblieben und schlimmstenfalls im Auto erfroren. Ob ich will oder nicht, er ist mein Retter und mir wird klar, dass ich mich während meines ungeplanten Aufenthalts hier nicht einmal ernsthaft bei ihm bedankt habe.

Könnte das vielleicht der Grund für seine zum Teil ungehobelten Manieren sein? Verstohlen beobachte ich ihn von der Seite. Er hat ausgeprägte Wangenknochen und ein markantes Kinn, sein dunkler Schopf fällt ihm wild in die Stirn. Er trägt einen hellblauen Kapuzenpullover, dazu eine Jeans.

„Woher wusstest du, dass ich es bin?“ Ein matter Versuch, das Gespräch mit etwas Small Talk in Gang zu bringen.

„Gibt es so etwas wie männliche Intuition? Ich habe es einfach gewusst.“ Er wendet mir sein Gesicht zu und lächelt mich sanft an. Seine Stimme fährt mir angenehm unter die Haut. Mir wird flau im Magen, als sich unsere Blicke finden. Meine Kehle ist plötzlich staubtrocken.

„Kann sein“, antworte ich kratzig, dann breitet sich wieder Stille aus. Angestrengt suche ich nach den richtigen Worten, um das Gespräch nicht versanden zu lassen. Ich muss etwas sagen, bevor die Pause unerträglich wird. „Ich habe mich noch gar nicht bei dir für meine Rettung bedankt. Bist du deshalb so ... merkwürdig zu mir?“

Er hört auf, Bruno zu streicheln und schenkt mir seine volle Aufmerksamkeit. Nervosität breitet sich bis in den hintersten Winkel meines Körpers aus. Julius ist so verdammt angenehm nah.

„Wie bin ich denn zu dir?“

„Du weißt, was ich meine oder lässt dich deine männliche Intuition gerade jetzt im Stich?“

„Nein, lässt sie nicht. Ich weiß, was du meinst, aber dafür habe ich mich doch längst entschuldigt. Manchmal gehen die Pferde mit mir durch.“

Meine Kehle ist noch immer trocken. Ich schlucke und nehme mehrfach Anlauf, um meinen nächsten Satz loszuwerden. Ich habe das Gefühl, dass mein Kopf jetzt erst damit beginnt, diesen Unfall zu verarbeiten.

„Danke für die Rettung. Dass du mich aus dem Auto geholt und mich mit zu euch genommen hast. Das war nicht selbstverständlich.“

„Sollte es aber sein und ich würde es jederzeit wieder tun.“ Er dreht sich weiter in meine Richtung und kommt mir noch einige Zentimeter entgegen.

„Auch dafür, dass du mir mit dem Auto hilfst. Das ist eine außerordentlich nette Geste und ehrlicherweise habe ich das bis jetzt nicht als solche verstanden.“ Mir bleibt vor Nervosität fast die Luft weg.

„Ach nein? Wie hast du es denn verstanden?“ Er zieht die Augenbrauen nach oben und sieht mich erwartungsvoll an. Sein Blick trifft mich in mein Innerstes.

„Ich habe gedacht, du machst das, damit du mich schnell wieder los bist. Auch deine kleinen Gemeinheiten. Ich dachte, es passt dir nicht, dass ich hier bin.“ Jetzt, da ich die Worte ausspreche und wir uns so nah sind, komme ich mir albern vor.

Plötzlich legt Julius seine Hand auf meinen Arm. Ganz leicht nur, ich spüre dennoch die Wärme durch meinen Pullover auf meiner Haut. Wie erstarrt harre ich unter seiner Berührung aus und genieße das plötzliche Prickeln in meinem Unterleib.

„Ich bin froh, dass es dir gutgeht. Ich freue mich für dich, wenn du so schnell wie möglich zu deiner Familie nach Wien kommst und mit ihnen Weihnachten feiern kannst, denn das ist es doch, was du dir wünschst. Wenn ich dazu beitragen kann, mache ich das gern.“

„Danke." Ich flüstere und in meinen Gedanken falle ich ihm um den Hals.

„Dafür sind Freunde da."

„Ach, hier seid ihr!" Franziska betritt eilig das Büro. „Wenn ihr noch etwas zu Mittag essen wollt, solltet ihr euch beeilen. Onkel Josephs Suppe kommt sehr gut an."

Wie aufgeschreckt stehen Julius und ich gleichzeitig auf. Ich atme sehnsüchtig seinen Duft ein, schließe für eine Sekunde die Augen, gerate ins Ungleichgewicht und trete ungeschickt zurück. Sofort spüre ich seine Hand an meinem Arm. Er hält mich.

„Geht's?", vergewissert er sich, bevor er mich wieder loslässt.

Ich nicke dankbar und folge ihm aus dem Büro. Franziska greift geschäftig nach einer der Ampullen mit Brunos Medizin. Dabei grinst sie breit wie ein kleines Mädchen, dem man gerade ein Pony geschenkt hat. Du meine Güte, sie sieht uns beide wohl schon vor dem Traualtar. Das ist so schräg. Er ist nur nett und gutaussehend. Nichts weiter.

Im Durchgang der Rezeption erfasst mich ein angenehmer, frischer Luftzug und kühlt meine erhitzten Wangen. Mein Herz klopft aufgeregt. Eine viel zu heftige Reaktion, wie ich finde, aber angenehm. Ich atme durch, ordne meine Gedanken und folge ihm an unseren Tisch mit der Eckbank. Julius scrollt durch sein Handy.

„Es gibt noch keine Entwarnung. So viel Schnee hatten wir noch nie, seit meine Eltern die Pension betreiben. Aber gib die Hoffnung nicht auf, das wird schon. Wien ist nun mal nicht gerade um die Ecke. Dorthin kann man nicht eben schnell mit dem Traktor fahren."

„Es würde wahrscheinlich einige Tage dauern."

„Mit Sicherheit. Dann ist es doch besser, wenn du hier bei uns bist. Meine Mutter ist sowieso restlos begeistert von dir. Sie schwärmt ständig in den höchsten Tönen."

„Ich tue, was ich kann und es macht mir Freude."

Gut, dass er nicht weiß, wie weit die Begeisterung seiner Mutter reicht …

„Was habt ihr für den Nachmittag ausgeheckt?", will Julius wissen.

„Wichtelgeschenke basteln. Aber erst einmal gibt es eine Pause für alle. Die Rentner müssen sich bestimmt erst von ihrem Eierlikör-Frühschoppen erholen. Möchtest du vielleicht mitmachen?"

„Basteln? Nein, lass mal. Ich habe noch reichlich Holz in der Scheune, das ich noch kleinhacken muss." Sofort taucht Julius in entsprechender Pose, mit hochgekrempelten Ärmeln, vor meinem inneren Auge auf – ein heißes Bild. Ich muss durchatmen und mich endlich zusammenreißen. Das ist nicht gerade der ideale Weg, eine frische und dramatische Trennung zu verarbeiten.

„Hoffentlich verausgabst du dich nicht zu sehr. Ich habe dich zu unserem Spieleabend fest eingeplant."

„Spielen wir denn im gleichen Team?"

„Selbstverständlich nicht, wir sind erbitterte Gegner." Ich schieße ihn mit einer symbolischen Pistole aus Daumen und Zeigefinger ab.

„Diese Herausforderung nehme ich an. Dein Team kann sich warm anziehen."

„Unterschätze uns nur nicht." Ich werfe ihm einen zur Vorsicht mahnenden Blick zu und greife meinen Teller, um ihn mit beschwingtem Gang in die Küche zu bringen. In freudiger Erregung sehne ich den Abend herbei.

Als ich das nächste Mal am Tisch vorbeikomme, hält Julius mir sein Geschirr hin. „Hast du Lust auf einen gemeinsamen Tee heute Abend, wenn Ruhe im Haus ist? Ich kann dir beistehen, wenn du deine Niederlage verkraften musst."

„Vielleicht, aber dann wohl eher, um meinen Sieg zu feiern." Ich nehme den Teller und das Glas an mich. Mit einer schwungvollen Bewegung mache ich kehrt und gehe erneut in die Küche. Ich spüre seinen Blick in meinem Rücken und es ist mir nicht unangenehm.

Bis auf Alicia haben sich alle Pensionsgäste in ihre Zimmer zurückgezogen. Sie sitzt im Gastraum und liest ein Buch. *Hannibal* meine ich auf dem Cover zu lesen und erinnere mich an den von Julius getätigten Ausspruch.

„Wie ist das Buch?" Ich setze mich für einen Augenblick zu ihr.

„Spannend, gruselig und brutal. Ist ein Thriller und eher nichts für schwache Nerven. Magst du solche Bücher?" Sie kräuselt die Nase.

„Um Gottes Willen. Nein!" Ich hebe abwehrend die Hände. „Wenn ich lese, will ich mich entspannen und danach nicht noch Albträume bekommen. Mein Leben ist mir sowieso gerade schon aufregend genug. Darfst du solche Bücher überhaupt schon lesen?"

„Klar! Bin doch kein Baby mehr. Auch wenn mich hier fast alle so behandeln." Sie streckt den Rücken durch und macht sich damit fast zwei Zentimeter größer.

„Welchen Grund hast du denn, dich zu beschweren?"

„Meine Eltern, ist doch logisch. Ich muss die jetzt schon über eine Woche aushalten und hier kann man nichts machen. Ich bin die Einzige in meinem Alter, das ist so unfair und langweilig wie Einzelhaft. Es sind die schlimmsten Weihnachtsferien, die ich je hatte." Sie zieht einen Schmollmund.

„Wenn du das so beschreibst, klingt das echt schlimm."

Schade, dass sie so auf ihre Eltern schimpft, aber in ein paar Jahren wird sich die Situation geändert haben und dann wird sie sie vermissen, so wie ich meine.

„Ich wüsste da eine Beschäftigung."

„Nein danke. Kekse zu backen war schon schlimm genug."

„Wenn du mir beim Abwasch hilfst, hast du schnell wieder gute Laune."

„Spinnst du? Ich bin erst dreizehn! Kinderarbeit ist verboten." Sie streckt mir kess ihre Zunge raus und widmet sich dann wieder ihrer Lektüre. Ich bin sofort abgemeldet.

„War auch nicht ernst gemeint." Ich lache und lasse sie allein.

Beim Spüldienst macht sich meine Schulter bemerkbar. Es schmerzt, wenn ich den Würfel hoch und runter bewege. Trotzdem versuche ich, mir nichts anmerken zu lassen.

„Mach Schluss, Madel und ruh dich auch aus." Onkel Joseph steht neben mir und putzt mit einem Tuch die Arbeitsplatte aus Edelstahl.

„Aber der Spülgang ist noch nicht fertig." Mein Protest ist schwach. Sieht er mir meine Erschöpfung schon an?

„Husch, der Rest geht von allein.“ Er wedelt mit dem Putztuch vor meiner Nase.

Ich gebe mich geschlagen und suche erleichtert das Weite. Auf dem Weg in mein Zimmer werfe ich nochmals einen Blick ins Büro, aber Bruno ist nicht da. Erschöpft falle ich auf mein Bett. Schon wieder.

Meine Beine brummen und zwischen all den Eindrücken des Tages spukt Julius in meinem Kopf herum. Ich bin froh, dass wir uns ausgesprochen haben und der Gedanke, über Weihnachten in der Pension bleiben zu müssen, fühlt sich nicht mehr so schrecklich an. Je länger ich über Julius nachdenke, desto häufiger stelle ich mir die Frage, ob sich zwischen ihm und mir unter anderen Umständen vielleicht mehr als nur Freundschaft hätte entwickeln können. *Jetzt reicht's, Inga.* Ich muss mich selbst zur Ordnung rufen. Unter anderen Umständen wäre ich noch mit Marlon zusammen und säße hier nicht fest. Ich werde eine schnelle Dusche nehmen, meine Gedanken sortieren und dann meine Mutter anrufen. Es wird höchste Zeit, ihr zu erzählen, wie es ihrer Tochter gerade ergeht.

„Hallo, Inga, schön, dass du anrufst.“

Es tut so gut, diese Stimme zu hören. Warum habe ich so lange gezögert?

„Hi Mama, du hast recht. Ich hätte schon längst einmal anrufen sollen.“

„Wie geht es euch?“

Wie soll ich es ihr erklären? Ich will ungern mit der Tür ins Haus fallen.

„Es geht mir gut. Wir sind hier zwar eingeschneit, aber mach dir keine Sorgen. Das ist nur ein vorübergehender Zustand."

„Wir wissen schon einiges aus den Nachrichten, doch wir haben versucht, uns keine Sorgen zu machen. Es hieß im Fernsehen, dass es keine Verletzten gebe und sobald das Wetter besser wird, werden auch die Straßen wieder freigeräumt. Außerdem wissen wir doch, dass Marlon und du uns sofort anrufen würdet, wenn etwas passiert."

Mich befällt kurz die Angst, Marlon könnte meine Eltern tatsächlich angerufen haben, aber den Gedanken verwerfe ich sofort. Er hat sie während unserer Beziehung nicht ein einziges Mal von sich aus angerufen. Vermutlich kennt er ihre Telefonnummer gar nicht. Also gebe ich meiner Mutter Recht. „Stimmt."

„Habt ihr denn genug zu essen?"

„Ja. Gerade erhole ich mich von einer Gulaschsuppe. Du brauchst dir absolut keine Sorgen machen."

Meine Mutter atmet beruhigt auf. „Das ist schön zu hören. Du genießt deinen Winterurlaub, Micha entspannt sich in Griechenland. Es ist zwar unser erstes Weihnachtsfest ohne euch, aber wir haben immer gewusst, dass der Tag kommen würde, an dem ihr selbstständig seid."

Puh, meine Mutter drückt auf die Tränendrüse und ich muss schwer dagegen atmen.

„Wie laufen denn eure Weihnachtsvorbereitungen?" Vielleicht gelingt es mir, das Gespräch in eine andere Richtung zu lenken, um nicht mit Fragen konfrontiert zu werden, die meine derzeitige Situation verraten könnten.

„Na ja, es ist alles etwas ungewohnt. Es ist nicht nur das erste Fest ohne euch, sondern auch in einem fremden Land und einer fremden Wohnung. Jetzt geht es noch, aber wenn Papa und ich am Vierundzwanzigsten allein unterm Weihnachtsbaum sitzen, wird es bestimmt seltsam. Ein Spieleabend zu zweit ist auch nur halb so lustig wie einer zu viert oder mehr. Mit unseren Nachbarn spielen wir ab und zu, aber an Heiligabend sind sie selbst mit ihren Familien zusammen." Meine Mutter macht eine wehmütige Pause.

„Weißt du noch, wie ihr mir immer beim Schmücken geholfen und die Hälfte der Schokoladenkugeln zum Dekorieren schon vorher aufgegessen habt? Ich musste immer eine extragroße Portion für euch Vielfraße einplanen."

Und wie ich mich erinnere! In diesem Augenblick stürzt meine Fassade ein. Warum soll ich warten, bis ich vor ihrer Tür stehe und sie mich in den Arm nimmt, um mich zu trösten? „Mama, ich werde dir wahrscheinlich früher die Schokolade vom Baum essen, als dir lieb ist." Die ersten Worte stürzen ungebremst aus mir heraus. „Sobald die Straßen passierbar sind, komme ich nach Wien."

Dann aber drohen mir die letzten Silben in der Kehle steckenzubleiben. In meinem Hals zieht es sich immer fester zusammen, es schmerzt und ich wehre mich vergeblich gegen die nun hervorbrechenden Tränen.

„Unseretwegen musst du doch deinen Urlaub nicht abbrechen oder ist doch etwas passiert?"

Ich schluchze und meine Mutter wartet geduldig, bis ich einen Satz zusammenbringe.

„Marlon und ich ... wir sind ... nicht mehr zusammen.“ Ich fummele ein Taschentuch aus meiner Hosentasche, um mir die Nase zu trocknen. „Als der Schneesturm losging, war ich gerade auf dem Weg zu euch, aber ich habe es nicht mehr aus Rottenmann herausgeschafft. Jetzt bin ich in einer Pension untergekommen und hoffe auf besseres Wetter. Sobald die Straßen frei sind, mache ich mich auf den Weg zu euch.“ Ich stehe auf und hole mir eine Rolle Toilettenpapier aus dem Badezimmer, um meiner Tränen Herr zu werden.

„Ach meine Kleine, ich drück dich ganz fest. Magst du erzählen, was passiert ist? Hattet ihr Streit?“

„Das kann man so nicht sagen. Er ist fremdgegangen und ich habe ihn dabei erwischt. Ich bin sofort abgehauen und jetzt sitze ich hier.“

„Das ist ja furchtbar! Gibt es irgendetwas, das ich für dich tun kann? Willst du auch mal mit Papa sprechen?“ Meine Mutter kämpft ebenfalls mit den Tränen.

Am liebsten läge ich jetzt in ihren Armen, sie streichelt meine Schulter, während ich meinen Schmerz herausschluchze. Eine Unmöglichkeit in diesem Augenblick.

„Nein, ist schon gut.“ Langsam versiegen meine Tränen.

„Wie heißt denn die Pension, wo du jetzt bist?“

„Pension Gruber. Die ist sehr schön und familiär. Alle kümmern sich um mich. Ich bin gut aufgehoben. Du brauchst dir keine Gedanken zu machen. Sie versorgen mich mit allem Notwendigen und im Gegenzug übernehme ich ein paar Aufgaben und zeige mich für die Gastfreundschaft erkenntlich. Es heißt, ich sei eine hervorragende Küchenhilfe und nachher gibt es für alle hier einen Spieleabend, den ich vorbereitet habe. Ich bin nicht allein. Hier sitzen noch mehr Leute fest und die Grubers freuen sich, wenn wir uns nicht langweilen."

„Wenn ich das Papa erzähle, schlägt er die Hände über dem Kopf zusammen und wird nur noch die Nachrichten verfolgen."

„Hier läuft auch die ganze Zeit das Radio und berichtet über die Verkehrslage. Sobald die Straßen frei sind, mache ich mich auf den Weg. Die Fahrt selbst dauert dann höchstens noch zwei oder zweieinhalb Stunden." Zuversichtlich lächle ich an die Decke.

„Da kann ich ja von Glück reden, dass ich mich in diesem Jahr noch nicht von unserer traditionellen Weihnachtsgans trennen konnte. Papa sagte zwar, dass sie viel zu groß für uns zwei sei, aber wenn du Heiligabend kommst, haben wir noch einen Esser mehr."

Die Aussicht auf ein gemeinsames Weihnachtsessen mit Gans und Rotwein ist großartig. Ich schniefe zwar noch ein wenig, als wir unser Gespräch beenden, aber ich habe zu neuer Kraft gefunden. Mir wird klar, dass meine Eltern mein Fels in der Brandung sind und sie mich im Ernstfall auch durchs Telefon aufbauen können. Wie es in der neuen Wohnung meiner Eltern aussieht, weiß ich noch gar nicht. Aber ich trage eine wunderschöne Vorstellung in meinem Kopf herum, wie es ist, nach Hause zu kommen. Ich fiebere der Fahrt entgegen. An Weihnachten nach Hause zu fahren, ist ein unvergleichliches Gefühl.

Ich sehe aus dem Fenster und meine, dass die Schneeflocken schon weniger dicht fallen als am Vortag.

Nach dem Gespräch mit meiner Mutter würde ich auch sehr gern mit meinem Bruder sprechen. Nur zu texten, ist grausam, also nehme ich eine Sprachnachricht auf und schicke sie ihm.

Hallo, Brüderchen, wie geht es dir? Haben dich die Schmerzen noch im Griff oder bist du schon auf dem Weg der Besserung? Wann können wir wieder miteinander sprechen? Ich habe gerade mit Mama telefoniert und ihr gesagt, dass ich bald in Wien bin. Hat gutgetan. Von deiner bescheuerten Operation habe ich aber nichts gesagt. Vielleicht erzählst du es ihr doch? Wie geht es mit Lia? Es ist so schade, dass du an Weihnachten allein bist. Ich habe dich lieb!

Ich schicke meinen Monolog ab und gehe ins Badezimmer, um meine noch feuchten Haare zu föhnen. Auf meinen Bruder ist Verlass. Als ich fertig bin und mein Telefon prüfe, finde ich seine Antwort.

Hallo, Kleine, schön, deine Stimme zu hören. Ich kann zwar noch nicht sprechen, aber immerhin etwas essen. Du kannst dir nicht vorstellen, was ich für einen Hunger hatte. Heute habe ich ganze 2,5 Kilogramm Schokoladenpudding verdrückt. Alles mit besonderer Vorsicht. Die Schmerzmittel helfen, aber mein Kiefer fühlt sich an, als hätte ihn jemand in tausend Einzelteile zertrümmert. Lia kümmert sich sehr lieb. Sie schreibt mir immer und muntert mich auf. Sie fragt auch immer, was ich brauche und ob sie wieder nach Hause kommen soll. Aber ich trau mich noch immer nicht, ihr die

Wahrheit zu sagen. Ich will auch nicht, dass sie meinetwegen das Weihnachtsfest ohne ihre Familie verbringt. Aber ich werde es ihr sagen, sobald sie wieder hier ist.

Ich antworte umgehend.

Ich habe dich lieb und drück dich ganz fest, großer Bruder. Du solltest ihr auf jeden Fall die Wahrheit sagen. So viele Körperteile kannst du dir nicht mehr entfernen lassen. Irgendwann musst du ihre Familie kennenlernen. Außerdem habe ich mich schon so auf Urlaub in Griechenland gefreut.

Ich grinse, als ich die zweite Sprachnachricht abschicke. Plötzlich fühle ich mich meiner Familie sehr nahe. Marlon und Giulietta rücken in weite Ferne. Ich weiß, dass ich immer auf meine Eltern und meinen Bruder zählen kann und dass sie alle mich lieben. Von Marlon kann ich das nicht behaupten. Mag sein, dass er für eine Weile verliebt war. Mir ging es auch so und unsere ersten Monate waren schön. Ich hatte noch diese rosarote Brille auf. Aber dann verbrachte Marlon weniger Zeit mit mir allein. Obwohl ich noch meine kleine Wohnung behalten habe, trafen wir uns immer in seiner Wohnung, auch seine Freunde hingen dort rum. So war sein Freundeskreis auch meiner geworden. Aus jetziger Sicht betrachtet, hatte er nur wenige Monate gebraucht, um mich erfolgreich in seinen Freundeskreis zu integrieren und von meinem abzunabeln. Und dann gab es ja noch die Corona-Vorschriften und Regeln zur Kontaktbeschränkung.

Marlon konnte immer glaubwürdig darlegen, warum Giulietta bei ihm war. Aber dass Benedikt es die ganze Zeit gewusst und nichts gesagt hat, verstehe ich nicht. Auch nicht, dass er keine Konsequenzen zieht, neu anfängt und auf die Richtige wartet. Ich wünsche ihm, dass er loslassen und sich irgendwann neu verlieben kann.

Ich habe dich auch lieb, Kleine! Bis bald!

Michas Nachricht unterbricht meine Gedanken. Ich räume eilig meinen Kram zusammen und begebe mich wieder nach unten.

10. Neue Erkenntnisse

Durch die offene Bürotür sehe ich Franziska. Ich klopfe und trete ein, denn mir sind noch ein paar Möglichkeiten eingefallen, die uns bei der Durchführung des Spieleabends helfen können.

„Darf ich dich stören?"

„Du störst doch nicht. Komm rein, Liebes." Sie winkt mich heran. „Was gibt es denn?"

Ich zeige auf ein Whiteboard mittlerer Größe, das neben der Tür an der Wand befestigt ist. „Zwei Dinge: Ich wollte noch mal nach Bruno schauen und habe mich gefragt, ob wir die Tafel für heute Abend mitnehmen können. Sie könnte als Anzeige fungieren."

„Erstens: Es geht ihm schon wieder besser. Gut, dass der Tierarzt kommen konnte. Diese Wehwehchen hat der arme Bruno leider öfter." Sie lächelt zu ihm hinüber und er hebt den Kopf, als verstehe er genau, dass von ihm die Rede ist. „Und zweitens: Grandiose Idee!" Sie steht auf, entfernt die mit Magneten auf der Tafel befestigten Informationszettel und hebt sie von den Wandhaken. Sie sieht sich suchend um, dann stellt sie die Tafel einfach auf dem Boden ab und lehnt sie gegen die Wand. Aus einer ihrer Schreibtischschubladen zaubert sie ein Etui mit verschiedenfarbigen Markern und eine Tüte mit Magneten hervor. „So, steht bereit. Nichts leichter als das.“

„Vielen Dank. Ich muss gestehen, dass ich mich riesig freue, aber auch etwas aufgeregt bin.“ Ich schaue nochmals über die bereits vorbereiteten Spiele.

„Ach, mach dir da mal keine Sorgen. Ich bin mir sicher, dass du das großartig hinbekommst. Wenn du Hilfe brauchst, unterstütze ich dich.“

Es klingelt an der Rezeption. Franziska steht auf und tippt mir aufs Knie. „Warte kurz!“

Ich setze mich zu Bruno und kraule ihn. Seine Nase ist schon wieder feucht. Die Medizin wirkt.

„Schau mal.“ Sie zeigt mir ein Körbchen voller bunt bemalter Umschläge. „Lynn und Filip haben Weihnachtskarten gestaltet. Nun können wir für jeden eine Tüte mit Weihnachtsplätzchen und eine schöne Karte unter den Tannenbaum legen. Minimalistisch, aber ganz im weihnachtlichen Sinne.“

Franziska nimmt einen der Umschläge und reicht ihn mir. Mit feinen schwarzen Linien haben sie Ornamente kreiert und farbig ausgemalt. Die Karte darin enthält einen Weihnachtsgruß und eine hübsche Weihnachtscartoon-Zeichnung.

„Die beiden Niederländer sind ja richtige Künstler.“ Ich bin hellauf begeistert.

„Die Niederländer sind zwar Belgier … aber ja.“

„Da scheinen uns ein paar echte Profis ins Netz gegangen zu sein.“

„Apropos ins Netz gegangen: Julius und du, ihr mögt euch?“

Mir entgleisen sämtliche Gesichtszüge. „Was? Wie meinst du das?" Ich stottere und bringe keinen geraden Satz heraus, stattdessen steigt mir die Röte ins Gesicht.

„Wir könnten Freunde werden, aber mehr auch nicht", stelle ich ruhig klar, nachdem ich mich wieder gefangen habe.

„Ist ja schon gut, Inga. Ich wollte dir nicht zu nahetreten. Das ist wohl meine Art und Weise, mit meiner Enttäuschung umzugehen. Julius hat schon so lange keine Frau mehr mitgebracht, dass die Pferde mit mir durchgegangen sind, als ich dich gesehen habe. Mein Herz hängt noch immer sehr an der romantischen Vorstellung von euch zweien."

„Dass die Pferde durchgehen, scheint wohl in der Familie zu liegen. Das habe ich kürzlich schon einmal gehört."

„Ach weißt du, ich bin schon über fünfzig, aber ich habe es noch immer nicht gelernt, mein erwachsenes Kind seinen Weg gehen zu lassen. Ich leide mit ihm. Auch wenn er es uns gegenüber nicht zugibt, glaube ich, dass er sich auch wieder eine Frau an seiner Seite wünscht, die er liebt."

„Also, mir gegenüber hat er etwas anderes erwähnt."

Ich weiß nicht, ob es richtig ist, ausgerechnet mit Julius' Mutter über ihn zu sprechen. Nun bin ich aber Opfer meiner eigenen Neugier und frage weiter. „Diese Lorena hat ihm wohl das Herz gebrochen?"

Franziska blickt erstaunt auf. „Du weißt von ihr?"

„Ja, wir haben über sie geredet."

Ich weiß, dass ich mich auf gefährlichem Terrain bewege. Ich sage zwar die Wahrheit, gebe aber sehr viel

Interpretationsspielraum dazu und bin mir sicher, dass es Julius nicht recht ist, was ich hier treibe.

„Dann weißt du ja Bescheid. Die Sache ist schon fast vier Jahre her, aber es beschäftigt irgendwie die ganze Familie." Ich schlucke. Auch wenn es sicher nicht für meine Ohren bestimmt ist, bin ich nicht in der Lage, Franziska zu unterbrechen.

„Weißt du, wenn Kinder dazukommen, nehmen Beziehungen eine vollkommen andere Dimension ein. Trotzdem hast du recht. Ich darf mich nicht in Julius' Liebesleben einmischen und vor allem nicht versuchen, etwas zu erzwingen. Es tut mir leid. Verzeihst du mir?"

Ich nicke, aber ich fühle mich wie vor den Kopf gestoßen. Julius hat ein Kind? Ich muss meine Gedanken sortieren.

„Meinst du, ich kann raus und einen kleinen Spaziergang machen? Ich bin jetzt den dritten Tag hier und ich denke, ich brauche trotz aller Beschäftigung frischen Wind um die Nase."

„Klar, du bist doch nicht im Gefängnis. Aber nimm dein Telefon mit, damit du anrufen kannst und geh nicht zu weit. Die Straße zum Hof und auch das Gelände ums Haus hat Anton geräumt. Wie es weiter hinten aussieht, kann ich dir nicht sagen. Außerdem wird es schon dunkel und in dem aufgetürmten Schnee schnell gefährlich." Sie steckt mir eine Visitenkarte mit der Nummer der Pension zu und ich verspreche, aufzupassen. Dann schlüpfe ich aus dem Büro.

Eingepackt in volle Wintermontur trete ich vor den Eingang. Wie Franziska gesagt hat, dunkelt es bereits.

Hinter den hohen Schneehaufen sehe ich vereinzelte Lichter der Stadt. Dahinter erheben sich die Berge. Einer ist viel näher und größer als alle anderen, das muss wohl der berühmt-berüchtigte Große Bösenstein sein. Der böse Stein. Ich starre eine Weile hinüber. Die Konturen verschwimmen. Das verbleibende Tageslicht verabschiedet sich sehr schnell. Hier auf dem Hof und auch neben der Zufahrtsstraße leuchten die Laternen und werfen ihr orangefarbenes Licht auf den Schnee. Friedlich und ungefährlich sieht es aus und ich wage es, einige Schritte die Straße entlang zu stapfen. Still ist es um mich herum. Unter meinen Stiefeln knirscht der Schnee, es ist anstrengend, vorwärtszukommen. Solche enormen Massen auf einem Haufen habe ich noch nie erlebt.

Ich denke an Julius, diese ominöse Lorena, die ihm offenbar das Herz gebrochen hat, und an die Möglichkeit, dass er bereits ein Kind hat. Ich versuche mir vorzustellen, wie er als Vater ist. Ob er das Kind, einen Jungen oder ein Mädchen, überhaupt regelmäßig sieht? Wer weiß, welche Tragödie sich zwischen den dreien abgespielt hat oder immer noch abspielt. Liebt er diese Frau noch immer und kämpft er um seine Familie? Das könnte erklären, warum er bereits im Voraus so abweisend reagiert hat, als das Thema Beziehung im Raum stand. Aber ehrlich, ich habe doch gar nichts von ihm gewollt und zu Beginn hat er die Verwechslungskomödie vorangetrieben. Ich bin doch mit meinen eigenen Beziehungsproblemen gestraft genug. Marlon und ich haben nie über Kinder gesprochen. Überhaupt haben wir nicht viel für die Zukunft geplant. Ich zumindest dachte, wir müssten unsere Beziehung noch reifen lassen und ich fühle mich auch noch zu jung für Kinder. Allein die Vorstellung, jetzt hier mit einem Kind ausharren zu müssen, flößt mir ordentlich Respekt ein. Alle Paare, die sich trennen, können froh sein, wenn sie noch keine Kinder haben. Mit einem Kind wäre es ungleich schwerer, geradezu unmöglich, nichts mehr mit Marlon zu tun zu haben. Allein der Gedanke, eine Trennung mit Kind leben zu müssen, ist grausam. Wir wären mit Sicherheit ständig uneins.

Vielleicht lebt Julius dieses Drama mit Lorena und seinem Kind. Wollte er es vielleicht über die Weihnachtstage mit nach Österreich nehmen, zu Oma und Opa, und seine Ex hat es nicht erlaubt? Vielleicht wohnt sie gar nicht in Deutschland, sondern irgendwo im Ausland. Das ist auch kein Katzensprung. Den Gedanken, dass Julius sich womöglich nicht um sein Kind kümmern will oder gar Unterhaltszahlungen verweigert, verwerfe ich schnell wieder. Dass er ein Mann von dieser Sorte sein könnte, hat in meiner Vorstellung keinen Platz.

Vier Jahre ist es her. Meinte Franziska vier Jahre seit der Geburt oder vier Jahre seit der Trennung? Vielleicht ist das Kind schon älter. Wie alt mochte Julius gewesen sein, als er Vater wurde? Fünfundzwanzig ist er jetzt … weniger vier Jahre – das ist echt jung. In dem Alter war ich gerade mit der Schule fertig. Vielleicht sind sie sogar Teenager-Eltern gewesen und haben sich erst später getrennt. Dann könnte das Kind bereits acht oder neun Jahre alt sein.

Ich bin an der Hauptstraße angelangt. Dass ich so weit gelaufen bin, habe ich gar nicht bemerkt. Nun versuche ich mir einen Überblick zu verschaffen. In Richtung Rottenmann ist der Schnee auf der Straße verhältnismäßig plattgefahren. Die noch frischen, tiefen Rillen eines sehr großen Reifenprofils zeichnen sich ab. Ein Traktor oder ein anderes Räumfahrzeug war hier. In die andere Richtung ist seit einiger Zeit niemand mehr gefahren. Eine gewaltige, ebene Schneeschicht bedeckt die Straße. Diese kann auch nur erkennen, wer weiß, dass dort die Fahrbahn entlangführt. Ich bezweifle, dass dort morgen ein Durchkommen sein wird.

Ich seufze hoffnungslos und mache mich auf den Rückweg. Dabei versuche ich, in die bereits von mir verursachten Fußspuren zu treten. In hohem Schnee ist das gar nicht so einfach, wie ich gedacht habe. Ich strauchle, balanciere mit ausgestreckten Armen und komme so wieder ins Gleichgewicht. Dabei erinnere ich mich daran, wie Julius mich festgehalten hat. Zweimal schon. Am Tag unserer Begegnung und heute, als wir gemeinsam bei Bruno gesessen haben.

Plötzlich fällt mir der Spieleabend ein. Erschrocken zücke ich mein Telefon, ziehe den Handschuh mit den Zähnen herunter und blicke auf die Uhr. Schon nach fünf und ich streune hier draußen herum. Es gibt doch noch einiges zu organisieren. Ich stapfe zügig voran, mir wird ordentlich warm und ich bin schnell aus der Puste. Vor mir steigt der Atem in dicken Wolken auf.

An der Eingangstür treffe ich auf Julius. Auch er steckt in dicken Winterklamotten und seine Wangen verraten, dass er einige Zeit draußen verbracht hat. Ich freue mich, ihn zu sehen. In meinem Bauch meldet sich das angenehme, verdächtige Kribbeln – trotz der neuen Erkenntnisse. Eine nicht angebrachte Reaktion, wenn man auf einen Freund trifft, stelle ich fest.

„Hast du es nicht mehr ausgehalten und versucht, zu Fuß zu türmen?“

„Blödsinn. Ich brauchte nur frische Luft und bin die Straße hoch- und runtergelaufen.“

Er sieht mich wieder so seltsam eindringlich an. „Und? Bist du fertig mit Luft schnappen oder drehst du noch eine Runde?“

„Danke der Nachfrage. Ich bin fertig und habe dabei glatt die Zeit vergessen. Entschuldige mich, jetzt muss ich mich beeilen.“

„Na dann, hopp rein mit dir!“ Julius öffnet die schwere Tür und hält sie auf, damit ich eintreten kann. Er bleibt allerdings mitten im Rahmen stehen, sodass ich mich dicht an ihm vorbeizwängen muss. Gut, dass meine Wangen bereits von der Kälte gerötet sind. Ob er diesen Moment der Nähe absichtlich provoziert hat?

11. Brot und Spiele

Viertel vor sechs sind die meisten von uns bereits im Gastraum versammelt. Julius hilft mir, die Tische umzustellen. Das Ehepaar Schreiber rückt die Stühle zurecht, sodass jedes Team seinen eigenen Sitzbereich hat. Alicia ist zwar anwesend, jedoch tief in ihren Roman versunken. Sie schafft es wenigstens noch bedarfsweise, von einem Stuhl auf den anderen zu wechseln, bevor man ihr das Sitzmöbel unter dem Hintern wegzieht. Ob Julius seiner eigenen Tochter diese Art von Lektüre auch erlauben würde? Zugegeben, Alicia macht nicht den Eindruck, dass sie leidet, aber wer weiß ... Viele Dinge verarbeiten die Menschen erst im Traum. Warum mache ich mir eigentlich Gedanken? Ihre Eltern sehen, was sie liest und tragen schließlich die Verantwortung. Bestimmt sind sie froh, dass ihr Kind gerade eine Beschäftigung gefunden hat und die Wahrscheinlichkeit, in Streit zu geraten, dadurch deutlich sinkt. Im Augenblick jedenfalls scheint die Stimmung etwas gelöster zwischen ihnen als noch beim Plätzchen backen.

Unser Ergebnis kann sich sehen lassen. Vorn, ähnlich wie bei einer richtigen Spielshow, kennzeichnet das Whiteboard meinen Moderationsbereich. Es steht auf einem Stuhl, daneben zwei Tische längs nebeneinander. Eine rote Weihnachtstischdecke und ein paar stimmungsvolle Teelichter runden das Bild ab.

Marius, Norbert und Anton haben zwischenzeitlich den imposanten Tannenbaum aufgestellt und verteilen zur Dekoration auf den Tischen nun kleine Tannenzweige, die sie abgeschnitten haben.

Meinen Platz rüste ich mit den Stiften, Magneten und bunten Papierzetteln aus – meinen Spielplan nicht zu vergessen. Nervös lege ich das Blatt dreimal zurecht, trete zurück und sortiere neu. Auf meine Bitte hin stattet mich Onkel Joseph mit zwei kleinen Kochtöpfen und Holzlöffeln aus seiner Küche aus, die mir später als Buzzer dienen werden.

Die Vorbereitungen schreiten voran, bald ist es soweit und meine Handflächen werden feucht. Ich zittere wie vor einer Prüfung.

Julius und ich sprechen nicht viel miteinander. Immer wieder fühle ich mich beobachtet, aber sobald ich mich ihm zuwende und unsere Blicke sich finden, wendet er sich geschäftig ab. Gerade kümmert er sich mit seiner Mutter um ein Mini-Buffet, das wir während des Abends verputzen können. Onkel Joseph hat verschiedene Brote gebacken, dazu Kräuterbutter, Salat und Dips zubereitet. Es ist so wunderbar, zu sehen, wie alle miteinander arbeiten und für eine festliche Stimmung sorgen. Wir alle haben uns mittlerweile näher kennengelernt und sind wie eine große Familie geworden – nicht der engste Kreis, aber auch nicht mehr fremd. Die vier Rentner bringen mir noch ein paar Kartenspiele, damit ich für den Fall der Fälle gerüstet bin und auch das belgische Pärchen, Lynn und Filip, bringt sich mit ein. Die beiden verhalten sich in der Gruppe sehr zurückhaltend. Sie sitzen auf Julius' und meiner Eckbank. Dort polieren sie Besteck, Gläser und falten Servietten zu kunstvollen Gebilden. Ich muss mir unbedingt zeigen lassen, wie das geht. Dann kann ich zu Hause glänzen, wenn ich unsere Servietten genauso falte und den Tisch dekoriere. Zum x-ten Mal gehe ich meine Liste durch. Warum bin ich nur so aufgedreht?

Kurz nach achtzehn Uhr ertönt lautes Geläut. Hinter mir scheppert es wie eine Herde Kühe auf der Alm. Ich sehe mich um und entdecke Franziska. Bei ihrem Anblick gerate ich in ehrfürchtiges Staunen. Unwillkürlich klatsche ich in die Hände.

„Wow …", hauche ich.

Sie trägt ein Trachtenkleid, in dem sie einfach umwerfend aussieht. Es ist mit denen, die ich vom Karneval oder von Oktoberfesten kenne, nicht zu vergleichen. Mit langem, dezentem Rock aus dunkelgrünem Stoff, darunter einer schlichten weißen Bluse sieht sie so anmutig aus. Den Hingucker bildet ein Kropfband aus schwarzem Samt, an dem ein glitzerndes Herz hängt. Im krassen Gegensatz zu ihrem Auftritt schwenkt sie hellauf begeistert einen breiten, bunt bestickten Lederriemen, an dem mehrere unterschiedlich große Glocken befestigt sind, die ordentlich Lärm verursachen.

Es dauert nur Sekunden, bis sie sich die Aufmerksamkeit aller Anwesenden gesichert hat. Sogar Alicia hat sich von ihrem Buch gelöst.

„Nehmt doch alle bitte Platz. Ich möchte kurz einige einleitende Worte sagen."

Sie strahlt in die Runde und ihre gute Laune steckt mich und alle anderen im Raum an. Die Vorfreude bringt mich fast zum Platzen, aber ich setze mich erwartungsvoll auf die Eckbank, meinem heimlich auserkorenen Lieblingsplatz, und warte auf die Ansprache. Julius setzt sich neben mich. Sehr dicht und ich spüre, wie mein Körper mit Wohlwollen auf diese unverhoffte Berührung reagiert.

„Gleich ist Showtime", raunt er mir ins Ohr und ein angenehmer, prickelnder Schauer überkommt mich. Was ist nur los mit mir? Noch vor drei Tagen ahnte ich nicht einmal etwas von Julius' Existenz und war mit einem anderen Mann zusammen. Ich blicke starr nach vorn und es kostet mich enormen Aufwand, mich auf die Rede und meine kommende Aufgabe zu konzentrieren.

„Wie schön, dass ihr unserer Einladung gefolgt seid und mit uns einen wunderbaren Spieleabend erleben wollt. Wir betreiben diese Pension erst einige Jahre und wie für euch ist es auch für uns eine ungewohnte, neue Situation. Mit solchen Schneemassen, und vor allem diesen Auswirkungen, sind wir noch nicht konfrontiert worden. Ihr alle tragt es mit Fassung und unterstützt, wo ihr könnt, obwohl ihr euch euren Urlaubsaufenthalt hier sicherlich anders vorgestellt habt. Vor allem Familie Schreiber, die unfreiwillig verlängern musste und Inga, die uns der Zufall ins Haus geweht hat, weil sie mit dem Auto im Schneetreiben liegengeblieben ist. Wie es aussieht, werden wir alle zusammen das Weihnachtsfest unter diesen besonderen Umständen gemeinsam feiern."

„Liegengeblieben? Eher volle Kraft versenkt." Julius stößt mir sanft seinen Ellenbogen in die Seite.

„Ja, ja. Wer den Schaden hat, braucht für den Spott nicht zu sorgen", gebe ich leise zurück.

„Schaden? Ist die Aussicht, Weihnachten mit mir zu verbringen, etwa so grässlich?"

Ich schlucke. Unter meiner Haut knistert es.

„Nein, aber geplant hatte ich etwas anderes. Ich wollte zu meinen Eltern."

„Du hattest doch geplant, mit deinem Ex zu feiern und auf der Flucht hast du auch noch sein Auto zerlegt."

„Warum gräbst du ausgerechnet jetzt dieses Thema aus?" Mit zusammengekniffenen Augen zische ich ihn an.

„Weil ich mit Sicherheit die bessere Wahl fürs Fest bin." Unsere Blicke haften aneinander. Die Atmosphäre zwischen uns ist sonderbar gespannt. Ich kenne Julius kaum, aber ich mag ihn. Ich mag ihn sogar sehr.

„Vielleicht hast du recht." Ich verliere mich in seinen Augen und schäme ich gleich darauf dafür, denn ich gestehe mir diese Gefühle nicht zu. Schließlich habe ich doch erst das frische und katastrophale Ende meiner Beziehung zu Marlon zu bewältigen. Wenn das zwischen uns nicht aufhört, verliebe ich mich noch unglücklich in diesen Mann, für den eine Beziehung nicht infrage kommt.

„Du versuchst doch nur, mich einzuwickeln und einen Vorteil für dein Team zu erreichen. Vergiss es, deine psychologische Kriegsführung kannst du steckenlassen. Die Messer sind gewetzt." Ich bemühe mich um ein herausforderndes Lächeln – eine reine Schutzmaßnahme – und zeige ihm die kalte Schulter. Franziska spricht immer noch. „… aber wir wollen nicht klagen, denn wir sind glücklicherweise alle gesund und versorgt und gegen eine mögliche aufkommende Langeweile haben wir uns bisher erfolgreich gewehrt. Nicht zuletzt, weil ihr alle auch mithelft, wo ihr könnt. Wir haben frisch gebackene Plätzchen, sehr künstlerisch gestaltete Weihnachtskarten und hier nun eine wunderschöne Tanne stehen, die wir morgen gemeinsam weihnachtlich schmücken können." Sie zeigt stolz auf den imposanten dunkelgrünen Nadelbaum, dessen Spitze bis unter die Zimmerdecke reicht, und auf die Kisten mit den Dekorationsartikeln, die Julius dort abgestellt hat.

„Besonders würde ich mich freuen, wenn ihr selbst Lust habt, ein Schmuckstück für unseren Baum zu basteln und euch somit in unserem Weihnachtsbaum verewigt. Lasst eure Gedanken kreisen, der Fantasie sind keine Grenzen gesetzt."

Nun winkt sie mich zu sich. Showtime! Unter den aufmerksamen Blicken aller nehme ich meinen Platz neben dem Whiteboard ein. Jetzt fällt mir ein, was ich vergessen habe: eine Anmoderation. Ich richte mich auf, schaue in die erwartungsvollen Gesichter und improvisiere.

„Wie ihr gehört habt, bin ich außerplanmäßig hier in der Pension Gruber untergekommen. Vielen Dank für die spontane Unterstützung. Ich war auf der Durchreise, als mich der Schnee im wahrsten Sinne des Wortes kalt erwischt hat. Ich wollte nur einen Tee trinken. Nun bin ich schon den dritten Tag hier, versuche mich

173

einigermaßen nützlich zu machen und helfe Onkel Joseph in der Küche aus. Wir sind zwar nicht verwandt …", an dieser Stelle winke ich ihm zu, „… aber ich darf trotzdem Onkel zu ihm sagen. Als Franziska mir die Organisation und Spielleitung für diesen Abend übertragen hat, habe ich mich sehr gefreut, denn ich liebe Gesellschaftsspiele jeglicher Art. Ich hoffe, ihr seid auch zu begeistern und wünsche mir, dass wir einen kurzweiligen Abend miteinander verbringen werden."

Die Oderbruch-Rentner klopfen begeistert auf den Tisch und alle anderen stimmen mit ein, sogar Alicia, der man jedoch im Gesicht ablesen kann, dass ihr diese Art, Zuspruch zu zeigen, nicht geläufig ist.

„Zunächst erfahrt ihr, mit wem ihr zusammen spielt. Ich habe zwei Teams aufgestellt. Das eine ist *Team Schneemann* und das andere *Team Weihnachtstern*. Wir sind insgesamt vierzehn Spieler, hier vorn auf dem Tisch findet ihr Papiermedaillen mit eurem Namen und dem Team."

Nun stellt sich Franziska mit einer Flasche zu mir und mir fällt ein, dass ich die Preise noch nicht erwähnt habe.

„Zu gewinnen gibt es natürlich auch etwas. Die Pension Gruber spendiert den Siegern je eine Flasche Wein oder Apfelmost aus dem Pensionsvorrat und außerdem diese leckere Hirschsalami aus heimischer Jagd."

„Is zwar keen Eierlikör, nehm wa aber ooch!", flachst Elkes Mann Paul und erntet Gekicher. „Woll'n wa doch mal sehen, wie der Hase läuft."

Er steht auf und kommt neugierig zu mir an den Tisch, um zu sehen, in welchem Team er spielen wird. „Leute, ick bin en Weihnachtstern!" Er hängt sich seine

Papiermedaille um und zeigt beide Daumen nach oben, als hätte er bereits gewonnen.

„Dann schlage ich vor, dass ihr euch jetzt als Teams zusammenfindet und wir dann essen. Wenn alle gestärkt sind, kann die erste Spielrunde starten."

Zum Essen muss ich nicht zweimal auffordern. Es herrscht sofort emsiges Treiben. Auch Julius und Alicia holen ihre Namensschilder.

„Schau mal, wir zwei sind Schneemänner", ruft sie erfreut aus.

„Inga ist ein Weihnachtsstern. Aber wieso eigentlich?" Alicia hält mir mein eigenes Namensschild vor die Nase. „Wenn du die Leitung hast, kannst du doch gar nicht selbst mitspielen. Sonst bist du am Ende noch parteiisch, sabotierst und bringst unser Team um den wohlverdienten Sieg."

Ach herrje, sie hat vollkommen recht. Welch ein Fauxpas. Ich habe immer nur daran gedacht, uns alle gleichmäßig in Teams aufzuteilen. Ihr Einwand ist vollkommen berechtigt.

„Stimmt", gebe ich betreten zu und ziehe sofort die richtigen Konsequenzen. „Dann müssen die Weihnachtssterne wohl in Unterzahl spielen."

Julius inspiziert das nun überflüssige Papierschildchen mit meinem Namen genau.

„Da hast du dich ja fein aus der Affäre gezogen mit deiner Rolle als Spielleiterin." Er sieht mich an, als sei dies von langer Hand geplant gewesen.

„Ja, streue noch Salz in meine Wunde. Es war ein Versehen und auch noch eins zu euren Gunsten. Ich finde es schade, weil ich mich sehr darauf gefreut habe."

„Echt? Dann lässt sich da vielleicht noch was einrichten." Er hängt sich grinsend sein Schild um.

„Was meinst du?" Ich spreche mit gedämpfter Stimme.

„Ich meine, dass es schade ist. Denn ich hätte gern gegen dich gespielt und gewonnen. Du bist bestimmt eine ehrgeizige Gegnerin und nicht so leicht zu schlagen." Er grinst mich herausfordernd an und scheint darauf zu warten, dass ich etwas erwidere.

„Tja, daraus wird nun leider nichts. Gewinne du erst mal mit deinem Team gegen die Weihnachtssterne, Julius Gruber, dann stehe ich vielleicht für ein Duell zur Verfügung." Frustriert darüber, dass ich mich selbst aus dem Spiel nehmen musste, wende ich mich ab.

„Diese Herausforderung nehme ich gern an, Inga Perlinger. Ich schlage vor, du stärkst dich, damit du mir nachher nicht mit billigen Ausreden kommst." Jetzt zwinkert er und grinst wie ein Honigkuchenpferd. Ich kann nicht anders, als zurückzulächeln.

„Schon klar. Du willst dich also nachher in den Schlaf weinen? Kannst du haben. Wir zwei, eins zu eins, im Anschluss. Die Disziplin muss noch gewählt werden."

„Jep. Vergiss es nicht. Jetzt suche ich mir erst mal meine Schneemannfreunde." Er wendet sich ab und setzt sich zu Theo, Elke und Anton an den Tisch.

Onkel Joseph kommt mit zwei vollen Tellern zu mir. Er hat sich mit dem Abendessen selbst übertroffen. Einfach und rustikal. Passgenau für einen verschneiten Abend in den Bergen. Ich frage mich ernsthaft, wann er das alles noch vorbereitet hat. Der Ärmste muss doch stehend k.o. sein.

„Komm, Spatzerl, auch wenn du nicht mitspielst, gehörst du zum Team." Er drückt mir einen der Teller in die Hand, legt mir sanft seine Hand in den Rücken und schiebt mich zum Tisch der Weihnachtssterne.

Etwas später sind wir nicht nur alle gesättigt, sondern regelrecht vom Spielfieber gepackt und können es kaum erwarten. Los geht es mit einem Schnellratequiz. Die Quizfragen habe ich aus diversen Spielen und mittels Internetrecherche zusammengetragen. Der Schwierigkeitsgrad reicht von simpel bis kompliziert und sie werden in beliebiger Reihenfolge gestellt. Jedes Team bestimmt seinen Buzzer-Master, der dann Topf und Kochlöffel schwingt. Die Regeln sind wie in jeder Quizshow, wer zuerst auf den Buzzer schlägt, darf sein Team antworten lassen. Es wird schnell laut und ausgelassen. Einige Male muss ich die fünf Sekunden abzählen und der Punkt geht ans gegnerische Team.

Nachdem alle im wahrsten Sinne des Wortes aufgewärmt sind, folgen Hangman, Pantomime und Montagsmaler, Siebzehn und Vier sowie ein paar Aktionsspiele, bei denen Lynn und Filip zu unerwarteter Höchstform auflaufen. Es ist laut und lustig. Paul hat schon wieder eine Flasche Eierlikör am Wickel und schenkt meinem Team fleißig ein.

„Wie viele Flaschen hast du denn noch in Reserve?", will ich zwischen zwei Spielrunden von ihm wissen.

„Jenuch, bis nach Weihnachten", lautet seine verschmitzte Antwort, dann bietet er mir auch ein Gläschen an.

„Nein danke, jetzt nicht. Ich muss doch bei der Sache bleiben. Ihr solltet euch auch nicht ablenken lassen."

Ich klatsche in die Hände, um die Aufmerksamkeit auf mich zu lenken. Am Whiteboard erkläre ich den aktuellen Zwischenstand. „Im Moment liegen die *Schneemänner* um zwanzig Punkte zurück. Im nächsten Spiel geht es um die doppelte Punktzahl. Die *Schneemänner* können aufholen und für Gleichstand sorgen, die *Weihnachtssterne* können ihren Vorsprung aber auch weiter ausbauen. Es geht um Vornamen. Wer möchte antreten? Einer aus jedem Team."

Nach zwei intensiven Beratungsminuten werden Alicia und ihre Mutter Birgit ins Rennen geschickt. Ich werfe einen kurzen Blick zu Julius, der sich auffallend zurückhält. Er hat noch keine Runde für sein Team ausgefochten. Alicia und Birgit dagegen zeigen sich siegeswillig. Es geht um die Top Five der Vornamen in verschiedenen Ländern in verschiedenen Jahren. Sie dürfen wild drauflosraten. Wer zuerst einen Treffer landet, bekommt den Punkt. Beide fighten und schreien mir unzählige Vornamen zu, von denen ich einige noch nie gehört habe und mir nicht sicher bin, ob es diese überhaupt gibt. Mutter und Tochter verausgaben sich sichtlich und brauchen danach einige Zeit, bis sich Puls und Atmung wieder normalisieren. Mir scheint, die beiden haben diese Challenge wirklich gebraucht, denn danach sehen sie im Umgang miteinander deutlich entspannter aus – Alicia noch ein bisschen glücklicher, denn sie konnte das Match für ihr Team entscheiden. Nun herrscht Gleichstand. Es folgt die letzte Aufgabe und ich sehe, dass die Rentner bereits gegen ihre Müdigkeit ankämpfen.

„So, jetzt geht jeder noch mal aufs Klo und dann reiten wir los!" Mehrere irritierte Blicke erreichen mich.

„Der Satz stammt so oder so ähnlich aus einem Kinofilm, den ich als Kind vielfach gesehen und geliebt habe“, setze ich erklärend hinzu und ernte Gekicher.

Das letzte Spiel besteht aus einer einzigen, relativ simplen Aufgabe. Es geht darum, schnellstmöglich einen ordentlichen, funktionsfähigen Papierschnapper zu falten. Ein kurzweiliger Abschluss und die Gewinnchancen sind für alle gleich, so war zumindest meine Intention, als ich mich während der Vorbereitungen dafür entschieden habe. So einen Schnapper hat doch jeder irgendwann zwischen Kindergarten und Schule schon einmal gebastelt.

„Wer die Schnapper-Runde gewinnt, gewinnt alles. Aber damit es nicht zu einfach wird, darf das gegnerische Team jeweils den Spieler auswählen, der den Schnapper falten soll, alle anderen dürfen natürlich kräftig mit Ratschlägen Unterstützung leisten.“

Wieder wird heiter diskutiert, Für und Wider abgewogen, dann endlich stehen die Teilnehmer der finalen Runde fest.

Paul wird für die *Weihnachtssterne* antreten. Er ist plötzlich wieder munter und wärmt seine Finger mit lustigen, akrobatischen Übungen auf. Für die *Schneemänner* geht Henning an den Start.

Aufregung und Nervosität liegen in der Luft.

„Jetzt geht es im wahrsten Sinne des Wortes um die Wurst“, lässt Theo verlauten und hält unter Gelächter die Salami hoch.

„In der Tat und da die Gegner fürs Finale nun feststehen, dürfen sie zu mir nach vorn kommen.“

Ich selbst bin auch ganz aufgeregt, als Henning und Paul vor mir stehen. Der Abend hat bis hierhin so großen Spaß gemacht und alle meine Spiele haben wunderbar funktioniert.

„Wisst ihr, was ein Schnapper ist?" Beide bestätigen nickend. Aus meinem Karton hole ich ein bereits fertig gefaltetes Papier heraus. „Auch für alle anderen: Das ist ein Schnapper und so soll er auch am Ende der Runde aussehen." Ich positioniere ihn mittig vor Paul und Henning. „Nur gucken, nicht anfassen!"

Wir stellen einen kleinen Tisch und zwei Stühle so in die Mitte, dass die beiden Spieler sich gegenübersitzen und alle anderen drum herum ausreichend Platz finden.

Beide setzen sich und zeigen sich höchst konzentriert. Die Situation erinnert an zwei Schachspieler bei einem großen Turnier.

Ich stelle mich an den Tisch. Links wie rechts halte ich Bastelpapier in den Händen.

„Jeder von euch bekommt gleich fünf von diesen bunten Bastelbögen. Gewonnen hat, wer mir als Erster einen funktionstüchtigen Schnapper überreicht. Sobald ich das Startzeichen gebe, dürft ihr loslegen."

Ich lege die Blätter auf den Tisch und halte die Zeigefinger darauf. „Auf die Plätze, fertig, los!"

Beim Wort *los* trete ich vom Tisch zurück und gebe das Spielmaterial frei.

Sofort werden die beiden Männer von ihren Teams belagert und erhalten allerlei Bastel- und Falt-Tipps. Natürlich bin ich für Paul und mein Team, aber ich halte mich als Spielleiterin ordentlich im Hintergrund. Während er zunächst jedes Blatt, das für ihn auf dem

Tisch liegt, wahllos in alle Himmelsrichtungen knickt und damit die *Weihnachtssterne* zu leidvollen Ausrufen bewegt, bewahrt Henning Ruhe. Geduldig nimmt er die Anweisungen seiner Tochter entgegen und faltet sich Stück für Stück zu seinem Schnapper.

Wenig später überreicht er mir unter tosendem Applaus und Lobpreisungen ein solides Ergebnis.

„Gratulation, Henning!" Zwei Herzen schlagen in meiner Brust. Trotz der Niederlage ist meine Freude für Henning echt. Ich halte sein kleines Kunstwerk mit gestreckten Armen über meinen Kopf. „Wir haben einen Gewinner und somit auch ein Gewinnerteam."

Es folgt großer Jubel bei den *Schneemännern*.

Ich gratuliere den Siegern und Franziska überreicht ihren Teamkollegen die Preise. Als ich Julius die Hand gebe, um ihm zum Sieg zu gratulieren, kann ich mir nicht verkneifen, ihn auf seine Zurückhaltung anzusprechen.

„Wo war denn dein Einsatz heute? Ihr habt zwar gewonnen, aber ich hatte gedacht, dass du dich mehr ins Zeug legen würdest."

Er hält meine Hand fest und sieht mir forsch in die Augen. „Taktik, ich habe meine Kräfte gespart, schließlich steht unsere Challenge noch aus."

Huch! Plötzlich werden meine Knie weich. „Lass uns doch erst mal eins zu Ende bringen und dann sehen wir weiter."

„Du kneifst wohl? Ich dachte, du bist eine Kämpfernatur." Immer noch hält er meine Hand fest. In meinem Bauch ist Kirmes.

„Bin ich auch. Warte ab. Alles zu seiner Zeit. Mir fällt schon was ein."

„Was für eine Challenge?" Alicia blickt neugierig zwischen uns beiden hin und her.

12. Die Schneemann Challenge

„Er hatte gedacht, heute gegen mich gewinnen zu können. Aber jetzt habe ich nicht mitgespielt und da will ihm der Sieg nicht schmecken. Es scheint, man könnte Julius nicht zufriedenstellen."

„Doch, glaube mir, das kann man. Aber ich bin natürlich neugierig. Du hast versprochen, eine erbitterte Gegnerin zu sein. Dieser Showdown fehlt mir jetzt. Ich hatte mich schon so drauf gefreut", bringt sich Julius wieder ins Gespräch ein.

„Keine Sorge, mir fällt schon noch was für deinen Showdown ein."

„Wie wäre es mit Eierlauf oder Bierkrug halten oder eine Schneekugel rollen? Such dir eins aus." Sein Blick ist voller Entschlossenheit und Alicia springt sofort auf den Zug auf. „Schneekugeln sind doch was für kleine Kinder. Wenn, dann müsst ihr es schon richtig machen und einen Schneemann bauen." Das freudige Blitzen in Julius' Augen bleibt mir nicht verborgen.

„Ja, ich könnte dich zum Schneemann bauen herausfordern. Was hältst du davon? Jetzt gleich auf dem Hof oder bist du etwa zu müde?"

Meint er das ernst? Ich habe keine große Lust, jetzt noch einmal hinaus in die Kälte zu gehen und im Schnee zu spielen.

„Oh ja!" Alicia ist sofort begeistert von der Idee eines weiteren Wettkampfs. „Ich komme mit raus und mache die Schiedsrichterin!"

„Nur die Ruhe. Ich denke, dass die meisten genug haben für heute und aufräumen müssen wir auch noch."

Doch mein sanfter Einwand wird sofort niedergebügelt. Da haben sich wohl zwei gesucht und gefunden.

„Mir gefällt Alicias Vorschlag sehr und ich fordere dich deshalb zu einer Schneemann-Challenge heraus. Nimmst du die Herausforderung an oder kneifst du?"

Ich zucke mit den Schultern und versuche Gleichmut vorzutäuschen. Selbstredend ist mein Ehrgeiz längst aufgestachelt und mich kampflos geschlagen zu geben, kommt nicht in die Tüte. Aber jetzt noch?

„Du willst also kneifen?"

„Los komm, Inga, du musst auch ein Spiel spielen oder weißt du etwa nicht, wie man einen Schneemann baut?" Auch Alicia lässt nicht locker und mittlerweile haben wir auch die Aufmerksamkeit der anderen auf uns gezogen.

„Hm." Julius setzt ein fragendes Gesicht auf und wendet sich in übertriebener Intonation an Alicia. „Meinst du wirklich? Das könnte natürlich die Erklärung sein. Es wäre möglicherweise besser, doch erst mit kleinen Schneekugeln anzufangen. Inga, was sagst du dazu? Lust auf eine Schneekugel-Challenge?"

Sie versuchen mich zu provozieren und werfen sich amüsiert verschwörerische Blicke zu.

„Wollen wir nicht auf morgen verschieben?"

„Der Schnee lässt nach", wirft Anton ein. „Wenn es so weitergeht, könntest du morgen schon abreisen."

„Ja, es wäre schade, wenn uns dieses Spektakel vorenthalten bliebe", pflichtet Franziska ihrem Mann bei.

Ich zeige auf Alicia und Julius. „Ihr zwei seid so doof. Jedes Kind weiß, wie man einen Schneemann baut. Der Versuch war mehr als plump. Ich hatte bereits als kleines Mädchen den Ruf, die besten Schneemänner in unserer Gegend zu bauen." An alle anderen gewandt, erkläre ich: „Ich nehme die Herausforderung natürlich an. Ich hatte nur Bedenken, ob wir das heute noch schaffen."

„Sehr schön. Dann ist es besiegelt. Ich werde ein fairer Gewinner sein und dich später beim Tee trösten."

„Stimmt, den Tee nehme ich gern. Aber dass du mich tröstest, wird wohl nicht nötig sein."

Mein Telefon summt und verkündet den Eingang einer Nachricht.

„Mein Bruder", entschuldige ich mich nach einem kurzen Blick aufs Display. „Räumt ihr schon mal auf, dann können wir meinetwegen auch noch rausgehen und einen Schneemann bauen." Ich überlasse die beiden der Arbeit und verkrümele mich an die Rezeption.

Na, Kleine, was macht der Liebeskummer? Noch Herzklopfen?

Ich lächle. Vor meinem inneren Auge taucht Julius auf und sofort wird mein Puls schneller. Gleich darauf schüttele ich irritiert den Kopf, denn von Julius weiß mein Bruder nichts. Seine Frage zielte auf Marlon ab. Er hat mich verletzt und mir das Herz gebrochen. Er ist derjenige, der mir Kummer bereitet hat, aber heute sehr wenig Platz in meiner Gedanken- und Gefühlswelt erhascht. Julius hingegen war und ist auffallend präsent. Ich darf das nicht zu ernst nehmen, aber immerhin lenkt er mich von meinem Kummer ab.

Im Moment habe ich keinen großen Kummer, weil ich gut abgelenkt bin. Ich helfe in der Pension aus, bis die Straßen wieder frei sind. Ein kleines Dankeschön dafür, dass ich hier übernachten darf. Das ist das Mindeste, was ich tun kann.

Die Reaktion kommt prompt.

Klingt gut und schlecht. Du sitzt also immer noch fest, du Ärmste! Übermorgen ist Weihnachten. Hast du irgendeine Idee, wie ich dir helfen kann?

Ich überlege und tippe.

Ja, ich sitze noch fest und nein, ist nicht so dramatisch, wie es klingt. Wir haben uns gut arrangiert und es fehlt an nichts. Du musst dir keine Sorgen machen. Hier sind alle nett und in den Nachrichten heißt es, dass der Schnee endlich nachlässt. Vielleicht habe ich Glück und bin morgen Abend schon bei Mama und Papa.

Mein Bruder klingt erfreut.

Das klingt gut. Ich drücke die Daumen.

Dann erkundige ich mich nach seinem Befinden.

Wie geht es dir? Hast du noch Schmerzen?

Ja. Schmerzen und Hunger. Ich kann keinen Pudding mehr sehen und mir ist langweilig. Ich habe gefühlt schon dreimal Netflix durchgeschaut. Lia fehlt mir.

Dann sage ihr die Wahrheit. Sie liebt dich. Sie verzeiht dir diesen Unfug bestimmt.

Daran habe ich keinen Zweifel. Aber ich schäme mich und möchte ihr das Weihnachtsfest mit der Familie nicht verderben. Sie hatte sich so lange darauf gefreut.

Ich rede ihm gut zu.

Nur Mut. Du hast dir die Suppe eingebrockt, du schaffst es auch, sie auszulöffeln.

Mal sehen.

Eine unbefriedigende, kurze Antwort. Wie ich ihn kenne, wird er sich noch eine Weile um das Geständnis drücken. Wie sehr wünsche ich mir, meinen Bruder in den Arm zu nehmen und ihn zu bestärken, das Richtige zu tun.

Ja, mal sehen. Schlaf dich aus und schone dich, dann geht es dir hoffentlich schnell wieder besser.

Ich spreche meine letzte Nachricht ins Telefon und sende ihm die Aufnahme.

Zurück im Gastraum gerate ich in eine übermütige Diskussion zwischen Julius und Alicia, wie die Schneemann-Challenge denn am sinnvollsten durchgeführt werden sollte. Ich lehne mich zurück und trinke Tee, bis sie sich geeinigt haben. Sie legen schließlich fest, dass wir in exakt fünfzehn Minuten starten. Aufbruchsstimmung, auch für mich. Wie die meisten begebe ich mich in mein Zimmer, um erneut in die dicke Winterkluft zu schlüpfen.

Als ich eine Viertelstunde später dick eingepackt aus dem Haus trete, finde ich alle anderen bereits angeregt plaudernd auf dem verschneiten Hof vor. Ich werde jubelnd begrüßt, was mir etwas peinlich ist. Alicia ist mittlerweile nicht nur aufgetaut, sondern zur Rädelsführerin avanciert. Sie winkt mich eifrig zu sich heran und ergreift das Wort.

„Also, Inga und Julius treten im Schneemannbauen gegeneinander an. Hinterher werden wir bewerten, welcher der schönere ist. Es geht um nichts Wichtigeres als die Ehre."

Von meiner anfänglichen Zurückhaltung ist nicht viel übrig geblieben. Mich hat der Ehrgeiz gepackt, auch wenn ich mich ein wenig über mich selbst ärgere, dass ich vorab den Mund so voll genommen habe.

Dass ich die besten Schneemänner der Gegend gebaut habe, klingt nicht nur übertrieben, es ist es auch. Meine Erfahrungen in dieser Freizeitdisziplin habe ich in einem Winterurlaub mit meinen Eltern auf dem Kahlen Asten gesammelt. Im Rheinland, wo ich aufgewachsen bin, gibt es kaum Schnee. Solche Massen, die hier in den Tauern während der letzten Tage niedergegangen sind, wären in meinen kühnsten Winterträumen nicht möglich gewesen.

Dennoch, ich bin hoch motiviert. Julius will einen Wettkampf? Den kann er haben und ich bin nicht gewillt, zu verlieren. Es geht um nichts Geringeres als die Ehre. Alicias Worte hallen wirkungsvoll nach.

„Vorsicht! Heiß!" Onkel Joseph trägt einen großen Topf mit heißem Früchtepunsch nach draußen. Sogleich werden die Becher gefüllt und alle prosten sich gegenseitig munter zu. Das Szenario erinnert mich an einen Weihnachtsmarkt. Mir wird warm ums Herz und ich mache mit meinem Handy ein paar Fotos zur Erinnerung.

„Inga, du kannst später noch fotografieren. Jetzt komm her und schau dir dein Spielfeld an!" Alicias Ton ist resolut und ich gehorche. Mit verschränkten Armen, um mich etwas vor der Kälte zu schützen, stapfe ich einige Meter hinüber zum Parkplatz, auf dem die Autos unter einer gleichmäßigen, watteähnlichen Decke im gelben Licht der Hoflaternen stehen.

„Wir haben zwei gleich große Flächen markiert. Welche hättest du denn gern für deine Niederlage?" Julius zeigt mir die beiden verschneiten Felder. Der rechteckige, ebene Bereich hinter den PKWs ist durch eine niedergetrampelte Schneise einfach zweigeteilt worden. Ich entscheide mich spontan für rechts. Nun warten Julius und ich darauf, dass Alicia das Startzeichen gibt. Das Punsch trinkende Publikum verstummt. Alle Augen sind auf Julius und mich gerichtet. Schnell werfe ich ihm einen prüfenden Blick zu. Er wirkt amüsiert.

Dann taxiere ich den Schnee und überlege mir, wo und wie ich am besten anfangen soll.

„Auf die Plätze, fertig, los!"

Sofort beginne ich eifrig damit, meine erste Schneekugel zu rollen. Der Schnee backt gut an, lässt sich hervorragend formen. Es scheint gut zu gelingen. Die Kugel wächst stetig und nimmt bereits ein stattliches Volumen ein. Was in meiner Kindheitserinnerung allerding keinen Raum bekommen hat, war die Tatsache, dass solche Schneekugeln mit der Zeit auch ein enormes Gewicht bekommen. Über meiner linken Schulter, dort wo mich der Gurt während des Unfalls sicher gehalten hatte, meldet sich ein unangenehmer Schmerz. Ich muss die Belastung zurücknehmen, vorsichtiger agieren und entscheide mich dafür, meinen Schneemann nicht so groß werden zu lassen, wie ich es eigentlich vorgehabt hatte. Schneekugeln mit diesem Gewicht werde ich einfach nicht nach oben gewuchtet bekommen. Ich muss sorgfältig arbeiten und die Jury mit ausgefeilten Details überzeugen. Ich ächze und schnaufe. Mittlerweile gerate ich ordentlich ins Schwitzen.

Vor dem nächsten Winterurlaub muss ich definitiv ein paar Trainingseinheiten im Fitnessstudio absolvieren oder irgendeine Alternative finden, um mich fit zu bekommen. Nicht nur die Schulter schmerzt, sondern auch der Rest des Körpers meldet sich bald, denn mein Muskelkater, den ich mir beim Schneeräumen zugezogen habe, ist längst noch nicht abgeklungen. Mir ist brütend heiß in meiner Jacke, aber meine Finger sind feucht und eisig kalt. Ständig ziehe ich die durchnässten Handschuhe aus und wieder an. Aber ich gebe nicht auf. Ein kurzer Seitenblick zeigt mir, dass Julius und ich im Moment noch gleichauf liegen, sein Kunstwerk jedoch etwas größer ausfällt als meines. Genauso wie ich, muss er seiner Skulptur noch den Kopf aufsetzen. Eifrig rolle ich den letzten Ball durch meinen Hofbereich. Es ist mühsamer, denn mittlerweile sieht man die Spuren von meinem Treiben. Der Kopf lässt sich nicht so leicht auf die richtige Größe formen, doch endlich sitzen alle drei Kugeln aufeinander. Ich fixiere die Stellen mit viel Schnee und sorge für fließende Übergänge. Das kostet mich Zeit und die Kälte frisst sich immer tiefer in meine Finger. Am Ende sorgen die feinen Konturen aber für ein schönes Erscheinungsbild. Erschöpft wische ich mir eine feuchte Strähne aus der Stirn und trockne meine triefende Nase.

Während ich aufgerichtet verschnaufe, stelle ich fest, dass mein Kunstwerk noch lange nicht fertig ist. Es hat weder ein Gesicht noch Knöpfe. Schon sehe ich mich suchend um, als mir Onkel Joseph grinsend eine Kasserolle mit einer Möhre und Holzkohlestückchen hinhält.

„Nimm die Reine als Hut!" Mit Reine meint er wohl den Topf. Großartig! Mit fast erfrorenen Fingern fische ich eilig zwei gleichmäßige Kohlestückchen für die Augen heraus. Augen, Nase und Mund ordentlich anzuordnen, erfordert Geschick. Schnell merke ich, dass ich nicht zu sehr auf dem Kopf herumdrücken darf, um ihn nicht wieder zu zerstören. Nachdem die Knöpfe ebenfalls sitzen, betrachte ich mein Kunstwerk erneut und lasse es auf mich wirken. Im Augenwinkel sehe ich, dass Julius noch baut. Trotz Müdigkeit und Erschöpfung bin ich mit meinem Ergebnis noch nicht zufrieden. Irgendetwas fehlt. Dann fällt mir ein, womit ich ihm den letzten Schliff verpassen könnte.

„Ich bin sofort wieder da!"

Keuchend überquere ich den Hof bis zur Scheune. Meine Klamotten sind durchnässt, in meinen Stiefeln ist Schnee, aber gegen Julius aufzugeben, gilt nicht. Den Tee habe ich mir mehr als verdient. Das Tor steht noch immer einen Spaltbreit offen, sodass ich mich hineinquetschen kann. Mit dem Handy leuchte ich und finde schnell, wonach ich gesucht habe – eine kleine Schneeschaufel.

Mit letzter Kraft drücke ich meinem Schneemann sein Arbeitsgerät in den knubbeligen Arm. Vollkommen erledigt schleppe ich mich zu den anderen hinüber, um mir das Ergebnis von dort aus zu betrachten.

Hier hat man es sich bereits sehr gemütlich gemacht. Es stehen Bänke draußen. Onkel Joseph reicht mir eine Tasse Punsch, Birgit rutscht zur Seite. Ich sinke auf ein weiches Sitzpolster nieder und habe nicht das Bedürfnis, noch einmal aufzustehen.

Mein Schneemann kann sich sehen lassen und ich bin unendlich stolz auf mich. Aber beim Blick auf Julius' Kreation muss ich lachen. Auch er hat sich ins Zeug gelegt und tatsächlich eine Schneefrau gebaut. Gerade ist er dabei, ihre weiblichen Rundungen abschließend auszuarbeiten.

„Jetzt lass doch mal die arme Frau in Ruhe!", flachst Theo und Julius hebt ergeben die Hände. Auch in seinem Gesicht kann man die Anstrengung lesen, als er auf mich zukommt.

„Inga, würdest du mir bitte deinen Schal leihen?" Ich ahne, was er vorhat.

„Von mir aus, mir ist sowieso warm." Ich befreie meinen Hals vom Stück Stoff und reiche es Julius, der damit zur allgemeinen Belustigung prompt seine Schneefrau einkleidet.

„Sehr hübsch. Jetzt müsst ihr nur noch entscheiden, wer gewonnen hat." Ich lehne mich gähnend zurück.

Wie auch immer das Ergebnis ausfällt, ich bin mehr als zufrieden mit meinem Schneemann. Sobald meine Finger wieder einigermaßen einsatzfähig sind, will ich ein Foto von den beiden machen, um sie für die Nachwelt festzuhalten, aber Franziska ist mir diesen Schritt schon voraus.

„Los, stellt euch mal beide davor", fordert sie und wedelt mit einem türkisfarbenen Kästchen. Sie hat tatsächlich eine Polaroid-Kamera in der Hand. So eine habe ich das letzte Mal als kleines Mädchen gesehen.

Also noch mal aufstehen?

„Was tut man nicht alles …" Ich ächze und wir stellen uns gehorsam nebeneinander auf. Julius legt spontan seinen Arm um meine Taille und zieht mich dicht zu sich heran.

„Gut gekämpft. So habe ich mir das vorgestellt."

„Schön."

Was für eine blöde Antwort, denke ich. Aber in meinem Bauch fliegt gerade ein überrumpelter Schwarm Schmetterlinge planlos durcheinander und ich kann einfach nicht klar denken.

„Fertig!" Franziska wartet, bis das kleine Papier von der Kamera ausgegeben wird und zieht es mit spitzen

Fingern vollständig heraus. Gemeinsam kehren wir zurück und Julius richtet das Wort an Alicia. „Und was sagt die Jurorin? Gibt es schon eine Entscheidung?"

„Ja, wer hat gewonnen?" Ich schließe mich Julius' Frage an.

„Das Komitee muss sich noch beraten." Sie deutet mit einer Handbewegung an, dass wir gerade nicht erwünscht sind.

Onkel Joseph reicht uns zwei neue Tassen Punsch. Bereits von der ersten wird mir warm. Der Punsch ist wohl mit Alkohol. Dann müssen wir warten.

„Was glaubst du, wer von uns beiden gewonnen hat?" Ich linse Julius über den Rand meiner Tasse hinweg an und versuche mich in Small Talk. Wenn da nur nicht diese Unruhe in meinem Bauch wäre. Schon wieder habe ich das Gefühl, dass mich sein Blick durchdringt. Plötzlich blitzt in meinen Gedanken die Möglichkeit auf, dass Julius doch mehr Interesse an mir haben könnte, als er zugeben will. Was für ein absurder und zugleich erregender Gedanke.

„Hey, träumst du?" Julius tippt mir auf die Stirn und holt mich zurück aus meiner Traumwelt.

„Was? Nein." Ich blicke mich suchend um und fahre mir nervös mit der Hand über die Wangen. Die sind glücklicherweise bereits von der Kälte gerötet. Sonst würde mein Gesicht jetzt ad hoc die Farbe wechseln. Mir wird heißer, aber auf eine andere Weise als vorhin. Gott sei Dank ist Alicia mit Beratschlagen fertig. Sie winkt uns wieder heran.

„Es war uns eine Freude, euch bei der Fertigstellung dieser sehr beeindruckenden und anschaulichen Schneeskulpturen zuschauen zu dürfen."

Ich unterdrücke ein Gähnen. Mit einer Rede habe ich jetzt nicht mehr gerechnet. Es fällt mir schwer, ihren Worten zu folgen, ich frage mich aber gleichzeitig, wo diese Dreizehnjährige denn so reden gelernt hat.

„Dennoch ist der Wettkampf vorüber und wir wollen einen Sieger oder eine Siegerin küren. Nachdem wir unsere Köpfe zusammengesteckt und uns miteinander beraten haben, verkünde ich nun, dass beide Schneemänner, besser gesagt Schneemann und Schneefrau in der Bewertung gleichauf liegen. Allerdings hatten wir vor dem Wettkampf festgelegt, dass es sich um einen SchneeMANN handeln sollte und deshalb gewinnt Inga dieses Match. Herzlichen Glückwunsch!" Sie springt auf mich zu und umarmt mich wie ein Klammeräffchen.

Ich bin so erledigt, dass ich mich nicht wehren will und kann. Über ihre Schulter sehe ich zu den anderen, die applaudieren und mir zuprosten. Julius nimmt von seiner Mutter eine Flasche Gruber-Keller-Wein in Empfang und kommt damit zu mir. Er wartet, bis mich Alicia aus ihrer Klammer-Umarmung entlässt. Dann überreicht er mir die Flasche und umarmt mich ebenfalls. „Herzlichen Glückwunsch, du hast hart gekämpft und verdient gewonnen." Dann küsst er mich zaghaft auf die Wange.

Ein erregender Schauer überkommt mich und mein Unterleib schlägt Alarm. Lieber Himmel, nein! Ich stehe definitiv auf diesen Mann.

13. Unter vier Augen

In überraschter Erstarrung suche ich seinen Blick. Wir stehen sehr nah beieinander, lächeln uns an und unsere aufsteigenden Atemluftwolken vermischen sich im Schein der Hoflampen.

„Es schneit nicht mehr", flüstere ich unsicher und strecke wie zum Beweis die Hand zur Seite aus.

„Ja."

Julius flüstert ebenfalls und in seinen bestechend grünen Augen entdecke ich plötzlich eine Verletzlichkeit, die mir bisher nicht aufgefallen ist. Mir ist mulmig, denn meine Abreise rückt in greifbare Nähe. Chaotisch sausen meine Gedanken durch mein Gehirn. Was immer sich hier zwischen uns abspielt – wenn ich abreise, ist es vorbei und das will ich nicht. Aber ich will auch nach Wien und vor allem will ich eines: Ich will Julius küssen. Nicht einfach so auf die Wange. Richtig – auf den Mund. Noch immer halte ich die Hand ausgestreckt, die Zeit scheint stehenzubleiben. Schmetterlinge toben in meinem Bauch und ich bewege mich vorsichtig auf Julius zu, seine Augen und seine Lippen abwechselnd im Blick.

„Kommt nach, wenn ihr fertig seid", ruft Alicia und beendet so diesen magischen Moment.

Erschrocken ziehe ich meinen Kopf zurück, räuspere mich verlegen und bin wieder in der Realität. Peinlich berührt blicke ich auf den schneebedeckten Boden des Gruberhofs. Vielleicht hat Julius gar nicht bemerkt, was in mir vorging.

„Wir sind schon auf dem Weg", ruft Julius ihr über die Schulter nach und tritt einen Schritt von mir zurück. Abgesehen vom Schneepärchen sind wir zwei die Letzten hier draußen. Still ist es um uns herum, nur mein Herz gibt ein lautes Pochen von sich. Was ist da gerade mit mir passiert? Ein neues, angenehm aufregendes Gefühl hat sich in diesem Augenblick in mein Herz geschlichen, übertüncht und verdrängt die alten Verletzungen und den Gedanken an Marlon. Mir fehlen die richtigen Worte für diesen Augenblick und ich setze mich abrupt in Bewegung, um meinen erregenden Gedanken an einen Kuss einfach zurückzulassen. Ich darf mich doch nicht so kurz nach einer Trennung neu verlieben. Vor allem nicht in ihn, der keine Beziehung eingehen will.

„Sehen wir uns nachher?", fragt Julius fast beiläufig, als wir uns Richtung Eingang bewegen. Ach ja, unsere Verabredung zum Tee …

„Gern, war doch abgemacht."

Joseph kommt noch einmal heraus, um die Bänke wegzuräumen. Julius bleibt, um ihm dabei zu helfen. „Dann bis später."

Ich stelle meine Stiefel in die Diele und hänge meine Jacke in die Garderobe. Meine Strümpfe sind vollkommen durchnässt. Auf Zehenspitzen will ich nach oben gehen, aber ich sehe, dass die Tür zum Büro nur angelehnt ist und noch Licht brennt.

„Ja", erwidert Franziska auf mein Klopfen hin und ich trete ein. Sie verabreicht Bruno gerade seine Medizin.

„Er ist fast wieder der Alte – der alte Alte."

Bruno hebt den Kopf und schüttelt ihn.

„Schön, dass es ihm wieder bessergeht."

„Ja. Obwohl wir wissen, dass er bereits ein Senior ist und wir uns in naher Zukunft von ihm werden verabschieden müssen, bin ich sehr erleichtert. Denn was der Kopf weiß, steckt das Herz leider nicht so sachlich weg und wenn unsere Tiere krank sind, leiden wir mit ihnen." Sie räumt mit wenigen Handgriffen auf, dann lassen wir Bruno allein.

„Gute Nacht, Bru", wünscht Franziska und wendet sich dann an mich. „Du hast das heute großartig gemacht. Wir alle haben uns prächtig amüsiert, du auch?"

„Ja, trotz der schrecklichen Umstände, die dazu geführt haben, dass ich hier gestrandet bin, kann ich das behaupten. Ich hatte einen aufregenden und schönen Tag."

„Der Schnee lässt nach und wenn ich das richtig verstanden habe, ist dein Auto auch fahrbereit. Weihnachten mit der Familie klappt dann wohl doch noch." Sie streichelt meinen Arm.

„Vielen Dank für das Lob und deine aufmunternden Worte."

„Dann sehen wir uns morgen zum Frühstück bei uns?"

„Sehr gern."

Franziska begleitet mich zur Treppe. Als ich schon auf den Stufen stehe, kommen auch Julius und Onkel Joseph ins Haus.

„Prima. Dann sind wir wieder vollzählig und ich kann beruhigt ins Bett gehen." Franziska gähnt herzhaft.

„Ihr könnt alle ins Bett gehen. So wie ihr ausseht, habt ihr dringend eine Mütze Schlaf nötig. Ich koche mir noch einen Tee und mache dann alles aus. Versprochen." Ich fange Julius' spitzbübisches Lächeln auf.

Durch ein leichtes Nicken in Richtung Gastraum bedeutet er mir, dass er dort auf mich warten wird. Ich lächle bestätigend und erkläre dann aber, dass ich endlich nach oben gehen und die nassen Socken loswerden müsse.

Franziska und Onkel Joseph erheben keine Einwände. Dankbar verabschieden sie sich.

Ich eile ins Zimmer, suche trockene Socken aus meinem Koffer und setze mich aufs Bett. Ich bin so nervös wie vor einem Date. Sobald meine Füße trocken sind, werden sie wieder warm. Ich wechsle auch den Pullover und wasche mein Gesicht mit kaltem Wasser, denn meine Wangen glühen regelrecht. Ich warte noch zehn Minuten, dann gehe ich leise wieder nach unten.

Die Tische und Stühle im Gastraum sind von den anderen bereits wieder zurück an ihre Plätze gestellt worden. Die Tannenzweigdekoration liegt säuberlich auf den Tischen und auch einige Teelichter brennen noch. Es duftet nach Tannengrün. Julius kommt aus der Küche und schaltet das Licht aus. Nun sieht es um uns herum richtig weihnachtlich-romantisch aus. Ich frage mich, was Julius vorhat und ob ihm überhaupt klar ist, welche Stimmung er hier erzeugt. Warum hat er mich vorhin eigentlich geküsst? Aus freundschaftlicher Naivität? So schätze ich ihn nicht ein. Aber gegen alles andere hatte er sich doch von Anfang an klar ausgesprochen. Hat er seine Meinung etwa geändert? Wenn ja, warum?

Ich nehme wieder auf der Eckbank Platz, spiele mit den Tannenzweigen und lausche den Geräuschen, die Julius in der Küche verursacht. Er hat die Thermoskanne mitgenommen und kocht frisches Wasser auf.

„Deine Schneefrau ist richtig gut geworden." Ich werfe den Satz in den Raum und warte ab, was geschieht.

„Stimmt", tönt es aus der Küche zurück.

Mir ist klar, dass wir auf diese Weise kein tiefgründiges Gespräch führen können, also warte ich ab, bis er sich zu mir setzt.

„Et voilà! Dein Siegertee." Julius trägt ein Tablett mit zwei vollen Gläsern, Zucker und frischen Vanillekipferln zum Tisch. Sein Tee ist braun, meiner rot. Das Pflaume-Zimt-Aroma verbreitet sich und steigt mir angenehm in die Nase. Ich freue mich, dass er diese Sorte für mich ausgesucht hat.

„Weißt du, ich kann dich echt schlecht einschätzen." Ich beschließe einfach drauflos zu reden, als er neben mir Platz genommen hat. Wenn es ihm nicht passt, kann er mich ja jederzeit unterbrechen. Ich rühre dabei beiläufig durch meinen Tee und vermeide Blickkontakt. Dass er mich mit seinen grünen Augen aus dem Konzept bringt, kann ich jetzt nicht gebrauchen.

„Seit wir uns kennen, also seit mittlerweile stattlichen drei Tagen, hast du so viele Seiten von dir gezeigt, dass ich kaum weiß, wer der echte Julius Gruber ist. Mal bist du richtig nett, dann wieder distanziert. Das macht mich unsicher, sind wir Freunde oder nicht?"

„Natürlich. Habe ich dich etwa verärgert? Sag mir, was ich getan habe und ich entschuldige mich auf der Stelle. Ich bin mir keiner Schuld bewusst."

Ich hebe vorsichtig den Blick und finde keine Spur von Spott in seinem Gesicht. Wie spreche ich ihn am besten auf den Kuss an oder lasse ich es lieber sein? Mein Herz stolpert in meiner Brust. Ich habe keine Wahl, ich will Klarheit, also muss ich es tun.

„Du hast mich vorhin auf die Wange geküsst. Das kam für mich unerwartet. Ist das dein österreichischer Charme oder färbt der Bösenstein auf dich ab und du spielst mit mir?"

Mit aller Kraft halte ich seinem Blick stand. Seltsames Schweigen breitet sich zwischen uns aus. Ich fühle eine Kluft und bereue bereits, dass ich überhaupt davon angefangen habe. Ich sehe die Partie unter seinen Augen arbeiten. Er scheint seine Antwort sorgfältig abzuwägen.

„Weder das eine noch das andere." Er spricht mit Bedacht, durchbohrt mich beinahe mit seinem seltsamen Blick, aber seine Worte werfen für mich nur Fragezeichen auf.

„Was dann?" Mein Rachen ist trockener als eine Sandwüste.

„Zunächst einmal kann ich nicht mit österreichischem Charme dienen. Keiner von den Grubers kann das. Derjenige, der noch am ehesten welchen hat, ist Onkel Joseph, weil er eine Österreicherin geheiratet hat." Julius schiebt seine Tasse von sich und ich verstehe kein Wort.

„Meine Eltern haben die Pension vor einigen Jahren übernommen, nachdem Onkel Josephs Frau, eine

Tante x-ten Grades meiner Mutter, gestorben war. Ich selbst habe die beiden bis dahin kaum gekannt und nur zwei- oder dreimal in meinem Leben getroffen. Meine Eltern hatten ursprünglich vor, zu verkaufen, aber Onkel Joseph wollte den Betrieb nicht aufgeben. Du siehst, er hängt an der Pension. Das alles hier ist sein Lebenstraum. Er liebt diese Arbeit, deshalb hörst du auch nie ein Wort der Klage von ihm. Er wollte keinesfalls aufgeben oder gar verkaufen, war aber auch nicht in der Lage, alles allein zu managen. Meine Eltern haben sich schließlich ein Herz gefasst und ihr altes Leben in Augsburg aufgegeben. Sie sind hergezogen und haben noch einmal von vorn angefangen. Also ist niemand hier, dessen österreichischer Charme auf mich hätte abfärben können." Aus seinem Gesichtsausdruck kann ich nicht schließen, wie er zu Gesagtem steht. Ich bin überrascht.

„Nein, stimmt nicht. Bruno ist ein waschechter Österreicher", korrigiert Julius sich. Wie auf Kommando hören wir das Knarren der Bürotür. Ich lehne mich etwas näher zu Julius, um in den Flur blicken zu können. Bruno hält seinen großen Kopf in den Türrahmen, mustert uns und tapst dann zufrieden davon. Einen Moment später hören wir, wie er sich geräuschvoll vor die Treppe fallen lässt und ein wohliges Schnaufen von sich gibt.

Ich richte meinen Oberkörper wieder auf. Die nervöse Anspannung in meinem Inneren lässt keineswegs nach.

„Dann scheint doch der Berg als Ursache für deine wechselhafte Stimmung infrage zu kommen. Warum habe ich daran gezweifelt? Wer kann vom Bösenstein denn etwas Gutes erwarten?“

„Mag sein, dass du recht hast, was meine Wankelmütigkeit angeht, aber was den Berg angeht, bist du auf dem Holzweg. Der heißt doch anders.“

„Na höre mal, ich leide doch nicht unter Gedächtnisschwund. Wir haben bereits darüber gesprochen und im Buch über die Stadt habe ich es auch gelesen. Dort stand es drin und ich weiß auch, wohin der Weihnachtsurlaub mit meinem ... na, wohin diese unsägliche Reise ursprünglich gehen sollte. Wie soll dieser Berg denn bitte sonst heißen?“

„Der Große Bösenstein heißt auch Großer Pölsenstein und er hat seinen Namen vom Pölsenbach, der ganz in der Nähe fließt. Warum aus Pölsenstein nun Bösenstein geworden ist, weiß der Geier. Ich tippe eher auf zu viel Zirbenbrand, aber nicht, dass der Berg einen schlechten Einfluss auf die Menschen in seiner Nähe hat. Oder findest du etwa, dass man den anderen hier etwas anmerkt?“ Er zeichnet mit dem Zeigefinger einen imaginären Kreis in die Luft und schließt mit dieser Bewegung seine Umgebung ein.

Unter normalen Umständen würde ich den Sachverhalt jetzt ausdiskutieren wollen, denn er sagte gerade, dass der Große Bösenstein AUCH Großer Pölsenstein heißt und nicht ausschließlich, doch ich gebe kleinbei. Zumindest fast.

„Du hast mich überzeugt. Alle anderen hier sind nett, keine Frage. Was für mich dann nur den Schluss zulässt, dass es an dir liegen muss.“ Ich werfe ihm meinen entschlossensten Quod erat demonstrandum-Blick zu.

Er nickt, wirft aber sofort eine andere Theorie in den Raum. „Vielleicht liegt es auch an dir."

Mir wird augenblicklich heiß und ich rutsche unsicher auf meinem Hinterteil herum. „Was soll das denn bitte bedeuten?" Ich will mich entschieden zur Wehr setzen, aber es reicht nur für ein Flüstern. Mein Körper ist in Aufruhr, ich kann und will nicht weiter abstreiten, dass ich mich von ihm schrecklich angezogen fühle.

„Ehrlich, Inga. Ich weiß es nicht. Du bringst mich durcheinander, seit wir uns begegnet sind." Julius hebt zögerlich die Hand und berührt zärtlich meine Wange.

Ich erzittere unter der Berührung. Seine Fingerspitzen sind angenehm kühl, mein Gesicht glüht. *Küss mich*, denke ich und sehe, wie sich die Flamme des Teelichts in seinen Augen spiegelt. Julius' Hand wandert langsam in meinen Nacken. Die Berührung ist angenehm und ich lasse es wohlwollend geschehen. „Ich bin hin- und hergerissen. Ich mag dich, sehr sogar, und du bist zudem auch noch verdammt attraktiv. Früher hätte ich mich in eine Frau wie dich glatt verlieben können."

Mein Herzschlag setzt für einen Moment aus, dann blicke ich ihn aus großen, verwunderten Augen an. „Früher?"

Die romantische Stimmung ist augenblicklich dahin.

„Wie meinst du das denn? War das ein missglücktes Kompliment?" Ich lehne mich zurück und bringe Abstand zwischen uns, sodass Julius seine Hand ebenfalls zurückzieht. Eine tiefe Traurigkeit liegt in seinem Blick.

„Nein, leider nicht."

„Was dann?"

„Eine Feststellung, die mich ins Grübeln bringt. Ich sagte dir bereits, dass ich nicht an einer Beziehung interessiert bin. Ich hatte auf eine Freundschaft mit dir gehofft, aber mit jeder Stunde unseres Zusammenseins wird mir zunehmend klar, welch enorme Herausforderung das für mich bedeutet. Ich ertappe mich immer häufiger bei dem Gedanken, dich küssen und andere Dinge mit dir tun zu wollen, die das Maß einer Freundschaft definitiv sprengen."

Ich fühle mich wie vom Blitz getroffen. Wie soll ich denn darauf angemessen reagieren? Muss das alles denn einen Sinn ergeben? Mir ist unfassbar heiß, mein ganzer Körper reagiert auf diesen Mann. Ich will ihn küssen und nicht weiter darüber nachdenken. Langsam bewegen wir uns aufeinander zu, ohne dass wir uns aus den Augen lassen. Aus einem Impuls heraus lege ich meine Hand auf seine. Ich halte sie fest, beuge mich ihm weiter entgegen und flüstere kaum hörbar. „Küss mich."

Die Schmetterlinge in meinem Bauch stieben schlagartig auf. Ich vergesse meine Umgebung, sehe nur noch Julius, den ich in Angst vor meiner eigenen Courage anstarre, denn er scheint tatsächlich erst noch darüber nachzudenken.

Dann endlich beugt er sich zu mir. In Erwartung, jeden Moment seine Lippen auf meinen zu spüren, schließe ich die Augen. Doch mein Mund bleibt ungeküsst. Stattdessen berühren seine Lippen zärtlich meine Wange. Dann küsst er mein Ohrläppchen, schiebt mit der freien Hand eine störende Haarsträhne beiseite und küsst meinen Hals. Ich lasse die Augen geschlossen, genieße die Berührung und habe das Gefühl, unter seinen Küssen so weich wie warmes Wachs zu werden. Ich spüre seine Hand nun in meinem Rücken, recke mich ihm entgegen und spüre meine Brust an seinem Oberkörper. Ich seufze leise, als Julius' Hand sich unter meinen Pullover schiebt. Die andere lässt mich kurz los, um den Tisch zur Seite zu schieben und dann über meinen Oberschenkel hinauf bis zum Bund meiner Jeans zu wandern. Ich bin wie berauscht, als Julius mich in sanfter, aber bestimmter Bewegung auf seinen Schoß hebt. Meine Knie ruhen links und rechts neben ihm auf der Bank, ich spüre seinen Schoß unter mir. In dieser Position bin ich etwas größer als er. Meine Brust hebt und senkt sich zügig unter meinem Pullover. Trotz des matten Lichtes sehe ich, dass seine Wangen gerötet sind und plötzlich komme ich zur Besinnung.

„Was mache ich hier eigentlich? Ich habe mich erst vor ein paar Tagen von meinem Freund getrennt." Verunsichert sehe ich Julius an und in seinem Blick liegt noch immer diese tiefe Traurigkeit.

„Es tut mir leid. Es war nicht richtig von mir." Ich spüre seine Hände matt auf meinen Hüften.

„Die Schuld trifft dich doch nicht allein. Da gehören immer zwei zu." Ich werfe den Kopf in den Nacken und starre an die Decke, während ich tief durchatme. Dann wende ich mich wieder Julius zu und streiche ihm beschämt über die Schultern. „Freunde sollten diese Grenze nicht überschreiten. Das hast du vorhin selbst sehr treffend festgestellt. Und ich bin definitiv nicht der Typ für eine Nacht."

Unbeholfen rutsche ich von seinem Schoß, ziehe den Tisch zurecht und setze mich an meinen Platz. Nervös greife ich nach meinem Glas und stürze den restlichen Tee hinunter.

„Jetzt bist du wenigstens nicht der Einzige, mit dem hin und wieder die Pferde durchgehen", stelle ich missmutig fest. Ich kann leider nicht bestreiten, dass mir diese kurze Eskapade sehr gefallen hat.

„Verzeihst du mir?" Julius sieht mich schuldbewusst an.

„Ja, ich verzeihe dir. Ich hoffe, du mir auch. Lass uns ins Bett gehen, also jeder in seins, meine ich. Wir sind wahrscheinlich nur mit den Nerven fertig. Die letzten Tage waren aufregend und Weihnachten steht auch vor der Tür. Eingeschneit zu sein, ist eine Extremsituation, da machen die Menschen manchmal dumme Dinge."

Er unterbricht meinen Monolog nicht.

Von einer plötzlichen Eile getrieben, räumen wir auf und pusten die letzten Kerzen aus. Julius bringt mich im Schimmer der Notbeleuchtung zur Treppe, wo ich einen großen Schritt über Bruno machen muss. Wenigstens hier ist alles wieder beim Alten. Ich unterdrücke ein Gähnen und wende mich ab.

„Warte! Darf ich dir morgen wieder einen Kaffee servieren?" Ich halte inne und blicke mich zu ihm um. „Gern. Wann und wo?"

„Du könntest wieder mit uns frühstücken. Halb acht. Du weißt ja, wo es langgeht."

„Das mache ich sowieso. Deine Mutter hat mich schon eingeladen."

„Ach so?"

„Ja. Gut, dass wir uns besonnen haben. Das hätte morgen früh peinlich für uns beide werden können."

„Also ist es jetzt nicht peinlich?", will Julius wissen.

Ich schüttle den Kopf. „Ich glaube, es ist nicht so dramatisch. Bis morgen werden wir zwei das wohl verarbeitet haben. Oder was meinst du?"

„Bestimmt. Du bist eine gute Freundin, Inga. Schlaf gut." Seine Hand streicht sanft über meinen Handrücken. Sofort rauscht ein Zittern durch meinen Körper. Ich versuche dem Gefühl so wenig Beachtung wie möglich zu schenken. Oben angekommen halte ich doch noch einmal an und drehe mich um. Ich sehe Julius' Silhouette unten an der Treppe.

„Gute Nacht", flüstere ich und begebe mich auf Samtpfoten in mein Zimmer.

Ich verzichte darauf, das Licht einzuschalten und gehe hinüber zum Fenster, aus dem man den Hof gut einsehen kann. Ich lehne den Kopf gegen die kalte Scheibe und kühle mein Gesicht. Dem Himmel sei Dank, es schneit nicht mehr. Ich schicke ein Stoßgebet gen Himmel und hoffe, in wenigen Stunden abreisen zu können.

Dort unten im Hof stehen mein Schneemann und Julius' Schneefrau – sie mit meinem Schal. Die beiden geben ein hübsches Paar ab, romantisch. Ein unsicheres Lächeln huscht über mein Gesicht. Leugnen hilft nicht. Die sanften Berührungen, seine Küsse haben mir sehr gefallen. Es ist definitiv besser, wenn wir dieses Thema nicht vertiefen. Dafür haben wir einfach zu unterschiedliche Ansichten. Ich mache von den Schneemännern ein Foto mit meinem Handy, stelle mir den Wecker und werfe noch einen Blick auf Wetter-App und

Verkehrsnews. Die Lage entspannt sich zusehends. Alle Meldungen sind optimistisch. Nach einer angenehmen Dusche kuschele ich mich in mein wohlig warmes Bett und schlafe schnell ein.

14. Chaos der Gefühle

Ein Geräusch weckt mich. Ich blinzele, um mich herum ist alles dunkel. Nur das Fenster, das den Blick auf den Hof freigibt, ist deutlich zu sehen. Es steht offen und klappert. Die Neugier treibt mich aus dem Bett. Barfuß gehe ich hinüber, schließe den Flügel und blicke hinaus. Die Schneemänner sind nicht mehr zu sehen, stattdessen tobt schon wieder ein Schneesturm. Die dicken Flocken versperren mir die Sicht und türmen sich schließlich auf der äußeren Fensterbank. Das war es wohl mit der Weiterreise. Weihnachten werde ich ohne meine Familie auf dem Gruberhof verbringen. Mein Bruder wird allein zu Hause sitzen und meine Eltern in Wien. Es wird mein erstes Weihnachtsfest ohne Familie. Angst überkommt mich. Ich suche mein Telefon, weil ich meinem Bruder schreiben will, aber ich finde es nicht. Habe ich es vielleicht unten verloren, als Julius und ich uns für einen Augenblick nähergekommen sind? Ich hatte es in meiner Gesäßtasche. Unruhe befällt mich. Ich kann nicht bis morgen warten. Ich öffne die Tür meines Zimmers, um schnell nach unten zu laufen. Vor meiner Tür steht bereits Julius. Er hält mein Handy hoch.

„Suchst du das?"

Erleichtert falle ich ihm um den Hals, vergesse das Telefon und ziehe ihn ganz nah an mich heran. Ich presse mich an ihn, fühle seine Hände in meinem Rücken, in meinem Nacken. Unsere Lippen finden sich, wir küssen uns wild und leidenschaftlich. Warum habe ich mich nur so lange dagegen gewehrt? Ausgehungert erkunde ich mit meinen Lippen seine Brust. Gleich darauf finde ich mich auf meinem Bett wieder. Ja, ich will mich auf ihn einlassen und ziehe ihn zu mir herunter. Mit seinem nackten Körper liegt er auf mir und küsst mich leidenschaftlich. Sein Bein schiebt sich zwischen meine Schenkel. Das Verlangen in mir wächst mit jeder Sekunde ins Unermessliche. Jede Zelle meines Körpers brennt und verzehrt sich nach Julius. Noch nie habe ich eine solche Sehnsucht empfunden und ein ungeduldiges Stöhnen entschlüpft meiner Kehle. Plötzlich ist sein Gesicht direkt über mir. Ich sehe in seine durchdringenden grünen Augen. Er öffnet den Mund, um etwas zu sagen. Ich hebe die Hand, will sein Haar berühren, danach greifen und ihn noch dichter zu mir hinunterziehen, aber ich erreiche ihn nicht, greife ins Leere. Irgendwo spielt Musik, viel zu laut und ich verstehe nicht, was er mir sagt.

„Nein, bleib hier!"

Er entfernt sich.

Ich will nicht, dass er geht, verdammtes Radio.

„Julius?!"

Keuchend wache ich auf und taste benommen nach ihm. Er ist nicht da. Nur die nervtötende Musik dudelt weiterhin.

Mein Wecker.

Schlaftrunken und mit zitternden Fingern suche ich nach meinem Handy, schalte den Alarm aus und sinke erschöpft in die Kissen zurück. Grundgütiger! Was war denn das bitteschön? Ein Sextraum mit Julius?!

Ich will auf der Stelle vor Scham im Boden versinken oder mich einfach in Luft auflösen. Obwohl ich allein im Zimmer bin, ziehe ich mir die Bettdecke über den Kopf und verstecke mich vor der Welt.

Wie soll ich denn auf diesen Traum klarkommen?

Was will mir mein Unterbewusstsein auf diesem Wege mitteilen? Bin ich verliebt in Julius?

Stehe ich ganz banal nur auf seinen Körper? Warum zittere und bebe ich noch immer erregt?

Soll das bedeuten, dass ich eine Fehlentscheidung getroffen habe oder dass ich das Richtige getan habe und nun im Traum entschädigt werde? Na, so weit kommt es noch!

„Ich muss schleunigst nach Wien", flüstere ich mir selbst zu. Sobald ich ihn nicht mehr um mich habe, werde ich mich schon wieder beruhigen. Das rede ich mir zwar ein, dass meine Rechtfertigung jedoch auf wackeligen Füßen steht, erkenne ich unschwer daran, dass ich am liebsten weitergeträumt hätte. Ich habe diesen Traum, zumindest bis ich erwacht bin, in vollen Zügen genossen. Könnte ich vielleicht doch eine Nacht mit ihm verbringen? Nur eine?

Nein, ich gehöre nicht zu diesen Menschen. Das habe ich ihm gestern auch gesagt. Schluss, Aus, Ende!

Ich kämpfe mich, noch immer benommen, aus dem Bett und sehe hinaus in den Hof. Es ist noch dunkel, aber die Schneemänner stehen so wie gestern im matten Schein der Laterne. Kein Neuschnee weit und breit.

Ein schönes Paar, geht es mir durch den Kopf und ich denke sofort an Julius und mich. Oh Mann, ich muss diesen Irrsinn sofort im Keim ersticken.

Auch die Apps auf meinem Smartphone vermelden nur Gutes. Jetzt müssen nur noch die Zufahrtstraßen nach Rottenmann geräumt werden und dann kann ich mich auf den Weg machen. Oder – in meinem Fall wohl passender ausgedrückt – die Flucht ergreifen.

Noch immer durcheinander von meinem lebhaften Traum suche ich frische Klamotten aus meiner Tasche und begebe mich ins Badezimmer. Es wird der letzte Morgen hier sein, denke ich und bereite mit der einen Hand meine Zahnbürste vor. Mit der anderen taste ich suchend nach der Duscharmatur, um den Hahn aufzudrehen und das Wasser schon mal laufen zu lassen, bis es sich erwärmt hat. Doch in dem Augenblick, als ich den Hahn aufdrehe, erfasst ein kräftiger, eiskalter Strahl meinen Körper von der Seite. Quiekend vor Schreck drehe ich den Hebel, den ich noch in der Hand habe, wieder zu. Das blanke Entsetzen steht mir ins Gesicht geschrieben, denn ich habe mir gerade unfreiwillig eine eisig kalte Ganzkörperdusche verpasst. Mein Herz hämmert in meiner Brust. Keine Frage, jetzt bin ich wach.

Ich wische mir Wassertropfen und nasse Haarsträhnen aus dem Gesicht und schaue zitternd hinter den Vorhang. Es handelt sich definitiv um menschliches Versagen. Mein menschliches Versagen. Da habe ich wohl am Vorabend gedankenverloren den Duschkopf sehr ungünstig aufgehängt und nun die Quittung dafür bekommen. Bibbernd vor Kälte greife ich nach dem großen weichen Duschtuch und wickle mich darin ein.

Mit den Füßen ziehe ich den Vorleger über den Boden, um die entstandene Pfütze notdürftig aufzuwischen. Jetzt erst spüre ich den Schmerz an meinem rechten Ringfinger. Ich habe mich wohl in der Hektik an der Armatur gestoßen und mir die Haut aufgeschürft. Langsam quillt ein dicker dunkelroter Tropfen Blut hervor und ich suche nach meiner Reiseapotheke, um die Wunde zu versorgen.

Die Dusche entschädigt mich im zweiten umsichtigen Anlauf und ich komme allmählich in den Tag. Ich bürste und föhne mein Haar, putze die Zähne und schon begeben sich meine Gedanken ungefragt auf Wanderschaft. Die Bilder aus meinem Traum wirken ausgesprochen real nach und plötzlich ist der nackte und sehr attraktive Julius wieder in meinem Kopf. Ich sehe ihn dicht vor mir, er will mich küssen. Als er in meiner Vorstellung, ebenso wie am Vorabend, meinen Hals berührt, rutsche ich ungünstig mit der Zahnbürste ab und knalle sie mir gegen das Zahnfleisch. Verdammt! Ich verarbeite den plötzlichen Schmerz durch ein lang gezogenes Stöhnen und zwinge mich danach, ruhig und tief durchzuatmen. So etwas nennt man wohl mit dem falschen Fuß aufgestanden.

Ich habe schon jede Menge skurriler Dinge geträumt. Daran darf ich mich nicht plötzlich stören. Meistens bedeuten Träume sowieso etwas vollkommen anderes. Also, entweder kriege ich mich jetzt wieder ein oder ich gehe ins Bett und stehe heute nicht mehr auf.

Da die zweite Variante recht sinnlos wäre, entscheide ich mich für Option eins und begebe mich nach unten zum Frühstück mit den Grubers. Just in dem Augenblick, als ich die Zimmertür von außen heranziehe, bemerke ich, dass ich weder mein Telefon und, was in diesem Moment viel schlimmer ist, nicht einmal meinen Schlüssel dabeihabe.

„Verdammter Mist!" Ich stoße meinen Fluch Richtung Decke aus und werde das ungute Gefühl nicht los, dass es nicht das letzte Mal für heute gewesen sein soll, dass etwas schiefläuft. Was diesen Schlamassel betrifft, kann mir wenigstens schnell geholfen werden. Franziska hat mit Sicherheit einen Ersatzschlüssel, den ich mir nachher geben lassen kann.

Familie Gruber sitzt bereits versammelt am Frühstückstisch und hat mit dem Essen begonnen. Wie unangenehm. Jetzt komme ich auch noch zu spät.

„Guten Morgen!", grüße ich in die Runde. Ich vermeide es, Julius anzusehen.

„Setz dich und lang zu", fordert mich Anton auf.

Ich nicke und lächle verlegen zurück.

„Hast du nicht gut geschlafen?" Franziska wirft mir einen besorgten Blick zu. „Der Tag gestern war anstrengend. Auch mir hängt er in den Knochen", fügt sie verständnisvoll hinzu.

„Doch. Ich habe gut geschlafen. Es gab da einige kleine Missgeschicke heute Morgen. Aber alles halb so wild."

Ich winke ab und hoffe, das Gespräch damit beendet zu haben. Aber so einfach macht es mir Familie Gruber nicht – Julius eingeschlossen.

„Hast du dich verletzt?"

„Ach, das Pflaster ... ja. Ich bin am Wasserhahn abgerutscht. Nicht der Rede wert. Der Finger ist noch dran."

„Glücklicherweise. Kaffee?" Obwohl ich den Blickkontakt zu ihm vermeide, springt er auf, ohne meine Antwort abzuwarten. „Mit Milch und Zucker, richtig?"

Ich nicke und blicke mit gesenktem Kopf prüfend in die Runde. Schon gießt Julius mir einen Kaffeebecher voll und reicht ihn über den Tisch. Als ich ihn entgegennehme, berühren sich unsere Finger. Ich fühle mich sofort elektrisiert und bringe all meine Konzentration auf, die Tasse unter den aufmerksamen Blicken aller anderen neben meinen Teller zu befördern. Meine Hand zittert wie Espenlaub und ich zucke zusammen, als die anderen am Tisch plötzlich ihre Tassen über den Tisch in Julius' Richtung strecken. Einem nach dem anderen schenkt er mit ruhiger Hand ein. Meine Finger dagegen zittern so schrecklich, dass ich meine Hände vor lauter Verzweiflung in den Schoß lege, um sie zu verstecken. Doch die scheinen nur meine Knie anzustecken. Ich kann mich nicht daran erinnern, wann ich das letzte Mal so hibbelig und nervös war. Julius dagegen gibt sich gelöster denn je.

„Semmel?" Er grinst und hält ein Brötchen in die Höhe. Ohne eine Antwort abzuwarten, schneidet er es auf und reicht es mir.

„Jetzt mal ehrlich: Was läuft hier zwischen euch?" Onkel Joseph bemüht sich nicht um Zurückhaltung. Er ist neugierig und stellt seine Frage geradeheraus.

Schnell nehme ich einen Schluck Kaffee und überlasse es Julius, sein Treiben zu erklären.

„Nichts Besonderes. Nur eine kleine Wiedergutmachung, weil ich Inga ..."

Oh nein, er wird doch nicht ernsthaft ausplaudern, was gestern Abend geschehen ist? Vor lauter Schreck rutscht mir mein Messer aus der Hand und fällt klirrend zu Boden. „Entschuldigung." Unbeholfen hebe ich es auf.

Julius ergreift wieder das Wort.

„... weil ich Inga in den letzten Tagen ein wenig gepiesackt habe. Ich habe da etwas über die Stränge geschlagen, aber wir konnten das klären und sie ist mir nicht mehr böse."

Ich linse vorsichtig zu ihm hinüber. Er fängt sofort meinen Blick auf und sieht mich versöhnlich an. Au Backe, in meiner Magengegend zuckt es verdächtig und mein Puls steigt.

„Oder doch?"

„Nein. Bin ich nicht." Ich schüttele den Kopf und wende mich meinem Frühstück zu. Der echte und der geträumte Julius vermischen sich und wirbeln meine Gefühle durcheinander.

„Ich habe mich vorhin leider aus meinem Zimmer ausgesperrt." Ich wechsele abrupt das Thema und wende mich an Franziska. „Es gibt doch sicherlich einen Ersatzschlüssel, den du mir geben kannst?"

„Natürlich. Du bist schließlich nicht die Erste, der das passiert."

„Habt ihr schon Neuigkeiten, ob ich heute abreisen kann?" Franziskas überraschter Blick veranlasst mich dazu, meine Frage zu erklären. „Abgesehen davon, dass ich eure Gastfreundschaft schon recht lange strapaziere, sehne ich mich sehr danach, meine Eltern wiederzusehen und morgen ist ja schon Heiligabend."

„Abwarten. Ich mach gleich den Traktor fertig und räume die Zufahrtstraße zum Hof. Je nachdem, wie es ausschaut, auch noch in den Ort rein. Lass erst mal sehen, wie es zum Nachmittag hin wird. Unterm Schnee verbergen sich manchmal unangenehme Überraschungen." Anton scheint nicht daran zu glauben, dass ich mich in ein paar Stunden auf den Weg machen kann.

„Jetzt male doch nicht gleich den Teufel an die Wand." Franziska wirft Anton einen empörten Blick zu und wendet sich dann wieder an mich. „Das wird schon. Bis dahin findet sich auf jeden Fall noch eine Beschäftigung für dich, falls du dich langweilst. Der Baum muss zum Beispiel noch geschmückt werden."

„Das ist sehr lieb. Aber an Langeweile leide ich hier nicht. Ich werde auf jeden Fall vorsorglich meine Sachen zusammenpacken."

„Keine Eile. Das Zimmer ist nicht gebucht, also mach dir keine Sorgen. Wir haben dich sehr gern hier. Du hast unseren Alltag sehr bereichert und ich spreche für alle hier, dass wir dich bestimmt vermissen werden."

„Gut, dass wir eine Pension haben. Das ist eine sehr schöne Urlaubsgegend, wenn es nicht so stark schneit. Komm doch irgendwann noch mal vorbei, Spatzerl." Onkel Joseph stupst mich sanft in den Arm.

Ich lächle zurückhaltend in die Runde, aber wiederzukommen plane ich nicht.

„Komm, Papa. Ich fahr mit raus", leitet Julius das Ende der Mahlzeit ein.

Franziska und Bruno gehen hinaus und drehen eine langsame Runde im Schnee. Ich begebe mich in den Gastraum und beginne damit, die Weihnachtsdekoration in den Kisten zu inspizieren. Es sind wunderschöne Glaskugeln und Figuren aus Holz dabei.

„Die hat Onkel Joseph geschnitzt. Sind einige sehr alte Stückchen dabei." Julius steht hinter mir.

Vorsichtig drehe ich mich um zu ihm um. Er lässt einen Schlüssel vor meiner Nase baumeln. Seine Nähe, sein Duft, die Erregung in meinem Körper machen mich schwindelig. Ich schließe kurz die Augen.

„Ist wirklich alles in Ordnung zwischen uns beiden?"

„Natürlich. Warum denn nicht?" Eine glatte Lüge. Nichts ist in Ordnung. Seine bloße Anwesenheit löst eine Hitzewelle in mir aus. Was ist nur los mit mir? So kenne ich mich gar nicht. Dieses überwältigende Verlangen nach diesem Mann, das mit jeder Sekunde zunimmt, macht mir Angst. Unsicher blicke ich an ihm vorbei und beobachte Onkel Joseph, der bereits damit beschäftigt ist, das Gästefrühstück vorzubereiten.

Stimmt! Die anderen Gäste! Die hatte ich vollkommen vergessen.

„Du wirkst etwas durch den Wind, wenn ich das bemerken darf. Ich möchte nicht, dass du dich meinetwegen schlecht fühlst und etwas zwischen uns steht. Es tut mir leid, falls ich dich gestern durcheinandergebracht haben sollte."

„Hast du nicht. Dankeschön." Ich flüstere und füge in Gedanken hinzu: *Dafür sorge ich mit meinen bescheuerten Sexträumen von dir bereits selbst.*

Ich greife nach dem Ersatzschlüssel für mein Zimmer, den er länger als nötig festhält. Wie lange kann ich ihm was vormachen?

„Ich bin sofort wieder da und helfe dir mit dem Frühstück", rufe ich Onkel Joseph an Julius vorbei zu, dann mache ich mich fluchtartig aus dem Staub.

Oben in meinem Zimmer angekommen, schlage ich die Tür hinter mir zu und lehne mich für einen Moment mit geschlossenen Augen an sie an. *Durchatmen, Inga. Mach dich nicht selbst verrückt und den armen Julius auch nicht. Der kann doch gar nichts dafür. Glücklicherweise weiß er nichts von deinem Traum.*

Ja, aber hätte er nicht angefangen ...

Das bringt doch nichts. Ich schüttele den Kopf und öffne die Augen. Sofort präsentieren sich mir mein Bett und die noch immer zerwühlte Bettwäsche. Auf der Stelle ist auch der Rest meines Traums gegenwärtig. Ich stürme ins Badezimmer, wasche mir das Gesicht mit kaltem Wasser und lasse es mir auch langsam über die zitternden Hände laufen.

Ich blicke eine Weile in mein Spiegelbild. „Das war alles nur ein alberner Traum. Du bist doch kein Teenager mehr. Jetzt reiß dich mal zusammen! Andere Träume bringen dich auch nicht so aus der Fassung." Ich trockne mich ab, richte meinen Rücken auf und gehe entschlossen zurück ins Zimmer.

Mit ein paar schnellen Handgriffen schüttele ich das Bettzeug auf, will die Spuren beseitigen, für ein anderes Bild sorgen. Dann greife ich nach meinem Telefon, dem ersten und dem zweiten Zimmerschlüssel und begebe mich wieder nach unten. Franziska steht an der Rezeption. Ich halte mich nicht auf, sondern lege den Schlüssel im Vorbeigehen auf den Tresen. „Mit bestem Dank zurück."

Im Gastraum treffe ich Familie Schreiber. Henning und Birgit unterbrechen kurz ihre eifrige Diskussion der Rückreiseoptionen, um mich freundlich zu begrüßen. Alicias Nase steckt schon wieder in ihrem Buch.

Aber als sie mich sieht, grinst sie mich wissend an und fragt: „Na, schönen Abend gehabt?"

Adrenalin strömt durch meinen Körper. Was meint sie damit? Hat sie uns hier unten etwa gesehen? Und wenn schon. Wir sind erwachsene Menschen. Ich werde mich doch von einem vorwitzigen Teenager nicht konfus machen lassen.

„Ja." Meine Antwort fällt kurz aus, ich lächle sie an wie ein Profi und gehe weiter.

Aber in der Küche gibt es nicht mehr viel zu tun. Ich habe sogar das Gefühl, dass ich Onkel Joseph eher im Weg herumstehe, als ihm zu helfen.

„Hier, Maderl. Setz dich hin."

Ich tue, wie mir geheißen. Einen Moment später nehme ich einen frischen Kräutertee entgegen.

„Musst nichts sagen, der hilft gegen fast alles."

Überrumpelt sehe ich ihm nach, dann checke ich flüchtig meine Nachrichten. Benedikt hat versucht, mich anzurufen. Nun schreibt er, dass es wichtig sei und bittet um Rückruf.

Habe gerade keine Zeit. Ist nachmittags okay?

Ich flunkere, denn ich habe keine Lust, mit ihm zu sprechen.

Seine Antwort kommt prompt.

Klar, kein Problem.

Dann schicke ich meinem Bruder noch ein paar alberne Gifs von Hamstern mit dicken Pausbäckchen und wünsche ihm gute Besserung.

Nach dem Frühstück hilft mir Alicia beim Schmücken des Baumes. Zunächst plaudern wir über sie, die Schule und das Teenagerleben im Allgemeinen. Dann vertraut sie mir an, dass sie für einen Jungen, Nikolas, schwärmt. Aufgrund des Schneesturms und der unfreiwilligen Urlaubsverlängerung hat sie ‚voll die krasse Megaparty‘ verpasst.

„Ich bin zwar nicht mehr sauer auf meine Eltern. Das weiß ich auch, dass die nichts fürs Wetter können. Aber was, wenn es meine einzige Chance war, mit Nikolas zusammenzukommen? Was, wenn er sich jetzt in eine von den anderen Mädchen auf der Party verknallt hat?“

Zu gern würde ich ihr sagen, dass sich alles fügen wird und dass noch viele Jungs ihr Interesse wecken werden, aber ich erinnere mich nur zu gut an meine eigene Teenagerzeit. Solche Phrasen sind das Letzte, was man in dieser Situation hören will. Also gebe ich weiterhin die verständnisvolle Zuhörerin und bin froh, auf andere Gedanken gebracht zu werden.

Alicia nimmt diese Rollenverteilung vorübergehend an, aber dann fragt sie unvermittelt: „Was ist eigentlich mit dir? Du stehst doch voll auf Julius.“

Ich verschlucke mich vor Schreck an meiner eigenen Spucke. Ich huste, wische mir dir Tränen aus den Augen und blinzele in den Raum, um sicherzugehen, dass wir wirklich allein sind.

„Ich? Nein! Wie kommst du denn darauf? Vermittle ich etwa den Eindruck?“ Ich gebe mich in grottenschlechter schauspielerischer Leistung überrascht und ungläubig.

„Nein … also nicht direkt.“

„Was soll das den heißen? *Nicht direkt.*“ In meinem Kopf taucht schon wieder der nackte Julius auf. Ich setze mich auf den Boden und beginne, eine kleine Lichterkette zu entwirren.

„Ich wette aber, der steht auf dich.“ Sie beugt sich von hinten um mich herum und grinst mich schelmisch an.

„Aha.“

„Magst du ihn denn?“

„Ich mag die Familie Gruber, weil sie nett ist und mich in einer Notsituation sehr lieb aufgenommen hat. Das hätte nicht jede Familie gemacht und ja, das schließt Julius mit ein. Das ist auch schon alles, viel mehr ist für die romantisch veranlagte Alicia nicht zu holen.“

Ich bin sehr stolz auf meine ohne Versprecher vorgetragenen Ausführungen, los bin ich Alicia deswegen aber trotzdem nicht.

„Ich finde, ihr seid süß zusammen. Würdest du ihm einen Korb geben?“

„Ich finde, dass du deine neugierige Nase in Dinge steckst, die dich nichts angehen. Steck sie lieber wieder in dein Buch, damit du fertig wirst, bevor ihr losfahrt.“

„Julius hat gesagt, dass ich es behalten kann.“

„Das ist ja nett von ihm.“

„Ja, aber das beantwortet nicht meine Frage.“

So ein kleines Biest! Dieses Gespräch verläuft nicht nach meinem Geschmack und so versuche ich das Thema höflich und trotzdem rigoros zu beenden.

„Wenn du es unbedingt wissen musst: Ein süßes Paar abzugeben, sagt gar nichts aus. Die Schneemänner da draußen sind ein süßes Paar und ich habe gerade erst eine Trennung hinter mir und aus sicherer Quelle weiß ich, dass Julius keine Beziehung will. Du siehst also: nichts zu holen."

„Ich glaube trotzdem, dass er auf dich steht."

„Und ich glaube, dass du demnächst mal eine eigene voll krasse Mega-Party schmeißen und dich um deinen eigenen Kram kümmern solltest. Dann hättest du wahrscheinlich nicht das dringende Bedürfnis, arme, unschuldige Leute miteinander zu verkuppeln."

Sie verdreht die Augen und hängt einen kleinen Engel aus Holz auf.

Hinter uns poltert es laut. Ich drehe mich um und erblicke Julius, der uns mit einer Stehleiter im Arm anstarrt. Wieder reagiert mein ganzer Körper auf seine Anwesenheit und ich hoffe inständig, dass er nicht gehört hat, worüber Alicia und ich gesprochen haben. Diese wirft mir einen Blick zu, der in etwa das Gleiche ausdrücken soll.

„Hier, damit kommt ihr auch oben an die Spitze." Julius tritt ein Stück näher und stellt die Leiter neben dem Baum auf. Er macht nicht den Eindruck, als habe er etwas mitbekommen. Langsam beruhigt sich mein Herzschlag wieder.

„Los, klettere mal rauf und schau, ob du oben drankommst. Keine Sorge, du fällst schon nicht runter. Ich halte dich fest."

„Wer sagt's denn", lässt Alicia verlauten und dreht sich dann weg, als habe sie mit uns nichts zu tun.

„Nein, ist schon gut. Alicia und ich kommen zurecht. Du brauchst uns nicht zu helfen." Ich gebe mich kühl und richte meine ganze Aufmerksamkeit auf die Lichterkette in meinen Händen.

„Seid ihr sicher?" Ich meine einen Anflug Enttäuschung in seiner Stimme zu hören. Ich glaube, dass er gern geholfen hätte – rein freundschaftlich – aber ich fühle mich nicht in der Lage, das zu ertragen. Bei meinem Pech stürze ich vor lauter sexueller Anspannung noch von der Leiter und auf ihn drauf.

Obwohl ... mein Gehirn ist schon wieder auf Abwegen unterwegs. Gröber als beabsichtigt erteile ich ihm eine Abfuhr.

„Ja, sind wir. Wir kommen schon klar. Es gibt bestimmt noch jede Menge anderer Dinge für dich zu tun. Wolltest du nicht die Straßen vom Schnee befreien? Was ist daraus geworden?"

Es tut mir auf der Stelle leid und ich sehe ihn entschuldigend an. Julius runzelt die Stirn. Lange kann ich seinem durchdringenden Blick nicht standhalten, also weiche ich aus und zerre irgendetwas aus der Weihnachtsschmuckkiste.

„Schon gut. Dann kümmere ich mich eben wieder um den Schnee. Davon gibt es glücklicherweise genug."

15. Erstens kommt es anders und zweitens als man denkt

Er verzieht sich und als wir beide allein sind, flüstert Alicia: „Warum warst du denn so biestig zu ihm? Er kann doch nichts dafür, wenn er sich in dich verknallt hat."

Entrüstet wende ich mich um und will sofort etwas zu meiner Verteidigung sagen. Doch ich sehe in ein amüsiertes Gesicht mit einem leuchtenden Paar Augen. Das freche Luder will mich nur aufziehen. Ich schlucke meine Worte hinunter.

„Jetzt hast du ihn auf jeden Fall erst einmal verschreckt. So schnell bietet er dir seine Hilfe bestimmt nicht wieder an", resümiert sie und hängt eine Weihnachtskugel auf.

„Das verkraftet er schon. Findest du etwa nicht, dass wir beide hier ganz gut allein klarkommen?"

Alicia scheint von meiner Anspannung nichts zu bemerken und die Gefahr einer zeitnahen weiteren Begegnung mit Julius scheint zunächst einmal gebannt.

Die Angst, in seinem Beisein nervös und tollpatschig zu werden oder schlimmstenfalls sogar vor Scham rot anzulaufen, macht mich echt fertig. Oder dass er ahnen könnte, was in meinem Kopf los ist. Sogar gegenüber Alicia begleitet mich die Angst, entlarvt zu werden. Denn das Thema zwischenmenschliche Beziehungen ist ihr obwohl, oder gar weil sie ein Teenager ist, nicht unbekannt und scheint sie zu unterhalten. Ich will versuchen, sie auf andere Gedanken zu bringen und drücke ihr ein Gespräch über Weihnachtswünsche und Geschenke auf. Gewiss zur Freude ihrer Eltern setze ich ihr den Floh einer eigenen Party ins Ohr. Wir haben ausreichend Gesprächsstoff bezüglich des Wann, Wie und einer strategisch sinnvollen Ausarbeitung einer Gästeliste, während wir den Baum kunstvoll zu Ende schmücken. Wir setzen uns sogar zum Mittagessen zusammen an einen Tisch und planen weiter munter drauflos. Allerdings müssen wir ihre Eltern, die bisher noch nichts von ihrem Glück ahnen, noch ködern.

Nach meinem freiwilligen Küchendienst ziehe ich mich ins Pensionszimmer zurück. Die Straße vom Gruberhof und viele Zuwege der umliegenden Höfe sind schon passierbar, aber die großen Zufahrtstraßen sind noch immer blockiert. Anton kennt jemanden, der jemanden beim Räumdienst kennt, der ihn regelmäßig informiert. Aber ich fürchte, vor dem Abend wird es nichts und im Dunkeln möchte ich mich mit Marlons notdürftig repariertem Auto erst recht nicht auf den Weg durch die Fremde machen. Das Navi allein ist ein schlechter Wegweiser. Das habe ich bereits am eigenen Leib erfahren. Wer weiß, was passiert, wenn ich mein Glück zum wiederholten Male herausfordere.

Es schaudert mich bei der erneuten Erkenntnis, dass ich vor ein paar Tagen einen Schutzengel gehabt haben muss. Julius war zur richtigen Zeit am richtigen Ort. Es hätte auch ganz anders ausgehen können. Ich darf gar nicht weiter darüber nachdenken, welchen Horrorszenarien ich eine Bühne hätte geben können.

Da nun aber deutlich absehbar ist, dass meine Zeit hier zu Ende geht, fällt es mir leichter, mich in Geduld zu fassen. Auf einen Tag mehr kommt es nun wohl auch nicht mehr an.

Ich blicke aus dem Fenster. Der Himmel ist klar und blau. So habe ich ihn seit meiner Ankunft nicht gesehen. Das felsige Gebirge hebt sich deutlich davor ab. Darunter der Schnee und die vielen kleinen Häuser. Der Kirchturm reckt sich schlank in den Himmel. Ich blicke auf eine winterliche Urlaubslandschaft, wie sie ihm Buche steht. Ich zücke mein Handy und schieße noch ein Foto. Trotz aller Sehnsucht, trotz der schlimmen Ereignisse, ereilt mich sanfter Abschiedsschmerz.

Ich packe meine Habseligkeiten ordentlich zusammen. Mein Koffer ist schwer. Gut, dass ich bei meiner Abreise aus der Skihütte alle Habseligkeiten hineingestopft und ihn in meiner Wut ins Auto gewuchtet habe. So hatte ich wenigstens ausreichend Klamotten. Vier bis fünf Tage in den gleichen Sachen mag ich mir nicht ausmalen. Bei der Vorstellung muss ich schmunzeln, denn dann wäre mir Julius vielleicht nicht so nahe gekommen.

Ich räume das Zimmer auf. Das ist das Mindeste, was ich tun kann. Mir fällt die gewonnene Flasche Rotwein in die Hände. Vorsichtig verstaue ich sie in meinem Gepäck und lächle. Julius' Herausforderung, sich mit mir zu messen und das Schneemann bauen selbst haben mir bei aller Anstrengung außerordentlich gut gefallen. Dass ich den Sieg errungen habe, ist eine nette Zugabe.

Ich atme schwer. Mein Abschiedsschmerz wächst gerade gewaltig. All das um mich herum werde ich sehr vermissen, wenn ich fort bin. Auch Julius vielleicht ... ein bisschen. Sofort würge ich diesen Gedanken ab und beschließe, mich tatkräftig abzulenken und auch den Boden zu wischen.

Woher ich Putzutensilien bekomme, zeigt mir Onkel Joseph gleich darauf, als ich ihn erneut in der Küche besuche. Dieser Mann ist ein reines Wunder. Er scheint niemals müde zu werden. Liegt es tatsächlich daran, dass die Pension und die Küche sein Ein und Alles sind?

„Hier Schatzerl, nimm, was du brauchst." Er öffnet die Tür zu einer Kammer und ich habe freie Auswahl.

Mit einem Wischmopp, einem Eimer und Reinigungsmitteln ausgerüstet, stapfe ich die Treppe wieder hinauf. Stöhnend, denn mein Muskelkater in Armen und Beinen macht sich wieder bemerkbar. Meine Zeit hier kann ich glasklar als Aktiv-Urlaub geltend machen, obwohl ich nicht einen Meter Ski gefahren bin. Solch eine Beanspruchung wie in den letzten Tagen hat mein Körper schon lange nicht mehr erfahren.

„Inga?" Julius ruft mich von unten.

Sofort halte ich die Luft an, um nicht noch ein Stöhnen oder Ächzen über meine Lippen kommen zu lassen. Mein Herz überschlägt sich, seine Stimme erreicht meinen Unterleib. Nein, ich kann beim besten Willen nicht mit ihm sprechen. Also tue ich so, als habe ich ihn nicht gehört und gehe zügig zu meiner Zimmertür, der letzten auf diesem Gang.

„Inga, warte doch mal!", ruft er mich erneut.

Nervös zitternd ziehe ich den Schlüssel aus meiner Hosentasche und fuchtele ungeschickt vor dem Türschloss herum. Endlich! Mit einer hastigen Bewegung drehe ich ihn schließlich im Schloss.

Da steht Julius schon oben auf dem Treppenabsatz. In Jeans und engem Shirt, unter dem sich seine Brustmuskeln abzeichnen – verdammt sieht er gut aus. Macht er das mit Absicht? Hat er etwa eine Ahnung, wie es um mich steht? Mein Gesicht wird heiß wie Feuer, als unsere Blicke sich treffen, ich fühle mich ertappt. Er weiß es bestimmt.

„Hast du einen Augenblick Zeit?"

„Nein, gerade nicht. Tut mir leid, ich habe alle Hände voll zu tun."

Ich spreche sehr schnell und meine Stimme klingt plötzlich viel höher als normal. Hektisch öffne ich die Tür und befördere mich mitsamt Putzeimer und Zubehör ungeschickt ins Zimmer. Mit dem Fuß schließe ich die Tür. Rums! Sie fällt laut krachend zu.

Ich verharre einige Zeit ohne zu atmen und lausche, ob Julius vielleicht an die Tür kommt und klopft, aber nein ... alles ruhig. Gefahr vorüber und in meiner Magengegend ist gerade Samba angesagt. Verdammt, verdammt! Ich stehe auf Julius. Sofort liste ich gedanklich meine Gegenargumente auf.

Ganz abgesehen davon, dass ich mich erst vor ein paar Tagen von Marlon getrennt habe und ich mir eine angemessene Pause als Single gönnen muss, will Julius gar keine Beziehung und wir wohnen viel zu weit voneinander entfernt – Augsburg, wenn ich das A auf dem Kennzeichen richtig einordne.

Ich stürze mich in die Arbeit, fülle den Eimer mit Wasser und reinige das Badezimmer vollständig. Ich putze wie wild, bis alles blank ist und ich erschöpft bin. Gegen dumme Gedanken hilft nur, sich auszupowern. Auf dem Bett sitzend warte ich, bis der Boden trocknet und surfe mit meinem Smartphone. Benedikt ruft an. Ich seufze, entschließe mich dann aber dranzugehen. Wenn ich seine Situation nüchtern betrachte, hat er es auch nicht leicht und wie er mit seiner Rolle als Betrogener umgeht, ist am Ende seine Angelegenheit. Für meinen Teil kann ich jedenfalls erleichtert feststellen, dass ich noch immer tief getroffen bin, aber nicht in das emotionale Loch fallen werde, das ich anfangs gefürchtet habe. Der Abnabelungsprozess hat sich bereits in Gang gesetzt.

„Hi, Bene, wie geht es dir?“ Ich gebe mich ruhig und gefasst.

„Na geht so und dir?“

Dass er unglücklich ist, höre ich sofort. Ich ziehe die Augenbrauen etwas nach oben. „Ich komme erstaunlich gut zurecht. Der Abstand tut mir gut. Abzureisen war die beste Entscheidung, die ich in diesem Moment treffen konnte. Du hättest mitkommen sollen.“

„Vielleicht, wenn man keinen Wert mehr auf die Beziehung legt. Aber *ich* lege Wert auf meine Beziehung. Ich will Giulietta nicht verlieren."

„Du willst mir allen Ernstes erzählen, dass du weiterhin mit ihr zusammenbleiben willst und das, obwohl sie vor deiner Nase mit meinem Ex rumvögelt?"

Während ich spreche, schwindet die Kraft aus meiner Stimme. Die seelischen Verletzungen, diese Demütigungen, die ich in den letzten Tagen hier so erfolgreich ausgeblendet habe, von denen ich eben noch dachte, ich hätte sie überwunden, liegen abrupt wieder offen. Sofort schüttet mein Körper Adrenalin aus und macht sich verteidigungsbereit.

„Wahrscheinlich würde sie es nicht mehr tun, wenn *du* wieder zurückkommen und dich wieder mit *deinem Freund* vertragen würdest. Dann hätte er andere Dinge im Kopf und würde die Finger auch von *meiner* Freundin lassen. Wahrscheinlich ist alles nur so gekommen, weil *du* ihn sexuell vernachlässigt hast. Ist dir das schon einmal in den Sinn gekommen?"

Ich werfe ungläubig meinen Kopf in den Nacken. Ich fasse es nicht, welchen Verlauf dieses Gespräch gerade nimmt. Ich beiße die Zähne so fest aufeinander, dass mir die Kiefergelenke schmerzen.

„Das kannst du doch nicht ernst meinen. Benedikt, hörst du dir eigentlich selbst zu?" Ich bin sehr bemüht, leise zu sprechen. Am liebsten würde ich ihn anschreien, stattdessen suche ich bestürzt nach den nächsten Worten, die ich sorgfältig und so besonnen wie möglich formuliere.

„Du kannst doch nicht allen Ernstes glauben, was du da sagst."

Er räuspert sich und druckst: „Na ja, vielleicht … doch. Überlege doch mal. Wenn zwischen dir und Marlon alles im Lot gewesen wäre, sexuell meine ich, hätte er bestimmt nicht meine Giulietta angegraben. Die Ärmste ist einfach zu schwach, um sich gegen so etwas zu behaupten.“

Am liebsten würde ich Benedikt durchs Telefon ziehen und dann kräftig durchschütteln. Offenbar ist er in den letzten Tagen verrückt geworden. Er wäre nicht der Erste, der aufgrund einer Extremsituation den Verstand verliert. Aber wie soll ich damit umgehen? Einfach auflegen? Ihn anschreien oder meine Hilfe anbieten? Ich versuche es mit einer sachlichen und ruhigen Erklärung, die ihm bei allem Mitleid schon begreiflich machen soll, dass er soeben eine Grenze überschritten hat.

„Benedikt, ich kann verstehen, dass du bedrückt und gekränkt bist. Was die beiden da abziehen, ist echt fies. So gehen Freunde und Partner nicht miteinander um. Wenn Marlon dein Freund wäre, hätte er die Finger von deiner Freundin gelassen. Wenn er mich liebte oder sie dich und die beiden nur ein Fünkchen Anstand hätten, dann hätten sie uns nicht betrogen. Haben sie aber und das müssen sie schon allein verantworten.“

Eine Weile lausche ich in mein Telefon, denn ich erwarte Gegenwehr, aber Benedikt antwortet nicht.

„Bene?“

Das, was ich als Nächstes sage, kann ich selbst kaum glauben.

„Benedikt, der Schnee lässt nach und die Straßen sind bald wieder passierbar. Soll ich dich abholen? Unter diesen Umständen haben meine Eltern bestimmt nichts dagegen, wenn ich dich mitbringe."

Noch immer ist es still. Ich schaue aufs Display, weil ich fürchte, dass unser Gespräch unterbrochen ist und er mich gar nicht hört, doch dann vernehme ich ein Schnaufen.

„Weihachten in Wien also? Du machst es dir viel zu einfach, Inga. Um eine Beziehung, um die Liebe, muss man kämpfen, da ist nicht immer eitel Sonnenschein. Da gibt es auch mal anstrengende Tage miteinander und die gilt es zu meistern. Wenn du der Meinung bist, dass du hier nichts zu retten hast, dann feiere Weihnachten, wo immer du willst. Ich kümmere mich um die Frau, die ich liebe." Er legt einfach auf.

Mit offenem Mund starre ich gleichermaßen wütend und fassungslos auf das Telefon in meiner Hand, das eine Sekunde später, begleitet von einem energischen Grollen, auf das Kopfkissen niedersaust. Ich bin unter normalen Umständen kein Mensch, der andere schlägt, aber ich bin mir sehr sicher, hätte Benedikt mir dies alles von Angesicht zu Angesicht gesagt, hätte ich ihm eine geknallt oder irgendetwas nach ihm geworfen. Nein, ich trage auf keinen Fall Schuld daran, dass uns mein Freund und seine Freundin betrogen haben.

Ich schniefe und wische eine wütende Träne fort. Diese Unverschämtheit macht mich fassungslos. Wie kann er es nur wagen?

Gleich darauf gibt es einen ohrenbetäubenden Knall, weil ich den Stiel des Wischmopps durch meine schnelle Bewegung selbst in Bewegung gebracht habe und er auf dem Boden aufschlägt. Zuerst bin ich starr vor Schreck, dann wie auf der Flucht. Ich muss schnellstmöglich weg hier, mein Hirn und mein Körper brauchen eine Auszeit von allem: von Marlon, Benedikt, Julius, dem Großen Bösenstein. Mittlerweile kann ich eine negative Beeinflussung meines Aufenthalts durch diesen unsäglichen Berg nicht mehr kategorisch ausschließen. Ich wuchte meinen großen Koffer hervor, lasse nur im Zimmer, was ich für die letzte Nacht benötige und mache mich auf, ihn schon ins Auto zu verfrachten. Sobald Antons Winterdienstflüsterer grünes Licht gibt, werde ich mich ins Auto setzen und mich vom verschneiten Acker machen.

Nur wenige Minuten später hieve ich mein Gepäckstück die Treppe hinunter, über den Hof, an den Schneemännern vorbei und herüber zur Scheune. So aufgewühlt, wie ich bin, habe ich vergessen, eine Jacke überzuziehen. Der Wind saust kalt um meinen Oberkörper. Wenigstens schneit es nicht. Die Dämmerung setzt bereits ein. Ich hasse die kurzen Tage im Winter.

Also eine Nacht noch. Ich sollte mir ein Buch von Franziska leihen und dann ins Bett gehen. Morgen, am Vierundzwanzigsten, reise ich ab. Das wird dann mein persönliches Weihnachtsgeschenk, von Inga für Inga. Nach langen Strapazen werde ich das Fest doch noch im Kreise meiner geliebten Familie verbringen und peinliche Begegnungen jeglicher Art werde ich bis dahin vermeiden.

Bei der Scheune angekommen, stelle ich entkräftet den Koffer ab und mache mich am großen Tor zu schaffen. Es klemmt scheinbar und ich rüttele einige Zeit erfolglos mit aller Kraft daran. Suchend blicke ich mich um. Vielleicht ist Anton in der Nähe und kann helfen, aber es ist niemand zu sehen. Noch einmal zerre ich am großen Griff und überraschenderweise lässt sich das Tor jetzt sehr leicht öffnen. Eine Sekunde später starre ich in Julius' grüne Augen.

„Oh, du hier?" Mir rutscht das Herz in die Hose, meine Beine fühlen sich schlagartig an wie Gummi und drohen unter mir nachzugeben.

„Warum so überrascht? Störe ich dich bei irgendetwas?" Sein Blick fixiert meinen Koffer.

„Nein. Natürlich nicht. Also ... es ist nicht so, wie es aussieht", rechtfertige ich mich mit mattem Stimmchen.

„Hm. Wonach sieht es denn aus?" Er tritt beiseite, um mir Einlass zu gewähren und hinter mir das Scheunentor wieder zu schließen.

Nervös streiche ich mir die Haare aus dem Gesicht und suche nach Worten. Mir wird wärmer. Liegt es daran, dass der Wind nicht mehr pfeift oder an Julius' Gegenwart?

„Es könnte so aussehen, als schliche ich mich heimlich davon", versuche ich eine Erklärung zu geben. „Aber so ist es nicht. Ich wollte nur den Koffer zum Auto bringen. Erledigen, was erledigt werden kann. Du verstehst? Die Sachen da drin benötige ich im Augenblick nicht und wenn die Straßen freigegeben sind, möchte ich mich ohne Verzögerung auf den Weg machen können."

Julius nickt bestätigend. „Nichts anderes habe ich diesbezüglich vermutet. War doch klar, dass du weiterfährst, sobald es geht."

„Genau!" Ich nicke ebenfalls und mache mich daran, meinen Koffer hinüber zum BMW zu schleppen, um ihn zu verstauen. Als ich die Kofferraumklappe schließe, steht Julius schon wieder neben mir.

„Huch, du schon wieder." Ich vermeide jeglichen Blickkontakt. Ich fürchte ihm sonst ein dunkelrotes Gesicht zu präsentieren.

„Inga, ist alles in Ordnung?" Fürsorglich legt er seine Hand auf meine Schulter. Sofort strömt Wärme durch meinen Pullover. Ein angenehmer Schauer überkommt mich.

„Klar, so in Ordnung, wie es in Anbetracht meiner Situation nur sein kann. Alles gut, danke der Nachfrage", piepse ich in seltsam hoher Tonlage. Herrje, wie peinlich.

Julius' Hand liegt noch immer auf meiner Schulter. „Inga, ich frage nicht ohne Grund. Ich habe das Gefühl, dass du mir ausweichst. Ich mache mir Sorgen, dass du wegen gestern Abend böse auf mich bist."

Seine Hand rutscht von meiner Schulter zum Arm hinunter. Nun greift er auch den anderen Arm. Er hält mich sanft fest und senkt den Kopf, um mir ins Gesicht sehen zu können.

„Inga, bitte. Sprich mit mir. Bin ich gestern zu weit gegangen?"

Er wartet auf Antwort, aber ich schweige.

„Wie kann ich es wiedergutmachen? Sag mir, was kann ich tun, damit nichts zwischen uns steht?", versucht er es noch einmal mit eindringlicher, aber sehr leiser Stimme. Sein Gesicht ist so nah vor mir, dass ich es kaum aushalten kann und dann passiert es plötzlich. Ich weiß nicht, was in mich gefahren ist, aber meine Lippen landen stürmisch auf seinen. Es ist ein fast zu wilder Kuss. Zuerst scheint er irritiert, doch dann erwidert er meinen Kuss, legt seine Hände auf meine Taille und zieht mich dichter an sich heran.

16. Die Karten auf den Tisch

So plötzlich, wie ich mich auf seine Lippen gestürzt habe, löse ich mich wieder und springe, erschrocken von meiner Tat, einen Schritt zurück.

„Oh mein Gott! Entschuldigung, es tut mir leid, das wollte ich nicht. Ich weiß nicht, was gerade in mich gefahren ist", stammle ich und zupfe vollkommen überfordert an allen möglichen Enden meines Pullovers, als müsste ich sie auf der Stelle in Ordnung bringen.

Julius sagt nichts. Ich zwinge mich, langsamer zu atmen, was zur Folge hat, dass auch meine Bewegungen ruhiger werden. Stur richte ich meinen Blick auf den Boden, auf seine Schuhe, den Beton und einzelne Strohhalme. In meinem Kopf ist absolutes Durcheinander. Was habe ich gerade getan? Erst will ich nicht, dann will ich doch?

Ich wage es nicht, Julius anzusehen. Am liebsten möchte ich die Flucht ergreifen, doch zwischen mir und der Scheunentür, dem rettenden Ausgang, steht er, der Mann, den ich gerade überfallartig geküsst habe.

Ich starre noch immer auf seine Schuhe, die sich partout nicht in Bewegung setzen wollen.

„Wirklich, vergiss es einfach." Ich fordere von ihm, was ich selbst nicht ohne weiteres leisten kann. Mir wird heiß und kalt zugleich. Doch mein Vorschlag beeindruckt ihn trotz zittriger Stimme keineswegs. Meine Augen füllen sich verdächtig mit Wasser, ich schäme mich zutiefst und gleichzeitig kann ich nicht umhin, mir einzugestehen, dass ich diesen Kuss, diesen impulsiven Moment auf seinen Lippen, genossen habe. Ich nehme im Augenwinkel eine Bewegung wahr. Im nächsten Moment berührt Julius' Hand vorsichtig mein Kinn. Mit sanfter Bewegung hebt er es an, gerade so hoch, dass wir uns ansehen können.

„Du glaubst doch nicht, dass ich dich so einfach davonkommen lasse."

Ich schlucke betreten, bebe vor Nervosität und habe keine Vorstellung von dem, was jetzt auf mich zukommen könnte. Sauer sieht er aber nicht aus, allerdings sehr ernst und nachdenklich.

„Ich glaube schon, dass du es wolltest. Dafür solltest du dich nicht entschuldigen."

„Aber gestern habe ich etwas anderes gesagt." Verwirrt starre ich ihn an.

„Stimmt. Deshalb frage ich mich auch, warum du deine Meinung geändert hast", fährt er fort.

Ich schlucke betreten, denn ich kann ihm unmöglich von meinem Sextraum erzählen.

„Ich dachte, du müsstest erst das Ende deiner Beziehung verarbeiten? Was hat sich verändert?"

„Nichts hat sich verändert“, stelle ich leise klar. Allmählich bekomme ich wieder festen Boden unter den Füßen.

„Ich bin wohl ein bisschen durcheinander. Vorhin, da hatte ich ein sehr unangenehmes Telefongespräch. Das hat mich offensichtlich viel mehr mitgenommen, als ich dachte.“

Ich bin froh, dass mir diese Notlüge einfällt, die im Grunde ja keine ist. Denn das Telefonat mit Benedikt hat mich in der Tat stark aufgewühlt.

Julius scheint diese Erklärung zu genügen. „Hast du etwa mit diesem Ma... deinem Ex telefoniert?“ Seine Augen formen sich zu schmalen Schlitzen.

„Nein, aber mit seinem besten Freund, also auch meinem. Zumindest dachte ich, dass er auch mein Freund sei. Er ist der andere Betrogene. Allerdings scheinen wir unterschiedliche Herangehensweisen zu haben, wie wir mit der Situation umgehen.“ Ich rolle mit den Augen. Teils über die Aussage, teils über mich selbst, dass ich Julius mit solchen Details versorge. Es geht ihn doch gar nichts an.

„Das erklärt einiges. Reagierst du immer so, wenn du durcheinander bist? Darf ich mich in Zukunft öfter auf solche Überraschungen freuen?“ Jetzt formt sich sein Mund zu einem spitzbübischen Lächeln.

„Quatsch! Ich sagte doch, dass es mir leidtut. Ich weiß nicht, was in mich gefahren ist. Keine Sorge, es kommt nicht wieder vor – versprochen.“

Ich deute abwechselnd auf ihn und auf mich, um ihn zu beruhigen, aber er scheint keine Beruhigung nötig zu haben. „Ich mache mir keine Sorgen.“ Er lächelt mich an. Sehe ich da etwas Anzügliches in seinem Blick?

„Ich werde mir eine gute Alternative überlegen, für den Fall, dass mich wieder etwas durcheinanderbringt oder beschäftigt."

„Weißt du, was mir hilft, wenn mich etwas enorm bewegt und ich mich ablenken will?" Julius hat sich bereits einige Schritte von mir entfernt und fragt mich lässig über die Schulter.

„Natürlich nicht, was denn?"

„Holz hacken. Ich wette, wenn du ein paarmal draufgehauen hast, geht es dir besser. Schon mal gemacht?" Er tritt einen Schritt zur Seite und zeigt auf einen Hauklotz, in dem eine Axt steckt. Daneben sehe ich eine Schubkarre mit großen Holzscheiten, einige kleinere liegen auf dem Boden.

„Holz hacken? Natürlich nicht." Zweifelnd blinzele ich ihn an. „Aber das kannst du vergessen. Ich mach doch nicht schon wieder deine Arbeit!" Entrüstet verschränke ich die Arme vor der Brust.

„Nein, Inga. Dieses Mal meine ich es ernst. Holz hacken hilft gegen aufgestauten Frust, Aggression – gegen einfach alles. Du fühlst dich danach echt befreit. Im Normalbetrieb verwenden wir den Holzspalter hier drüben." Er zeigt auf eine etwas abseits stehende Maschine. „Ich meine es ernst, ich will dir helfen. Versuch's mal."

Julius tritt vor den Klotz und stellt ein Holzscheit, das er aus der Schubkarre fischt, darauf.

„Am besten, du stellst dich dort drüben hin. Manchmal fliegen die Holzstücke umher und ich möchte nicht, dass du verletzt wirst."

„Das ist sehr zuvorkommend von dir, das möchte ich auch nicht", gebe ich etwas spöttisch zurück und trete gehorsam zwei Schritte zur Seite. Ich bin froh, dass wir schnell wieder normal miteinander umgehen können.

„Also, ein Bein nach vorn und auf einen festen Stand achten. Dann nimmst du die Axt und positionierst das Scheit so, dass es sicher steht. So. Hochkant. Beide Hände an den Stiel und dann die Arme über deinen Kopf heben. Mit ordentlich Kraft schlägst du dann die Axt auf das Holz."

Im nächsten Augenblick saust das Werkzeug auch schon hinunter, zerteilt das Holzscheit in zwei saubere Hälften, die links und rechts vom Hauklotz fallen. Julius hebt eine der Hälften auf, positioniert sie wieder auf dem Klotz und gleich darauf zerteilt er auch dieses Stück.

Ich beobachte ihn mit gemischten Gefühlen. Eben noch geküsst, nun ein Lehrgang im Holzhacken – das ist ein außerordentliches Wechselbad der Gefühle. Angesichts seiner Vorführung fällt es mir schwer, konzentriert zu bleiben, denn Julius macht bei dieser Tätigkeit eine ausgesprochen gute und sportliche Figur. Er hat die Ärmel seines Pullovers hochgeschoben und ich sehe, wie sich die Muskulatur unter seiner Haut bewegt.

„Jetzt du", bestimmt er und hält mir die Axt hin.

Ich fühle mich schon wieder ertappt. Hoffentlich hat er nicht bemerkt, wie ich ihn angestarrt habe.

„Wenn du meinst ..." Zögerlich ergreife ich das Werkzeug. Es ist unerwartet schwer, aber ich versuche, mir nichts anmerken zu lassen. Julius reicht mir ein Stück Holz und ich stelle es, wie ich es bei ihm beobachtet habe, aufrecht auf den Klotz. Was hat er gesagt? Ein Bein vor und auf einen sicheren Stand achten. Konzentriert hebe ich die Axt und lasse sie niederschwingen, aber ich verfehle das Holz und die Klinge bleibt im Klotz stecken. Zunächst bin ich erschrocken, dann verärgert. Ich lasse die Axt stecken und will aufgeben.

„Ist wohl nicht so leicht, wie es aussieht."

„Es ist kein Hexenwerk. Du stehst nur nicht richtig", stellt Julius nüchtern fest. „Darf ich dir helfen? Rein freundschaftlich natürlich?"

Nickend erteile ich meine Zustimmung und frage mich, warum er *rein freundschaftlich* extra betont hat. Hat er etwa Angst, dass ich mich gleich wieder auf ihn stürze oder will er mich nur aufziehen?

Julius nähert sich mir, woraufhin mein Herz einen Schlag zulegt. Als er sich dicht hinter mich stellt, verpasst mir mein Körper eine neue Dosis Adrenalin. Es prickelt angenehm unter meiner Haut und in der Magengegend.

„Hui", keuche ich erschrocken, als ich seine Hände auf meinen Hüften spüre.

„Du musst das Becken ausrichten, so etwa." Er dreht und schiebt mich sanft etwas. Instinktiv schließe ich die Augen und hole tief Luft. Von mir aus dürften seine Hände dort gerne liegen blieben.

„Und jetzt Konzentration. Schau auf dein Ziel und dann runter mit der Axt!" Die letzten Worte spricht er sehr energisch.

Ich befolge seine Anweisung und im nächsten Moment ertönt das Krachen und Splittern von Holz. Die sauber getrennten Hälften fliegen zu beiden Seiten davon.

„Ja!" Ich gebe einen leisen Freudenjauchzer von mir. Obwohl ich nur ein Stück Holz halbiert habe, bin ich sehr stolz auf meine Leistung.

„Siehst du, Technik ist alles. Gar nicht mal schlecht", lobt er mich. Er reicht mir ein neues Stück Holz und dieses Mal schaffe ich es bereits im ersten Anlauf allein.

„Das tut richtig gut und macht Spaß", erkläre ich und zerteile ein Holz nach dem anderen. Ich höre erst auf, als mir der Schweiß ausbricht und meine Arme schlappmachen.

Mein Schlüsselbein meldet sich bereits. Als ich die Axt erneut hoch über meinen Kopf hebe, lasse ich sie nur noch matt heruntersausen. Im Resultat bleibt das Blatt im Holz stecken, obwohl es sich um ein kleines Holzscheit handelt. Ich gebe auf.

„Fertig für heute, ich kann nicht mehr, wie du siehst. Aber es hat mir gutgetan. Das war ein toller Tipp, ich denke, du musst keine Angst vor weiteren Überfällen haben", setze ich Julius in Kenntnis und befreie die Axt unbeholfen aus dem Holz. Ich hoffe die Situation mit ein paar lockeren Bemerkungen gut zu überspielen. Julius, der die ganze Zeit danebengesessen und mir zugeschaut hat, kommt herüber und greift nun selbst danach.

„Keine Ursache."

Nun macht er sich selbst wieder an die Arbeit. Ich beobachte ihn eine Weile, doch sofort hat der holzhackende Julius eine sehr anregende Wirkung auf mich. *Mensch Mädchen, du musst doch noch an irgendetwas anderes denken können*, weise ich mich selbst gedanklich zurecht.

„Warum benutzt du nicht den Holzspalter? Geht dir auch was durch den Kopf, das du verarbeiten musst?"

Ich versuche mich mit Small Talk auf andere Gedanken zu bringen. Gleich darauf saust die Axt nieder und zerteilt krachend das Holz.

„Ja." Julius' Antwort ist kurz. Er sieht mich nicht an, sondern richtet all seine Konzentration auf die Arbeit.

Eine Weile warte ich, ob er vielleicht von sich aus erzählen mag, so wie ich vorhin, aber er schweigt und hackt weiter. Nochmals versuche ich ihn in ein Gespräch zu verwickeln. „Also, wir zwei sind doch fast so was wie Freunde. Ich habe dir gerade, wenn auch unabsichtlich, Einblick in meine Gefühlswelt gegeben. Wenn du magst, kannst du mit mir über alles reden. Deine Geheimnisse sind bei mir sicher."

Wieder kracht und splittert das Holz. „Das ist sehr nett von dir. Ich fürchte jedoch, dass du hier nicht helfen kannst. Das Thema mit dir zu besprechen, würde die Sache nur unnötig kompliziert, vielleicht sogar peinlich machen."

„Wenn sich eine damit auskennt, die Dinge kompliziert und peinlich zu machen, dann doch wohl ich. Immerhin habe ich dich entgegen allen Vorsätzen geküsst."

„Das stimmt." Wieder kracht es.

„Also?" Ich lasse nicht locker, denn wenn wir uns um seine Probleme kümmern, muss ich mich nicht mit meinen plagen.

„Freundschaft hin oder her. Es hat mir gefallen, dass du mich geküsst hast und von mir aus könnten wir noch weiter küssen." Rums! Noch ein Stück Holz und mir verschlägt es für ein paar Sekunden die Sprache.

„Das ist der Grund, weswegen du dich beim Holzhacken abreagieren musst?" Mir quellen beinahe die Augen aus dem Kopf und die Schmetterlinge in meinem Bauch toben wild.

Julius unterbricht seine Tätigkeit und sieht mich wieder mit diesem seltsamen Blick an.

„Spätestens seit gestern Abend gehst du mir nicht mehr aus dem Kopf." Abrupt wendet er sich wieder dem Hauklotz zu, entledigt sich seiner Steppweste und arbeitet angestrengt weiter.

„Warum?" In meiner Verblüffung fällt mir keine bessere Reaktion ein.

„Tja, warum?" Julius sieht nicht zu mir herüber.

„Bist du etwa in mich verknallt?", wiederhole ich plump Alicias Worte, ohne sie ernst zu nehmen. „Ich dachte, du willst keine Beziehungen mehr", versuche ich etwas kess, mehr Informationen aus ihm herauszukitzeln.

„Will ich auch nicht."

„Aber du willst mich noch mal küssen?"

„Es hat den Anschein." Wie kann er verdammt nochmal so nüchtern darüber reden?

„Ich will dich auch noch mal küssen." Meine Lippen beben und die Worte verlassen meinen Mund leise, dennoch hat Julius sie gehört.

Er hält in der Bewegung inne. „Inga Perlinger, du sprichst in Rätseln. Weißt du nicht, was du willst?"

„Doch ... nein ... vielleicht ... "

Was soll ich denn darauf antworten? Er hat doch recht.

„Man muss immer erst einen Schmerz verarbeiten, um sich einer neuen Beziehung öffnen zu können. Alles andere ist Murks und zum Scheitern verurteilt." Diesen kurzen Vortrag halte ich mehr für mich, als für ihn.

„Ja. Darin waren wir uns schon einig, aber küssen willst du trotzdem?"

„Ich weiß nicht, wie ich mich fühlen soll", gebe ich trotzig von mir.

Er hackt das letzte Stück Holz und stellt die Axt beiseite, um die kleineren Hölzer rund um den Klotz einzusammeln. Kurzerhand stehe ich auf und helfe ihm. Wir arbeiten schweigend, bis alles erledigt ist. Während Julius die Schubkarre in eine Ecke der Scheune fährt, setze ich mich mit verschränkten Armen auf den Klotz, um auf ihn zu warten. Dabei ertappe ich mich, wie ich wohlwollend seine Kehrseite betrachte. Spannung liegt in der Luft. Wir sind noch längst nicht durch mit unserem Thema.

Woran er wohl gedacht hat, wenn ich ihm nicht aus dem Kopf ging? Ob er auch einen Sextraum hatte? Bei dem Gedanken sauge ich die Luft tief ein und arbeite gegen ein forsches Grinsen an. *Inga Perlinger, du bist unmöglich.*

Als Julius zurückkommt, lehnt er sich an den Holzpfosten der Scheune, keine zwei Meter von mir entfernt, verschränkt die Arme und mustert mich. Ein Filmregisseur hätte uns beide nicht besser in Szene setzen können. Wieder ist da dieser seltsame Ausdruck in seinem Gesicht und wieder verliere ich mich in seinen grünen Augen. Es ist eine bizarre Situation, gerade so, als lauerten wir aufeinander. Wer von uns beiden wird das Schweigen zuerst brechen?

Einer plötzlichen Eingebung folgend, löse ich mich vom Klotz und wage ich mich mutig einen Schritt nach vorn, ohne dass unsere Blicke sich voneinander lösen.

„Hast du denn immer noch Lust, mich zu küssen?" Wie berauscht und ohne darüber nachzudenken, handele ich.

„Wenn wir Freunde sein wollen, sollten wir lieber nicht daran denken." Julius kommt mir einen Schritt entgegen. Der Abstand zwischen uns verringert sich und unter meinem Pullover staut sich die Hitze.

„Das heißt, wir sind entweder Freunde oder wir küssen uns?" Erneut setze ich mein wackeliges Bein einen Schritt nach vorn.

„Das ist eine sonderbare Frage", raunt er und kommt noch näher.

Alles in mir beginnt zu flattern. Ich rechne damit, jeden Augenblick zu hyperventilieren, aber ich atme einfach normal weiter.

„Ist dir so etwas wie jetzt schon einmal passiert?", will ich wissen und stehe nun dicht vor ihm. Nur eine winzige Bewegung braucht es noch, um ihn zu berühren. Unter meinen noch immer verschränkten Armen pocht es heftig.

„Nein, so etwas wie mit dir ist mir noch nicht passiert." Sanft legt er seinen Arm um meine Taille. Ich spüre Julius' Hand auf meinem Rücken und gebe langsam meine Deckung auf. Meine Arme sinken hinunter, während er mich die letzten Zentimeter vorsichtig an sich heranzieht. Unsere Gesichter bewegen sich langsam aufeinander zu.

„Wissen wir, was wir tun?", begehre ich ein letztes Mal unnötigerweise auf.

„Manchmal ist es besser, nicht so viel zu reden und vor allem nicht, drüber nachzudenken." Julius beendet das Gespräch, in dem er seine Lippen ganz zart auf meine legt.

Wir küssen uns zunächst vorsichtig, zurückhaltend, dann wird er fordernder. Er zieht mich dichter an sich heran. Ich genieße es, biege mich ihm entgegen und umschlinge mit meinen Händen seinen Nacken. In diesem Moment ist mir unwiderruflich klar, dass ich mehr von ihm will.

„Ich will nicht nur küssen", keuche ich, während seine Lippen meinen Hals erkunden.

„Geht mir genauso."

„Aber Freundschaft und Sex geht nie gut", flüstere ich an ihm vorbei und frage mich sofort, wem ich hier eigentlich noch etwas vormachen will. Ich spüre das Glühen meiner Wangen, als ich mich ein Stück löse.

„Du quälst mich, Inga. Was sollen wir stattdessen tun?" Julius' Hände wandern wieder auf meine Hüften. Mit einer sanften Bewegung zieht er mich wieder näher an sich heran.

„Wenn uns nichts Besseres einfällt, noch eine Runde Holz hacken", schlage ich zynisch vor, folge jedoch seiner Bewegung.

„Ja, Holz hacken", raunt er.

Ich spüre seine sanften Lippen an meinem Ohr, höre seinen Atem. Ich tanze um den heißen Brei und die sexuelle Spannung zwischen uns ist kaum auszuhalten.

„Morgen reise ich ab, wenn nichts dazwischenkommt. Wir hätten eine Nacht." Ich flüstere, während seine Hand meine Pobacke erkundet.

„Eine Nacht wofür?"

„Du weißt, was ich meine. One-Night-Stands passieren häufiger, als man denkt." Ich zittere vor Erregung, als ich meine Gedanken ausspreche.

Julius hält mich noch immer fest. „Ich dachte, du bist nicht der Typ dafür."

„Nicht direkt ... also bisher nicht", gebe ich zu und spüre, wie die Anspannung und Nervosität in mir drastisch zunehmen. Bin ich denn von allen guten Geistern verlassen?

„Der Gedanke an eine Nacht mit dir gefällt mir. Ich müsste lügen, um das Gegenteil zu behaupten. Allerdings will ich deine Situation nicht ausnutzen und deine Gefühle nicht verletzen. Nicht jede Frau kann mit einem One-Night-Stand umgehen. Manchmal kommen doch Gefühle ins Spiel und dann kann es hinterher merkwürdig und unangenehm werden, wenn man sich wiedersieht", raunt Julius. Noch immer liegt seine Hand auf meinem Po, mit der anderen schiebt er mir vorsichtig eine Haarsträhne hinters Ohr.

„*Wenn* man sich wiedersieht und unterschätze die Frauen mal nicht." Meine Hand streicht sanft über seinen Oberarm. „Ich reise definitiv in Kürze ab. Aus den Augen, aus dem Sinn, wie man so schön zu sagen pflegt."

„Du meinst das also wirklich ernst?" Julius' Hand wandert etwas höher, er übt leichten Druck auf meine Lende aus und zieht mich wieder enger an sich.

Seinen warmen Körper so nah zu spüren, versetzt mich in höchste Erregung und die Zweifel, ob ich zu forsch mit meiner Idee war, verlieren sich.

„Falls du lieber noch einmal drüber nachdenken willst ..." Ich beende meinen Satz nicht.

Schweigend sehen wir uns an, mustern uns, als trauten wir diese Entscheidung einander nicht zu. Mit einer kaum merklichen Kopfbewegung verneint Julius. „Muss ich nicht, bist du dir sicher?"

Ich nicke. In diesem Moment ist es genau das, was ich möchte. Ich genieße das fremde und sonderbare Neuland, das ich soeben betreten habe. Diese Inga hier hat nichts mit der alten Inga gemein, die vor wenigen Tagen nach Rottenmann gereist ist.

„Zu dir oder zu mir?" Julius grinst mich herausfordernd an und entlässt mich aus seiner Umarmung.

„Wie wäre es, wenn du einfach zu mir kommst, sobald es im Haus ruhig geworden ist und alle schlafen?"

„Klingt ein wenig nach Klassenfahrt, aber von mir aus. Dann sehen wir uns später bei dir. Besonderes Klopfzeichen?"

„Sei nicht albern."

„Dann eben nicht."

Ich reiche ihm die Hand, als wolle ich einen Vertrag abschließen und die Luft in der Scheune knistert. „Bis später, Julius Gruber. Lass mich nicht zu lange warten."

Julius nimmt meine Hand, lässt sie aber nicht wieder los.

„Was ist?" Ich fühle mich wie elektrisiert.

Wieder taxiert er mich mit diesem seltsamen Blick, den ich nicht deuten kann. Oder doch? Gibt es da noch mehr, etwas, worüber er mit mir reden will?

„Schon gut. Bis später."

Langsam lösen sich unsere Hände und ich verwerfe meinen Gedanken wieder. Wie in einer Welt aus Watte wende ich mich ab, spüre seinen Blick in meinem Rücken, als ich ihn in der Scheune zurücklasse. Mir ist flau im Magen und zugleich überkommt mich eine glückliche Benommenheit. *Einfach nicht drüber nachdenken, Inga. Mach einfach mal. Du wirst nur die Dinge im Leben bereuen, die du nicht getan hast.*

17. Berauscht

„Ich habe dich schon vermisst, Schatzerl." Onkel Joseph begrüßt mich herzlich wie immer, als ich die Küche betrete. Schürze und Handschuhe liegen bereits parat. Ich fühle mich bei ihm schon wie zu Hause, wasche mich und beginne sofort, den Aufschnitt auf den Platten zu verteilen.

„Ich habe gehört, dass auf der Landstraße noch ein umgestürzter Baum liegt. Der wird gleich morgen früh als Erstes geborgen. Dann steht deiner Abreise nichts mehr im Weg. Da meint es der Herrgott doch gut mit dir zu Weihnachten."

„Hm", bestätige ich und fühle mit der Zungenspitze über meinen Mund, auf dem ich vorhin noch Julius' Lippen gespürt habe. Ich versuche, nicht an ihn zu denken, was selbstredend nicht funktioniert. Ich bin kribbelig.

Unvermittelt bleibt Onkel Joseph neben mir stehen und holt mich aus meinen Gedanken. „Nervös?"

„Ja, ein bisschen. Warum?"

„Deswegen." Er zeigt auf meine zitternden Hände und auf die Edelstahlplatte. Nun bemerke auch ich, dass ich Gemüse für eine ganze Kompanie herausgelegt habe.

„Vitamine", kommentiere ich und schenke ihm ein Lächeln. Dann kümmere mich weiter um Wurst und Käse – versuche es zumindest, denn meine Gedanken springen in einer Tour zu Julius und unserer Verabredung.

Wie wird es werden? So wie in meinem Traum oder völlig anders? Aber natürlich wird es anders werden. Dies hier ist die Realität. Eine rein sexuelle Realität, die auf Gegenseitigkeit beruht. Das hier hat mit Beziehung und Gefühlen überhaupt nichts zu tun. Er findet mich sexy und ich ihn auch.

Oh Mann, ist mir heiß. Ich wische mir mit dem Handrücken nervös über die Stirn, dann halte ich inne. So aufregend der Gedanke ist, klingt das nicht nach mir. Es ist unvernünftig. Ich habe mit ihm nicht einmal über Verhütung gesprochen. Das ist ein wichtiges Thema.

Plötzlich formt sich ein breites Grinsen in meinem Gesicht. Marlon und ich haben immer mit Kondomen verhütet. Die Schachtel habe ich in meinen Sachen. Ich habe sie heute beim Packen noch gesehen. Wenn Marlon nicht mit einem eigenen Vorrat aufwarten kann, dürfte sich sein Vergnügen jetzt in Grenzen halten, zumindest, wenn er nicht unvernünftig werden will. Aber warum mache ich mir über ihn Gedanken? Mir kann es doch egal sein. Meiner heißen Nacht mit Julius steht auf jeden Fall nichts entgegen. Wie zur Bestätigung zieht sich mein Unterleib auf sehr angenehme Weise zusammen.

„Hilfst du mir noch, alles hinauszutragen?"

Na sowas, die Nächste, die mich aus den Gedanken holt. Franziska greift schon nach den ersten Schüsseln.

„Natürlich. Ich bin gerade fertig geworden."

„Hast du es schon gehört? Wenn alles nach Plan läuft, kannst du gleich morgen früh zu deiner Familie fahren. Ich freue mich für dich. Das ist doch ein richtiges Weihnachtsgeschenk, findest du nicht?"

„Ja, das ist es wirklich. Ich freue mich schon so sehr darauf, meine Eltern endlich wiederzusehen. Es ist ein Geschenk, passend zu Heiligabend."

Ich folge ihr mit vollen Händen in den Gastraum. „Ihr seid mir mittlerweile auch ans Herz gewachsen. Ich werde euch mit Sicherheit vermissen. Ihr habt mich so lieb, herzlich und uneigennützig aufgenommen. Ich weiß gar nicht, wie ich euch danken soll."

„Vollkommen uneigennützig haben wir nicht gehandelt." Sie lacht und deutet mit dem Kopf auf die Speiseplatten in meiner Hand.

„Das kam doch erst später. Du konntest doch nicht wissen, dass ich aushelfen würde."

„Das stimmt. Aber mein Bauchgefühl hat mir gesagt, dass wir gut miteinander auskommen würden." Sie ordnet und poliert zügig das Besteck und hält dann plötzlich inne. „Außerdem dachte ich, als ihr hier angekommen seid, der Julius und du ..." Ich sehe das Bedauern in ihrem Blick und als sie den Namen ihres Sohnes ausspricht, steigt mir die Schamesröte ins Gesicht. Gut, dass sie nichts von unserem bevorstehenden Sex-Date weiß. Die Hitze erfasst meinen ganzen Körper und Franziska bemerkt meine Reaktion, hat aber scheinbar das Gefühl, sie sei mir zu nahegetreten.

„Entschuldige. Du kannst selbstredend nichts dafür, dass Julius uns um eine Schwiegertochter bringt. Aber in meiner Vorstellung hat es so wunderbar zwischen euch gepasst. Wir warten doch schon so lange, dass der

Junge sich wieder fängt. Was soll's, es wird sich schon finden." Sie spricht den letzten Satz mehr zu sich, als zu mir, wohl um mit ihrer Wunschvorstellung abzuschließen und mich befällt ein schlechtes Gewissen.

„Du, mir ist nicht nach essen. Ich würde mich lieber gern im Zimmer ausruhen. Morgen wird es sicherlich anstrengend. Meinst du, Onkel Joseph schafft den Rest ohne mich?" Einem plötzlichen Impuls folgend, trete ich die Flucht an.

„Aber klar. Das schafft er sonst auch. Geh du und ruhe dich aus, damit du morgen fit bist."

Schnurstracks mache ich mich auf den Weg ins Zimmer. Im Eingangsbereich stoße ich fast mit Anton und Bruno zusammen. Im Fell des Hundes hängen dicke Schneeklumpen und Antons Wangen sind von der Kälte gerötet.

„Ach, da treffe ich gerade die Richtige! Der Verkehr fließt bald wieder. Heute Nacht wird zwar nichts mehr freigegeben, aber morgen früh, sobald es hell ist. Mein Bekannter will sich später nochmals melden." Er zieht sein Telefon zur Hälfte aus der Brusttasche und zeigt es mir.

„Oh, das ist prima. Ich habe schon einen Teil meiner Sachen gepackt. Vielen vielen Dank, auch dir Anton, für die Beherbergung."

„Nichts zu danken. Du bist immer herzlich willkommen. Vielleicht schaust du dir den Julius doch noch mal genauer an. Manchmal funkt es auf den zweiten Blick." Er grinst und ich schlucke. Dass ich mir Julius genauer ansehen werde, ist ziemlich sicher, aber das werde ich dem lieben Anton keinesfalls auf die Nase binden.

„Die Dinge sind, wie sie sind“, erwidere ich lächelnd und unverfänglich. Dann nehme ich die Treppe nach oben. Ich bin nervöser als vor meiner Führerscheinprüfung und es ist noch nicht einmal sieben. Wie soll ich die Zeit überbrücken, bis alle im Haus schlafen?

Das Telefonklingeln durchdringt meine Gedanken.

„Hi, Mama!“

„Hallo, meine Kleine! Ich wollte mich erkundigen, ob alles in Ordnung ist und ob du morgen wirklich kommen kannst. Wenn wir den Nachrichten glauben können, stehen die Chancen gut. Was sagst du? Du bist ja direkt vor Ort.“

„Ja, das Stimmt. Anton, also Herr Gruber von der Pension hier, kennt jemanden von den Räumungsleuten und der hat das auch bestätigt. Es sei denn, es gibt doch noch unverhofft Schnee, aber danach sieht es glücklicherweise nicht aus. Also, ihr könnt euch freuen, euer Töchterchen morgen wieder in die Arme zu schließen.“

„Ja, wenigstens eins von unseren Kindern. Ist das zu fassen, wie lange wir uns nicht gesehen haben. Ich hätte nicht gedacht, dass die Vorstellung, ohne euch zu feiern, mich so aufwühlen würde. Aber alles wird gut. Du bist bei uns und wir machen uns ein paar schöne Tage.“ Sie klingt etwas bedrückt.

„Ich freue mich auch auf euch. Die Entscheidung, euch abzusagen und mit Marlon in den Winterurlaub zu fahren, hat mir von Anfang an Bauchschmerzen bereitet.“

„Wir werden unser Bestes geben, dich abzulenken, damit du den Ärger vergisst und bald darüber hinwegkommst.“

„Davon bin ich überzeugt. Ich freue mich schon auf die Weihnachtsfilme und die Spiele."

„Auf Doppelkopf werden wir ohne Micha leider verzichten müssen. Zu dritt macht es keinen Spaß. Hoffentlich geht es ihnen gut in Griechenland."

Mein Bruder in Griechenland? Ein heikles Thema, aber ich höre auch die Sorge in der Stimme meiner Mutter.

„Wie kommst du darauf?" Ich versuche mich so neutral und arglos zu geben, wie nur möglich.

„Er hat nicht einmal angerufen, seit sie abgereist sind. Immer nur kurze Nachrichten. So kenne ich ihn gar nicht."

Ich denke, mein Brüderchen kann sich auf eine kleine Standpauke freuen, wenn seine Schwindelei rauskommt, aber ich verrate ihn nicht.

„Er hat bestimmt einen triftigen Grund. Dem geht es gut. Keine Sorge."

„Hast du denn mit ihm telefoniert?"

Ich rolle mit den Augen über meine Micha-Loyalität und entscheide, dass ich etwas bei ihm gut habe, weil ich für ihn schwindele.

„Nein, ich habe auch nur kurze Nachrichten bekommen. Aber nichts Weltbewegendes. Er ist bestimmt den ganzen Tag mit seiner zukünftigen Schwiegerfamilie beschäftigt."

„Bestimmt. Ich vergesse immer, dass die ihn noch nicht kennengelernt haben. Da war das mit Lia und uns schon etwas anderes. Du hast recht. Morgen werden wir sicherlich telefonieren."

„Klar, warum nicht? Dann ist schließlich Heiligabend."

Dass meine Mutter etwas ruhiger ist, freut mich. Aber in der Haut meines Bruders möchte ich nicht stecken – was meine Eltern angeht und bezüglich der Zähne sowieso nicht.

„Apropos Heiligabend", lenkt meine Mutter das Gespräch glücklicherweise auf ein anderes Thema. „Was wünscht du dir denn?"

„Aber Mama. Wir haben doch gesagt, dass wir uns nichts schenken wollen."

„Da habe ich auch nicht gewusst, dass du uns besuchen kommst."

„Mein Geschenk ist das Weihnachtsessen und dass wir zusammen sind."

„Jetzt werde nicht albern." Sie klingt ungewöhnlich ernst.

„Doch, Mama. Außerdem habe ich auch nichts für euch. Bleiben wir bei dem, was wir ausgemacht haben. Was soll denn Micha denken, wenn wir ohne ihn Geschenke tauschen?"

„Der bekommt auf jeden Fall Geschenke in Griechenland, keine Sorge."

„Ja, bestimmt." Mir ist unwohl beim Flunkern, aber versprochen ist versprochen und die Suppe muss mein lieber Bruder später allein auslöffeln. Sofort sehe ich Micha vor meinem inneren Auge, wie er mit überdimensionalen Hamsterwangen im Beisein unserer Eltern eine Suppe aufessen muss. Viel mehr kann der Arme gerade sowieso nicht zu sich nehmen. Allein dass ihm das köstliche Weihnachtsessen entgeht, wurmt ihn bestimmt schon fürchterlich.

„Was machst du denn heute Abend noch Schönes?" Ihre Frage sorgt für einen neuerlichen Adrenalinschub.

„Ach, ich denke, ich werde mich jetzt schlafen legen, damit ich morgen fit bin.“ Mit laienhaften Schauspielkünsten gähne ich ins Telefon.

„Jetzt schon? Es ist erst Viertel nach sieben.“

„Ich weiß, Mama. Aber bis ich alles zusammengeräumt habe, ist es mindestens neun und ich will morgen früh raus. Die Fahrt dauert ein paar Stunden und wer weiß, was alles noch dazwischenkommt.“ Wie eine Raubkatze im Käfig laufe ich während des Telefonats im Zimmer auf und ab. Ich weiß, was, oder vielmehr wer, mir dazwischenkommen wird.

„Du hast recht. Schlaf gut und fahre besonders vorsichtig.“

„Versprochen. Ich freue mich auf euch und auf die Gans. Schon beim Gedanken daran läuft mir das Wasser im Mund zusammen.“

„Wir freuen uns auch. Gute Nacht. Bis morgen.“

Sobald das Gespräch beendet ist, öffne ich den Chat, um ein ernstes Wort mit meinem Bruder zu reden, beziehungsweise zu schreiben.

Mama und Papa glauben immer noch, dass ihr zusammen bei Lias Eltern in Griechenland seid.

Er antwortet sofort.

Sehr gut. Für mich eine Sorge weniger. Ich erkläre ihnen nach den Feiertagen alles.

Ich mache meiner Empörung Luft.

*Und ich habe Mama angelogen. Dafür habe ich was gut
bei dir.*

Danke, dass du mich nicht verpetzt hast.

*Ich finde es schade, dass du in den nächsten Tagen al-
lein und krank in der Wohnung sitzt. Du hast dir den
Mist zwar selbst zuzuschreiben, aber es ist eben auch
Weihnachten.*

Ja, Dummheit wird eben bestraft.

Kannst du denn schon wieder etwas sprechen?

Ein kleines Bisschen.

Das reicht mir. Ich wähle seine Nummer und freue
mich, als das Gespräch bereits nach zweimaligem Klingeln entgegengenommen wird.

„Ha.“

„Hallo, Brüderchen!“ Es tut unglaublich gut, ihn am
anderen Ende der Leitung zu wissen.

„Ha.“

„Kannst du auch was anderes sagen?“ Amüsiert
presse ich die Lippen zusammen, als ich auf seine Antwort warte. Ich bin hin- und hergerissen zwischen Mitleid und Schadenfreude.

„Latt no nich so uht.“

Ich kichere wie ein kleines Kind. Es ist so witzig und
hört sich an, als habe mein Bruder zwei dicke Socken-
knäule im Mund. Ich zwinge mich zur Ruhe.

„Michi, ich habe dich lieb, das wollte ich nur loswerden. Und keine Sorge wegen deiner Dummheit. Wir alle machen hin und wieder verrückte Dinge."

„Ha", stimmt er mir zu, oder nicht? Ich weiß es nicht, aber ich weiß, dass ich tapfer gegen das dringende Bedürfnis ankämpfe, ihn nachzuäffen.

„Lia wird dir schon verzeihen und nächstes Jahr zu Weihnachten sitzen wir alle zusammen und amüsieren uns darüber. Das wird eine schöne Familienanekdote, die du noch deinen Kindern und Enkeln erzählen kannst."

„Hm." Mein Bruder bleibt notgedrungen einsilbig.

„Ich rufe dich morgen von Mama und Papa aus wieder an. Ich warne dich vor, die wollen dann mit dir und Lia telefonieren. Du fliegst mit Sicherheit auf."

„Uh, ist!"

„Was? Mist?"

„Ha."

„Habe ich dich auf dem falschen Fuß erwischt? Wie kannst du dir darüber keine Gedanken gemacht haben?"

„Hm."

„Also, dann leg ich jetzt wieder auf, ja?"

„Ha."

Selbstverständlich habe ich Mitleid mit meinem Bruder, aber es ist auch zu komisch. Ich gackere und beende das Gespräch. Einen Augenblick später geht eine Nachricht ein.

Mir fällt schon was ein. Danke für die Schützenhilfe bis hierhin. Was gibt es Neues bei dir? Benimmt sich Marlon?

Nichts, alles in Ordnung. Alles ruhig.

Beim Tippen wird mir klar, wie wenig mich der Gedanke an meinen Ex beschäftigt. Das Marlon-Universum ist gerade meilenweit von mir entfernt und Julius – ich atme tief ein und aus – bleibt mein kleines Geheimnis.

Dann werde ich mir mal etwas für morgen überlegen.

Wie wäre es mit der Wahrheit?

Er antwortet mit einer Vielzahl augenrollender Emojis. Mein großer Bruder geht nicht mit gutem Beispiel voran.

Durch die Tür höre ich Stimmengewirr und Fußgetrappel. Still ist es im Haus noch lange nicht. Ich surfe durch Instagram und bleibe auf witzigen Hunde- und Katzenvideos hängen. Plötzlich sind eineinhalb Stunden um und ich gerate in Stress. Schnell ins Badezimmer und unter die Dusche. Was ziehe ich bloß an?

Den Großteil meiner Klamotten habe ich vorhin schon im Auto verstaut.

Entweder schlüpfe ich wieder in meine Sachen vom Tag oder in den Pyjama. Soll ich vielleicht sogar nackt, nur in ein Handtuch gewickelt, auf Julius warten? Nein, das fühlt sich sehr aufdringlich an. Obwohl wir ein Sex-Date mit klarem Ziel haben, dürften wir es wohl behutsam angehen lassen.

Nach kurzer Überlegung entscheide ich mich für den karierten Pyjama. Er ist jetzt nicht das verführerischste Kleidungstück, aber am bequemsten und in jedem Fall das richtige fürs Bett. Außerdem hat Julius mich bereits darin gesehen.

Voller Anspannung sitze ich wartend auf meinem Bett und alles fühlt sich seltsam und vor allen Dingen nicht romantisch an. Zu allem Übel werde ich auch noch müde. Die Gedanken in meinem Kopf kreisen um verschiedene Szenarien und plötzlich ereilt mich die Vorstellung, Julius könnte mich versetzen. Was dann?

Tja, im Grunde nichts. Ich reise morgen früh ab und wir sehen uns dann nie wieder. Blöd nur, dass ich dann unnötigerweise so lange wachgeblieben bin, anstatt mich um meinen Schlaf zu kümmern.

Ich scrolle mich in der Hoffnung auf Zerstreuung nochmals durch verschiedene Videos, dann googele ich endlich Hannibal Lecter, was ich definitiv hätte lassen sollen. Noch bevor ich den Artikel zur Hälfte gelesen habe, breche ich ab. Es schaudert mich. Arme Alicia. Wie kann Julius verantworten, dass sie solche Bücher liest?

Plötzlich halte ich inne und lausche. Ich schließe die Augen und mir wird bewusst, dass es schon eine Weile sehr leise um mich herum ist. Jeden Moment kann ich mit Julius rechnen.

Hoffentlich. Aber was, wenn er mich doch versetzt? Je länger ich warte, desto größer werden die Zweifel, desto intensiver bin ich mit mir selbst im Zwiegespräch und muss Überzeugungsarbeit an der Richtigkeit meines Handelns leisten.

Wir haben die Karten auf den Tisch gelegt. Wir müssen einander nichts vormachen. Es herrschte eine so aufgeräumte Klarheit zwischen uns. Wir finden uns gegenseitig attraktiv, wir haben Lust auf Sex miteinander und wollen uns nicht in einer Beziehung festlegen. Ganz ehrlich und ohne Zwänge. Zugegeben, es ist Neuland für mich und Julius kann da sicherlich auf andere Erfahrungswerte zurückblicken, aber es ist nichts Falsches daran.

Nein, nein. Er wird nicht kneifen. Schließlich hat er nicht umsonst den ganzen Nachmittag Holz gehackt.

Ein neuer Gedanke sucht sich Raum. Was, wenn er sich bei der Arbeit so sehr verausgabt hat, dass er eingeschlafen ist? Dann liegt er schlummernd in seinem Bett und ich warte vergebens.

Die Uhr zeigt erst kurz nach zehn. Nochmals stehe ich auf, mahne mich zur Geduld und ziehe das Bettzeug zurecht. In mir herrscht angenehmes, aufregendes und ängstliches Chaos. Nochmals überprüfe ich die Nachttischschublade neben dem Bett, in der ich die Kondome verstaut habe, dann lösche ich das Licht. Schnell haben sich meine Augen an die Dunkelheit gewöhnt. Außerdem sorgen der Mond und der Schnee für Helligkeit. Wieder gehe ich auf und ab, kann keine Minute ruhig sitzen. Meine Auf- und Erregung steigt. Wie wird unsere Begrüßung ausfallen? Gibt es einen gewissen Verhaltenskodex? Falls ja, werde ich mich – mangels Erfahrung in Sachen One-Night-Stand – voll und ganz auf meine Intuition verlassen müssen?

Mit den Fingern fahre ich mir nervös durchs offene Haar. Sexy, aber super unpraktisch, wie ich in diesem Moment feststelle. Soll ich es zu einem Dutt knoten? Das scheint mir effektiv aber nicht besonders hübsch zu sein, also verwerfe ich den Gedanken. Zwei Zöpfe an den Seiten, die ich jederzeit lösen kann? Ich eile ins Bad, frisiere mich und lausche wieder. Alles ist still. Auf

Samtpfoten gehe ich zur Tür und lege mein Ohr daran, um besser hören zu können, falls jemand die Treppe oder den Flur zu meinem Zimmer entlanggeht. Just in diesem Augenblick klopft es zaghaft und mich durchzuckt es wie Strom. Ein angenehmer Kick.

Dann öffne ich mit vorsichtiger Bewegung die Tür, einen Spalt nur. Dort steht Julius. Alle Zweifel, die mich zuvor noch geplagt haben, fallen mit einem Mal von mir ab und ich ziehe ihn, nachdem ich die Tür weiter geöffnet habe, stürmisch zu mir heran. Er trägt eine Jacke und hat einen Rucksack dabei, aber ich frage nicht weiter, es ist mir in diesem Moment egal. Noch nie habe ich mich so ausgehungert nach jemandem gefühlt. Ich will meine Lippen nicht von ihm lassen, mich in seinen Armen wissen. Hastig schiebe ich ihm die Jacke über die Schultern und über die Arme. Er lässt sie mitsamt der Tasche auf den Boden gleiten.

Warum mich das Verlangen plötzlich so sehr im Griff hat, vermag ich nicht zu begreifen. Vielleicht treibt mich auch die Angst voran, alles könnte nur wieder ein Traum und schnell vorbei sein.

Endlich umfasst Julius meine Taille und zieht mich leidenschaftlich an sich. So hatte er es auch in der Scheune getan. Ein sehnsüchtiges Stöhnen entfährt meiner Kehle, als ich mich ihm entgegenbiege. Ich genieße seine Lippen auf meinem Mund. Er küsst im Gegensatz zu mir besonnen, ruhiger aber keinesfalls weniger leidenschaftlich. Meine Hände wandern unter sein T-Shirt, erkunden seinen festen Rücken sowie die warme und zarte Haut, aber sie verweilen nicht lange dort. Sofort erforschen sie seinen Bauch und die Brust.

Mit dem Daumen fahre ich seinen Brustkorb hinauf und will ihm das T-Shirt ausziehen.

„Warum so ungeduldig?" Er nimmt meinen Kopf in seine Hände und küsst zärtlich meine Wangen.

„Keine Ahnung. Vielleicht bin ich nervös?" Ich flüstere unter seinen Küssen.

„Bin ich auch." Er küsst meine Stirn. „Entspann dich." Leichter gesagt als getan, aber ich gebe mir Mühe, langsamer zu atmen. Im nächsten Augenblick liegen seine Lippen wieder auf meinen. Dieser Kuss erreicht eine mir unbekannte Dimension. Ich genieße in vollen Zügen. Zunächst berühren sich nur unsere Lippen. Vorsichtig öffne ich meinen Mund und unsere Zungen betasten sich zurückhaltend. In meinem Körper zieht sich jeder Muskel wohlig zusammen. Mit jeder Sekunde steigern wir die Intensität. Ich habe und wurde noch nie in meinem Leben so geküsst.

Ich schiebe mich Julius in erwartungsvoller Sehnsucht entgegen. Seine Hände gleiten über meine Schultern, hinab zu den Pobacken und unter den Stoff auf meine Lenden. Ein angenehmer Schauer überkommt mich. Mein Atem wird wieder schneller, meine Brust hebt und senkt sich intensiv, als seine Hände langsam auf meiner nackten Haut, den Rücken entlang, zu den Schulterblättern hinaufwandern. Dieser Moment fühlt sich gleichermaßen fremd und vertraut an. Ich schmiege mich an ihn und kann unter dem Stoff, der uns trennt, deutlich seine Erregung, seine Härte spüren.

Instinktiv hebe ich meinen Oberschenkel an, umklammere ihn mit meinem Bein und schiebe ihm meine Hüfte entgegen. Eine Geste, die ihn noch näher an meinen Körper bringen soll und die Julius dazu veranlasst, mich in einer fließenden Bewegung hochzuheben. Mit beiden Beinen umschlinge ich nun seine Hüfte, umarme seinen Hals und erwidere begierig diese unglaublichen Küsse, während er mich die wenigen Schritte zum Bett hinüberträgt. Behutsam legt er mich darauf, ohne mich loszulassen. Nun liegt er halb auf, halb neben mir. Ich spüre das Gewicht seines Körpers angenehm auf meinem. Ich bebe vor neugieriger Erwartung. Es ist nicht wie in meinem Traum. Das ist die Realität.

Ein leises Klacken verrät, dass seine Schuhe auf den Boden fallen. Im Dämmerlicht sehe ich seine Silhouette über mir. Sanft hebt er meinen freien Arm aufs Kopfkissen und greift mein Handgelenk. Sein heißer Atem, seine Küsse auf meinem Hals lassen mich dahinschmelzen. Zitternd nehme ich wahr, wie er langsam mein Pyjamaoberteil öffnet. Von oben nach unten, einen Knopf nach dem anderen. Dann schiebt er den Stoff zur Seite. Die Anspannung in meinen Brüsten wächst, als er ihre Konturen mit seinen Händen erkundet. Lustvoll atme ich aus, als er endlich beginnt, mich auch dort zu küssen. Ich biege und recke mich ihm entgegen, als er meine Rundungen auch mit seinen Lippen zu erforschen beginnt, über meinen Bauch wandert und bis zum Bündchen meiner Pyjamahose vordringt.

Für einen Moment verharrt er dort. Meine Hände berühren seinen Nacken, ich greife in sein Haar und ziehe seinen Kopf dicht an mein Gesicht, suche seine Lippen. Von Unsicherheit und Zweifel spüre ich nichts mehr.

Julius erwidert all meine Liebkosungen und gibt sie vervielfacht zurück. Unser Treiben steigert meine Lust.

Immer neue, intensivere Hitzewallungen erfassen meinen Körper. In fiebriger Ungeduld ziehe ich ihm endlich sein T-Shirt über den Kopf. Wir beide atmen schnell.

Im nächsten Moment dreht er mich auf den Bauch, überlässt mir nicht die Führung, sondern beugt sich über mich und überhäuft meinen Nacken, meine Schultern, die Lende und meinen Po mit innigen Küssen. Ich möchte vor Erregung und Ungeduld ins Kissen beißen, will mehr, aber sobald ich versuche, mich ihm zuzuwenden, verwehrt er es mir und treibt mich somit in einen angenehmen, ungeduldigen Rauschzustand.

Endlich lässt er nach, ich winde mich unter seinem Körper hervor, werfe ihn sanft auf den Rücken und setze mich auf seinen Schoß. Im fahlen Licht kann ich die Umrisse seines nackten Oberkörpers erkennen und fahre mit den Fingern über seine Brust. Seine Hände verschwinden in meiner Pyjamahose, als ich mich nach vorn und zu ihm hinunterbeuge, um seinen Hals zu küssen und ich schlüpfe aus den Hosenbeinen.

„Ich fürchte, ich muss noch einmal aufstehen", raunt er in mein Ohr.

„Warum?" Ich sehe im Traum nicht ein, mein Tun zu unterbrechen.

„In meinem Rucksack ist etwas, das wir gleich brauchen werden", stöhnt Julius.

„Glaubst du, du bist der Einzige mit Verantwortung hier?" Ich beuge mich nach vorn, ziehe die kleine Schublade des Nachtschranks auf und hole die Kondome hervor. „Es gibt keinen Grund, die Flucht zu ergreifen."

„Wer redet denn hier von Flucht?“ Im nächsten Moment umschlingt er mich mit seinem Arm und dreht mich wieder auf den Rücken. Nun liegt er auf mir, es gefällt mir, sein Gewicht zu spüren. Sanft schiebt er sein Knie zwischen meine Schenkel, öffnet sie und ich gebe bereitwillig nach.

Als wir miteinander schlafen, habe ich das Gefühl, wir kennen uns bereits eine Ewigkeit. Nichts muss erklärt oder probiert werden, wir sind wie eine Einheit. Unsere Bewegungen sind wie aufeinander abgestimmt. Mal langsam, mal schneller, mal sanft und mal etwas heftiger. Ich spüre Julius angenehm auf und in mir, gebe mich hin. Er bringt mich dazu, genussvoll zu stöhnen und ich genieße seine einzigartigen Küsse auf meiner Haut. Als wir uns dem Höhepunkt nähern, presse ich meine Lippen fest aufeinander, um meine Lust nicht lauthals hinauszustöhnen. Meine Finger suchen Halt in seinem Rücken und ich muss aufpassen, ihn nicht mit meinen Nägeln zu verletzen. Ich verliere mich in seinen immer schnelleren Bewegungen, alle meine Sinne sind in Aufruhr, als mein Körper sekundenlang die höchste Erregung erfährt und dann ermattet.

Erschöpft und glückselig ringe ich nach Atem. Julius sinkt neben mir keuchend in die Kissen. Wie selbstverständlich verschränke ich unsere Finger ineinander und rolle mich in seinen Arm. Nirgendwo will ich in diesem Augenblick lieber sein. Mir ist nach Nähe und Julius gibt mir, wonach ich mich sehne.

Eine Weile liegen wir zufrieden nebeneinander. Während ich seinem Herzschlag lausche, wird mir bewusst, dass ich die Tatsache des One-Night-Stands bis zu diesem Augenblick vollkommen verdrängt habe. Verunsichert will ich mich lösen, aber Julius hält mich fest in seinem Arm.

„Hiergeblieben", raunt er und zupft umständlich mit der anderen Hand an der Decke, bis er sie über uns beiden ausbreiten kann. Sehr umsichtig, denn es fröstelt mich.

Noch nie in meinem Leben war ich nach dem Sex so zufrieden und mit mir selbst im Reinen. Noch nie habe ich mich einem Mann so bedingungslos und vertrauensvoll hingegeben. Wie kann das sein? Wir kennen uns doch kaum. Ich küsse Julius' Brust, atme seinen anregenden Geruch und frage mich, ob dies alles nur geschehen konnte, weil wir eine Vereinbarung getroffen hatten.

Irgendwann stütze ich meinen Kopf in die Hand, blicke ihn an und versuche seine Gesichtszüge zu erkennen. Nicht einfach, denn es ist mittlerweile noch dunkler im Zimmer. Die Hoflaternen sind aus. Julius erwidert meinen Blick und ich fürchte, dass nun der Moment des Abschieds naht, dass nun alles vorbei ist. Bedrückt schließe ich die Augen. Ich will nicht an das Danach denken.

„Ich habe uns etwas mitgebracht, es ist in meiner Tasche. Lässt du mich jetzt kurz aufstehen?" Julius durchbricht die Stille in weichem Flüsterton.

„Ach, dann meintest du vorhin etwa was anderes?"

„Nein. Aber für ein paar Kondome schleppe ich doch keine Tasche mit."

„Nicht?"

Wir kichern und er küsst mich, bevor er sich aus dem Bett stiehlt. Ich versuche aufmerksam zu sein, jedes noch so kleine Detail dieser Nacht in meinem Gedächtnis abzuspeichern. Schade, dass es schon vorbei ist. Julius ist nicht nur sehr sexy, sondern auch zärtlich und ich mag, wie wir harmonieren. Bei dem Gedanken daran, dass sich unsere Wege in wenigen Stunden trennen und wir uns nicht mehr wiedersehen, muss ich ein wehmütiges Seufzen unterdrücken. Auch wenn ich ihm gegenüber etwas anderes behauptet habe, wird er mir fehlen. Zumindest in den ersten Tagen, aber dann wird diese Nacht eine wunderbare Erinnerung sein. Ein Weihnachtsgeschenk, das ich mir selbst gemacht habe.

„Kannst du etwas Licht machen?"

„Klar." Ich taste nach dem Schalter der kleinen Nachttischlampe.

Es ertönt ein Klappern und ich setze mich neugierig auf. Julius hat Kuchen und Wein für uns mitgebracht.

„Oh, wie lecker! Genau das Richtige jetzt." Meine Stimme wird piepsig vor freudiger Überraschung und ich räuspere mich sogleich. „Wo hast du das denn her?", frage ich nun mit normaler, leiser Stimme.

„Habe ich Onkel Joseph aus der Küche geklaut. Der Kuchen ist zwar für morgen zum Frühstück gedacht, aber ich denke, es wird trotzdem für alle reichen." Er hält mir einen Teller samt Gabel hin. Seinen eigenen stellt er vorsichtig auf die Bettdecke. „Möchtest du etwas trinken?"

„Ich esse erst einmal Kuchen. Was den Wein betrifft, muss ich passen."

Er setzt sich wieder zu mir aufs Bett. „Warum?"

„Weil er mich immer furchtbar müde macht und ich
viel lieber noch etwas im Wachzustand von dir hätte.
Außerdem muss ich morgen konzentriert Auto fahren.
Wie du weißt, neige ich dazu, falsch abzubiegen.“

„Ja, das weiß ich. Aber so falsch abgebogen bist du
nicht. Immerhin hat es dich direkt in meine Arme getrieben.“

„Direkt? Das ist eine maßlose Übertreibung.“

„Wärst du ohne deinen Unfall hier?“

„Nein. Ich schlafe trotzdem nicht mit jedem, der mich
in einen Unfall verwickelt“, verkünde ich und schiebe
mit der Gabel die Krümel auf meinem Teller zusammen. Ich scheue mich gerade, ihm in die Augen zu sehen. Ist es das, was er meinte, als er von Peinlichkeit
und Merkwürdigkeiten sprach?

„Keine Sorge, Inga. Dessen bin ich mir absolut sicher.“

Nun blicke ich doch auf, denn in Julius’ Stimme findet sich wieder diese Verletzlichkeit und als sich unsere
Blicke treffen, zeigt sich wieder dieser seltsame Ausdruck in seinen Augen, den ich nicht deuten kann.

„Könnte ich den Wein vielleicht gegen einen anderen
Nachtisch eintauschen?“ Ich stelle den Teller auf den
kleinen Nachttisch, knie mich auf die Bettdecke und
beuge mich aufreizend vor, bis meine Lippen sein Ohr
berühren.

„Was schwebt dir vor? Etwas anderes habe ich nicht
mitgebracht.“

„Ich hätte gern noch eine Portion von dir.“ Ich küsse
seinen Hals und seine Wange.

Julius reckt sich unter meinen Küssen und stellt seinen Teller ebenfalls ab. „Ein hervorragender Nachtisch.“

Behutsam erkunden wir erneut unsere Körper. Nun lasse auch ich mir von Anfang an mehr Zeit. Die erste Gier ist zwar gestillt, doch unsere Lust aufeinander noch lange nicht verflogen.

Gegen vier Uhr morgens ist der Abschied unausweichlich. Wir haben kaum geschlafen, allenfalls gedöst, um uns zu erholen. Nun stehe ich in meinem Pyjama mit verschränkten Armen neben Julius, der seinen Rucksack packt und sich anzieht.

Wie verabschiedet man sich in solch einer Situation? Mit zärtlichen Küssen oder per Handschlag? Warum mache ich mir nur solche Gedanken?

Julius nimmt mir die Entscheidung ab. Er zieht mich an sich, umarmt mich und ich vergrabe mein Gesicht in seiner Schulter. Noch einmal atme ich seinen Duft. Was er dann sagt, kann ich kaum glauben. Träume ich etwa schon wieder?

„Was hältst du davon, wenn wir uns doch noch einmal wiedersehen?"

„Wie meinst du das? One-Night-Stand heißt doch nur eine Nacht."

„Nein, ich meine, wir könnten uns treffen und besser kennenlernen."

„Wozu? Ich dachte, es wird dann unangenehm und peinlich."

„Das glaube ich bei dir nicht und wenn – es wäre mir auch egal."

„Und was ist mit mir?" Mein Blut rauscht so laut in meinem Kopf, dass ich meine eigene Stimme kaum höre.

„Mit dir ist alles anders …"

Ich verstehe nicht, worauf Julius hinauswill, aber noch immer hält er mich fest und mein Kopf liegt an seiner Schulter. Alles fühlt sich so gut, so richtig an.

„Ich bin kein Spielzeug“, murmele ich und gleich darauf löst sich Julius. Er nimmt mein Gesicht in seine Hände und sieht mich ernst an.

„Das weiß ich, Inga. Alles, worum ich dich bitte, ist, dass wir uns wiedersehen.“

Mir fehlen die Worte. Wie soll ich darauf reagieren? Die Stille zwischen uns dehnt sich aus. Ich will nicht, dass Julius jetzt geht, aber wie kann ich ihm jetzt mehr versprechen?

„Gute Nacht, Inga Perlinger. Schlaf noch etwas, damit du morgen gut und sicher in Wien ankommst.“

„Das werde ich. Sehen wir uns denn morgen früh?“, flüstere ich.

„Klar, aber dann sind wir zwei nicht mehr ungestört.“

Sein Kuss zum Abschied lässt mich alles um mich herum vergessen, dann bin ich allein im Zimmer. Mit einem Gefühl, das ich kaum beschreiben kann, lege ich mich wieder ins Bett. Die letzten Tage und vor allem diese letzte Nacht waren in jeder Hinsicht bewegend. Geht es immer noch um Sex oder ist Julius tatsächlich in mich verknallt, um es mit Alicias Worten zu sagen?

18. Abreise mit Hindernissen

Genüsslich räkle ich mich mit geschlossenen Augen im Bett und lasse die Eindrücke der vergangenen Nacht Revue passieren. Nein, dieses Mal war es definitiv kein Traum. Julius und ich hatten ein Sex-Date, einen One-Night-Stand, eine heiße Nacht. Ich grinse in mich hinein und genieße die Erinnerung. Bei unserem Abschied hat er merkwürdig reagiert und ich die Frage, ob wir uns wiedersehen, noch nicht schlüssig beantwortet. Eine Sex-Affäre kommt nicht infrage. Aber was, wenn Julius mehr für mich empfindet? Will ich mich nach so kurzer Zeit tatsächlich auf ihn einlassen und wenn ja, wie soll das gehen? Kann eine Fernbeziehung funktionieren? So viele Fragen tummeln sich in meinem Kopf und die vielen aufgeregten Schmetterlinge in meinem Körper kann ich nicht ignorieren. Am besten, ich schaffe Klarheit und zwar noch bevor ich losfahre.

Ich atme den angenehm erregenden Duft des Kissens ein, das immer noch nach Julius riecht. Dann reißt mich ein lautes Knattern aus den Gedanken. Der Traktor fährt vom Hof und ich öffne erschrocken die Augen.

Scheiße! Schon wieder verschlafen. Es ist schon nach zehn. Wie von der Tarantel gestochen suche ich meine sieben Sachen. Heute ist Weihnachten, Abreisetag, und es gilt keine Zeit zu verlieren. Endlich werde ich mich in den Armen meiner Lieben wiederfinden und mit ihnen die Weihnachtstage verbringen. Zumindest mit dem Teil der Familie, der sich nicht die Zähne hat herausoperieren lassen.

Ich bringe das Zimmer mit wenigen Handgriffen in Ordnung, ziehe das Bett ab und mache mich dann mit meinem restlichen Gepäck auf den Weg nach unten. Meine Knie sind butterweich, als ich die Treppenstufen nehme. Wo ist Julius?

Ich stelle meine Sachen vor die Rezeption und gehe ins Büro, doch niemand ist dort, nicht einmal Bruno, aber die Tür zu den Privaträumen ist nur angelehnt und ich höre seine Stimme. Nervös bleibe ich stehen. Ich möchte nicht in ein Gespräch platzen, doch schnell erkenne ich, dass er telefoniert. Während ich mir die richtigen Worte zurechtlege, fange ich Gesprächsfetzen auf. Ich hasse es zu lauschen, aber was ich hier höre, kann ich nicht ausblenden.

„Das ist überhaupt kein Problem. Ich nehme sie gern. Du kannst dich auf mich verlassen. Wir werden uns ein paar schöne Tage machen. Auf dem Hof gibt es genug zum Zeitvertreib und meine Mutter freut sich immer riesig, wenn sie Oma sein darf.“

Also ist es wahr und Julius hat wirklich ein Kind, schlussfolgere ich. Er spricht wohl gerade mit seiner Ex, dieser Lorena, und vereinbart, seine Tochter, er hat *sie* gesagt, zu sich zu nehmen. Seine Stimme klingt dabei warm und herzlich. Er macht nicht gerade den Eindruck auf mich, als würde er sich nicht kümmern wollen.

„Du weißt, du bist die Beste. Ich würde alles für dich tun. Du musst es nur sagen und ich stehe dir zur Verfügung."

Aus den Schmetterlingen in meinem Bauch wird augenblicklich ein schwerer Stein. Was redet er denn da? Mir wird schwindelig bei dem Gedanken, dass ich die Möglichkeit einer gemeinsamen Zukunft auch nur im Entferntesten in Erwägung gezogen habe.

„Ich freue mich auf euch, wir haben uns so lange nicht gesehen ... Ich dich auch!"

Die letzten drei Worte sorgen für vollkommene Ernüchterung. So wie Julius sie gesagt hat, kann es nur eines bedeuten: Die beiden lieben sich noch immer. Sie haben ein Kind und sie könnten möglicherweise wieder zueinanderzufinden. Nein, ich will mich nicht dazwischendrängen.

Und die letzte Nacht? Natürlich haben wir uns nichts versprochen, alles war klar geregelt, aber ... Ich schüttle energisch den Kopf, um meine Gedanken loszuwerden, als die Tür geöffnet wird und Julius plötzlich vor mir steht.

„Hey, gut geschlafen?" Sein Lächeln wirkt so echt. Er freut sich, mich zu sehen und will mich in den Arm nehmen, doch ich trete sofort einen Schritt zurück.

„Was ist los?" Er runzelt die Stirn.

Was los ist? Du hast ein Kind, Verantwortung für eine Familie, und vögelst die ganze Nacht mit mir, der du dann auch noch Hoffnungen auf mehr machst, dröhnt es in meinem Kopf, aber ich beherrsche mich.

„Nichts. Ich will mich nur schnell verabschieden." Ich spreche langsam und gebe mich distanziert, was ihn sichtlich irritiert.

„Warte!" Julius sucht nach Worten. „Wollen wir noch einen Tee zusammen trinken?"

„Nein. Ich sollte mich schnellstmöglich auf den Weg machen. Wir wollen doch nicht, dass es peinlich wird."

„Okay …" Er sieht mich mit prüfendem Blick an.

„Also dann, mach's gut. Schöne Feiertage." Ich hebe die Hand und deute ein mattes Winken an, dann mache ich auf dem Absatz kehrt. Beim Verlassen des Büros drehe ich mich nicht um und warte nicht auf eine Antwort. Ich gehe und lasse Julius hinter mir. Am liebsten will ich davonlaufen. Er hatte von Anfang an recht. Es ist kompliziert und peinlich.

„Auf Wiedersehen, eine gute Heimfahrt und frohe Festtage!" Soeben verabschiedet Franziska die Familie Schreiber. Ich warte, um mich nicht dazwischenzudrängen. Alicia entdeckt mich jedoch und winkt mir zum Abschied. Ich erwidere ihren Gruß und wünsche mir für sie, dass sie die Party ausrichten darf, die sie sich erhofft und dass der Junge, für den sie schwärmt, es auch wert ist.

„Guten Morgen, Inga, gut geschlafen?" Franziska lacht mich an wie immer, der Lebensmut sprüht nur so aus ihren wachen Augen und wird durch ihre frischen roten Wangen unterstrichen. Ich zwinge mich zu einem Lächeln und nicke.

„Magst du noch frühstücken, bevor du fährst?" Sie nimmt meine Tasche, wartet keine Antwort ab, sondern lädt mich mit einer Kopfbewegung ein, ihr zu folgen.

Ich bringe es nicht übers Herz, ihr abzusagen und hoffe inständig, Julius nicht noch einmal über den Weg zu laufen.

Im Gastraum duftet es trotz des fortgeschrittenen Morgens nach frisch gebrühtem Kaffee. Franziska bringt mir Toast, Rührei und Kirschkuchen. Bei dem Anblick überkommt mich ein angenehmer Schauer. Es prickelt unter meiner Haut. Werde ich jetzt in Zukunft immer so reagieren, wenn ich Kirschkuchen sehe? Was habe ich mir da nur eingebrockt?

Wir sitzen ein letztes Mal gemeinsam am Tisch. Ich stochere im Rührei. So lecker es duftet und aussieht, ich bekomme kaum einen Bissen hinunter.

„Du, Franziska, ich weiß gar nicht, wie sehr ich euch dafür danken soll, dass ihr mich in der Not so herzlich bei euch aufgenommen habt. Es war eine unvergessliche und schöne Zeit. Ihr seid mir in der Kürze fast wie eine Familie geworden.“

Ihre Augen leuchten wie kleine Sonnen, als ich mich bedanke. „Ach Inga. Vom ersten Moment an habe ich dich ins Herz geschlossen. Manchmal merkt man sofort, dass der Mensch gegenüber etwas ganz Besonderes ist. Und ich gebe unumwunden zu, dass mir die Vorstellung, der Julius und du … “ Sie seufzt und trinkt ihren Kaffee.

„Ich werde mich jetzt auf den Weg machen. Wer weiß, was mir unterwegs noch blüht. Den Kuchen nehme ich gern als Wegzehrung mit, wenn du Einwickelpapier für mich hast.“

Ich versuche mir die Enttäuschung nicht anmerken zu lassen. Es war von Anfang an klar: One-Night-Stand und kein Wiedersehen. So war der Plan. Sobald ich in

Wien bin, habe ich genug andere Dinge im Kopf und werde Julius vergessen. Mit Sicherheit bin ich nur so aufgewühlt und empfindlich, weil mir die Erfahrung in dieser Hinsicht fehlt.

„Selbstverständlich. Warte einen Augenblick." Franziska steht auf und ich habe fast vergessen, worum ich sie gebeten habe. Nun bringt sie eine leere Butterbrottüte und auch noch ein liebevoll in festliches Papier verpacktes und mit Schleifenband verziertes Geschenk mit. Es hat die Größe eines Schuhkartons, ist stabil und recht schwer.

„Hier, damit du heute Abend etwas zum Auspacken hast und an uns denkst, wenn du wieder zu Hause bist. Ich werde dich wirklich vermissen und ich hoffe, wir sehen uns wieder." Sie umarmt mich fest und ich bin mir sicher, dass sie die Tränen nur mit Mühe zurückhält. Nun habe ich ebenfalls einen Kloß im Hals.

„Ganz herzlichen Dank für alles. Ich werde euch auch sehr vermissen", versuche ich Abschied zu nehmen, ohne Versprechungen zu geben, die ich nicht halten kann.

Onkel Joseph kommt dazu und versichert, noch nie eine so gute Küchenkraft wie mich Spatzerl gehabt zu haben.

Dann ist es so weit. Ich nehme meine Sachen und marschiere über den geräumten Hof zur Scheune hinüber. Das große Tor ist geöffnet. Vorsichtig spähe ich nochmals nach Julius, aber er ist nirgends zu entdecken. Der Platz, an dem tagelang sein Auto unter dem Schnee geparkt war, ist leer.

Auf geht es. Schultern gerade, Brust raus. Es ist richtig so. Wir wollten doch nicht, dass es merkwürdig und unnötig kompliziert wird, sage ich mir immer wieder und verstaue mein Geschenk und die Sachen. Mit gemischten Gefühlen steige ich ins Auto und lege die Jacke neben mich auf den Sitz. Das große Loch vorn in der Armatur, das vom fehlenden Beifahrerairbag zeugt, gähnt mich an. Die Konsole des Autos sieht erbärmlich aus, aber Julius hat versprochen, dass es funktioniert und okay ist. Ich vertraue ihm diesbezüglich und versuche den Anblick zu ignorieren.

Als ich den Gurt anlege, nehme ich ihn ganz besonders an meinem Schlüsselbein wahr. Es schmerzt nicht mehr, aber meine Nerven sind sensibilisiert. Wer vom Pferd fällt, muss auch wieder aufsteigen, motiviere ich mich selbst und starte den Motor. Keine drei Sekunden später säuft er ab. Die Zündung ist an, es leuchtet rot in der Armatur, aber der Motor läuft nicht. Oh nein!

Ich schalte die Zündung aus, zähle bis zehn, starte erneut. Es folgt das quälende, leiernde Geräusch eines Versuchs, aber der Motor springt nicht mehr an.

Plötzlich rückt Wien wieder in weite Ferne. Ob der Zugverkehr schon wieder rollt, weiß ich nicht. Ich habe mich nicht mehr darum gekümmert. Entmutigt sitze ich im Auto, schaue durch das offene Scheunentor hinaus in den Hof. Rechts unter dem Torbogen sitzt Bruno und schaut mich mit Hundeblick an.

„Bist du mein Abschiedskomitee?“

Mir ist nicht danach, auszusteigen und da die Zündung noch immer an ist, spielt auch das Radio. Der Song *Driving home for christmas läuft und* treibt mir die Tränen in die Augen.

Ich suche nach einem Taschentuch, schnäuze mich und sitze so lange, bis mir kalt wird. Auch Bruno hat Geduld und wartet.

Endlich steige ich aus und trotte mit hängendem Kopf zu ihm. Er begrüßt mich schwanzwedelnd und lässt sich von mir den Kopf kraulen. Gemeinsam gehen wir zurück ins Haus. Bruno begibt sich geradewegs ins Büro. Ich bleibe an der Rezeption neben dem Eichhörnchen stehen, läute und hoffe, dass Franziska gleich wieder auftaucht.

„Morjen!", begrüßt mich Paul gut gelaunt aus dem Gastraum. Er zückt sofort ein Kartenspiel. „Lust auf eine Runde Rommé?"

„Nein, danke." Ich lehne ab und hoffe, dass er mir nicht ansieht, dass ich geweint habe.

Franziska kann ich nicht entdecken. Ich warte eine Weile, dann stecke ich meinen Kopf durch die Tür ins Büro. Anton sitzt am Computer und schaut mich verwundert an.

„Schon wieder da?"

„Das Auto springt nicht an", erkläre ich niedergeschlagen.

„Was ist los?", ertönt Franziskas Stimme nun hinter mir und ich wiederhole mich.

„Uno momento. Das wäre doch gelacht, wenn wir das nicht gelöst bekommen, immerhin ist Weihnachten. Ich rufe Julius an. Der kann das bestimmt schnell reparieren. Er sagte doch, das Auto sei fahrbereit", bestimmt Franziska.

Beim Klang seines Namens bleibt mir fast die Luft weg, aber ich versuche, mich gelassen zu geben und mir nichts anmerken zu lassen, während Franziska telefoniert. Sie wirkt jedoch nicht zufrieden, als sie das Gespräch beendet.

„Er ist unterwegs und hat noch etwas Wichtiges zu erledigen. Er schickt den Alois.“

Ich weiß nicht, wer der Alois ist, aber mangels Alternativen lege ich mein Schicksal in seine Hände. Wenn er das Auto genauso gut reparieren kann, ist doch alles bestens.

Ich warte im Gastraum. Von dort aus kann ich die Zufahrtstraße zum Gruberhof einsehen. Eine Viertelstunde später nähert sich ein heller Mercedes und fährt auf den Parkplatz der Pension.

„Servus! Taxi nach Wien für Inga Perlinger?“ Eine tiefe Stimme donnert durch den Eingangsbereich.

Erschrocken, meinen Namen zu hören, laufe ich zur Rezeption. Dort steht ein junger Mann, kaum älter als Julius, mit Kinnbärtchen und zusammengebundenen Rastazöpfen. Er trägt eine College-Baseballjacke, seine Hände stecken lässig in den Hosentaschen.

„Ich bin Inga Perlinger, aber ich habe kein Taxi bestellt.“

Er mustert mich gefällig. „Ich bin Alois und ich fahre dich nach Wien.“

„Alois? Ach so! Du sollst doch nur nach meinem Auto sehen, damit ich selbst fahren kann“, versuche ich das Missverständnis schnell aufzuklären.

„Dein Auto kann ich mir gern ansehen, aber reparieren kann ich es nicht. Ich bin Taxifahrer, kein Mechaniker. Soll ich dich jetzt fahren oder nicht?“ Er zuckt mit den Achseln, als interessiere er sich wenig dafür, ob er die nächsten fünf bis sechs Stunden im Auto verbringen oder wieder nach Hause fahren soll.

„Vielleicht warte ich lieber, bis Julius wieder da ist?", spreche ich meine Gedanken laut aus.

„Traust du mir nicht?" Jetzt blickt er enttäuscht drein. „Julius und ich sind sehr gut befreundet. Er weiß, dass dein Auto nicht anspringt, hat aber gerade noch jede Menge zu erledigen und kann nicht kommen. Da hat er mich gebeten, zu helfen. Eine Tour nach Wien an Heiligabend steht nicht in jedem Jahr auf meiner Liste. Also spring rein Sisi, damit ich noch vor der Bescherung zurück sein kann. Sonst bekommst du Ärger mit meiner Familie."

„Inga bitte. Nicht Sisi." Ich füge mich nickend. Irgendwie muss ich heimkommen. Jetzt ist nicht der richtige Zeitpunkt für Diskussionen, das spüre ich.

„Gemma!" Alois hält mir galant die Tür auf. Der zweite Versuch meiner Abreise startet.

Wir holen gemeinsam das Gepäck aus dem BMW, verstauen es im Taxi, dann sind wir startklar. Anton läuft gerade über den Hof, als der Mercedes langsam anrollt. Alois hupt, Anton erwidert seinen Gruß, in dem er dem Wagen aufs Dach klopft.

„Zufrieden? Ich kenne die Grubers wirklich. Jetzt sag noch schnell die Adresse."

Ich nenne ihm die Anschrift und schon biegen wir auf die Landstraße ab. Wir müssen langsam fahren, die Straße ist zwar freigegeben, aber immer wieder gibt es leichte Schneeverwehungen. Als uns ein schwarzer Audi langsam entgegenkommt, denke ich augenblicklich an Julius. Als die Fahrzeuge aneinander vorbeifahren, bleibt mir fast das Herz stehen, aber er ist es nicht. Ich weiß nicht, ob ich traurig oder erleichtert sein soll.

„Alles in Ordnung? Du bist plötzlich so blass." Alois schaut mich besorgt an.

„Ist schon gut. Ich bin nur ein bisschen müde."

Er grinst wissend, hakt aber nicht weiter nach.

Schon nach wenigen Kilometern verlieren sich meine Gedanken in einem Netz aus den Erlebnissen der letzten Tage. Der Schmerz über Marlons und Giuliettas Verrat hat viel stärker abgenommen, als ich es mir im Augenblick des Geschehens je hätte vorstellen können. Noch immer bin ich verärgert und enttäuscht, aber ich bin sicher, dass ich über das Scheitern der Beziehung bald vollständig hinwegkommen werde. Schon jetzt kann ich dem Übel etwas Gutes abgewinnen. Das Zusammentreffen mit Julius und die Tage als Gast in der Pension Gruber oder vielmehr Gast der Familie, und selbstverständlich die letzte Nacht, haben mich wirklich verändert. Ich bereue keinen einzigen Tag und keine Nacht, aber nun muss ich nach vorn blicken.

Die Fahrt verläuft angenehm ruhig. Je weiter wir uns vom Gruberhof entfernen, desto weniger Schnee umgibt uns. Es ist immer noch reichlich, aber sichtbar weniger. Die Heizung bläst warme Luft ins Wageninnere und bald schon döse ich müde vor mich hin. Erst als wir in Wien sind, werde ich wieder munterer. Ich bin das erste Mal in meinem Leben hier. Ich versuche mich an den Schildern zu orientieren. Wir erreichen die Innere Stadt und werden laut Navigationsgerät in weniger als fünf Minuten am Ziel sein.

Mit dem Ärmel meines Pullovers wische ich etwas Kondenswasser von der Seitenscheibe. Wunderschön sieht es hier aus. Die Wohngegend ist sehr ansprechend und mit Sicherheit nicht günstig. Ich weiß, dass sich meine Eltern damals, als sie die Wohnung kauften, sehr über diese Chance gefreut und nicht lange überlegt haben. Jetzt ist mir klar, warum. Wien zeigt sich mir als romantische und verschneite Stadt in weihnachtlichem Glanz. Tannengrün, Lichterketten und Kränze mit Kugeln und Schleifen finden sich an einigen Türen. Große, alte Türen sind es, die mit Sicherheit nicht nur eine Geschichte zu erzählen haben. Ob das Haus, in dem meine Eltern nun wohnen, eines von diesen ist? Da der Umzug in die Zeit des Lockdowns fiel, hatte es damals keine Einweihungsfeier in der neuen Wohnung gegeben.

Wir biegen in eine Nebenstraße ab und halten in einer noch schmaleren Gasse. Die Hausnummer elf prangt in Messing über der hohen grünen Eingangstür aus Holz. Das frisch sanierte Gebäude ist mindestens im vorletzten Jahrhundert errichtet worden. Ich erkenne Details, die mir meine Eltern bereits auf Fotos geschickt haben. In natura sieht das Bauwerk noch beeindruckender und schöner aus.

„So, Sisi, wir sind da." Alois wirft mir einen albernen Blick zu.

Ich durchwühle meine Handtasche nach meinem Portemonnaie, suche erst jetzt das Taxameter, in Erwartung einer stattlichen Summe, aber ich kann nichts finden.

„Wie viel muss ich zahlen?"

„Zwanzig Euro."

Ich verstehe nicht und mache ein entsprechend verwirrtes Gesicht.

„Das deckt doch kaum die Spritkosten."

„Spezieller Freundschafts- und Feiertagsrabatt. Frohe Weihnachten!", wünscht er mir und mir fällt beinahe alles aus dem Gesicht. „Aber das geht doch nicht …", erhebe ich Einwände, aber Alois lässt nicht mit sich verhandeln.

„Passt schon." Er ist sehr freundlich, aber bestimmt, steigt aus und lädt meine Gepäckstücke aus dem Kofferraum, während ich meine Jacke überziehe.

„Soll ich dir noch beim Raufbringen helfen?"

„Nein, danke. Das geht schon. Am Koffer sind Rollen und drinnen ist ein Fahrstuhl – wurde mir zumindest versprochen. Du hast schon sehr viel für mich getan. Komm gut nach Hause zu deiner Familie. Ich wünsche euch ein schönes Weihnachtsfest."

„Das wünsche ich dir auch und dass du gut ins neue Jahr kommst. Servus!"

„Vielen Dank, du Weihnachtsengel!" Ich winke zum Abschied und sehe ihm nach.

Erst als das Taxi um die Ecke biegt, wende ich mich ab und klingle bei Christoph und Britta Perlinger im dritten Stock. Sofort geht der Türsummer. Es dauert etwas, bis der Lift endlich unten ist, dann öffnet sich die Tür und mein Vater steht vor mir. Wir herzen und drücken uns, mir schießen die Freudentränen in die Augen. Es tut gut, wieder beisammen zu sein. Seine Strickjacke hat den Duft von Gans und Rotkohl aus der Wohnung mit nach unten getragen. Es riecht trotz neuer Umgebung nach Zuhause. Ich bin endlich angekommen.

„Mama ist schon ganz aufgeregt!" Papa legt mir den Arm um die Schulter und drückt mich an sich. Eine Geste, die mir sagt: Er auch.

Mit Papa, Gepäck und mir ist es recht eng im Lift. Im Spiegel sehe ich nun, dass er einen witzigen Weihnachtspullover trägt. Unter einem Rentier mit Zuckerstange im Cocktailglas versteckt sich ein kleines Bäuchlein. Seine Haare sind etwas grau geworden.

„Wo hast du denn den her?" Ich deute auf sein Spiegelbild.

„Gefällt er dir? Ich habe mir gleich mehrere gekauft. Das wird meine neue Weihnachtstradition."

„Von mir aus."

Wir lächeln, als sich die Fahrstuhltür langsam öffnet. Vom Flur aus gehen drei dunkelbraune Türen ab. An einer hängt ein Deko-Santa aus Stoff mit sehr langen, geringelten Beinen. Diese Tür ist offen. Mein Vater zeigt geradewegs dorthin.

In der Wohnung überfällt mich sofort meine Mutter. Sie hat noch immer ihre kurze, fransige Bobfrisur, die sie mit ein paar hellen Strähnchen aufgepeppt hat. Sie trägt eine Küchenschürze über dem Kleid und ihre Füße stecken in Plüschpfotenpantoffeln. Sie drückt mich so fest, dass ich kaum Luft bekomme, und ich erwidere die Umarmung genauso innig. Ich bin so glücklich!

„Schön, dass du da bist", wiederholt sie immer wieder. Das finde ich auch und möchte dieses Glücksgefühl für immer in meinem Herzen bewahren.

„Papa zeigt dir das Gästezimmer, dann kannst du deinen ganzen Kram abstellen und danach bekommst du eine Führung durch unser kleines Heim."

Mama stapelt tief, wie ich schnell merke. Ihre neue Wohnung ist sehr geräumig, kein Einfamilienhaus, aber mit vier Zimmern, zwei Bädern und einer Wohnküche bietet sie ausreichend Platz für die beiden und auch für mich im Gästezimmer. Geschmackvoll und mit viel Liebe fürs Detail ist alles eingerichtet, weihnachtlich dekoriert und im Wohnzimmer gibt es einen festlich geschmückten Weihnachtsbaum. Er ist nicht so groß wie der Baum der Grubers, aber er fügt sich wunderbar ins Interieur.

„Nun erzähle mal, Mäuschen. Was ist denn da genau passiert zwischen Marlon und dir?" Mein Vater klopft auf ein Sitzpolster der Couch, um mir zu zeigen, wo ich Platz nehmen soll, dann setzt er sich und wartet darauf, dass ich berichte.

„Soll ich nicht lieber in der Küche helfen?" Mir ist gerade nicht nach diesem Thema und ich versuche diese Unterhaltung zu umgehen.

„Ich komme schon klar, bin gleich fertig. Setz dich!" Natürlich halten meine Eltern zusammen.

„Aber ich bin doch gerade erst angekommen. Wir haben sicherlich einen Haufen anderer Dinge, die wir besprechen können."

Ein letzter schwacher Versuch, aber er schlägt fehl. Ich kann mir ein besseres Thema beim Weihnachtsessen vorstellen, aber natürlich wollen meine Eltern nun wissen, wie es mir ergangen ist und so umreiße ich die Geschehnisse in groben Zügen. Beginnend damit, wie ich Marlon und Giulietta auf frischer Tat ertappt, den BMW für die Flucht entwendet und nach kurzer Zeit in den Schnee gesetzt habe. Ich berichte von meiner Rettung durch Julius, den Grubers und wie ich ein wenig ausgeholfen habe. Schließlich noch von der gescheiterten Abreise in Marlons BMW heute Morgen und der fast geschenkten Taxifahrt. Julius kommt während der Berichterstattung bewusst arg zu kurz. Dennoch bin ich nach meiner Erzählung sichtbar niedergeschlagen und erschöpft. Mama und Papa schreiben dies hauptsächlich Marlon und meinen verletzten Gefühlen zu, aber ich stelle mir gerade Julius, Lorena und das Kind vor. Ich habe definitiv Mist gebaut, ich bin kein Typ für eine Nacht. Aber wie habe ich so schön zu meinem Bruder gesagt? Wer sich die Suppe einbrockt, muss sie auch auslöffeln. Dann ist Julius jetzt mein Weisheitszahn. Es wird noch ein paar Tage dauern, bis ich wieder zur Normalität übergehen kann und so lange lasse ich es langsam angehen. Wenigstens kann ich essen, stelle ich trotz des Kummers fest, und ringe mich zu einem Lächeln durch.

„Da ihr nun im Bilde seid, darf ich dir jetzt helfen, Mama? Vielleicht beim Tisch decken und dekorieren?"

„Nur zu!" Sie zeigt mir Tischdecken, Servietten, Adventskranz und Besteck, alles schon vorbereitet, und überlässt mir den großen Tisch im Wohnzimmer.

Ich lege gleich los und bin schon bald zufrieden mit meinem Ergebnis. Meine Eltern haben sich neues Geschirr und Besteck zugelegt. Wie man ein Schiffchen faltet, habe ich mir gemerkt und so gestalte ich für uns drei noch ein paar schöne Serviettengebilde.

„Wasser oder Wein?" Mein Vater fragt anstandshalber, hat aber nur die Rotweinflasche in der Hand und gießt bereits die Gläser voll. Er erwartet keinen Widerspruch und wir alle sind uns einig, zur Weihnachtsgans gehört Rotwein.

„Ihr könnt die Schüsseln abholen. Ich brauche noch zwei Minuten." Meine Mutter kommt aus der Küche, zieht sich im Gehen die Schürze aus und verschwindet ins Badezimmer. Papa und ich tragen Rotkohl, Soße, Klöße und die Gans hinüber. Der knusprig gebackene Vogel sieht zum Anbeißen aus. Mama und ich bevorzugten schon immer das Brustfleisch und die Maronenfüllung, Micha und Papa sind noch heute für die Keulen. Mein armer Bruder geht dieses Jahr tatsächlich leer, ohne Gänsekeule, aus. Während mein Vater bereits tranchiert, zünde ich alle vier Kerzen an. Dieser Anblick wärmt mir das Herz.

19. Bescherung

Meine Eltern erzählen Anekdoten aus ihrem ersten Jahr im neuen Land, während mir Rotkohl und Gänsebrust auf der Zunge zergehen. Es ist nicht so, dass wir uns nicht regelmäßig ausgetauscht hätten, aber viele Geschichten sind einfach untergegangen oder zu kurz gekommen. Ihr komödiantisches Talent, Geschichten zu erzählen, haben die beiden nicht verloren. Ich bin angekommen, Weihnachten ist in diesem Jahr zwar anders, aber mit ihnen so wunderbar wie immer. Nur als die Sprache erneut auf meinen Bruder kommt, schiebe ich mir ein Stück Kloß in den Mund und halte mich zurück.

Zwischen Hauptgang und Dessert hebt mein Vater plötzlich sein Glas. „Schön, dass wir drei nun zusammensitzen. Dass Inga den Schnee überstanden hat und wohlbehalten hier angekommen ist, ist ein kleines Weihnachtswunder. Diese Familie, die Menschen, die das möglich gemacht haben, würde ich gern einmal kennenlernen und mich persönlich bei ihnen bedanken." Er wendet sich an meine Mutter. „Britta, in dieser Pension können wir doch bestimmt ein paar Tage Urlaub machen. Wie findest du das?"

Erschrocken reiße ich die Augen auf, starre meine Mutter an, die sichtlich erfreut ebenfalls ihr Glas hebt. „Ja, im Frühjahr vielleicht. Wir wollten doch schon längst einmal wieder gemeinsam wandern gehen." Sie stoßen miteinander an und das Klingen der Gläser hallt durch den Raum. Ich weiß, dass ich kein Recht habe, es ihnen zu verbieten, aber diese Vorstellung behagt mir nicht.

„Auf die Familie Gruber und ihre Pension!" Nun schauen mich beide erwartungsvoll an, halten mir ihre Gläser hin, bis auch ich mit ihnen anstoße. Wir trinken und ich hoffe, dass sie es sich bis zum Frühling nochmals überlegen. Sie träumen öfter aus einer Laune heraus von gemeinsamen Urlaubsreisen und dann zerschlägt es sich wieder. In wenigen Tagen könnten auch diese Anflüge wieder abgeklungen sein.

„Oder ..." Mein Vater macht eine längere Pause. „Wir könnten im nächsten Jahr einen gemeinsamen Weihnachtsurlaub dorthin planen – wir alle, auch Micha und Lia."

Ich verschlucke mich so heftig an meinem Rotwein, dass ich mir etwas aus dem Glas über die Hand und auf die Tischdecke schütte. „Entschuldige."

Ich tupfe schnell mit der Serviette darüber, aber die kräftigen violetten Flecken bleiben auf der Tischdecke.

„Ist nicht so schlimm. Das wasche ich wieder raus." Meine Mutter nimmt's gelassen.

„Entschuldigt mich, ich wasche mich kurz."

Im Badezimmer trockne ich meine Bluse. Auf dem dunklen Stoff fallen die Flecken glücklicherweise nicht auf. Ich wasche mir die Hände und zupfe mir einige Haarsträhnen zurecht, sehe mich im Spiegel an und atme durch. Nur die Ruhe. An dem Verhalten der beiden ist nichts Ungewöhnliches und bis zum nächsten Weihnachtsfest wird noch viel Zeit vergehen. Genug Zeit, um bei der Planung immer einmal wieder auf die Bremse zu treten und andere Vorschläge zu machen.

Als ich aus dem Badezimmer komme, steht bereits das Dessert auf dem Tisch. Kirschcreme mit Sahne und Schokoraspeln – unser traditioneller Weihnachtsnachtisch.

„Mhm, mir läuft das Wasser im Mund zusammen. Ist die Creme mit Schuss?"

„Mit einem Schüsschen Kirschwasser, für den Geschmack", gibt meine Mutter zu.

„Was hältst du von unsere Reiseideen?" Mein Vater fragt eher beiläufig und widmet sich dann der Kirschcreme.

„Ihr vergesst, dass ich schon erwachsen bin und auch kein entlaufener Hund. Ich kann mich allein bei allen bedanken und habe das auch schon getan. Natürlich werde ich mir zusätzlich überlegen, wie ich mich außerdem noch erkenntlich zeigen kann. Vielleicht schicke ich ihnen etwas Schönes. Dafür müsst ihr nicht gleich einen Familienurlaub für alle planen."

Perplex schauen mich meine Eltern an. „Du klingst ja gerade so, als wolltest du nicht noch einmal dorthin fahren."

Genau so klinge ich und genau so beabsichtige ich es. Ich werde mich an meinen Vorsatz halten und Julius nicht wiedersehen. Es ist schon so kompliziert genug. Ich vermisse ihn stärker, als mir lieb ist. Es muss nicht auch noch peinlich werden. Aber diesen Grund binde ich meinen Eltern selbstredend nicht auf die Nase.

„Wisst ihr, zumindest im Augenblick möchte ich nicht wieder dorthin fahren. Ich verbinde eine üble Trennung mit dem Ort. Was ich brauche, ist Abstand.“ Dass ich eine linke Tour fahre, ist mir klar, aber der Zweck heiligt die Mittel.

Meine Mutter nickt verständnisvoll und greift zärtlich nach meiner Hand, aber dann wirft mein Vater ein Thema auf, dass ich bis hierhin vollkommen außer Acht gelassen habe.

„Stimmt, ich wollte dich mit meiner Idee nicht bedrängen. Aber wo wir gerade bei Marlon sind: Was ist denn mit seinem Auto? Das muss doch repariert werden, oder nicht?“

Verdammt! Ob ich will oder nicht, meine Weihnachtsgeschichte für dieses Jahr ist noch längst nicht ausgestanden.

„Du hast recht. Darum muss ich mich natürlich kümmern, aber bitte nicht heute und auch nicht in den nächsten zwei Tagen. Lasst uns einfach zusammen die Zeit genießen. Die drei haben immer noch Benedikts Auto und werden den BMW bis zu ihrer Abreise im neuen Jahr wohl nicht brauchen.“

„Wie du magst. Wir halten uns da raus. Wenn du Hilfe brauchst, sagst du aber Bescheid.“ Er sieht mich prüfend an und ich nicke zustimmend.

Somit ist das Thema beendet und nun dreht sich alles um meinen Bruder und die Frage, wie er wohl mit seiner neuen Schwiegerfamilie in spe klarkommt. Besonders konzentriert kümmere ich mich nun darum, mein Schälchen restlos leer zu essen und Wein zu trinken. Nur im Notfall, wenn ich direkt angesprochen werde, antworte ich einsilbig und unverfänglich.

„Sollen wir ihn gleich anrufen und ihm frohe Weihnachten wünschen?" Mein Vater streckt sich genüsslich und streicht sich dann über seinen Rentierpulloverbauch.

„Gleich nach dem Aufräumen. Zu dritt haben wir das doch schnell erledigt." Meine Mutter macht den Anfang und stellt die Teller zusammen.

Oh je, mein armer Bruder. Das Einzige, was ich für ihn tun kann, ist, ihm eine Textnachricht als Vorwarnung zu schicken. Ich bin gespannt, ob und wie er den Weihnachtsanruf unserer Eltern annehmen wird. Ich tippe und hebe den Kopf, weil ich mich beobachtet fühle. Zwei strenge Augenpaare blicken mich an.

„Hast du Inga nicht gesagt, dass sie ihr Telefon dort drüben ablegen soll?" Meine Mutter wirft meinem Vater einen belehrenden Blick zu, dann beäugt sie kritisch das Telefon in meiner Hand.

„Das habe ich wohl vergessen. Inga, keine Elektrogeräte am Tisch."

„Diese Regelung haben wir mit dem Einzug in die neue Wohnung eingeführt und sie funktioniert wunderbar." Papa streckt die Hand aus.

„Wir sind doch fertig mit dem Essen", protestiere ich und stecke es in die Hosentasche.

Brüderchen, jetzt bist du auf dich allein gestellt.

Wir machen es uns wenig später zusammen im Wohnzimmer neben dem Weihnachtsbaum gemütlich. Mama stellt das Tablet auf, schickt meinem Bruder die Einladung zum Meeting, während mein Vater bereits die Kiste mit den Würfelspielen positioniert.

„Micha schreibt, dass er noch zehn Minuten braucht", informiert uns meine Mutter.

Ich scrolle durch mein Telefon, das ich nur für wenige Minuten entbehren musste, aber auf meine Nachrichten antwortet er nicht. Ich bin sehr gespannt, als das Meeting startet und wir auf den Eintritt meines Bruders warten. Vielleicht lässt er einfach die Kamera aus und spielt griechische Musik im Hintergrund?

Nein, nichts dergleichen. Michas pausbäckiges, noch immer entstelltes Gesicht erscheint auf dem Bildschirm und meine Eltern machen beide entsetzte Gesichter. Dieses Bild sieht so urkomisch aus, dass ich mich trotz größter Bemühungen vor Lachen nicht mehr halten kann.

„Junge, was ist denn mit dir passiert? Bist du verprügelt worden?" Mama knetet sofort besorgt die Hände.

„Micha, um Himmels willen! Du musst zum Arzt! Warst du bei der Polizei?" Mein Vater greift sich entsetzt ins grau melierte Haar. Mein Bruder, nicht in der Lage, eine Gesichtsregung zu zeigen, sitzt mit zusammengesunkenem Oberkörper da und winkt ergeben in die Kamera. Plötzlich erscheint Lia im Bild und begrüßt uns herzlich.

„Hallo zusammen, frohe Weihnachten euch allen!"

Mein Lachen geht stufenlos in Verwunderung über. Beide sitzen zu Hause in ihrer eigenen Wohnung – zweifellos.

„Hallo, Lia, wo kommst du denn her? Ich denke, du bist bei deinen Eltern?" Ich wische mir ein paar Tränen aus den Augenwinkeln und versuche meine Atmung zu normalisieren.

„Da war ich auch, bis heute, und ich soll euch alle unbekannter Weise grüßen."

„Was ist denn in Griechenland passiert? Micha, du siehst schlimm aus. Hast du Schmerzen?" Meine Mutter glaubt immer noch, dass die beiden zusammen gereist sind.

„Michi war doch gar nicht weg. Hat er euch nichts von seiner Zahn-OP erzählt? Er musste doch absagen und sich die Weisheitszähne entfernen lassen." Lia setzt meine Eltern über die Operation ins Bild. „Und weil ich es nicht übers Herz gebracht habe, meinen armen Michi am Heiligabend allein in der Wohnung zu wissen, bin ich zum Flughafen gefahren und habe last minute gebucht. Jetzt bin ich hier und wir können wenigstens zusammen sein." Lia beendet ihre Erklärungen, indem sie meinem Bruder einen verliebten Blick zuwirft.

„Aber hat er dir denn auch *alles* gebeichtet?" Weiß der Teufel, was gerade mit mir los ist, aber ich habe keine Lust, meinen Bruder zu schonen. Vielleicht ist es der Rotwein, der aus mir spricht und für eine lockere Zunge sorgt.

Meine Eltern sehen sich zunächst verwundert an. Der Blick, den sie mir dann zuwerfen, soll wohl bedeuten: *Erkläre uns das mal!* Aber diese Baustelle ist nicht meine. Ich reiche den Schwarzen Peter frohen Mutes an meinen großen Bruder weiter, wohl wissend, dass er sich nicht artikulieren und rechtfertigen kann.

„Erzählt doch mal, warum die Operation unbedingt nötig war und ausgerechnet vor Weihnachten gemacht werden musste. Jeder Arzt hätte doch Verständnis gehabt, wenn du von der Verlobung und der Familienfeier in Griechenland berichtet hättest."

Über den dicken Hamsterpausbacken meines Bruders formen sich seine Augen zu engen Schlitzen.

Wenn er könnte, wie er wollte, würde er mir gewiss eine ordentliche Retourkutsche verpassen und ich müsste mich warm anziehen. Aber er kann nicht. Bevor Michi anfangen kann, Blitze aus seinen Augen auf mich abzufeuern, übernimmt Lia das Wort. Sie versichert sich bei ihrem Verlobten, dass sie wirklich Auskunft erteilen darf und unterrichtet uns in aller Ausführlichkeit. Nach vielen Ausrufen des Erstaunens und fassungslosem Kopfschütteln hat Lia mit ihrem Bericht geendet und meine Eltern sind im Bilde. Ich lache nicht mehr, denn ich stelle mit Hochachtung fest, dass mein Bruder bereits geständig war und Lia nicht im Ansatz sauer zu sein scheint. Im Gegenteil, sie nimmt ihn auch noch in Schutz und mir wird in diesem Moment klar, welch großes Los Micha mit ihr gezogen hat. Ich freue mich für ihn.

„Ich glaube, du bist das beste Weihnachtsgeschenk, das mein Bruder bekommen konnte.“

„Danke, das ist sehr lieb von dir, Inga.“ Lia hebt die Schultern hoch, als könne sie gar nichts dafür, lächelt und küsst meinen Bruder sanft auf den Handrücken.

„Außerdem hat er versprochen, keinen Unsinn mehr anzustellen und ich habe jetzt einmal Unsinn bei ihm frei.“ Sie lacht und wirft ihre langen schwarzen Locken nach hinten.

Mein Bruder, der über sich ergehen lassen muss, dass man während seiner Anwesenheit über ihn in der dritten Person spricht, blickt mit bewegungsloser Miene in die Kamera.

„Aber die Zähne, Kind. Warum denn ausgerechnet die Zähne?“ Meine Mutter will das Verhalten meines Bruders nicht begreifen. „So haben wir dich doch nicht erzogen.“

„Ich glaube nicht, dass das was mit unserer Erziehung zu tun hat. Jetzt sind sie jedenfalls weg. Sie sind ihrem Namen sowieso nicht gerecht geworden“, stellt mein Vater fest und wir stimmen in frohes Gelächter ein.

„Wir haben uns gefragt, ob wir euch in den nächsten Tagen besuchen sollen. Würde euch das gefallen?“

Die Augen meiner Mutter strahlen. Mein Vater krempelt sich die Ärmel seines Weihnachtspullovers hoch, als wolle er sofort loslegen. „Auf jeden Fall! Wir räumen ein bisschen zusammen, dann könnt ihr im Gästezimmer schlafen.“

Noch bevor ich anmerken kann, dass ich derzeit dort logiere, spricht Lia weiter. „Das trifft sich gut.“ Sie hält zwei Bahntickets in die Kamera. „Übermorgen um neun geht’s los – ab Düsseldorf.“

„Darf denn Micha überhaupt reisen?“

„Ja. Bahn fahren geht und er ist nicht allein unterwegs. Wenn ich mich erst mal ordentlich ausgeschlafen habe, kommen wir zu euch.“

„Siehst du, Britta, jetzt kommen die Kinder doch zu Weihnachten nach Hause. Alles ist wie immer.“ Mein Vater steht auf, küsst meine Mutter und ich könnte vor Rührung losheulen.

Lia erzählt uns noch ein paar kurze Geschichten aus Griechenland, meine Odyssee durch den Schnee kommt ebenfalls noch mal zur Sprache. Eine halbe Stunde später verabschieden wir uns glücklich und freuen uns auf das bevorstehende Wiedersehen.

Das Tablet ist noch nicht ausgeschaltet, da holt mein Vater auch schon die Würfel hervor. Nun wird gespielt. Wobei Micha und seine Zähne für immer neuen Gesprächsstoff sorgen, vor allem darüber, ob für meinen Bruder separates Essen gekocht werden muss. In einem unbedachten Moment denke ich an Julius und seufze herzhaft.

„Was denn, was denn? So schlecht können doch deine Karten gar nicht sein. Die schlimmen sind doch alle bei mir gelandet.“ Mein Vater stupst mich an und holt mich in die Gegenwart zurück.

Ich versuche zu lächeln, aber es fällt mir schwer und ich möchte viel lieber zu Bett gehen. Plötzlich bin ich sehr erschöpft. „Ich glaube, der Tag war für mich lang genug. Seid ihr denn noch gar nicht müde?“

„Sollten wir wohl. Aber ich bin vor Freude noch ganz aufgeregt.“ Meine Mutter wirkt, als hätte sie gerade noch einen großen Kaffee getrunken.

„Und wisst ihr, was wir vergessen haben?“ Mein Vater zeigt auf drei kleine Päckchen unterm Weihnachtsbaum, die ich bisher nicht entdeckt habe. „Bescherung.“

„Wir hatten doch gesagt, dass es keine Geschenke gibt.“ Ich gähne und lehne mich in die Couch.

„Sind auch nur Kleinigkeiten, damit wir etwas zum Auspacken haben. Los kommt, machen wir auf“, ermuntert uns mein Vater.

Wir spielen die Runde zu Ende und räumen auf. Dann hole ich uns die Geschenke. Ich fühle schon durch das Papier, dass es sich um Bücher handelt. Ebenso wie die Kirschcreme eine wunderbare Tradition bei uns. Seit ich denken kann, gibt es mindestens ein Buch für jeden unter dem Weihnachtsbaum. Schon als wir klein waren, hatte mein Vater in großer Sorgfalt die Bücher für uns ausgewählt und richtiggelegen.

Ich öffne mein Geschenk und finde darin einen Weihnachtsliebesroman. Ein Liebesroman? Ob das in diesem Jahr die richtige Wahl für mich ist? Mein Vater scheint meine Zweifel zu erkennen.

„Keine Sorge, die Buchhändlerin sagte, es sei kurzweilige und unterhaltsame Lektüre. Es bringt dich bestimmt auf andere Gedanken.“

„Vielen Dank, Papa. Ich werde mich überraschen lassen, aber heute werde ich nicht mehr lesen.“

Ich küsse ihn auf die Wange, umarme meine Mutter und gehe dann ins Gästezimmer. Dort, auf dem Bett, liegen noch meine Sachen. Neben der Jacke und der Handtasche finde ich auch Franziskas Abschiedsgeschenk.

Vorsichtig deponiere ich es unter dem Stuhl. Auch wenn es für diesen Abend gedacht war, ist es mir lieber, noch damit zu warten, das Päckchen zu öffnen.

20. Liebesbeweise

Am nächsten Morgen wache ich erst spät auf und tue mich schwer, aufzustehen. Mein Körper fühlt sich an, als hätte er einen kleinen Jetlag. Vielleicht habe ich tatsächlich einen – also einen emotionalen – nach all dem Gefühlschaos und den Strapazen.

Es drängt sich mir der Gedanke auf, den ganzen Tag im Bett zu verbringen, aber ich verwerfe ihn schnell wieder. Schließlich bin ich Gast und habe so lange darauf gewartet, Zeit mit meinen Eltern zu verbringen. Morgen, wenn Michi und Lia kommen, ist meine Zeit als Einzelkind schon wieder vorbei.

Gegen einen Durchhänger kommt man am besten mit Tatendrang an. Meine Mutter kann gewiss Hilfe gebrauchen und wenn nicht, dann freut sie sich sicher über meine Gesellschaft. Ich taste nach meinem Handy, greife aber ins Leere. Komisch. Es ist weg. Wo habe ich es denn gelassen? Ich kann mich nicht daran erinnern, wann ich es zuletzt in der Hand gehabt habe.

Später, als ich das Wohnzimmer betrete, laufe ich direkt in die Umarmung meines Vaters. Aus der Schüssel auf dem Tisch ertönt der vertraute Klingelton meines

Telefons. In natürlichem Gehorsam will ich dorthin eilen, das Gespräch entgegennehmen, aber mein Vater hält mich sanft zurück.

„Guten Morgen, Liebes! Es wird nachher wieder klingeln. Wir haben Weihnachten, lass uns in Ruhe unsere Familienzeit genießen."

Er lächelt mich an und ich weiß, wie recht er hat. Ich selbst habe mich aus diesem Grund gerade aus dem Bett gekämpft. Die Trennung in diesem Jahr, die Entbehrungen des Lockdowns, bedeuteten nicht nur für mich, sondern auch für meine Eltern eine große Anstrengung. Vorübergehend habe ich sogar die Angst mit mir herumgetragen, dass wir uns gar nicht wiedersehen. Ich schmiege mich an ihn und vergrabe meine Wange in seinem Weihnachtspullover. Als ich mich löse und den Pullover genauer betrachte, muss ich lachen. „Schöner als der andere ist er nicht, aber selten."

„Du wirst dich an mein neues Christmas-Outfit gewöhnen müssen." Er vollführt eine alberne Drehung und präsentiert das Kleidungsstück wie auf einer Modenschau.

„Damals, als Marlon darauf bestanden hat, über Weihnachten in den Skiurlaub zu fahren, statt die Feiertage mit euch zu verbringen, hätte ich mich durchsetzen müssen", erkläre ich betreten. „Leider wird mir das erst jetzt, viel zu spät, klar."

„In jedem Elend liegt auch etwas Gutes. Auf diese Weise haben wir dich für uns allein."

„Du hast so recht. Für die Zukunft werde ich mein Bauchgefühl nicht unterschätzen, aber so schnell werde ich sowieso keine Beziehung mehr eingehen." Noch während ich spreche, zieht sich mein Unterleib nervös zusammen. Nach der Nacht mit Julius hat mich mein Bauchgefühl im Stich gelassen.

„Nimm dir ruhig Zeit für dich. Es ist okay, wenn du traurig bist. Obwohl dein Kopf begriffen hat, trauert dein Herz. Das ist völlig normal und wichtig."

Ich nicke und bin meinem Vater so dankbar für die aufbauenden Worte. Er irrt sich nur in einem Punkt: Mein Herz trauert nicht um Marlon. In diesem Moment begreife ich: Es trauert um Julius.

Wenn ich mutig gehandelt und mich schon früher getrennt hätte, wäre mir die Rottenmann-Urlaubsreise erspart geblieben. Marlon und Giulietta hätten miteinander anstellen können, wonach immer ihnen der Sinn gestanden hätte. Der BMW hätte nicht einen Kratzer abbekommen und mir stünde nicht so eine horrende Reparaturrechnung ins Haus, deren Ausmaße ich mir derzeit nur sehr, sehr schlimm ausmalen kann. Ich hätte nicht tagelang im Schnee festgesessen. Wenn all das nicht passiert wäre, hätte ich Julius niemals kennengelernt und wir hätten nicht miteinander geschlafen.

Endlich gehe ich hinüber zu besagter Schale, aus der es erneut klingelt und nehme mein Telefon wieder an mich. Neunmal hat Marlon bereits angerufen. Mir scheint, es könnte doch dringend sein. Aber wie mein Vater schon bemerkt hatte, er wird wieder anrufen. Jetzt ist Familienzeit. Ich stelle den Ton leise und begebe mich zu meiner Mutter an den großen Esstisch. Sie knobelt über einem Sudoku, bis ich sie zärtlich von hinten umarme und meine Wange an ihre schmiege. Ich genieße ihre Wärme und studiere nebenbei die Kästchen. Schließlich tippe ich auf eines. „Die Sieben kommt hierhin. Sieben, wie die Zimmernummer in der Pension."

„Da macht die Sieben ihrem Ruf ja alle Ehre." Sie spricht mit mir, ohne aufzusehen und schreibt die Zahl ins Kästchen. Gleich darauf sucht sie unbeirrt weiter.

„Was meinst du mit *alle Ehre machen*?"

„Na, die Sieben ist doch eine Glückszahl und du hattest Glück, dass du bei diesem Schneechaos ausgerechnet in dieser Pension gelandet bist. Dass ich dir das auch noch erklären muss ..." Meine Mutter rückt ihre Brille zurecht und lächelt mich verwundert an.

„Möchtest du einen Tee trinken? Ich habe vorhin erst Wasser gekocht, das dürfte noch heiß sein."

Ein Tee klingt verlockend. In der Küche finde ich eine hübsche, weihnachtlich bemalte Holzkiste mit Klappdeckel. Darin ist eine breite Auswahl an Teebeuteln. Eine Sorte fällt mir sofort ins Auge. Pflaume-Zimt. Wehmütig denke ich mich auf die Eckbank mit Julius zurück.

Noch während ich in der Küche stehe und darauf warte, dass der Tee zieht, verteilt er sein angenehmes Aroma in der Luft. Dieser Tee wird mich sicherlich mein Leben lang an dieses eine, besondere Weihnachtsfest zurückdenken lassen. An Weihnachten und an Julius.

Vorsichtig balanciere ich die volle Tasse wieder zurück an den Esstisch zu meiner Mutter. Ich sitze noch nicht richtig, als mein Telefon erneut klingelt. Marlon, Anruf Nummer zehn.

„Ich glaube, jetzt hat er lange genug gewartet. Ich werde ihn erlösen, obwohl er es nicht verdient hat, dass ich je wieder ein Wort mit ihm spreche ..."

Mama antwortet mit ihrem Ich-verstehe-Blick und ich nehme das Gespräch entgegen.

„Ja …" Kühl und so distanziert wie möglich beginne ich das Telefonat.

„Gott sei Dank, dass ich dich erreiche, Perle. Geht es dir gut?" Marlon klingt tatsächlich etwas besorgt, aber bei dem Wort *Perle* stellen sich mir sofort die Nackenhaare auf. Ich rolle mit den Augen und unterdrücke ein Grollen.

„Was glaubst du wohl?"

„Du bist wahrscheinlich voll enttäuscht und traurig."

„Wie bist du bloß auf diese waghalsige Theorie gekommen? Hätte ich denn einen Grund dazu? Hast du irgendetwas getan, was mich enttäuscht haben könnte?"

Ein Blick reicht, um mich mit meinen Eltern zu verständigen. Dann stehe ich auf und gehe ins Gästezimmer, um allein zu telefonieren.

„Ja, ich weiß, Perle. Du hast alles Recht der Welt, sauer auf mich zu sein. Es tut mir wirklich, wirklich leid, was passiert ist. Mittlerweile ist mir klar geworden, wie sehr ich deine Gefühle verletzt haben muss."

Im Gästezimmer angekommen, schließe ich die Tür und setze mich aufs Bett. Dieser Mensch bringt mich noch um den Verstand. Was soll ich auf diese schwachsinnige Entschuldigung Sinnvolles erwidern? Mir fällt nichts ein, deshalb antworte ich gar nicht.

„Perle? Bist du noch dran? Hast du gehört, was ich gesagt habe? Rede mit mir, bitte." Seine Stimme klingt matt und weinerlich.

„Nenn mich nicht Perle! Bitte! Mein Name ist Inga."
Ich formuliere meine Forderung ruhig, aber mit Nachdruck.

„Aber wieso denn plötzlich? Ich habe dich doch immer Perle genannt." Die Überraschung in seiner Stimme klingt nicht gespielt. In welcher Welt ist Marlon denn unterwegs?

Um Fassung ringend, formuliere ich meine nächsten Worte. Ich spreche langsam. „Und ich habe dir immer gesagt, dass ich es nicht leiden kann. Nenne mich wenigstens jetzt bei meinem richtigen Namen."

„Also gut. Inga, es tut mir leid. Hörst du?"

„Was tut dir leid? Dass du mich Perle genannt hast?" Mein Ton ist scharf, ich sehe nicht ein, ihm entgegenzukommen.

„Und das mit Giulietta. Das ist vorbei. Versprochen. Wir sind uns einig, dass so etwas nicht mehr vorkommen wird. Wir haben verstanden, dass wir da echt einen Schritt zu weit gegangen sind. Wir haben das auch schon mit Benedikt geklärt und der hat uns diese Dummheit schon verziehen. Wie sieht es mit dir aus? Kannst du mir verzeihen?"

Ich fühle mich wie in einem schlechten Film. Es kann doch nicht Marlons Ernst sein, was er da faselt. Am liebsten würde ich ihn anschreien, so wütend macht er mich mit seinem selbstgerechten Unsinn. Woher ich die Kraft nehme, dieses Telefonat ruhig und überhaupt weiterzuführen, weiß ich selbst nicht.

„Marlon, ich denke, du verstehst sehr wohl, was du angerichtet hast. Was ihr beide angerichtet habt. Das ist keine Kleinigkeit. Du hast mich betrogen. Da ist unverzeihlich und unsere Beziehung hat das nicht überstanden."

„Aber Per…, Inga, so glaube mir doch. Ich verspreche dir bei meinem Leben, dass ich so etwas nicht wieder tun werde. Wirf doch das, was wir hatten, nicht so einfach weg."

„Marlon, ich kann nichts wegwerfen, was es nicht mehr gibt. Aber du hast in einer Sache recht: So etwas wird nie wieder vorkommen."

„Bitte, du kannst mich doch nicht so einfach hängenlassen. Versprich mir, dass du noch einmal darüber nachdenkst und wenn es etwas gibt, das dir deine Entscheidung leichter macht, lass es mich wissen. Du kannst alles haben, was du willst."

„Du kannst mich nicht kaufen, aber ich verspreche dir, dass ich sorgfältig darüber nachdenken werde."

Ich verspreche es, obwohl ich weiß, dass meine Entscheidung unumstößlich feststeht. Marlon und ich sind Geschichte.

„Danke, danke! Du wirst es nicht bereuen und wenn du wieder hier bist, machen wir uns ein paar schöne restliche Urlaubstage und beginnen das neue Jahr zusammen."

An welcher Stelle habe ich etwas nicht mitbekommen? Gab es eine Störung in der Leitung, habe ich mich missverständlich ausgedrückt?

„Wie kommst du auf die Idee, dass ich wieder zu euch komme? Warum sollte ich das tun?"

„Ja, warum denn nicht? Wir wollten doch zusammen Urlaub machen. Wir sind zusammen hergekommen und reisen zusammen ab. Was dazwischen vorgefallen ist, vergessen wir einfach. Schau mal, ich bin dir auch nicht böse, dass du mit meinem Auto abgehauen bist."

„Ach nein? Das klingt in meiner Erinnerung aber ganz anders." Ich verkrampfe mich. Dieses Telefonat mit meinem Ex ist der reinste Hohn und mit Logik oder Vernunft kommen wir keinen Schritt vorwärts.

„Ich war ja auch sauer auf dich. Stimmt. Aber jetzt verzeihe ich dir. Siehst du, ich habe den ersten Schritt getan und bin über meinen Schatten gesprungen. Jetzt du!"

„Nein. Ich werde hierbleiben, Marlon. Zusammen mit meinen Eltern verbringe ich die Weihnachtstage und den Jahreswechsel."

„Aber das ist doch voll langweilig!", empört er sich.

„Nein, ist es nicht. Es ist ruhig und schön, denn sie lieben mich und haben nicht vor, mich zu verletzen. Wie du vielleicht vergessen hast, habe ich sie sehr lange nicht gesehen und die Sehnsucht war auf beiden Seiten mittlerweile groß."

„Aber danach kommst du doch wieder? Du musst mir doch mein Auto zurückbringen."

Ich stelle mir die Panik in seinem Gesicht vor. Die dazu passende, schnelle Atmung höre ich im Telefon. Nun ist der Zeitpunkt wohl gekommen und ich werde ihm reinen Wein einschenken müssen.

„Marlon, du musst jetzt stark sein." Ich spreche mit ihm wie mit einem Kindergartenkind, dem ich jetzt seinen Lieblingsteddy wegnehmen muss.

„Warum?"

„Es geht um dein Auto. Wie formuliere ich es am besten ... Es hat ein paar Gebrauchsspuren abbekommen."

„Waaaas? Sag mir nicht, du hast den 5er zerlegt!“ Schrill und fassungslos stöhnt er seine Befürchtung in den Telefonhörer.

„Nichts, was nicht wieder zu reparieren ist.“ Die Worte, die ihn beruhigen sollen, erreichen das Gegenteil.

„Oh mein Gott … mein Auto … mein Auto … was hast du getan? Hast du eine Felge zerkratzt? Die Bezüge verdreckt?“

Er ist so ahnungslos und ich bin mir gerade sehr sicher, dass es besser ist, ihm die Details noch zu verschweigen. Zögerlich rücke ich mit einer vagen Antwort heraus. Ich will nicht ihn schonen, sondern mich.

„Ein bisschen mehr ist schon passiert, aber ich verspreche dir, dass ich mich darum kümmern werde. Ich werde die Kosten tragen und du wirst hinterher nicht merken, dass dem Auto irgendetwas zugestoßen ist.“

In meiner Vorstellung sehe ich Marlon vor Verzweiflung in seine Hand beißen. Etwas Schadenfreude ist trotz der zu erwartenden Kosten auf meiner Seite.

„Scheiße! Du hast eine Beule in mein Auto gefahren! Jetzt habe ich eine Unfallkarre! Weißt du, was das bedeutet?“

Ich ahne, dass dies nur eine rhetorische Frage ist. Zumindest was das angeht, kenne ich ihn doch recht gut. Ich antworte nicht und es folgt ein emotionaler Vortrag darüber, wie sehr ein Fahrzeug an Wert verliert, wenn es bereits in einen Unfall verwickelt war.

„Aber du willst ihn doch sowieso nicht verkaufen. Du hast immer gesagt, ihr zwei seid für die Ewigkeit.“

Tatsächlich ist Marlon mit seinem Auto bereits seit seinem zwanzigsten Lebensjahr zusammen. Wie konnte ich nur annehmen, jemals eine übergeordnete Rolle zu spielen? Ich lausche in den Hörer und meine ihn schniefen zu hören.

„Weinst du?"

„Ja, was glaubst du denn? Was würdest du an meiner Stelle tun, wenn dir jemand so etwas Schreckliches antut? Und wie sollen wir denn wieder nach Hause kommen?"

Verächtlich atme ich die Luft aus. Das Schlimme ist, dass er diese Empörung über mein unzureichendes moralisches Verständnis ernst meint. So ist Marlon.

„Ich werde mich um alles kümmern, versprochen. Und du wirst im Notfall mit Benedikt und Giulietta zurückfahren. In deren Auto ist ausreichend Platz. Ich reise sowieso allein zurück."

„Weißt du überhaupt, was du da von mir verlangst? Ich muss in Benedikts Karre hinten sitzen!" Es folgt ein lauter Schluchzer.

Mein Mitleid hält sich in Grenzen. „Du wirst es überleben. Glaube mir."

„Du hast gut reden. Diese Demütigung kannst du nicht nachvollziehen." Er schnaubt verächtlich und mir fehlen die Worte. Warum lege ich nicht einfach auf? Ist es die Faszination des Grauens?

„Du glaubst wirklich, was du sagst, oder?"

Einige Sekunden ist es still, dann folgt der Gipfel dieses irrsinnigen Gesprächs.

„Ich will trotzdem mit dir zusammen sein, Inga. Auch wenn du mein Auto kaputtgemacht hast. Reicht dir das als Beweis?"

„Als Beweis wofür?"

„Na dafür, dass ich dich liebe."

Meine Augen werden größer und größer, die Brauen wandern gefühlt bis unter den Haaransatz, mein Körper erzittert. Nach all dem, was Marlon getan hat, macht er es, im Versuch, den Fehler aus der Welt zu schaffen, immer schlimmer. Ich zweifle keine Sekunde daran, dass die Trennung endgültig ist.

„Bis dann, Marlon. Ich melde mich bei dir, sobald es Neuigkeiten in Bezug auf den BMW gibt."

„Oder wenn du weißt, wann du wieder zurückkommst. Ich vermisse dich, Perle."

Meine Augen werden schmal. Ich werde nicht wieder zurückkehren. Nicht in die Skihütte und nicht zu Marlon. Nicht einmal nach Rottenmann, zur Pension oder zu Julius. Mist! Beim Gedanken an ihn spüre ich einen Stich im Herzen.

„Mach's gut." Erschöpft flüsternd beende ich das Gespräch und lasse mich nach hinten aufs Bett kippen.

Heiße Tränen kullern leise an meinen Schläfen hinunter, bahnen sich ihren Weg über meine Ohren und versickern in der Tagesdecke. Ich denke nicht nach, lasse den Schmerz mit jeder Träne aus mir herausfließen. Zu viel habe ich in den letzten Tagen verloren. Das Zeitgefühl ist mir vollkommen abhandengekommen. Mit offenen Augen liege ich im Bett, starre an die Decke, bis es leise an die Tür klopft.

„Ja?" Ich rolle mich zur Seite.

Meine Mutter kommt herein. „Wie geht es dir?"

Sie setzt sich zu mir aufs Bett und legt ihre Hand auf meinen Arm. Langsam streichelt sie mich, eine Geste, die beruhigend auf mich wirkt.

„Ich bin traurig. Alles ist furchtbar", antworte ich nach einer Weile mit brüchiger Stimme.

„Weine dich aus. Das ist gut. Auch wenn es wehtut, beschäftigst du dich mit deinen Sorgen und kannst sie verarbeiten."

Was soll ich darauf antworten? Mag sein, dass sie recht hat, aber sie steckt ja auch nicht in meiner Haut.

„Ich bleibe einfach noch eine Weile hier drin und lese. Okay?"

„Natürlich. Ich sage dir Bescheid, wenn das Essen fertig ist."

„Was gibt es denn?" Nachdem bei mir schon das Frühstück ausgefallen ist, spüre ich trotz allem meinen leeren Magen und habe Hunger.

„Rinderfilets."

„Mhm. Die werde ich mir nicht entgehen lassen."

Meine Mutter streicht mir übers Haar, wie sie es früher getan hat, wenn sie mich ins Bett gebracht hat, und verlässt leise das Zimmer.

Ich liege noch eine Weile da, lasse meinen Blick schweifen und entdecke das Weihnachtsgeschenk unter dem Stuhl. Unentschlossen starre ich es an. Mir ist nicht danach, aufzustehen, dennoch mache ich mir Vorstellungen davon, was Franziska mir wohl eingepackt haben könnte. Schließlich rapple ich mich auf, ziehe es hervor und öffne es.

Unter dem Papier wird eine dunkelblaue Schachtel mit Klappdeckel sichtbar. Darauf lese ich in goldenen Buchstaben *Pension Gruberhof.* Nervosität befällt mich. Vorsichtig lege ich das Papier beiseite und hebe den Deckel an. Bei dem Anblick, der sich mir bietet, stockt mir der Atem. Neben einer Flasche steirischen Obstbrands finden sich in der Kiste eine bunt gemischte Tüte unserer selbstgebackenen Weihnachtsplätzchen und eine der so kreativ gestalteten Weihnachtskarten von Lynn und Filip. *Frohe Weihnachten für Inga*, lese ich darin. Augenblicklich bildet sich ein dicker Kloß in meinem Hals, auf meiner Brust lastet ein unheimliches Gewicht und lässt mich kaum atmen. Es ist so wunderbar und ich werde sie nie wiedersehen.

Unter den Plätzchen entdecke ich noch etwas anderes in der Kiste. Mir wird heiß und kalt. Mit zitternden Fingern nehme ich das Polaroid-Foto, das Franziska von Julius und mir gemacht hat, heraus. Ich presse das Bild an meine Brust. Es ist das schönste Geschenk.

21. Endlich vollständig

Am Morgen des zweiten Weihnachtstages fühle ich mich wesentlich erholter. Kein Wunder, ich bin schon zeitig im Bett gewesen, nachdem wir alle zusammen einen Weihnachtsfilm geschaut haben. Eine Liebesschnulze, an deren Ende ich ein Tränchen verdrückt habe. Ich versuche, mich nicht weiter über Marlon zu ärgern und sage mir, einem Mantra gleich, immer wieder, dass ich alles richtig gemacht habe.

Das Foto von Julius, mir und unseren Schneemännern liegt unter dem Stuhl auf der Geschenkkiste. Ich versuche, die positiven Gedanken zu bündeln und mich daran zu erfreuen, mir eine besondere Erinnerung fürs Leben geschaffen zu haben. Dass nicht mehr aus uns wird, war von Anfang an klar und auch nicht gewünscht. Das Leben geht weiter, schöne Momente ziehen vorüber. Ich möchte nicht traurig sein, über das, was ich verloren habe, sondern glücklich über das, was ich erfahren habe. Diese Nacht mit Julius gehört definitiv zu den Erlebnissen in meinem Leben, die ich nicht bereue und nicht vergessen werde.

Meine Eltern sind mir jedoch in Sachen guter Laune weit voraus. Beide sind früh aufgestanden. Nun, nach dem Frühstück, beginnen wir damit, das Zimmer für

Lia und meinen Bruder herzurichten. Sie bekommen tatsächlich das Gästezimmer mit dem großen Bett und ich werde ins Arbeitszimmer umziehen. Nachdem die Betten umgebaut, neue Bettwäsche bezogen und vorbereitet ist, muss ich nur noch mein Gepäck hinüber ins andere Zimmer bringen.

„Was ist das denn hier?“ Meine Mutter steht unvermittelt im Türrahmen, während ich meine Klamotten sortiere und hält etwas in den Händen. Es dauert einige Sekunden, bis ich wahrnehme, dass sie ein Foto betrachtet. Mein Foto! Es muss beim Umräumen herausgefallen sein. Erschrocken und verschämt gehe ich zu ihr und nehme ihr das Bild langsam aus den Händen.

„Das ist Julius Gruber und im Hintergrund sind die Schneemänner, die wir gebaut haben. Franziska hat das Foto an dem Abend gemacht und es mir in ein Weihnachtspäckchen gelegt.“ Das Beben in meiner Stimme kann ich nicht unterdrücken.

„Sehr originell, die Schneefrau. Sogar mit Schal.“

„Ja, meiner. Den habe ich leider dort vergessen.“

„Sieht gut aus, dieser Julius.“

„Was du nur wieder denkst ...“ Ich werfe meiner Mutter einen Du-bist-unmöglich-Blick zu.

„Gar nichts denke ich. Habe nur gesagt, dass er gut aussieht. Sehr hübsch und sympathisch.“

„Du weißt doch, dass man vom Bild nicht auf den Charakter eines Menschen schließen kann. Hinter einer schönen Fassade kann sich auch ein fieser Typ verbergen.“

„Ist er denn fies?“

Ich rolle mit den Augen. „Nein, ist er nicht ... also meistens nicht. Am Anfang war er ein bisschen komisch.

Aber er ist schon in Ordnung. Wenn du mich jetzt entschuldigst, richte ich mich noch weiter ein. Wir wollen schließlich pünktlich zum Bahnhof kommen.“

„Stimmt.“ Plötzlich sieht mich meine Mutter an, als hätte sie einen Geist gesehen. Dann macht sie auf dem Absatz kehrt und stürmt in die Küche. „Der Nachtisch!“, ruft sie und stößt noch ein paar harmlose Flüche aus.

Da mein Bruder und seine Verlobte den Wiener Hauptbahnhof erst am Abend erreichen werden, hatten wir uns darauf geeinigt, das Mittagessen ausfallen zu lassen und stattdessen später gemeinsam zu dinieren. Meine Mutter wirtschaftet nun emsig in der Küche und lehnt jede angebotene Hilfe strikt ab.

Gleich darauf steht mein Vater im Türrahmen. Er hat sich bereits seinen Wintermantel übergezogen und trägt einen Hut. „Komm, Inga! Wir machen uns auf den Weg.“

Ich blicke auf die Uhr. Bis zur Ankunft der beiden dauert es noch einige Stunden.

„Jetzt schon? Was sollen wir denn so lange anstellen?“

„Lass dich überraschen. Ich sage nur Belvedere.“

Mein Vater lädt mich ins Belvedere 21 ein, ein Museum für österreichische und internationale Kunst der Gegenwart. Wir verbringen einen kurzweiligen Nachmittag in den Ausstellungen dieses riesigen gläsernen Kastengebäudes für zeitgenössische Kunst. Dankbar für diese angenehme Zerstreuung hake ich mich bei ihm ein. Während wir durch die Ausstellungen flanieren, sprechen wir kaum miteinander. Wir genießen und entspannen. Schließlich finden wir uns in der angegliederten Bar ein, wo wir leckere Cocktails genießen. Fasziniert betrachte ich die künstlerisch gestalteten Lampenschirme, die dem Raum ein besonderes Flair geben. Wir fachsimpeln und vergessen fast, rechtzeitig zum Bahnhof aufzubrechen.

Nun stehen wir unter der großen Uhr des Haupteingangs, wo wir mit meinem Bruder und seiner Verlobten verabredet sind, und sehen uns suchend um. Lia und ich telefonieren bereits seit fünf Minuten, denn sie meint, genau dort zu stehen. Ich solle nach einer beigefarbenen Jacke Ausschau halten, sie winke mit dem roten Schal durch die Luft.

„Da drüben!" Mein Vater hat sie entdeckt. Keine dreißig Meter von uns entfernt.

„Wir sehen euch. Wartet, wir kommen." Die beiden sehen sich noch suchend nach uns um, als wir fast vor ihnen stehen.

„Fröhliche Weihnachten, Brüderchen!" Es kostet mich viel Beherrschung, Micha nicht aufs Heftigste zu knuddeln, sondern die angesichts der Operation nötige Sanftheit walten zu lassen. Lia hingegen muss ich nicht schonen und sie erweckt auch nicht den Anschein, dass sie das möchte. Wir umarmen uns und quietschen wie aufgeregte Teenager. Dass wir uns zuletzt gesehen haben, ist auch eine Ewigkeit her. Schließlich begeben wir uns zum Auto.

„Wie geht es euch, war die Reise anstrengend? Wie lange wart ihr unterwegs? Erzähl doch mal, Michi." Ich stupse meinen Bruder in die Seite.

„Haha", ist das Einzige, was er von sich gibt.

Lia übernimmt das Antworten. „Die Reise war wirklich angenehm. Abgesehen davon, dass wir früh aufstehen mussten, gibt es nichts zu beanstanden. Die Plätze waren okay. Wir konnten uns die Beine vertreten, etwas essen und Internet gab es auch. Außerdem habe ich ein neues Buch bekommen und habe es gleich durchgelesen. Ich kann es dir nur empfehlen." Sie öffnet ihre Handtasche und zieht es hervor. Das Cover erkenne ich sofort und lächle.

„Ja, das kenne ich. Habe ich zu Weihnachten bekommen."

„Und schon angefangen zu lesen?" Ich sehe Lia an, dass sie am liebsten gleich mit mir darüber philosophieren würde.

„Angefangen ja, aber noch nicht so viele Seiten geschafft."

„Dann verrate ich dir noch nichts und du sagst mir Bescheid, wenn du durch bist. Deine Meinung interessiert mich brennend." Ich verspreche es und bin wieder einmal froh, dass Lia und ich uns gut verstehen.

„Sag mal", suche ich das Gespräch mit meinem Bruder, als wir im Auto zurückfahren. „Hat der Arzt dir gesagt, wie lange es dauern wird, bis deine Wangen wieder abschwellen werden?"

Er zuckt die Schultern und schüttelt den Kopf.

„Was machst du denn, wenn das so bleibt? Stell dir nur vor ... Dann brauchst du neue Passfotos und all das, was damit zusammenhängt." Ich kichere.

„Das wird schon wieder." Er zeigt sich zuversichtlich.

Später zum Dinner sorgt meine Mutter für einen sehr amüsanten Moment. Sie serviert uns allen die fertigen Teller mit Wildgulasch und grünen Speckbohnen. Auf dem meines Bruders befindet sich eine braune, cremige Masse.

„Iss ruhig. Es ist genau das Gleiche, was wir haben. Nur püriert.“

Ich lache, denn ich sitze ihm gegenüber und muss befürchten, dass ihm gleich die Augen aus dem Kopf fallen.

„Darfst du denn wenigstens Wein trinken?“

„Nehme ich einfach.“

Wir heben die Gläser und stoßen miteinander an. Mein Herz ist voller Liebe für meine Familie, als ich in die Runde blicke. Die Lichter des Weihnachtsbaums sorgen für heimelige Beleuchtung und im Hintergrund ertönen amerikanische Christmas Songs. Eine kleine Zugabe von Papas Pullover-Lieferanten. Ach, könnte ich die Zeit nur anhalten. Jetzt würde ich es tun.

Auch die nächsten Tage gestalten sich sehr erholsam für uns alle. Nachdem alle Weihnachtsgerichte geschafft sind, überlässt meine Mutter auch uns anderen das Feld, damit wir abwechselnd jeder einmal in der Küche stehen und uns ums Essen kümmern können. Auch Micha besteht darauf, an einem Tag verantwortlich zu sein. Allerdings kocht er nicht selbst, sondern bestellt für alle beim Chinesen. Wir genießen gutes Essen, sehen Weihnachtsfilme und spielen jeden Abend, bis wir todmüde sind. Lia ist eine tolle Mitspielerin. Tagsüber machen wir kurze Ausflüge in die Stadt, besuchen die Kapuzinergruft, besichtigen den Stephansdom und trinken Franziskaner aus der Schale.

Die Suche nach einem Fiaker gebe ich auf, als Lia mir einen brennenden Vortrag darüber hält, wie ungesund diese Arbeit bei extremer Kälte für die Pferde sein kann. Sie ist erst zufrieden, als ich ihr verspreche, diese Touristenattraktion aufs Frühjahr zu verschieben.

Einen Tag vor Silvester spaziere ich mit meiner Mutter durchs Viertel. Der Schnee schmilzt sichtlich und trotzdem zieht mich die winterlich-romantische Stimmung dieser wunderschönen alten Stadt in ihren Bann. Während wir nebeneinanderher schlendern, wird mir klar, dass mich die vergangenen Tage so ausgefüllt und beschäftigt haben, dass ich kaum einen Gedanken an Marlon verschwendet habe. Ich habe wohlweislich Vorkehrungen getroffen und Chat-Mitteilungen von ihm stumm gestellt, denn schon nach unserem letzten Telefonat hat er begonnen, mir in regelmäßigen Abständen neue Liebesbekundungen in Form von Rosenbildern und Katzenfotos aufs Handy zu schicken. Doch egal wie niedlich die Katzen waren, im Zusammenhang mit Marlon konnten sie mein Herz nicht erwärmen.

Das Foto von Julius und mir dagegen entlockt mir jeden Abend vor dem Schlafengehen ein wehmütiges Lächeln. Auch jetzt denke ich an ihn und mein Spiegelbild lächelt zurück. Wir stehen bereits eine Weile vor dem Schaufenster einer edlen Boutique.

„Komm, wir gehen rein und schauen uns um", schlägt meine Mutter vor und geht direkt voraus.

Unsicher folge ich ihr. In diesem Geschäft finden sich gewiss wunderschöne Kleidungsstücke, aber die Preise passen nicht zu meinem Budget. Vor allem mit Blick auf die noch ausstehende Fahrzeugreparatur sollte ich mir keinen Luxus erlauben.

Meine Mutter bleibt vor einem edlen Tischchen mit Schals und Tüchern stehen. Unauffällig tritt eine geschmackvoll gekleidete und von der Natur mit viel

Schönheit gesegnete Frau um die dreißig zu uns. Nicht aufdringlich, nein freundlich und zuvorkommend.

„Wir interessieren uns für die Schals", gibt meine Mutter Auskunft und wendet sich dann an mich. „Du läufst seit Tagen oben ohne durch die Stadt. Das kann ich gar nicht mitansehen, ohne selbst zu frieren. Such dir einen aus, du bekommst ihn zu Weihnachten von mir."

„Und was wird aus *wir schenken uns nichts*? Ich habe doch schon ein Buch bekommen." Ich nehme ihr einen der Schals ab und mag ihn kaum wieder loslassen. Er ist wunderbar weich und warm.

„Papperlapapp, Mütter dürfen ihre Meinung ändern, wenn sie ihren Kindern damit etwas Gutes tun."

„Die sind alle superschön. Ich kann mich gar nicht entscheiden. Haben Sie denn noch andere Farben? Grün vielleicht?", will ich von der Dame wissen.

Sie nickt und kommt mit einem wunderschönen dünn gewebten Kaschmirschal in Pastellgrün zurück. Ja, der gefällt mir, aber als ich den Preis erblicke, überkommen mich Zweifel. Ist es richtig, so viel Geld für einen Schal auszugeben? Meine Mutter scheint ihre Entscheidung bereits gefällt zu haben.

„Den nehmen wir und sie zieht ihn gleich an."

„Eine sehr gute Wahl und Sie haben Glück: Dieser Schal gehört zu den bereits reduzierten Artikeln. Sie sparen fünfundzwanzig Prozent." Lächelnd tippt sie den Preis in die Kasse.

Dieses wunderbare, vergleichsweise kleine Stück Stoff kostet immer noch satte einhundertvierzig Euro. Ich hätte ihn mir niemals gekauft, aber meine Mutter freut sich, zückt die Karte und zahlt. Dann legt sie mir mein Geschenk um den Hals und wir machen uns zurück auf den Heimweg.

„Danke", flüstere ich und hake mich bei ihr ein.

„Bitte nicht wieder an arme Schneefrauen verschenken. Auch wenn es den Anschein hat: Die frieren nicht."

„So schnell werde ich wohl nicht mehr in die Versuchung kommen. Zu Hause gibt es sowieso keinen Schnee und morgen ist schon Silvester. Allmählich muss ich mich um meine Heimreise kümmern."

Wir passieren die letzten Häuser und erfreuen uns an der herrlichen Weihnachtsbeleuchtung über und neben uns. In der einsetzenden Dunkelheit wirkt alles noch romantischer.

In der Wohnung erwarten uns mein Vater, Micha und Lia bereits mit Eierpunsch und einem Würfelbecher. Über mangelnde Zerstreuung kann ich mich wahrhaftig nicht beklagen.

22. Unerwarteter Besuch

Schon vor der unerwarteten Ankunft von uns Kindern hatten meine Eltern die anderen Eigentümer aus dem Haus eingeladen. Keine große Gesellschaft, jedoch eine gute Gelegenheit, endlich die ausgefallene Einweihungsparty nachzuholen. Die Hausgemeinschaft versteht sich prächtig und ist nahezu homogen. Alle in ähnlichem Alter, wie meine Eltern, die darauf brennen, ihren Einstand zu geben.

Wir sind als Anhang selbstredend ebenfalls eingeladen und drücken den Altersdurchschnitt erheblich. Nun denn, es gibt gewiss Schlimmeres als diese Party. Wir machen das Beste daraus und bringen uns bestmöglich in die Planung ein. Am Morgen des einunddreißigsten Dezember stehen meine Mutter, meine Schwägerin in spe und ich in der Küche und backen, während mein Vater und zwei Nachbarn Möbel rücken, um Platz zu schaffen. Die Aufgaben wurden ganz in alter Geschlechterrolle verteilt. Die Herren sorgen für Sitzgelegenheiten und Getränke, die Damen für die

Speisen. Wobei sich beiderseits niemand furchtbar verausgaben muss. Vor allem nicht mein Bruder, der darf nämlich laut ärztlicher Verordnung noch keine anstrengenden körperlichen Arbeiten verrichten.

Die Getränke werden geliefert. Ein Braten auch, nur die Salate und Kuchen wollen noch selbst gemacht werden. So etabliert sich Micha als Portier und Barkeeper. Er muss die Lieferanten hereinlassen und wieder hinausbegleiten und später die Getränkeversorgung gewährleisten. Eine wenig anspruchsvolle Tätigkeit, vor allem da die Lieferungen erst für später am Tag angekündigt sind. Die meiste Zeit sitzt er auf dem Sofa herum, sieht fern und spielt am Handy. Hin und wieder kühlt er sein Gesicht, obwohl ich glaube, dass er etwas zu dick aufträgt.

Es herrscht munteres Kommen und Gehen. Die Nachbarinnen bringen nach und nach ihre Salate vorbei, haben einfach nur eine Frage oder wollen mal schauen, ob auch alles in Ordnung ist. Der Kühlschrank meiner Mutter platzt bald aus allen Nähten. Warum die Damen die Speisen jetzt schon bringen, frage ich mich, doch dann beobachte ich meinen Bruder und mir wird einiges klar.

„Micha holt sich Trost und revanchiert sich mit Komplimenten und Sekt bei ihnen." Ich kehre in die Küche zurück und versuche irgendwie, eine weitere Schüssel im Kühlschrank unterzubringen.

„Was für ein Schlitzohr, hoffentlich übertreibt er es nicht. Sonst schlafen schon alle um zehn." Lia kichert und dreht das Küchenradio etwas lauter. Sie singt zur Musik und wir fallen ein, obwohl wir bei weitem nicht so textsicher sind wie sie. Es ist auch egal, denn es zählt, dass wir Spaß haben. So leicht habe ich mich schon lange nicht mehr gefühlt.

Als der Gugelhupf bereits auskühlt und die Käsetorte sich im Backofen befindet, räume ich auf und spüle, während meine Mutter uns auf der Anrichte Wasser und Gläser für eine kurze Pause bereitstellt. Die ersten beiden Kuchen haben wir nur zum Aufwärmen gebacken und als Reserve, falls Nummer drei, eine Schwarzwälder Kirschtorte, nicht gelingen sollte.

Solange ich denken kann, hält es meine Mutter mit dieser Strategie. Sie hat immer noch einen Kuchen in Reserve. Ihre Torte schmeckt jedes Mal himmlisch, aber sie selbst lässt sich von nichts anderem überzeugen. Reservekuchen muss sein, falls die Schwarzwälder in die Hose geht. Woher auch immer diese Angst rühren mag.

„Jetzt ist es hier fast wie in der Pension." Ich blicke in das fragende Gesicht meiner Mutter, während ich meine nassen Hände abtrockne.

„Was meinst du?"

„Den Spüldienst und hinterher versorgt werden. Alle haben sich die ganze Zeit so gut um mich gekümmert. Ich bin immer noch überwältigt von ihrer Herzlichkeit und Gastfreundschaft. Von der ganzen Familie". Den letzten Satz spreche ich etwas leiser.

„Glücklicherweise gibt es auch noch gute Menschen auf der Welt. Ich bin froh, dass sie dich aufgenommen haben. Hast du dir schon Gedanken gemacht, wann du wieder dorthin fahren wirst?" Lia ist mittlerweile auch im Bilde und dabei, meinen Bruder zu einem Urlaub dort anzuspitzen. Ich senke angesichts der Zwickmühle, in die ich mich selbst hineinmanövriert habe, den Blick. Mit Julius zu schlafen war eine wunderbare Erfahrung, aber jetzt ist es nun mal kompliziert, so wie er es vorausgesagt hatte. Ich kann ihn nicht wiedersehen, aber auch nicht grundlos mit der Familie brechen, die so viel für mich getan hat.

Neben den Gläsern summt mein Telefon und rettet mich vor einer sofortigen Antwort. Silvestergrüße, Animationen und Bilder, weitergeleitet von Bekannten und Kollegen, zu denen ich teils ewig keinen Kontakt hatte. Ich scrolle durch den Nachrichteneingang. Es sind recht viele, die ich im Laufe des Tages verpasst habe. Auch Marlon schon wieder. Ich öffne die Nachricht. Eine Rosenanimation mit roten Herzchen. Dazu schreibt er:

Liebe übersteht alles. Es gibt heute noch eine Überraschung für dich. Warte ab!

Ich rolle in genervter Hilflosigkeit mit den Augen und zeige die Nachricht Lia und meiner Mutter.

„Was soll ich machen? Wie soll ich damit umgehen? Er versteht nicht, dass es vorbei ist und ich nicht mehr mit ihm zusammen sein möchte."

Ich blicke in nachdenkliche Gesichter und Lia hebt an, etwas zu sagen, doch mein Bruder platzt dazwischen. Er hat zwar keine Schmerzen mehr und kann auch wieder einigermaßen feste Nahrung zu sich nehmen, aber die Schwellung seines Unterkiefers ist noch immer deutlich zu sehen und verhindert eine normale Mimik. Deshalb kann ich nur schwer aus seinem Gesicht lesen, wie seine Stimmung ist.

„Da ist Besuch für Inga an der Tür."

Du meine Güte, mir wird ganz flau. Ich tippe auf mein Handy.

„Dieser Mann ist unmöglich! Typisch Marlon. Der kann doch nicht einfach herkommen. Eine tolle Überraschung hat er sich da ausgedacht." Ich schimpfe, aber ich bekomme keine Antwort, vielmehr erinnert mich mein Bruder mittels Daumenzeig daran, dass mein Besuch noch immer an der Tür wartet.

„Dem werde ich was erzählen!", flüstere ich und halte Micha das Display, auf dem noch immer Marlons Nachricht zu sehen ist, unter die Nase. Wütend gehe ich zur Tür. Mir ist klar, dass ich da jetzt allein durch muss, ob es mir gefällt oder nicht. Nun denn, vielleicht hat diese absurde Situation wenigstens ein Gutes und wir können alles, was zwischen uns war, im alten Jahr lassen. Einen sauberen Schlussstrich ziehen und beide mit neuen Vorsätzen in die Zukunft blicken.

Die Wohnungstür steht einen Spalt offen. Mit jedem Schritt, den ich mich nähere, nimmt meine Verärgerung zu. Mein Hals schnürt sich zu, in meinen Augen sammelt sich verdächtig viel Wasser. Nein, es gefällt mir ganz und gar nicht, dass Marlon ohne Vorwarnung hier in meiner Zuflucht auftaucht und mir das ruhige Silvester, das ich gerade so dringend benötige, ruiniert. Mit zitternden Fingern umschließe ich den Griff der Türklinke. Ich werde ihm sofort den Wind aus den Segeln nehmen.

„Was denkst du dir eigent..." Ich komme nicht weiter, denn vor mir steht nicht Marlon, sondern Julius.

Sofort ziehen mich seine grünen Augen in ihren Bann. Unsere Blicke haften aneinander und am liebsten würde ich ihm um den Hals fallen. Stattdessen stehe ich wie zur Salzsäule erstarrt im Türrahmen. Meine Finger umklammern die Klinke und in meinem Hals wird es immer trockener. Mein Herz rast.

„Entschuldige bitte. Es tut mir leid, wenn ich ungelegen komme."

Den angenehmen Klang seiner Stimme habe ich vermisst. Augenblicklich werde ich sanft. Noch immer lösen wir die Blicke nicht voneinander.

„Nein, ist schon gut. Kein Problem. Ich dachte nur, du wärst jemand anderes. Ich wollte keinesfalls unhöflich sein", tue ich zu meiner Verteidigung kund und räuspere mich betreten.

„Du dachtest, ich sei Marlon?"

Ich ziehe unwirsch bestätigend die Augenbrauen hoch.

„Hast du gerade Zeit?"

Ich bringe es nicht übers Herz, ihn abzuweisen und nicke zögernd. Meine Gedanken rattern. Freude, Aufregung, Angst und Zweifel haben mich im Griff. Mein Körper befindet sich vom Scheitel bis zur Sohle in angenehmem Aufruhr und ich versuche mir nichts anmerken zu lassen.

„Warum bist du hier?", frage ich vorsichtig.

„Hier, den wollte ich dir bringen. Du hattest ihn vergessen." Er nestelt meinen Schal aus der Jackentasche und reicht ihn mir.

„Oh, das ist ja nett, dass du dafür den ganzen Weg bis nach Wien gekommen bist. Das hättest du nicht tun müssen."

„Ich weiß. Aber ich war gerade in der Nähe und ich wollte dich sehen."

Wieder verfangen sich unsere Blicke ineinander. Mein Herz rast und erst das nachdrückliche Hüsteln des Nachbarn, der mit zwei Stühlen beladen vor der Wohnungstür wartet, holt mich zurück in die Gegenwart. Peinlich berührt trete ich zur Seite und mache den Durchgang frei.

„Hast du Lust, noch ein Stück mit mir durch die Stadt zu gehen?“

Klar auf jeden Fall, so lange und so weit wie du willst, möchte meine innere Stimme sich mitteilen. Stattdessen erkläre ich umständlich: „Wir sind gerade sehr in der Küche beschäftigt, Kuchen backen für die Party heute Abend und so. Ich muss fragen, ob sie auch ohne mich zurechtkommen.“

Ich versenke meine Nase im Schal und atme tief ein. Er riecht verdammt gut nach Julius. In meinem Magen flattert es bedrohlich, die Erinnerung an unsere Nacht ist so lebendig wie nie. „Warte kurz, ich bin gleich zurück.“ Noch während ich mich abwende, beginnen meine Wangen zu glühen.

Wie auf Wolken gelange ich in die Küche. Ich spüre seinen Blick in meinem Rücken. Eine angenehme Anspannung ergreift Besitz von mir. Ich hätte vernünftig sein und ablehnen sollen, aber wie könnte ich. Ein unvernünftiges Fünkchen Hoffnung auf ein Happy End glimmt in mir und ich habe nicht die Kraft, dagegen anzukämpfen.

„Julius Gruber von der Pension ist da. Er hat mir meinen Schal gebracht und fragt, ob ich noch ein Stück mit ihm durch die Stadt gehe. Ist es in Ordnung für euch, wenn ich mich für ein Weilchen aus den Vorbereitungen rausziehe?“

„Warum bittest du ihn denn nicht herein?" Meine Mutter will schon aufstehen.

„Nein. Das will er bestimmt nicht. Er hat extra gefragt, ob wir ein Stück rausgehen."

Meine Wangen sind heiß wie Feuer.

„Du wirst ja rot", spricht Lia unnötigerweise aus, was sowieso schon alle sehen können.

„Ja, vom Arbeiten. Hier drinnen ist es warm."

Alle drei grinsen mich an. Die wissenden Blicke, die sie sich zuwerfen, entgehen mir nicht.

„Es ist nicht so, wie ihr denkt."

„Wir denken doch gar nichts." Lia setzt das Gesicht eines Unschuldsengels auf. „Geh ruhig, wir kommen schon klar. Das Meiste haben wir sowieso schon geschafft. Oder?"

Meine Mutter nickt.

„Dann bis später." Ich trinke noch einen Schluck Wasser und verlasse hocherhobenen Hauptes die Küche.

„Komme sofort", rufe ich zur offenen Wohnungstür hinüber und eile ins Arbeitszimmer, um Jacke und Tasche zu holen. Meine Familie steht noch immer grinsend Spalier, als ich auf dem Weg zur Wohnungstür bin, aber mich interessiert nur eins: Warum ist Julius wirklich hier?

Das angenehme Flattern in meinem Magen nimmt zu, als ich die Tür hinter mir schließe. Während der gemeinsamen Fahrt im Lift nach unten halten wir einen größeren Abstand als nötig voneinander.

Sein schwarzer Audi parkt direkt vor dem Haus. Der Wind weht sein Aftershave zu mir herüber. Alle meine Sinne richten sich auf den Mann neben mir.

„Dir ist schon klar, dass du unsere Vereinbarung gebrochen hast?“ Ich versuche, einen Ton der Entrüstung in meine Stimme zu legen.

„Ich weiß. Sollen wir trotzdem erst ein paar Schritte gehen? Vielleicht finden wir ein Plätzchen, wo wir Kaffee trinken und reden können.“

Ich blicke auf die Uhr. „Fast halb drei. Mal schauen, ob wir noch einen bekommen, so kurz vor Jahresende.“

„Wie kommst du darauf, dass es schwierig sein könnte?“

„Keine Ahnung“. Ich zucke mit den Schultern und schlage mit einem Fingerzeig nach rechts die Richtung vor, in die wir gehen könnten. Langsam setzen wir uns in Bewegung, jeder die Hände tief in seinen Jackentaschen vergraben.

Wir flanieren bereits einige Minuten. Ich genieße Julius’ Gegenwart, aber mit jedem Schritt wird die Stille zwischen uns unangenehmer, die Ungewissheit größer. Warum ist er nicht bei seiner Familie?

„Danke, dass du mir meinen Schal gebracht hast.“ Ein kläglicher Versuch, ein Gespräch in Gang zu bringen.

„Keine Ursache.“

Ich werfe ihm einen Blick von der Seite zu. Er wirkt angespannt. „Es wäre aber nicht nötig gewesen. Ich habe bereits einen neuen, siehst du?“ Ich tippe auf den grünen Stoff, der unter meinem Kinn aus der Jacke quillt.

Er nickt.

„Ist alles in Ordnung? Weswegen bist du denn in Wien?“

„Ich bin zu einer Silvesterparty eingeladen.“

„Scheint ja eine fürchterliche Party zu sein, zu der du gehen musst. Du machst ein Gesicht wie drei Tage Regenwetter. Sag doch ab, wenn es dir nicht gefällt."

„Du hast recht, vielleicht sollte ich das tun. Ich glaube, mir ist gerade nicht nach Trubel." Er streift mich mit seinem seltsamen Blick.

„Oder du gehst doch und lässt dich überraschen." Ich wage nicht, den Vorschlag zu machen, den Jahreswechsel mit mir zu verbringen, obwohl es genau das ist, was mir in diesem Moment durch den Kopf geht. Julius und ich, die ganze Nacht, Feuerwerk über unseren Köpfen und glücklich vereint.

Vergiss es, ermahne ich mich. Es war nur eine Nacht und er hat sein eigenes Leben. Ich stoße unbewusst einen tiefen Seufzer aus.

„Was hast du?"

Ich winke ab und bleibe die Antwort schuldig. Wieder breitet sich Schweigen zwischen uns aus. Wie lange kann ich diesen Zustand noch aushalten?

„Sollen wir da drinnen unser Glück versuchen?" Er zeigt plötzlich mit dem Finger auf ein feines Café auf der gegenüberliegenden Straßenseite.

„Sehr gern, aber ich zahle, als Dankeschön für den Lieferdienst", bestimme ich.

„Von mir aus."

Beim Eintritt nimmt uns eine angenehme warme Wolke aus Röstaromen und frischgebrühtem Kaffee in Empfang. An einem runden Metalltischchen mit hübschen, ebenfalls metallenen und schwungvoll gebogenen Stühlen nehmen wir Platz. Wir bestellen zwei große Braune und sitzen uns gegenüber. Die Kerze auf dem Tisch brennt und wir schauen uns einfach nur an. Was mache ich hier eigentlich?

„Warum hast du unsere Abmachung gebrochen? Den Schal hättest du mir schicken können, wenn du ihn mir unbedingt wiedergeben wolltest."

Obwohl ich meine Frage spontan stelle, scheint sie ihn nicht unvorbereitet zu treffen. In eigentümlicher Ruhe antwortet er. „Ja, du hast recht, aber ich wollte dich unbedingt sehen. Du hast mir gefehlt."

Mir wird heiß. Mein Atem beschleunigt sich und ich versinke in seinem Blick. Zunächst macht sich Erleichterung in mir breit. Ihm geht es also genauso. Fieberhaft suche ich nach den richtigen Worten, um ihm zu sagen, wie sehr ich ihn vermisst habe – dass ich unsagbar froh bin, ihn wiederzusehen. Aber dann entscheide ich mich für den Rückzug, schließlich hat er eine Familie.

„Ich glaube, wir haben einen Fehler gemacht. Wir sollten diese Nacht nicht wiederholen." Autsch! Die Enttäuschung in seinem Blick schmerzt mich.

„Was meinst du genau? Habe ich etwas getan, was dich verletzt hat? Inga, ich mag dich wirklich – sehr." Er rührt nervös in seinem Kaffee.

„Ich mag dich auch, aber angesichts der Umstände ist es wohl besser, wenn wir die Sache nicht größer machen, als sie ist." Ich hätte nie gedacht, dass ich den folgenden furchtbaren Satz selbst einmal zu jemandem sagen würde. „Vielleich könnten wir Freunde sein."

Er lehnt sich überrascht zurück. „So schlimm? Was habe ich getan?"

„Ich muss auf jeden Fall erst einmal mein Leben sortieren und bei dir gibt es vielleicht auch noch irgendetwas …“

„Nichts, was meine Gefühle für dich beeinflusst. Du hast mich vom ersten Moment an umgehauen“, gibt er betroffen zurück.

„Das habe ich aber irgendwie anders in Erinnerung.“

„Alles nur Show, weil es mir Angst gemacht hat.“

Wir sehen uns eine Weile an. Ich spüre die Anziehung zwischen uns, aber ich wehre mich dagegen.

„Woher wusstest du, wo du mich findest?“, wechsle ich abrupt das Thema.

„Ich weiß es von Alois.“

„Fällt das nicht unter das Betriebsgeheimnis?“ Stirnrunzelnd sehe ich ihn an.

„Ich denke, es ist okay. Schließlich kennen wir uns schon lange und ich hatte gehofft, dass er Kopf und Kragen für einen guten Zweck riskiert.“

Betreten schaue ich auf meine Finger. „Es ist nicht immer leicht, die richtigen Dinge zu tun“, stelle ich betrübt fest und trinke meinen Kaffee aus.

„Richtig, manchmal sind sie aber ganz einfach.“

Ich zucke mit den Schultern. In diesem Fall liegt er daneben.

„Müde?“

„Ja. Am liebsten würde ich mich sofort ins Bett legen und bis morgen durchschlafen. Es wird Zeit, dass das Jahr zu Ende geht und ich wieder nach Hause komme. Im nächsten kann es nur besser werden.“ Ich sage die Wahrheit, diese Gefühlsachterbahnfahrt laugt mich furchtbar aus. Dass Julius mit ernsthaften Absichten hergekommen ist, muss ich zunächst einmal verdauen.

„Das ist schade. Ich hatte gehofft, dass wir noch ein bisschen Zeit miteinander verbringen und du mich heute Abend auf die Party begleitest. Ein paar Freunde und ich wollen in den Prater gehen, das Feuerwerk anschauen und so weiter."

Mein Magen fühlt sich an, als drehe er sich um die eigene Achse.

„Ich soll deine Begleitung sein?" Mir wird schwindelig. Ich denke an Lorena und sein Kind. Sollte er nicht bei ihnen sein und versuchen, die Familie zu retten?

„Die Vorstellung, mit dir zusammen ins neue Jahr zu feiern, gefällt mir. Auch wenn du mir einen Korb gegeben hast. Vielleicht brauchst du nur etwas Zeit?"

Als ob es daran liegt! Ich genieße das Zusammensein mit ihm, aber ich kann nicht so weit gehen, einer Familie die Zukunft zu rauben. Wie soll ich mich bloß entscheiden?

„Silvester im Prater klingt verlockend, da sollte ich wohl nicht Nein sagen. Wer weiß, wann ich den nächsten Jahreswechsel hier verbringe. Außerdem kann es mir kaum schaden, ein paar neue Leute kennenzulernen. Also gut, warum nicht", willige ich nach einigem Zaudern ein. Meine Stimme zittert.

Zufrieden und erleichtert lächelt er mich an. „Es gibt da im Übrigen noch etwas, was ich dir sagen will: eine Überraschung zu Weihnachten – nachträglich."

„Ach ja? Ich erteile dir eine Abfuhr und du machst mir Geschenke?"

„Ich habe die Reparatur des Autos in Angriff genommen. Noch ein paar Kleinigkeiten und er ist wieder so gut wie neu. Ich konnte meine Beziehungen spielen lassen und auf diese Weise kostet es dich maximal ein

Drittel des regulären Preises – Freundschaftspreis eben.“

Aus ungläubigen Augen starre ich ihn an. „Einfach nur so? Du wusstest doch gar nicht, wie es mit uns weitergeht. Und was wäre gewesen, wenn ich längst wieder zu Hause wäre?“

„Bist du aber nicht. Und das eine hat doch mit dem anderen nichts zu tun. Ich mag dich und ich habe mir gedacht, dass du den Wagen irgendwann ja doch abholen musst. Liege ich da so falsch?“

„Nein. Liegst du nicht. Danke. Das ist sehr lieb von dir. Ich bin gespannt, was Marlon dazu sagt. Wenn es nach ihm ginge, dürften nur ausgebildete Fachleute an seinem blöden Auto schrauben und auch nur Originalersatzteile verbauen. Alles muss detailliert auf der Rechnung vermerkt werden.“

„Du vergisst, dass ich vom Fach bin und viele Leute vom Fach kenne. Alles ist original und die Rechnung gibt es auch von einer Fachwerkstatt. Den Freundschaftspreis bekommst du, weil die Arbeitsstunden auf mich gehen und du für die Teile nur den Einkaufspreis bezahlen musst. Spätestens am Dritten ist der Wagen wieder klar und es wird nichts mehr von deinem Unfall zu sehen sein.“ Er grinst stolz und ich bin geplättet.

„Was soll ich sagen?“

„Wie wäre es mit *Danke, Julius*, dann sage ich *keine Ursache Inga, dafür sind Freunde doch da.*“

„Danke, Julius.“

„Keine Ursache Inga, dafür sind Freunde doch da.“

Ich werfe ihm ein gequältes Lächeln zu und zeige an, dass ich zahlen möchte.

Gleich darauf machen wir uns auf den Rückweg. Es schneit, die Weihnachtsbeleuchtung sorgt für heimelige Stimmung und in einer unbedachten Bewegung hake ich mich bei Julius ein. Erschrocken will ich meinen Arm zurückziehen, doch er hält ihn fest.

Vor der Haustür nimmt er mich in den Arm und ich kann nicht anders, ich erwidere diese Umarmung. Ich atme seinen Geruch ein, spüre seine Wärme durch die Winterjacke hindurch. Allein die Vorstellung, Julius für ein paar Stunden nicht zu sehen, empfinde ich als schrecklich. Was tue ich hier eigentlich?

„Ich hole dich um zehn Uhr ab", verspricht er, küsst mich auf die Stirn und lässt mich los.

Innerlich zerrissen sehe ich ihm nach, wie er in sein Auto steigt und davonfährt. Den Kuss, seine Lippen auf meiner Stirn, spüre ich noch lange nach. Ein Windstoß lässt mich frösteln und so begebe ich mich nach oben. An der Tür erwartet mich mein Bruder.

„Und? Alles geklärt?" Er gibt sich keine Mühe, seine Neugier zu verstecken und erwartet, dass ich ihn ins Bild setze, aber da gibt es nicht viel, das ich ihm erzählen möchte.

„Ja, ich denke schon." Ich schiebe mich an ihm vorbei in die Wohnung und begebe mich ins Arbeitszimmer. Mir ist nicht danach, zu reden und danach, zu feiern, schon gar nicht. Ich möchte einfach meine Ruhe. Im Augenblick glaube ich nicht, dass mein Bruder mir behilflich sein oder Trost spenden kann. In dieses Dilemma habe ich mich selbst manövriert.

Ich kämpfe mit den Tränen. Warum muss im Leben eigentlich immer alles so kompliziert sein, vor allem dann, wenn man das Richtige tun will? Ich suche die

Gruberhof-Weihnachtskiste, setze mich auf die Couch und futtere Plätzchen.

Es klopft. Ohne auf eine Antwort zu warten, wird die Tür geöffnet. Lia steckt ihren Kopf in den Raum.

„Was ist?“

„Darf ich reinkommen?“

„Warum nicht?“

Sie setzt sich zu mir und ich halte ihr die Tüte mit dem Gebäck hin.

„Danke.“ Sie greift zu und lässt es sich schmecken. „Was wollte er denn?“

„Verschiedenes. Er hat den BMW repariert und mich zu einer Silvesterparty eingeladen.“ Ich stecke mir ein Vanillekipferl in den Mund und kaue langsam darauf herum.

Lia pfeift anerkennend. „Nicht schlecht. Gehst du hin?“

Ich seufze und zucke mit den Schultern. „Mhm.“

Lia legt den Arm um mich. „Aber?“

„Ich bin mir sicher, dass es keine gute Idee ist.“

„Ist es wegen Marlon? Keine Sorge, den wirst du schnell vergessen haben. Der hat außerdem schon genug angerichtet und soll dir nicht auch noch den Start ins neue Jahr verderben.“ Ich wende Lia mein Gesicht zu und schüttle betreten den Kopf.

Sie hebt das Kinn und zieht die Luft hörbar durch die Nase ein. Der Groschen scheint gefallen. „Was genau läuft da zwischen euch?“

„Nichts. Wir sind nur Freunde.“ Ich klinge wenig überzeugend und Lia lässt sich nun nicht mehr so leicht abwimmeln.

„Freunde, soso. Aber du wünscht dir, dass da mehr draus wird?“

„Ach, es ist alles viel komplizierter.“ Ich drücke ihr die Tüte mit den Plätzchen in die Hand.

„Weißt du, Inga, ich bin mit deinem Bruder zusammen. Was Komplikationen angeht, bin ich etwas in Übung.“ Aufmunternd nickt sie mir zu.

„Das kann man doch nicht miteinander vergleichen.“ Ich weiche aus.

„Behaupte ich auch gar nicht. Aber nur mal so von außen betrachtet: Bei dem, was er für dich getan hat, scheinst du ihm nicht egal zu sein und vielleicht verbringt ihr wenigstens eine aufregende Nacht miteinander.“ Sie dreht die Kekstüte zu und legt sie auf den Tisch.

„So weit waren wir schon. Das ist ja das Problem“, bricht es plötzlich aus mir raus.

Sie macht riesige Augen, öffnet die Kekstüte erneut und steckt sich nun doch noch ein Plätzchen in den Mund.

„Na schön ...“, stöhne ich und setze sie notdürftig ins Bild.

„Wenn ich dir einen Rat geben darf ... geh zu der Party und rede mit Julius. Du kannst deine Gefühle für ihn nicht mit dir selbst ausfechten und gleichzeitig mit ihm befreundet sein.“

23. Silvester im Prater

Die Party meiner Eltern startet offiziell erst um acht, aber der Übergang von den Vorbereitungen zur Feier gestaltet sich fließend. Micha zeigte sich als ausgezeichneter Gesellschafter, was ich von mir nicht behaupten kann. Zurückhaltend beteilige ich mich an den Gesprächen und dem Essen. Den Gedanken an meine Verabredung quittiert mein Magen mit Totalverweigerung. Trotz der vielen Köstlichkeiten bekomme ich nur wenige Bissen herunter. Wir sind nach dem gemeinsamen Essen mittlerweile in der lockeren Gesprächsrunde zwischen Wein und Knabbereien angelangt. Nebenbei gehen die Würfel und ein Becher herum. Mein Vater schreibt sorgfältig die Punkte auf, während meine Eltern die *Geschichte der Weisheit*, wie sie die Aktion meines Bruders getauft haben, zum Besten geben.

Im Grunde sind bereits alle im Bilde, aber der komödiantische Vortrag meiner Eltern ist für jeden einzelnen ein schrecklich amüsanter Spaß.

Als die Reihe an mir ist, ernte ich eine Mischung aus mitleidigen und neugierigen Blicken. Neben Entrüstung über meinen Ex entspinnt sich sofort die Diskussion, wann man dieser wunderbaren, herzlichen Familie auf dem Gruberhof einmal einen Besuch abstatten könnte. Urlaub dort klingt für alle hier plötzlich unheimlich aufregend.

Lia wirft mir einen mitfühlenden Blick über den Tisch zu und tippt auf die Uhr an ihrem Handgelenk. Es ist halb zehn, der Countdown läuft.

„Stellt euch vor", beginnt meine Mutter, „dieser Julius war vorhin sogar hier und hat Inga ihren Schal wiedergebracht und nachher gehen sie zusammen in den Prater. Holt er dich nicht gleich ab?"

„Ja, wir treffen uns um zehn unten. Deshalb werde ich mich jetzt auch mal fertig machen. Sonst komme ich noch zu spät."

Der Gedanke an den bevorstehenden Abend mit Julius flößt mir gehörigen Respekt ein. Aber die Aussicht auf Musik und Feuerwerk ist definitiv verlockender, als meine traurige Geschichte noch einmal zum Besten zu geben – oder schlimmer noch – meinen Eltern dabei zuzuhören.

Mit aufgefrischtem Make-up und in einem dicken Pullover, der mir helfen soll, die nächsten Stunden in nächtlicher Kälte problemlos zu überstehen, verabschiede ich mich von der netten, sehr gediegenen Gesellschaft, indem ich allen einen guten Rutsch ins neue Jahr wünsche. Das Klingeln an der Wohnungstür ist zwischen all dem Stimmengewirr kaum zu hören.

„Das wird er sein. Wir sehen uns im nächsten Jahr."

Showtime, Inga. Eilig drücke ich auf den Summer und öffne die Wohnungstür. Ich möchte Julius ungern unten warten lassen. Lia läuft mir nach und verpasst mir noch eine feste Umarmung. „Nicht so viel denken", flüstert sie mir ins Ohr.

Ich bedanke mich, winke noch einmal zu allen hinüber und verlasse die Wohnung.

Im nächsten Augenblick pralle ich mit einem fremden Mann vom Lieferdienst zusammen, der einen großen roten, mit Helium gefüllten Luftballon in Herzform festhält.

„Entschuldigen Sie bitte." Mehr kann ich nicht sagen.

Beim Anblick des Ballons bleibt mir der Mund vor Schreck offen stehen. *Inga & Marlon forever!* kann ich darauf lesen.

„Ich möchte zu Inga Perlinger bitte."

Es ist mir nicht möglich, den Blick von diesem monströsen Ballon abzuwenden.

„Das bin wohl ich." Stöhnend macht sich meine Verzweiflung Luft. Was hat Marlon sich denn da ausgedacht? Mit fällt die Überraschung ein, von der er heute Vormittag geschrieben hat. Der Ballon schwebt über einem Bouquet aus roten Rosen und einer Schachtel Pralinen. Mechanisch nehme ich die Lieferung entgegen und quittiere den Empfang.

„Einen guten Rutsch!" Der Mann vom Lieferdienst verabschiedet sich freundlich.

Diese sinnlose Aktion hat Marlon gewiss ein Vermögen gekostet. Dass er die Anschrift meiner Eltern weiß, irritiert mich. Wieso kann er mich nicht einfach in Ruhe lassen?

Ich überlege, was ich mit Ballon und Blumen anfangen soll. Alles einfach vor die Wohnungstür zu stellen, ist wohl keine gute Idee.

Ich klingle. Als mein Bruder wenig später öffnet und sein Blick ein Stück über mir haften bleibt, meine ich, leichte, amüsierte Zuckungen in seinem Gesicht erkennen zu können.

„Kannst du das nehmen und für mich reinbringen?"

„Du weißt doch, dass ich nicht schwer heben darf. Bring es doch lieber selbst schnell rein." Er öffnet mir die Tür und lässt mich die peinliche Lieferung selbst in die Wohnung bringen. Manchmal ist mein Bruder furchtbar.

Das riesige Ballonherz über meinem Kopf sichert mir restlose Aufmerksamkeit, als ich das Zimmer durchquere. Zwischen vielen Ohs und Achs bringe ich das Ungetüm ins Gästezimmer, bestätige mehrfach, dass es sich bei diesem Marlon um eben jenen Mann handelt, der mich so schändlich betrogen hat und überlasse die Gesellschaft, die sich nun darüber ereifert, wie ich am besten mit der Situation umgehen sollte, sich selbst. Ich höre noch, dass die Meinungen darüber weit auseinanderdriften, dann schließe ich die Tür.

Ein kurzer Blick aufs Handy, es ist fünf nach zehn. Ich bin zu spät. Hoffentlich glaubt Julius nicht, ich hätte ihn versetzt.

Ich spare mir die Zeit, auf den Fahrstuhl zu warten und nehme eilig die Treppen. Nachdem ich förmlich auf den Gehsteig gesprungen bin, blicke ich mich suchend nach links und rechts um. Schneeflocken tanzen mir ins Gesicht und dann entdecke ich ihn: Der schwarze Audi steht auf der gegenüberliegenden Straßenseite, Julius steht lässig gegen den Kotflügel gelehnt und blickt zu mir hinüber.

Schlagartig werden mir die Knie weich. Unbeholfen winke ich ihm zu, bemühe mich, meinen Schal wieder zurechtzuziehen, der sich bei meinem kleinen Treppensprint gelöst hat und an mir herunterbaumelt. Ich wechsele die Straßenseite und hege für einen Moment die matte Hoffnung, die auffällige Lieferung ins Haus Nummer elf könnte ihm entgangen sein. Pustekuchen!

Er geht ums Auto, öffnet mir einladend die Beifahrertür und begrüßt mich. „Hallo, Inga, schön dich zu sehen. Ich dachte schon, dein Marlon hätte mir dir Show gestohlen und ich feiere jetzt doch allein.“

Meine Augen werden schmal. „Er ist nicht *mein* Marlon. Er ist mein Ex! Das hatten wir doch schon. Außerdem hast du gesagt, dass wir auf eine Party im Prater gehen. Da ist man selten allein.“

Verstimmt steige ich ein. Musste dieser dämliche Blumen-Luftballon gerade jetzt auftauchen?

„Ich wusste gar nicht, dass du auf so etwas stehst.“ Er startet den Motor und wirft mir einen flüchtigen Seitenblick zu.

„Dass ich auf *was* stehe?“

„Ballonherzen mit Aufschrift und so.

„Tue ich auch nicht. Ich habe die Bestellung schließlich nicht aufgegeben. Was kann ich dafür und woher soll ich wissen, was Marlon sich dabei gedacht hat?“ Mein Ton ist ungewollt zickig. Julius lenkt den Wagen so ruhig und konzentriert durch die Stadt, wie er spricht. „Wir wissen doch beide, was er sich dabei gedacht hat.“

„Ach ja? Ich bin ganz Ohr.“ Herausfordernd blicke ich ihn an, aber Julius nimmt keine Notiz davon. Er sieht nur auf die Straße. „Er liebt dich offensichtlich, hat festgestellt, was für ein wunderbarer Mensch du bist und bereut nun zutiefst, was er getan hat.“

Ich stoße abfällig die Luft aus. „Wer's glaubt, wird selig. Das Einzige, was ihn interessiert, ist sein Ego. Er liebt mich nicht, er liebt nur sich selbst und kann es nicht ertragen, dass ich ihn verlassen habe. Er fühlt sich in seiner Männlichkeit gekränkt. Und selbst wenn er aufrichtige Gefühle für mich hätte, beruhen die nicht auf Gegenseitigkeit. Daran ändert sich auch nichts, wenn er mir die Welt zu Füßen legt." Ich habe mich so sehr in Rage geredet, dass ich das Klingeln meines Handys eine ganze Weile lang nicht bemerke.

„Willst du nicht rangehen?" Julius zeigt sich von meiner Schimpferei unbeeindruckt.

Ruppig öffne ich meine Handtasche. „Das kann doch echt nicht wahr sein! Jetzt ruft er auch noch an!" In meinem Ärger drücke ich ihn weg, denn ich habe keine Lust, mit ihm zu sprechen, vor allem nicht in Julius' Gegenwart. Ich schalte mein Telefon komplett stumm und lasse es zurück in meine Handtasche gleiten. Durchatmen …

Mittlerweile am Prater angekommen, parkt Julius vor einem Hotel, etwas abseits in einer Seitenstraße. Den Rest des Weges gehen wir zu Fuß. Verlaufen können wir uns nicht, wir gehen einfach mit dem Strom. Um uns herum bewegt sich eine Menge gut gelaunter Menschen jeglichen Alters und zieht uns mit zum Wintermarkt. Musik spielt, Spannung und Vorfreude liegen in der Luft.

Das alte Jahr neigt sich konsequent dem Ende zu. Alle Menschen um uns herum warten ungeduldig darauf, es mit einem gebührenden Feuerwerk zu verabschieden und das neue zu begrüßen. Mit ihnen setze auch ich große Hoffnungen in einen Neuanfang. Mit Julius

an meiner Seite, das sehe ich ein, blicke ich einem
schweren Unterfangen entgegen, aber ohne ihn
möchte ich den Jahreswechsel nicht erleben. Dessen
bin ich mir mittlerweile sicher.

„Ich bin froh, dass wir zusammen feiern", rufe ich aus
einem Impuls heraus.

„Ich auch", kann ich von seinen Lippen lesen.

Der Lärm um uns herum ist streckenweise so laut,
dass wir unsere eigenen Worte nicht verstehen. Einige
Male werden wir auf unserem Weg in den berühmten
Park der österreichischen Hauptstadt heftig angerem-
pelt, sodass wir das einzig Richtige tun, um uns nicht
zu verlieren – wir nehmen uns bei den Händen. Ein angenehmes Gefühl. Die Musik ist laut, überall funkeln
und blitzen Lichter. Je näher wir unserem Ziel, dem Riesenradplatz kommen, desto größer wird das Gedränge.
Wir treiben einfach mit. Stehen zu bleiben wäre fatal.

„Wie willst du denn in dieser Masse die Leute finden,
mit denen wir verabredet sind?" Ich dränge mich dicht
an sein Ohr, damit Julius überhaupt versteht, was ich
sage.

„Ich habe keine Ahnung. Sie werden uns schon über
den Weg laufen." Er zieht mich zur Seite, aus dem
Strom heraus, in dem uns mittlerweile auch Menschen
entgegenkommen.

„Lass uns erst einmal verschnaufen und den Überblick bekommen. Wie wäre es mit Punsch?"

„Klar, warum nicht?" Mit einem heißen Getränk kann
man im Winter nichts falsch machen.

Der Vergnügungsteil im Prater ist viel größer, als ich
gedacht habe. Ich fühle mich von all den Eindrücken,

der Musik, den Menschen, den Lichtern und der Stimmung euphorisiert. Es bleibt nur wenig Zeit, groß über Julius und mich, richtig oder falsch, verliebt oder befreundet sein, nachzudenken.

„Dann komm, dort hinten gibt es welchen, da stehen auch gerade nicht so viele Menschen an." Julius deutet auf eine etwas abseitsstehende Holzhütte mit bunten Lichtern und einem großen Schild, das Glühwein und andere Spezialitäten verheißt. Wir stapfen quer durch den Schnee bis zum Getränkestand. Gemeinsam stehen wir in der Schlange und können uns angesichts der vielfältigen Auswahl kaum entscheiden. Schließlich bestellt Julius für mich einen Heidelbeerpunsch mit extra Vanille und für sich Waldfrucht mit Zimt. Mit unseren heißen Bechern machen wir uns auf die Suche nach einer Bank und werden tatsächlich fündig.

„Das ist ja Wahnsinn, was hier für eine Stimmung herrscht. Das hätte ich im Leben nicht für möglich gehalten."

„So voll wie jetzt habe ich es auch nicht in Erinnerung." Er hebt seine Tasse und möchte mit mir anstoßen. „Auf einen unvergesslichen Silvesterabend, Inga. Ich bin froh, dass wir beide zusammen hier sind."

Mein Unterleib zieht sich zusammen, aber ich muss meine Gefühle in den Griff bekommen. Als ich meine Tasse leicht gegen seine stoße, rast mein Herz in glücklicher Aufregung. Für einen Moment schließe ich die Augen.

„Der Punsch hat es aber in sich", lenke ich ab.

„Dann werden wir für den Rückweg wohl ein Taxi nehmen."

Julius schenkt mir seine volle Aufmerksamkeit. Die Luft zwischen uns knistert. Sein Blick geht mir unter die Haut und ich spüre, er sehnt sich ebenso wie ich nach mehr. Aber nein, das kann nicht sein. Er hat doch seine Familie und außerdem trennen uns hunderte Kilometer, wenn wir beide wieder zu Hause sind. Ich lehne mich zurück und wie selbstverständlich legt Julius seinen Arm um mich. Ich brenne innerlich.

Von der Bank aus bietet sich uns eine erstaunlich gute Sicht auf den Riesenradplatz. Hinter den Fahrgeschäften lese ich den gelben, geschwungenen Schriftzug von *Madame Tussauds* Wachsfigurenkabinett. Ein unfassbar großer und wunderschön geschmückter Weihnachtsbaum ragt in den schwarzen Wiener Nachthimmel, auf einer großen Bühne spielt Live-Musik. Die Band heizt dem Publikum ordentlich ein, die Massen gehen wie elektrisiert mit, grölen, johlen und klatschen.

Wir sitzen noch immer dicht beieinander auf der Bank. Meine Tasse ist leer, ich wische sie aus und stecke sie mir in die Handtasche. Julius macht keine Anstalten, nach seinen Freunden Ausschau zu halten oder mit ihnen Kontakt aufzunehmen.

Die Gondeln des Riesenrades scheinen behäbig über dem abendlichen Geschehen zu schweben.

„Wenn du magst, können wir mal rüber zur Bühne gehen." Ich vernehme seine Stimme sehr nah an meinem Ohr. Ein angenehmer Schauer überkommt mich. Am liebsten würde ich diesen Mann schon wieder einfach küssen. Aber was dann?

„Meinetwegen müssen wir uns da nicht wieder reinquetschen. Hören können wir die Musik auch hier."

„Okay. Willst du die auch haben?“ Er zeigt mir seine leere Tasse.

Ich nicke und lasse sie ebenfalls in meiner Handtasche verschwinden. Ein schlechtes Gewissen habe ich nicht. Julius hat ausreichend Pfandgebühr dafür gezahlt und ich bin mir sicher, dass der Punschverkäufer damit ein gutes Geschäft neben dem Verkauf von Getränken macht. Sicherlich bin ich nicht die Einzige, die eine Tasse mit nach Hause nimmt.

„Willst du deine Freunde mal anrufen oder anschreiben? Vielleicht finden wir sie dann leichter. Sie suchen uns bestimmt schon.“ Warum frage ich ihn das? Ich habe doch keine Lust darauf, sie zu treffen. Ich genieße unsere Zweisamkeit.

„Von mir aus können wir uns Zeit lassen. Wir können sie auch später in der Wohnung treffen. Die ist ganz in der Nähe und dort soll nach dem Feuerwerk sowieso weitergefeiert werden. Lass uns lieber eine Runde mit dem Riesenrad fahren“, schlägt er vor und sofort spannt sich alles in meinem Körper an.

„Ich habe es nicht so mit der Höhe“, gebe ich kleinlaut zu.

„Aber wer im Prater ist, muss wenigstens einmal mit dem Riesenrad gefahren sein.“ Er klingt sehr ernst und wirft einen Blick auf die Uhr.

„Sterben muss ich, sonst nichts.“

„Manchmal ist es gut, wenn man über seinen Schatten springt.“

„Deine Motivationsrede in allen Ehren, aber das habe ich in diesem Jahr schon erledigt.“ Ich beiße mir verlegen auf die Lippe, als er mich fester an sich drückt und raunt: „Stimmt, ich erinnere mich genau …“

Und sofort wird mir heiß und kalt zugleich. Ich lasse mich fallen, lege meinen Kopf an seine Schulter und schließe die Augen.

„Wir haben weniger als eine Stunde", spricht er weiter. „Trau dich, Inga! Das wird die letzte Verrücktheit, die wir in diesem Jahr machen."

„Da war mir die letzte Verrücktheit aber deutlich angenehmer ..." Erschrocken löse ich mich und halte meine Hand auf den Mund. Diese Bemerkung hätte ich nicht laut sagen sollen. Dezent mustere ich ihn von der Seite, aber Julius geht nicht darauf ein. Er verzieht keine Miene, versucht mich stattdessen nochmals zu überzeugen.

„Komm, trau dich. Ich bin bei dir."

„Aber dort oben ist es kalt und windig. Da wird mir schon ohne Punsch schlecht."

„Dieses Riesenrad ist anders, als die, die du bisher kennst. Komm, schau es dir wenigstens mal aus der Nähe an."

Nicht nachdenken? Das werde ich bitter bereuen. Warum auch immer, ich gebe mich geschlagen. Zielstrebig bahnt Julius uns den Weg durch die Massen bis zum Riesenrad. Ich lasse mich hinterherziehen. Jetzt, so nah dran, begreife ich erst, um welch großes Bauwerk es sich handelt. *Riesig* ist hier tatsächlich wörtlich zu nehmen.

Ehe ich protestieren kann, stehen wir schon in der Schlange. Sie ist lang, ausgesprochen lang, und ich hege die Hoffnung, dass wir es in diesem Jahr sowieso nicht mehr schaffen können.

„Schau mal, wie viele Leute hier anstehen. Das wird nichts bis Mitternacht."

„Keine Sorge, das geht schnell. Warte kurz, ich hole uns noch was zum Knabbern."

„Das ist doch nicht dein Ernst!"

Dieser Mann macht mich noch wahnsinnig oder ich bin es schon, weil ich all dies über mich ergehen lasse. Ich stehe allein in der wartenden Menge unter dem Fahrgeschäft. Trotz des Lärms um mich herum höre ich meinen Herzschlag. Meine Knie sind weich, die Gondeln, in denen die Menschen befördert werden, entpuppen sich aus der Nähe betrachtet als richtige Waggons mit Fenstern. Sie lassen sich tatsächlich nicht mit den winzigen Riesenrädern, die ich aus meinem bisherigen Leben kenne, vergleichen. Bestimmt zehn oder zwölf Personen zähle ich, die in solch einen Waggon steigen und dementsprechend zügig geht es in der Schlange vorwärts. Wenn Julius nicht pünktlich kommt, steige ich nicht ein und stelle mich auch gewiss nicht noch einmal an. Dann ist eben das Letzte, was ich in diesem Jahr machen werde, eine Nicht-Riesenradfahrt im Prater.

Plötzlich taucht Julius wieder auf und ich bin unendlich erleichtert, ihn zu sehen. Er trägt eine Papiertüte in der Hand und winkt damit freudestrahlend in meine Richtung.

„Na endlich! Ich hatte schon Angst, du willst mich allein fahren lassen."

„Solche Gemeinheiten traust du mir zu?" Er verzieht für einen Moment enttäuscht das Gesicht. „Hier, Wegzehrung." Er hält mir die Tüte vor die Nase.

„Sehr schön, aber nein danke. Ich bin froh, wenn mir nichts rückwärts kommt. Hast du zufälligerweise noch eine zweite Tüte dabei?"

„Jep!“ Er grinst triumphierend und zieht sie aus der Tasche. Wieder geht es voran und nun trennen uns nur noch wenige Meter von einer letzten Verrücktheit in diesem Jahr.

Als wir den Waggon mit einer Gruppe fremder Menschen besteigen, klammere ich mich an Julius fest. „Freunde tun sich gegenseitig keine schlimmen Dinge an“, zische ich.

Die Tür schließt geräuschvoll und nun sind wir gefangen. Wir stehen in diesem riesigen Eisenbahnwaggon ohne Räder, der sich langsam in Bewegung setzt. Gemächlich und gleichmäßig bewegt sich das Rad. Immer wieder halten wir, damit Fahrgäste in der unteren Gondel ein- und aussteigen können. Immer höher bewegen wir uns in den nächtlichen Himmel über Wien. Julius erträgt, dass ich mich mit aller Kraft an seiner Hand festhalte. Ich glaube, wenn er sich nur ein einziges Mal beschweren würde, lägen meine Nerven blank und ich würde ihm die Szene seines Lebens machen. Innerlich spreche ich mir immer wieder gut zu, dass dieses Riesenrad schon seit über hundert Jahren fährt, dass den ganzen Tag schon Menschen hineingeschleust, nach oben gefahren und wieder heruntergebracht werden. Die Logik dieses Vorgangs ist mir absolut klar, aber mein Körper streikt. Oben angekommen wage ich einen kurzen Blick hinab auf den weihnachtlichen Park, die feiernden Menschenmengen und eine bunt erleuchtete Stadt. Dann versagen mir meine Knie den Dienst. Ich muss mich setzen.

„Alles in Ordnung?“ Julius setzt sich neben mich und hält mich.

„Sehe ich so aus?“

„Ehrlich gesagt nicht.“

„Ich könnte mich ohrfeigen, dass ich mit dir hier eingestiegen bin. Du verleitest mich ständig dazu, Dinge zu tun, die nicht gut für mich sind.“ Ich schimpfe leise, aber mit Nachdruck.

„Es tut mir leid. Es war nie meine Absicht, dir wehzutun.“ Er streicht eine Strähne aus meinem Gesicht. Unsere Blicke haften für einige Sekunden aneinander und ich bin mir nicht sicher, ob wir noch über das Riesenrad sprechen.

Plötzlich macht unser Waggon eine unerwartete, ruckartige Bewegung und ich schließe vor Entsetzen die Augen. „Das ist mein schlimmstes Silvester!“

Nach schier endlosen Minuten gelangen wir wieder unten an. Die Tür wird geöffnet und auf zittrigen Beinen verlasse ich, gestützt von Julius und unter den besorgten Blicken der anderen, das Riesenrad.

Einer der Mitarbeiter bietet mir einen Stuhl an. Ich lehne dankend ab, aber ich fühle mich wie ein Häufchen Elend, weil ich mich wider besseren Wissens in diese blöde Situation gebracht habe.

„Wenn ich gewusst hätte, dass es dich so mitnimmt, hätte ich dich nicht überredet.“ Julius schaut mich betreten an.

„Eins sage ich dir: Fürs neue Jahr habe ich schon einen guten Vorsatz parat.“

„Ach ja?“ Er sieht mich skeptisch an.

„Das wirst du mir büßen!“

„Hervorragend. Du bist fast wieder die Alte. Dann können wir wohl weitergehen.“ Er bietet mir seine Hand.

Was soll ich tun? Sie verärgert ausschlagen oder ergreifen und mich versöhnlich an ihn schmiegen?

„Jetzt solltest du fit und abgehärtet sein für die anderen Fahrgeschäfte. Sollen wir?"

„Bist du noch ganz dicht? Am liebsten will ich mich wieder auf die Bank setzen. Lass uns lieber noch einen Punsch holen."

Er nickt und ich glaube zu sehen, dass er versucht, ein Grinsen hinter seinem Schal zu verstecken.

Wir holen uns an der Holzhütte Nachschub.

„Geht's wieder oder bist du mir noch böse?"

Wie könnte ich diesem Mann lange böse sein? Ich muss lernen, mich besser durchzusetzen. Am ehesten sollte ich wohl böse auf mich selbst sein.

„Nein. Ist schon okay. Aber zu deinen Freunden komme ich nachher nicht mehr mit. Ich fühle mich elendig erschöpft. Schneeschaufeln ist dagegen eine Aufwärmübung. Nach dem Feuerwerk rufe ich mir ein Taxi." Mein Blick auf die Uhr zeigt, dass dieses Jahr keine Viertelstunde mehr dauert.

„Komm her ..." Julius nimmt mich zärtlich in die Arme, sodass ich meinen Kopf an seine Schultern lehnen kann. „Ich hatte keine Ahnung und es tut mir aufrichtig leid. Ich werde mich bessern. Die Party lass ich sausen. Ich bringe dich selbstverständlich nach Hause."

„Du willst doch nicht etwa Auto fahren?"

„Nein, natürlich nicht." Er sieht mich entrüstet an. „Ich begleite dich im Taxi."

„Und dein Auto lässt du hier stehen? Wo schläfst du eigentlich?"

„Ich habe glücklicherweise noch ganz in der Nähe ein Zimmer bekommen – in dem Hotel, wo ich das Auto geparkt habe.

„Warum willst du dann im Taxi mit zu mir fahren, wenn du danach sowieso wieder herfahren musst?"

„Muss ich nicht, würde ich aber gern. Oder ist es dir lieber, wenn du allein fährst?"

Natürlich nicht, aber das sage ich ihm nicht.

Leider ist unsere Bank bereits besetzt und so spazieren wir noch etwas weiter durch den verschneiten Park, der so viel größer ist, als ich mir vorgestellt habe. Wir kommen zu einer Gruppe von Schneemännern, die dort in den letzten Tagen gebaut worden ist, und bleiben stehen.

„Was macht eigentlich unser Schneepärchen? Lebt es noch oder ist der Schal das, was am Ende übrig geblieben ist?", frage ich.

„Nein, die leben noch und es ging ihnen bei meiner Abfahrt noch erstaunlich gut. Der Zahn der Zeit, Wind und Schnee haben etwas an ihnen genagt. Man sieht ihnen ihr Alter also an, aber sie scheinen sich wohlzufühlen auf dem Gruberhof." Er lacht und ich bemerke die kleinen Fältchen in seinen Augenwinkeln, als wie uns so nah gegenüberstehen.

„Aber dann wird deine Schneefrau ohne den Schal furchtbar frieren", gebe ich zu bedenken.

„Nein, wird sie nicht. Ich habe selbstverständlich für adäquaten Ersatz gesorgt."

„Dann kann ich ja beruhigt sein." Ich streichle sanft über Julius' Jacke.

„Servus, ihr zwei! Rutscht noch etwas zusammen!“, ruft uns jemand von der anderen Seite der Schneemänner her zu. Dort steht ein junger Mann mit einer Kamera. Wir schauen ihn etwas begriffsstutzig an.

„Los! Noch ein Stück und die Köpfe etwas näher. Lächeln!“, fordert er uns gut gelaunt auf. Wir gehorchen und im nächsten Augenblick blitzt es.

„Fabelhaft!“ Der junge Mann freut sich und läuft um die Schneegestalten herum zu uns. Er hält uns das Foto seiner Sofortbildkamera hin und verabschiedet sich gleich darauf wieder. „Guten Rutsch!“

„Danke dir!“, ruft Julius ihm hinterher. Im nächsten Moment hat der Fremde sich bereits unter die Menge gemischt.

„Das ist ja lieb von ihm. Zeig doch mal!“ Ich sehe uns beide dicht beieinander, vor dem nächtlichen Himmel, in dem Weihnachtsbaum und Riesenrad als fantastisch erleuchteter Hintergrund emporragen. Unsere Finger berühren sich, als wir das Bild betrachten. Ich spüre Julius’ Wärme.

„Schönes Bild. Er hat uns mit Sicherheit für ein Liebespaar gehalten“, bringe ich heraus, bevor mir die Stimme versagt. Plötzlich wird es leiser im Park. Die Musik verstummt. Die Menschen bleiben stehen und durch die Lautsprecher ertönt eine männliche Stimme, die den Countdown zum neuen Jahr ankündigt. Nun wird von zehn an heruntergezählt. Die Menschenmasse stimmt mit ein, doch Julius und ich haben nur Augen füreinander. Drei ... zwei ... eins – Jubel, Geschrei und ein grandioses Feuerwerk starten.

Alle um uns herum liegen sich in den Armen, die Musik spielt wieder und in diesem Augenblick ist mir alles egal. Ich weiß nur eines, in diesem Augenblick will ich Julius küssen – nicht als Freund – richtig.

„Frohes neues Jahr", wünsche ich ihm mit kratziger Stimme und bewege meine Lippen langsam in Richtung der seinen.

„Dir auch." Ein Flüstern nur, aber ich verstehe ihn ganz genau.

Er kommt mir entgegen, mein Körper erzittert in Erwartung dieses Kusses. Als sich unsere Lippen endlich berühren, ist es, als hätten wir unser eigenes Feuerwerk.

Ich schlinge meine Arme um seinen Hals, er umschließt meine Taille und zieht mich dicht an sich. Wir küssen uns leidenschaftlich, als hätten wir den ganzen Abend auf nichts anderes gewartet. Mit intensiven, gemischten Gefühlen gebe ich mich hin, während um uns herum ein musikalisch untermaltes Feuerwerk minutenlang das neue Jahr begrüßt.

„Ich will nicht, dass wir nur Freunde sind. Du hast mir so schrecklich gefehlt." Ich schiebe meine Arme unter seinen hindurch und verschränke meine Finger hinter seinem Rücken.

„Du mir auch, sonst wäre ich nicht hergekommen." Er streicht mir zärtlich über die Stirn.

„Und was jetzt?"

Er zuckt mit den Schultern und zieht mich wieder zu sich. „Abwarten, was der Morgen bringt?"

Mir läuft eine Träne aus dem linken Auge. „Das geht nicht. Es ist jetzt schon kompliziert. Ich kann nicht ständig die Gefühle wechseln. Das schaffe ich nicht und das will ich auch nicht. Ich will mehr." Ich blicke in seine grünen Augen und habe Angst, dass unser fantastischer, vor Romantik sprühender Moment schon wieder der Vergangenheit angehört. Ich fürchte mich davor, ihn schon wieder zu verlieren. Aber das passiert nicht.

„Mir geht es genauso. Ich fühle mich unvollständig, seit du nicht mehr da bist. Die Feiertage waren einsam ohne dich. Ich konnte nicht anders, ich musste dich wiedersehen."

Seine Worte berühren mein Herz, mir wird warm und ich will ihm glauben. Aber mir brennt eine Frage auf der Seele.

„Bist du dir sicher, dass es mit dir und Lorena vorbei ist und ihr nicht doch wieder zusammenfinden könntet?"

„Ich habe zwar keine Ahnung, wie du jetzt darauf kommst, aber wenn es das ist, was dich beschäftigt, kann ich dich beruhigen. Abgesehen davon, dass wir schon so lange getrennt sind, ist sie bereits verheiratet."

„Dein Ernst?"

Julius nickt und ich bekomme das Strahlen nicht mehr aus meinem Gesicht. Noch immer kracht und pfeift das Feuerwerk um uns herum, die Musik spielt laut.

„Kitschig, was?", frage ich und zeige auf den Feuerwerkshimmel.

„So was von, aber das stört mich nicht." Er küsst mich erneut und ich erwidere seinen Kuss glücklich und erleichtert.

Es braucht nicht lange, bis ich mich dazu entscheide, nicht nach Hause zu fahren, sondern Julius' Einladung zu folgen und im Hotel zu übernachten. Auf dem Weg

dorthin rufe ich meine Familie an, um ihnen alles Gute
fürs neue Jahr zu wünschen. Gleichzeitig teile ich ihnen
mit, dass ich zu viel Punsch getrunken habe und glücklicherweise ein Hotel in der Nähe gefunden habe, in
dem ich übernachten und erst im Laufe des nächsten
Tages nach Hause kommen werde.

„Du fängst das neue Jahr sehr vorbildlich an", lobt
meine Mutter.

„Schlaf dich gut aus. Wir sehen uns dann morgen."

Ich lasse das Telefon wieder in meiner Tasche verschwinden und schmiege mich glücklich an Julius, der
die ganze Zeit über seinen Arm um mich gelegt hat.

„Du hast hoffentlich nicht so viel Punsch getrunken,
dass du es morgen vielleicht schon bereust?"

„Sicher nicht." Ich halte an, stelle mich auf die Zehenspitzen und küsse sanft seine Lippen. „Das Durcheinander vorher könnte ich bereuen, zum Teil wenigstens,
weil es mich zwischendurch unglücklich gemacht hat."

„Und welchen Teil bereust du nicht?" Er löst meinen
Schal ein wenig und wandert sanft mit seinem Mund
über meine Wange, den Hals hinunter bis zum Schlüsselbein.

„Diesen auf keinen Fall", hauche ich. „Alles andere
sollten wir uns lieber drinnen in Erinnerung rufen."

„Unbedingt. Mein Gedächtnis muss dahingehend
enorm aufgefrischt werden", raunt er in mein Ohr. Allein sein Duft erregt mich, sein sanfter Atem an meinem Hals regt meine Fantasie an.

24. Geständnisse

Ich erwache zufrieden und ausgeschlafen in einem sagenhaft weichen Bett. Es ist schon hell, doch der Straßenlärm hält sich in Grenzen. Als ich mich zur Seite drehe, sehe ich in die mir vertrauten grünen Augen. Julius scheint schon eine Weile wach zu sein.

„Hast du mich etwa beobachtet?"

Er nickt und streichelt mir zärtlich über die Wange. „Wie geht es dir? Irgendwelche Katerbeschwerden oder gibt es Dinge, die du bereust?"

„Wie könnte ich, wo ich doch gerade so glücklich bin. Bereust du etwas?" Für einen Moment stockt mir der Atem.

„Nein. Nichts." Er lehnt sich sanft zu mir herüber, beugt sich über mich und küsst mich zärtlich.

„Ich habe late Check-out gebucht. Wenn du willst, lassen wir uns etwas zu essen aufs Zimmer kommen und verbringen den Tag im Bett. Mir fallen spontan verschiedene Dinge ein, die wir miteinander tun könnten." Julius schiebt die Bettdecke von meinem nackten Körper und beginnt, meine Arme und Brüste mit seinen sanften Lippen zu liebkosen.

„Das ist eine wunderbare Idee. Lass mich nur schnell ins Bad gehen. Ich bin sofort wieder da."

Ich räkele mich genüsslich unter seinem Blick, dann stehe ich auf und verschwinde in einem geräumigen und gut ausgestatteten Badezimmer. Dieses Hotel bietet Luxus. Erfrischt und mit geputzten Zähnen stecke ich meinen Kopf ins Zimmer. Julius telefoniert gerade mit dem Room Service und ordert ein opulentes Mahl.

„Die Dusche hier drinnen ist groß genug für uns beide." Ich locke ihn mit dem Finger heran, als er aufgelegt hat, und Julius lässt sich nicht zweimal bitten.

Später sitzen wir bei einem leckeren Frühstück im Bett. Es gibt nicht nur Brötchen, Ei und Kaffee, sondern auch weiches Gebäck, herzhafte Würstchen und Kirschkuchen. Ich habe einen Bärenhunger und alles schmeckt einfach fantastisch. In einem Kühler steht eine Flasche mit Champagner. Julius gießt uns ein, reicht mir das Glas, damit wir auf uns anstoßen können, und ich beginne im Kopf zu überschlagen, was dieser Spaß ihn wohl kosten mag.

„Sag mal, müssen wir nachher fluchtartig das Zimmer räumen oder hast du Sonderkonditionen ausgehandelt?"

„Weder noch." Er stellt sein Glas ab, beugt sich zu mir und küsst meine Schulter. Im hellen Licht zeichnet sich noch ein gelblich-hellgrüner Schatten ab und zeugt von dem Bluterguss, den ich mir bei meinem Unfall zugezogen habe. Sieht unschön aus, schmerzt aber längst nicht mehr.

„Ich gebe gerade all mein Geld aus", flüstert er. „Ab morgen bin ich bettelarm und dann wird sich zeigen, ob du mich wirklich liebst oder nur auf all den Prunk abfährst." Er schiebt mich rücklings in die Kissen und legt sich dann sanft auf mich. Ich genieße dieses ungezwungene Zusammensein.

„Wenn ich dich ab jetzt finanzieren muss, darf ich dann auch aussuchen, wie wir unsere Zeit miteinander verbringen?“

„Ich bin ganz Ohr.“ Julius hält meine Hände auf dem Kopfkissen fest und hört nicht auf, mich zu küssen.

„Ich will so gern zu Madame Tussauds. Das habe ich gestern im Prater gesehen. Hast du Lust, den Nachmittag mit mir dort zu verbringen?“

„Das enttäuscht mich. Ich hatte auf etwas anderes gehofft, aber wenn das dein Wunsch ist, sehr gern.“

„Woran hattest du denn gedacht?“ Meine Frage ist scheinheilig. Selbstverständlich weiß ich, wovon er spricht und biege mich seinen Liebkosungen sehnsüchtig entgegen.

„Erklären ist nicht so einfach. Am besten, ich zeige es dir.“

Die Berührungen seiner Hände werden intensiver, fordernder und bringen mich dazu, genussvoll zu stöhnen.

Als wir am Nachmittag das Hotel verlassen und uns auf den Weg zum berühmten Wachsfigurenkabinett machen, beschäftigt mich eine Frage sehr. Obwohl ich weiß, dass ein Gespräch dieser Art die Stimmung zwischen uns schnell kippen lassen könnte, lässt es mir keine Ruhe.

„Wie stehst du zu unangenehmen Fragen in einer Beziehung?“ Abrupt bleibt er stehen und schaut mich prüfend an. „Sind wir gerade von Wolke sieben geplumpst und schon in der ersten Problemzone gelandet, ohne dass ich es gemerkt habe? Mit dir vergeht die Zeit wie im Flug."

„Nein, natürlich nicht. Es gibt aber etwas, das mich interessiert und ich habe die Befürchtung, du könntest nicht drüber sprechen wollen."

Wir setzen uns wieder in Bewegung und ich beobachte seine Gesichtszüge von der Seite. Julius scheint intensiv darüber nachzudenken, wie er meine Frage beantwortet.

„Grundsätzlich halte ich sehr viel vom Prinzip Quid pro quo. Das hatten wir bereits, wenn ich mich richtig erinnere. Wenn ich über ein Thema partout nicht sprechen möchte, dann mache ich das auch nicht. Zumindest bisher."

Ich durchdenke seine Worte, während wir durch die kahlen, mit Schnee bedeckten Bäume spazieren und uns dem Vergnügungsbereich des Praters nähern.

„Also gut. Ich lasse dir den Vortritt. Gibt es etwas, das dich brennend interessiert und von dem du denkst, dass es mir unangenehm sein könnte, mit dir darüber zu sprechen?"

„Gibt es, in der Tat." Ich bin überrascht ob der schnellen Antwort.

„Na gut. Du hast den Vortritt. Frage, was du wissen möchtest."

„Was hat dein Ex angestellt, an dem Tag, als wir uns kennengelernt haben?"

Ich schlucke und meine Stirn legt sich in viele kleine Fältchen. Aber was habe ich auch erwartet? Meine Frage geht auch ans Eingemachte, also beschließe ich, dem Drama schnell ein Ende zu setzen. Marlon hat zwischen Julius und mir nichts verloren.

„Er hat mich betrogen. Mit einer Freundin. Ich habe sie auf frischer Tat ertappt, kurz nachdem wir das Ferienhaus bezogen hatten. Dann habe ich meinen Koffer gepackt und bin abgehauen.“

Er stößt einen Pfiff aus. „Böse Sache!“

„Ja“, bestätige ich und versuche das Thema versanden zu lassen. Julius fragt nicht weiter.

„Jetzt du“, fordert er mich nach einer Weile auf.

Ich sammle meine Gedanken, weiß nicht so recht, wie ich anfangen soll. Es scheint mir einen Hauch komplizierter als Marlons Fehltritt, denn Marlon und ich können getrennte Wege gehen. Julius und Lorena dagegen wird auf immer etwas Wichtiges verbinden.

„Ich frage mich, warum du mir nichts von deiner Tochter erzählt hast.“

„Von meiner Tochter? Wie kommst du denn auf die Idee, dass ich ein Kind habe?“ Seine Verwirrung scheint echt.

Mittlerweile sind wir bei Madame Tussauds angekommen und müssen uns in die Warteschlange stellen. Angestrengt suche ich nach den richtigen Worten und flüstere sie ihm zu. „Deine Mutter hat gesagt, dass es zwischen euch beiden schwierig geworden ist, als ein Kind ins Spiel kam und vor meiner Abreise habe ich versehentlich ein Telefonat mitangehört, dass du die Kleine zu dir nehmen willst und deine Mutter so gern Oma ist.“

Julius starrt mich an, als hätte er einen Geist gesehen und ich getraue mich nicht, Luft zu holen. Habe ich eine Grenze überschritten?

„Wie kommst du denn auf das schmale Brett?“ Er schüttelt entschieden den Kopf.

„Ist es etwa nicht so?“

„Nein.“ Er legt seine Lippen dicht an mein Ohr.

„Ich schwöre, ich habe kein Kind, allenfalls eine Patentochter. Alois’ Tochter und die besucht mich bald, weil seine Frau ihn zum Geburtstag mit einer kleinen Reise überraschen möchte.“

Wir gehen in der Schlange einen Schritt vorwärts und ich fühle mich hundeelend. „Das ist alles?“

„Das ist alles.“

Wie konnte ich mich nur so in diese Idee verrennen?

Schweigend gehen wir wieder etwas voran. Dann ergreife ich nochmals das Wort, denn die Lorena-Frage ist für mich trotz allem nicht geklärt. „Als ich mich einmal mit deiner Mutter unterhalten habe, sagte sie so etwas über dich und Lorena. Dass es nicht so einfach in einer Beziehung ist, wenn Kinder dazukommen, oder so ähnlich.“

Er seufzt ergeben und beugt sich erneut dicht zu meinem Ohr herunter. „Die Beziehung mit Lorena ist schon über fünf Jahre vorbei. Sie war noch nicht einmal zwanzig, als wir uns getrennt haben. Sie war damals schwanger und fühlte sich noch nicht bereit dazu, unser Kind zu bekommen. Anstatt mit mir darüber zu sprechen, hat sie ihre Entscheidung allein gefällt und einen Abbruch vornehmen lassen. Dieser Verlust hat mich schwer getroffen.“

Betroffen starre ich ihn an. „Oh mein Gott! Das tut mir leid“, flüstere ich und hake mich bei ihm ein. Dass die Geschichte diese Wendung nehmen könnte, konnte ich nicht ahnen. „Danke, dass du dich mir anvertraut hast.“

„Danach habe ich beschlossen, jeglicher Form von Beziehung aus dem Weg zu gehen. Ich konnte ja nicht wissen, dass du mir eines Tages über den Weg laufen würdest. Und jetzt sieh uns an. Ich bin dir nachgereist wie ein Groupie, weil du mir nicht mehr aus dem Kopf gegangen bist. Es ist okay, dass du gefragt hast, aber von mir aus können wir die alten Geschichten jetzt ruhen lassen und in die Zukunft blicken."

25. Weihnachten 2.0

Julius biegt von der Straße ab und fährt nun direkt auf den Gruberhof zu. Die Schneemassen des vergangenen Jahres sind nur noch eine Erinnerung. *Pension Gruber* lese ich auf einem kleinen Wegweiser und später nochmals auf dem überdachten Schild, das wir bei der Einfahrt passieren. Auf dem Parkplatz entdecke ich Michas Auto, einen luxuriösen Kombi, den er und Lia sich erst vor wenigen Wochen zugelegt haben. Die anderen Stellplätze sind noch leer. In diesem Jahr ist die Pension über Weihnachten und Silvester geschlossen. Wir werden jedoch mit viel Trubel rechnen dürfen, denn im Laufe dieses Tages und morgen werden noch weitere Mitglieder der Familien Gruber, Perlinger und Georgiadis anreisen. Wir feiern unser erstes großes Familienweihnachten in der Pension.

Die Idee spukte einigen, meinen Eltern voran, bereits nach den außergewöhnlichen Entwicklungen im vergangenen Jahr durch die Köpfe. Spruchreif wurde alles im Sommer, als Lia und Micha heirateten. Es war eine so schöne und romantische Hochzeit, dass ich noch heute ins Träumen gerate. Micha hat die Messlatte hochgelegt. Damals im Sommer jedenfalls waren wir alle das erste Mal in großer Runde zusammen gewesen und die Festtagsplanungen nahmen immer größere Form und Gestalt an.

Julius parkt sein Auto neben Michas. Wir bleiben noch eine Weile sitzen, bis wir aussteigen und genießen die Ruhe.

„Ist schön, wieder hier zu sein." Ich bin glücklich, beuge mich zu Julius und gebe ihm einen Kuss. Seit einem Jahr führen wir eine sehr schöne Fernbeziehung, was für uns beide bis dahin absolutes Neuland war. Über die Distanz konnten wir sie reifen lassen. Ich wage sogar zu behaupten, dass ich mich nun erwachsen fühle. Nicht so erwachsen wie Micha und Lia, aber auf dem Weg dahin. Zumindest sprechen Julius und ich hin und wieder über die Möglichkeit, irgendwann zu heiraten.

Im nächsten Jahr planen wir, in die gleiche Stadt zu ziehen. Aktuell schreiben wir Bewerbungen. So wie es aussieht, wollen wir im Süden Deutschlands bleiben, aber festgelegt haben wir uns noch nicht.

„Schade nur, dass in diesem Jahr so wenig Schnee liegt. Ich hätte dich zu gern wieder zum Schneemannbauen herausgefordert." Julius beugt sich siegessicher zu mir und gibt mir einen Kuss.

„Was nicht ist, kann ja noch werden. Aber sei gewarnt. Ich bin in Bestform."

„Das könntest du beweisen, indem du die Koffer aus dem Auto ins Haus trägst." Er lacht und steigt aus.

„Netter Versuch", kontere ich „aber ich muss erst einmal deine Mama begrüßen."

„Inga! Julius!" Franziskas schrille Stimme tönt über den Hof. „Anton, komm! Die Kinder sind da!"

Ich habe ein angenehmes Déjà-vu.

„Mädchen, lass dich mal anschauen!" Sie herzt und knuddelt mich nach Leibeskräften, bevor sie sich an Julius wendet, der geduldig abwartet, bis seine Mutter die intensive Begrüßung beendet hat. Sie sieht noch frischer aus als beim letzten Mal, als ich sie gesehen haben. Solche markanten Wangen, so rot wie Weihnachtsäpfel, ungeschminkt, habe ich bei keinem anderen Menschen bisher gesehen.

Wir gehen ins Haus, wo uns die aufgeweckte Dina begrüßt: ein Berner Sennenhund Welpe, der noch sehr verspielt und auch noch sehr unerzogen ist. Der liebe Bruno weilt leider nicht mehr unter uns.

Bevor wir unsere Koffer nach oben in unser Zimmer bringen, begrüßen wir meinen Bruder und meine Schwägerin. Unter Lias Pullover zeichnet sich schon deutlich eine Babykugel ab. Im nächsten Jahr werde ich Tante. Ich bin furchtbar aufgeregt.

„Wo ist Onkel Joseph?", erkundigt sich Julius, während ihm Franziska den Schlüssel für unser Zimmer aushändigt – Zimmer sieben selbstverständlich.

„Der holt das Essen für heute und morgen."

Wir horchen auf und warten auf weitere Erklärungen. Onkel Joseph hat doch bisher immer selbst gekocht und großen Wert darauf gelegt.

„Macht ihm etwa das Alter zu schaffen? Geht es ihm nicht gut?"

„Kein Grund zur Sorge. Wir haben ihm so etwas Ähnliches wie Zwangsurlaub auferlegt. Schließlich soll er nicht in der Küche arbeiten, wenn wir das Haus voller Familiengäste haben. Er gehört dazu und soll sich ebenfalls erholen."

„Und da habt ihr einen Partyservice beauftragt?"

„Genau. Joseph ist schon eine Weile fort. Er wird bald zurück sein, also Marsch! Bringt euer Gepäck nach oben.“

Sobald die Tür hinter uns ins Schloss fällt, umarmt Julius mich. Er küsst mich leidenschaftlich und zieht mich noch näher an sich heran. Ich fühle mich so wunderbar geborgen bei ihm.

„Jetzt sind wir dort, wo alles angefangen hat.“ Ich sehe mich freudestrahlend in meinem alten Zimmer um.

„Am liebsten würde ich gleich mit dir hier drinnen bleiben.“ Langsam dirigiert er mich in Richtung Bett, doch draußen ertönt ein lautes Hupen und unsere Neugier zitiert uns ans Fenster. Ein mittelgroßer Bus steht auf dem Parkplatz und ein Mitglied nach dem anderen aus Lias Großfamilie steigt aus.

„Familie Georgiadis ist da“, stellt Julius fest.

„Ja, jetzt müssen wir runter und sie begrüßen.“

Sehr gerne hätte ich noch einige Zärtlichkeiten mit Julius ausgetauscht. In dem Moment jedoch, als er die Zimmertür öffnet, tönt lautes, wirres Kindergebrüll und -gelächter durchs Haus. Erschrocken schließt er die Tür wieder und sieht mich mit großen Augen an.

„Die sind wirklich laut. Ist bestimmt besser, wenn wir nicht gleich dazwischen rennen“, schlage ich vor und Julius scheint meiner Ansicht zu sein.

„Ja, soll sich dein Bruder erst einmal ein Bild davon machen, was ihm demnächst blüht“, kommentiert er den Lärm trocken.

„Dann bleiben wir doch noch ein bisschen oben und machen dort weiter, wo wir eben aufgehört haben.“ Ich schmiege mich zärtlich an ihn und küsse sein Gesicht.

Nachwort

Auf meinem Lieblingsplatz am Fenster, in eine warme Decke gekuschelt beobachtete ich die Schneeflocken. Sie stoben immer dichter und wilder durcheinander, als mich die Idee zu diesem Buch wie der Blitz traf. Es war an einem der Tage zwischen Weihnachten und Neujahr. Ich hatte mir gerade einen frischen Tee aufgebrüht, Pflaume-Zimt. Sofort begann ich, die ersten Gedanken niederzuschreiben. Über den gesamten Schreibprozess hat mich dieser Tee begleitet und mich immer wieder an diesen, meinen ersten Moment mit der Story erinnert.

Auch im Sommer, während der Überarbeitung fürs Lektorat bei über dreißig Grad im Schatten. Das brachte mir verständlicherweise einige schiefe Blicke und schräge Kommentare ein. Es war mir egal, denn mit jeder Tasse tauchte ich problemlos in mein Schreibuniversum ein und war direkt vor Ort. Seitdem gehört dieser Tee mit seinem Duft nach Winter und Romantik für mich unbedingt zu diesem Buch und das, obwohl ich passionierte Kaffeetrinkerin bin.

Probiere es auch einmal aus!